Requia

Heiml

Band 1

Obgleich die natürliche Furcht in allen auf gleiche Weise wirksam ist, so ist man dadurch, dass man sie nicht sehen lässt, tapfer.

Pedro Calderón de la Barca

1600 - 1681

März 2017

Liebe Leserinnen und Leser,

die Welt von Aurelis ist so umfassend und riesig, dass ich ein ganzes Buch nur zu ihren Hintergründen verfassen könnte. Ein weiteres Buch zu den Stammbäumen und den Lebensgeschichten hinter diesen Personen, und eventuell noch ein Buch zu Flora und Fauna. Ich denke, es wird deutlich, was ich damit andeuten möchte: Requia wird ein Epos. Gewaltiger als alles, was ich bisher erschaffen habe, hat mich bereits der erste Band so sehr infiziert, dass ich an nichts anderes mehr denken kann.

Nun ist es aber so, dass das, was ich sehe, nicht zwingend das sein muss, was auch meine Leser und Leserinnen sehen – deshalb vorweg ein paar Anmerkungen:

- ℜ Ich schreibe im österreichischen Deutsch. Es ist also möglich, dass manche Ausdrücke für meine lieben Leserinnen und Leser aus Deutschland oder der Schweiz fremd klingen – das heißt aber nicht zwingend, dass es auch ein Rechtschreibfehler ist.

- ℜ Ich versuche Orte und Umgebungen nur dezent zu beschreiben, damit das Bild, das am Ende jeder für sich im Kopf hat, ein persönliches ist. Ihr sollt euch eure eigene Welt erstellen können – nicht blind die meine übernehmen.
- ℜ Dieses Buch empfehle ich für Leserinnen und Leser, die <u>über 18 Jahre</u> alt sind. Wieso? Weil ich Szenen in diesem

wie den folgenden Bänden habe, die nicht für Minderjährige gedacht sind …

- 𝔑 Die Reihe Requia wird in mehreren Bänden und Staffeln geschehen. Wir befinden uns aktuell in Staffel 1 – Band 1. Diese Staffel wird vermutlich zwischen 4 und 6 Bände beinhalten (ich lass den Rahmen lieber sehr flexibel) und wird mit einem eindeutigen Schnitt in die Staffel 2 wechseln, welche dann wieder Band 1 – X haben wird.

- 𝔑 Man kann Requia keinem Genre zuschreiben, da zu viel gemischt wird. Staffel 1 würde ich aktuell als High Fantasy mit Drama und Liebe einstufen. Staffel 2 wird vermutlich eher High Fantasy gemischt mit Urban Fantasy sein.

Ich will euch mit diesen Informationen nicht verschrecken, sondern versuche Klarheit zu schaffen, wo sonst Verwirrung herrschen würde!

Kleine Aurelis Fibel:
Aurelis ist der *Planet*, auf dem ein Großteil dieser Geschichte spielt. Er ist der Erde von den Klimazonen her sehr ähnlich, allerdings besitzt er eine riesige Kontinentalplatte und ein zersplittertes fliegendes Reich (die Welt der Ashai).
Zu Beginn möchte ich euch eine Auflistung der Aussprache anbieten:

Welt und Rassen:

Requia [rekwia]; **a quia re** [a kwia reh];
Aurelis [aurelis]; **Moquar** [mok-wahr];
Ashai [aschai]; **Anassus** [anassus]; **Ruu** [ruh];
Shiya [schija]; **Kokua** [kokua];
Quin [kwin]; **Sukai** [sukai]; **Taresh** [taresch];

Protagonisten:

Yana [jana] bzw. Iyanera [ijanera];
Marius [marius];
Iris bzw. Iseria [iris / iseria]; **Rahel** [ra-hel];
Quar [kar]; **Aire** [aire]; **Theos** [theos];
Shiljana [schiljana]; **Quras** [kuras];
Fyn [fün]; **Anyika** [anjika]; **Kyriell** [küriell];
Ash [äsch]; **Rouven** [ruwen];
Ry'jin [rü'schin]; **Ro'har** [ro'har]; **Ryu** [rüu]; **Yumai** [jumai];
Madras [madras]; **Sasane** [sasane]; **Ahrn** [ahn]; **Rijela** [rijela];

Weitere Fakten:

ℜ Aurelis und Moquar ist ein Zwillingsplanetensystem fern unserer Galaxie.

ℜ Bis zum Beginn des Krieges der Rassen lebten alle Requianer (Bezeichnung wie auf der Erde z. B. Menschen) vereint auf Aurelis – dann wurden drei der sechs großen Völker verbannt.

- ℜ Man kann die Bedeutung der Völker von Aurelis mit den großen Reichen der Erde vergleichen, also Deutschland, China, Russland, Amerika etc.

- ℜ Diese sechs wichtigen Völker sind die
    - *Ruu* – Element Feuer
    - *Kokua* – Element Erde
    - *Quin* – Element Wasser
    - *Shiya* – Element Luft
    - *Anassus* – Element Dunkelheit
    - *Ashai* – Element Licht

- ℜ Es gibt Magie auf Aurelis – allerdings bezeichnet man diese als „Nutzung der Energien".

Nun bleibt mir nichts mehr, als euch viel Vergnügen zu wünschen. Genießt die Reise in meine Welt, habt viel Freude an diesem ersten Band und denkt daran: Ich freue mich IMMER über eine Rückmeldung – positiv wie verbessernd.

Alles Liebe,
eure Olivia

Rahel

Held

- Erster Wächter zur Luft
- Seelenband Iserias
- Magische Affinität: Licht
- Fürchtet sich vor:
  seinem Versagen
  der Wahrheit

Es ist meine Pflicht, die Lichtbringerin und Königin der Ashai mit meinem Leben zu schützen. Es ist meine Berufung Iseria mit meinem Leben zu dienen.
Doch manchmal ist es ein Fluch - denn ich liebe beide Frauen, aber nur eine liebt mich.

Requia

Heimkehr

Prolog

Kalt kroch der Wind über die Mauern von Erudins Hort. Die Burg war der steinerne Höhepunkt der Hauptstadt der Kokua – der Stadt der tausend Ecken. Mit Wehrtürmen von unermesslicher Größe, Hallen, die einem Menschen vor Ehrfurcht erstarren und steinernen Figuren, die so manchem Mann das Herz etwas sinken ließen. Aber all diese Dinge ließen Prinz Theobald, Sohn des in seinen Augen mächtigsten Königs auf Aurelis, kalt.

Natürlich, es gab böse und zynische Gerüchte über sein Heim. Leise wurden sie in den Gassen weitergetragen, immer hinter vorgehaltener Hand, damit kein Soldat oder königsgetreuer Gefolgsmann sie hörte. Doch der letzte siegreiche Krieg hatte die Skeptiker verstummen lassen. Nun war sein Vater unantastbar geworden.

Das Volk – dieser unwürdige Mischhaufen, welcher sich Kokua nannte – vergötterte das Blut der Erde und dessen Gattin,

Theobalds Mutter, die Träne des Mondes. Was der König verlangte, wurde getan. Was er wünschte, blindlings erfüllt. Zufriedenheit durchströmte den Prinzen – ein erhabenes Gefühl, das ihn selten heimsuchte. Er war stolz darauf, ein Teil dieses Imperiums zu sein.

Stolz, das alles irgendwann einmal zu erben.

Aus dem schmalen, hochgeschnittenen Fenster blickend, lag die Stadt der tausend Ecken in erschreckender Tiefe vor ihm. Doch Theobald empfand keine Angst vor der Höhe. Ein Sachverhalt, der sich bezüglich seines Meisters bedauerlicherweise ganz anders darstellte.

Meister Vinda hatte für sich den Südturm von Erudins Hort als Lehr- und Wohnstätte einrichten lassen. Bücherregale, vollgeräumte Tische, harte Stühle aus Kerbenholz, Alchemistenkram, mathematische Projekte, Baupläne, Erfindungen. Die Räume sahen wie die Wirkstätte eines Verrückten aus. Aber Meister Vinda war leider kein verrückter, alter Kauz. Theobalds Vater bezeichnete den Mann als ein Genie. Einen wahren Meister, anderen Meistern weit überlegen. Und die Tatsache, dass sein Vater Meister Vinda mit Respekt bedachte, machte ihn für Theobald unantastbar.

Seufzend glitten die Augen des Knaben vom Spiel des Lichts in der Wolkendecke wieder hinab zur Hauptstadt seines zukünftigen Reiches. Angrenzend an das Herz – Erudins Hort – befand sich der sogenannte erste Ring – bewohnt von den Burgnahen. Hier lebten die Menschen, die dem König besonders wichtig waren. Sie konnten im Notfall (sollten die anderen drei Ringe fallen) Schutz in der Burg suchen. Von diesem mit Gassen und Winkeln durchzogenen Reich gab es vier Hauptstraßen, die einem Spinnennetz gleich die Blutlinien der Stadt darstellten. Sie waren

Immer im Schatten,

elementarlos

jung.

All das

bin ich.

requiaonline.com

Der Glaube ist

mein

HERZSCHLAG,

die Liebe

mein

ATEM.

die einzigen Verbindungen zwischen den Ringen und führten den Reisenden wie den Anwohner zu den mächtigen Wehrmauern, die mit Ausnahme der vier Tore mit furchterregender Höhe aufwarteten und die Ringe der Stadt voneinander trennten.
So auch den ersten vom zweiten. In jenem lebten die Händler, Feilscher und Geldgeber. Auch ein paar erwünschte Lusthäuser und Gasthöfe waren dort zu finden. Beschützt von einer neuerlich imposanten Schutzmauer wechselte man durch die Tore der Himmelsrichtungen in den dritten Ring.
In diesem Ring durfte sich Prinz Theobald jedoch nicht bewegen. Auch nicht mit seiner Leibgarde. Dieser Ring war dem arbeitenden Volke zugewiesen. Jene, die das Leder gerbten oder Holz bearbeiteten. Jene, die mit den Händen zu vollbringen hatten, was Theobald eines Tages durch Magie innerhalb eines Atemzuges erschuf. Oh, er verachtete diese Menschen. Sie konnten an der Energie des Planeten nicht andocken. Weniger als das. Sie waren wie lästige, kleine Insekten. Sie saugten dem Planeten die Geister aus, gaben aber nichts zurück.
Nein. Diesen dritten Ring würde Theobald eines Tages abschaffen lassen. Diesen und den letzten. Denn die Taugenichtse, die den vierten Ring bewohnten, waren reiner Abschaum und vollkommen wertlos. Sie waren Huren und Bettler, Krüppel, Arme und Verhungernde, Kranke, Siechende, Leidende. Sie waren der Abfall dieser städtischen Ordnung. Wer einmal im vierten Ring landete, kam nie mehr aus diesem Rattenloch hervor.
Man hätte den dritten und vierten Ring ebenso nach Moquar verbannen sollen. Wofür brauchte man die noch? Aber sein Vater sagte immer: Theobald, wenn wir angegriffen werden, wird der vierte und der dritte Ring den Angriff bremsen. Sie geben uns Zeit, Schutz für die zu schaffen, die überleben sollen.

Aber, wenn man nicht angegriffen wurde – wer würde diesen Abschaum dann reduzieren?

„Theobald, lasst mich Euch etwas vorlesen."
Der junge Prinz sah gelangweilt zurück in den Raum seines Meisters. Er war erst zehn, von gebrechlicher Statur und mit durchdringenden, schwarzen Augen gesegnet. Seine Haut hatte den Farbton von wässriger Milch und wie sein Vater besaß er keine Körperbehaarung. Weder Haupt, Brauen noch Augen wurden bei ihm mit Härchen geschützt. Dafür waren seine langgliedrigen Finger in weite Robenärmel gehüllt, sein Haupt von einer tief sitzenden Kapuze bedeckt und sein Körper von feinsten schwarzen Robenstoffen umhüllt.
Das Sonnenlicht vertrug sich nicht mit seiner Haut. Er und sein Vater wären kälteren Temperaturen nicht abgeneigt gewesen – aber seine Mutter und Dunja würden bei diesen Temperaturen sterben. Seine kleine Schwester, die Prinzessin des Reiches, war ganz nach ihrer Mutter gekommen. Körperlich wie seelisch.
Schwach – dieses Wort fiel Theobald als Erstes ein, wenn er an sie dachte. Aber das stimmte nicht ganz. Dunja war einfach – anders.

„Was diesmal?"
Gelangweilt gähnte Theobald. Er hatte Meister Vinda schon den halben Vormittag in Rechnen, Schreiben, Philosophie und Sternenkunde genossen. Aber seine Gedanken waren nicht bei Sonnensystemen und Sternbildern, Redewendungen oder Berechnungen. Sie waren bei seinem Vater und der, wie er es nannte, endgültigen Reinigung der Völker.
„Hört mir einfach zu. Und bedenkt, junger Prinz, ich sehe es an Euren Augen, wenn Ihr abschweift."

Meister Vinda kannte ihn einfach zu gut. Seufzend gab Theobald dem Meister ein Zeichen, endlich anzufangen.

„Sie kommen, weil wir anders sind!
Sie kommen, weil unser Blut zu mächtig ist!
Sie kommen, weil wir zu viel wissen!
Sie kommen, weil wir zu viel sehen!
Sie kommen, weil wir zu viel hören!
Sie kommen, weil wir die Natur lieben!
Sie kommen, weil wir nicht an ihren Gott glauben!
Sie kommen, weil wir unser Haupt nicht vor ihrem König beugen!
Sie kommen, weil wir nicht kämpfen wollen!
Sie kommen, um uns zu töten!

Ich sage Euch: So lasst sie kommen! Lasst sie sehen, dass unsere Andersartigkeit nicht schlechter ist als die ihre für uns! Lasst sie sehen, dass unsere Gaben dazu dienen, das Leben wertvoller, die Natur reiner, die Wesen würdiger zu behandeln. Öffnet die Tore eurer Hallen des Wissens, lasst sie teilhaben, sollen sie von uns lernen, wie auch wir einst gelernt haben! Wenn sie wissen, was wir wissen, werden sie sehen, was wir sehen und hören, was wir hören. Sie werden die Natur lieben lernen, wie wir sie lieben und begreifen, dass es nicht nur die Helligkeit oder die Dunkelheit gibt, dass das Sein nicht nur aus richtig oder falsch besteht! Lasst sie in Demut vor der Natur, die sie ernährt, zu Boden sinken und ihre Knie und Häupter ins morgenfrische Moos drücken! Lasst sie die Waffen beiseitelegen, denn wo wir sind, muss man nicht mit Klingen sprechen! Wo wir sind, ist das Leben alles, was von Bedeutung ist!
Lasst sie kommen, und begrüßt sie mit offenen Armen! Begrüßt sie freundlich, lächelnd, ohne Furcht im Herzen. Denn Ihr habt nichts zu

fürchten! Seht mich an! Ich habe sie gesehen, ich habe mit ihren Anführern gesprochen. Sie sind keine Mörder, die unsere Kinder töten wollen und unsere Frauen misshandeln! Sie sind ein Volk auf der Suche nach einer Heimat. Sie suchen Ruhe. Lasst uns ihr sicherer Hafen sein. Lasst uns an sie glauben, damit sie es umgekehrt auch können."

Theobalds Laune entsprach der kalten, gehässigen Art seines Vaters. Beide konnten wankelmütig, jähzornig, aufbrausend und vernichtend sein. Aber seine kindliche Neugierde trieb ihn manchmal noch in die Ecke. Dann stand er da, unfähig sich zu rühren. Und als er in die Augen von Meister Vinda sah, wusste Theo: Er hatte verloren.

Die Neugierde war geweckt, die Ecke betreten. Er brauchte seinen Meister, um das Rätsel zu lösen. Und zu wissen, dass er abhängig von einem anderen war, ließ den jungen Prinzen innerlich vor Wut kochen. Irgendwann würde er dem alten Mann die Zunge herausreißen, sie an der Wand aufspießen und ihm dann ins Gesicht brüllen: *Jetzt kannst du mir keine Sachen mehr vorlesen, die ich nicht verstehe! Jetzt lockst du mich nicht mehr in die Falle!*

„Was ist das, Meister Vinda?" Theos Stimme verriet nichts von seinen wahren Emotionen.

„Welches der verstoßenen Völker hat es geschrieben?"

„Keines."

Vinda lächelte dieses liebevolle, nachsichtige Lächeln, welches Theos Jähzorn beflügelte. Nein. er würde nicht nur seine Zunge herausreißen, er würde den Mann ertränken lassen. Wie es sein Vater mit allen tat, die er nicht leiden konnte.

„Es ist aus einer Zeit, die den Beginn unserer Ära einläutete. Von einem Volk, das heute nur noch ein Schattendasein führt, obwohl es selbst im Schatten … nur noch ein Schatten ist."

Erträanken war offenbar zu gnädig für Vinda.
„Kommt endlich auf den Punkt."
Überrascht von der scharfen Zurechtweisung seines Schülers runzelte Vinda die Stirn. Die weißen Haare des Meisters waren sorgsam im Nacken geschlossen, die dunkelbraune Kutte schlicht und eigentlich seinem Stand als Gelehrter unwürdig.
„Auf den Punkt? Prinz Theobald, in meinem Alter habe ich es scheinbar nicht mehr so eilig wie Ihr in dem Euren. Ich habe Euch diesen Text nicht vorgelesen, um in der Vergangenheit zu schwelgen. Ich möchte, dass Ihr den Bezug zur Jetztzeit erstellt und darüber dann einen sieben Seiten langen Aufsatz schreibt."
Theobalds Augen verengten sich zu schmalen Schlitzen. Heißes Öl. Er würde Vinda damit persönlich überschütten.

Jetztzeit – mitten in Deutschland

„Komm, mein kleiner Engel. Mach dich bettfertig und ich erzähle dir noch eine Geschichte."
Hellblaue Augen legten sich zärtlich, aber zugleich auch müde, auf das Gesicht des sommersprossigen Mädchens. Die Kleine hatte eine Lücke zwischen ihren Schneidezähnen, wodurch jedes strahlende Lächeln zu einem Schmunzeleinfänger für den Betrachter wurde. Ja, Iris konnte es nicht leugnen: Ihre Tochter hatte das große Herz und die unglaubliche Wärme von ihr geerbt. Die dunklen Augen hingegen hatte ihr Vater ihr vererbt. Ein inzwischen vertrauter Zug, der Offenheit und Treue vermittelte, Bodenständigkeit.
„Mama! Erzählst du mir wieder von den Ashai und von der Prinzessin? Und ihrer Flucht?"

Iris hatte sich so an die Stimme des Mädchens gewöhnt, dass sie sie nicht mit Worten beschreiben konnte. Würde er kommen, er würde sofort sein Kind in ihr sehen. Er würde sich hören, Bewegungen erahnen, die sein Erbe waren. Iris musste Geduld haben und bis dahin die Rolle, in der sie gefangen war, leben.
„Mama!“
Sich auf Yana konzentrierend vermied Iris den Gedanken an ihren derzeitigen Lebensgefährten – Toben. Sie hatte ihn zum Schutz geheiratet, aber am Ende war alles nur eine Form der Illusion. Gut. Nicht alles, aber zu viel.
„Du meinst die Geschichte von der Prinzessin Risanja, Tochter aus dem Hause Quin?“
„Ja, genau die. Und ihr Prinz, Vaeis, dieser Prinz von den Ashai und…“
Aufgeregt begann ihre kleine Zuckerfee auf dem Bett zu springen. Heute Abend sah sie wirklich ein wenig wie eines dieser Fabelwesen aus! Ihr kleiner Bauch fixierte den Gummizug des rosaroten Tüllrocks, ihr Oberkörper steckte in einem violetten Body aus glänzendem Jersey und in ihren Haaren befanden sich unzählige rosarote und violette Kunstblüten. Das Herzstück der Zuckerfee waren jedoch die schillernden, bunten Flügel und der Zuckerstangenzauberstab. Die Flügel, an der Schulter gehalten von Gummibändern, wackelten bei jedem Sprung, als würden sie schlagen und mit der Zuckerstange fuchtelte ihre Tochter so heftig, als wolle sie eine ganze Armee an Feinden verhexen.
„Yana! Bitte! Hör auf, wie eine Verrückte auf dem Bett zu springen. Wenn ich erzählen soll, dann ziehst du dir endlich deinen Pyjama an, gehst dir noch die Zähne putzen, machst …“
„... machst Pipi, Abwischen nicht vergessen und kriechst unter deine Prinzessinnendecke. Ich weiß, Mama.“

Yanas Augen schimmerten keck. Für eine Sekunde hielt die kleine Fee in allem was sie tat inne. Sie legte den Kopf schief und sah ihre Mutter an. Sie sah ihr direkt in die Augen, dann lächelte sie. Ein kleines, liebevolles Lächeln, welches mitten in das Herz von Iris kroch.

„Ich hab‘ dich lieb, Mama."

Yanas Stimme bekam einen Tonfall, der vollkommene Ehrlichkeit und Liebe widerspiegelte.

„Ich dich auch, Yana."

Iris schluckte, ihre Stimme gab beinahe unter den nächsten Worten nach: „Du bist meine Prinzessin, weißt du das?"

Für Sekunden spürte die junge Mutter das verräterische Kribbeln in der Nase. Sie hielt den Atem an.

„Ja, das weiß ich, Mama. Und du …", das Lächeln ihrer Maus wurde zu einem frechen Grinsen. Yana sprang mit einem Satz vom Bett auf den Teppichboden, „… du bist die böse Stiefmutter!"

Vor Freude über ihren gelungenen Scherz laut quietschend, rannte Iris' Tochter lachend hinaus in den Hausgang. Wie immer nahm sie dabei die Kurve zum Bad fast zu eng. Aber eben nur fast. Den Kopf schüttelnd, holte Iris einmal tief Luft. Draußen war es bereits dunkel und das rustikale Bauernhaus aus dem letzten Jahrhundert vollkommen still. Toben würde erst in ein paar Stunden von seiner Arbeit zurückkommen, sie hätte also, wenn Yana endlich schlief, Zeit für ein entspannendes Bad.

Iris' hellblaue Augen glitten prüfend durch den Raum. Yanas Kinderzimmer war der Traum eines jeden kleinen Mädchens: ein Himmelbett, funkelnde Prinzessinnenkleider, Bücher ohne Ende, ein paar Puppen und sogar ein Holzpuppenhaus. Yana wurde von

Toben vergöttert. Und weil er ihre Tochter so abgöttisch liebte, ehrte und achtete Iris wiederum ihn.
Seufzend begann sie die Röcke wieder in den offenen Schrank zu hängen, die Unterhosen zusammenzusuchen, die Sockenpaare wieder zu wahren Paaren zu machen. Yana hatte heute Besuch gehabt. Emma, das Nachbarsmädchen, war ein knappes Jahr älter als ihre kleine Prinzessin und liebte nichts mehr, als fremde Kleider anzuprobieren. Also musste am Ende jedes Kleid, jede Hose, jeder Rock bis hin zu den Socken im Spiegel an Emma betrachtet werden. Es war spannend, wenn man sah, wie sich die Kinder teilweise gleich, teilweise jedoch vollkommen unterschiedlich entwickelten. Lag das an dem gravierenden Unterschied der Herkunft?
Summend hörte Iris die vertrauten Geräusche ihrer Tochter aus dem Badezimmer. Es war eine allabendliche Routine geworden: Wie Yana den Klodeckel so schwungvoll aufriss, dass er krachend gegen die Wandfliesen donnerte. Wie sie sich auf dem WC positionierte und die nackten Oberschenkel leise an der Brille quietschten. Wie sie das Klopapier herunterriss (und meistens tat Yana das in der Mitte eines Stücks, nicht auf dem Abrissstreifen, welcher dafür vorgesehen wäre) und wie sie am Ende umständlich beim Waschbecken hantierte.
Iris' Finger glitt über ihre Halskette. Es war das Symbol von zwei Flügeln, die in der Mitte an einem Stab fixiert waren. Die Menschen nannten sie Engelsflügel, Iris hingegen nannte sie Agga und Äure. Zwei längst verstorbene, einst mächtige Krieger, die dem ganzen Reich Frieden schenkten, indem sie ihre Flügel zum Wohle aller ausbreiteten.
Aus dem großen Fenster von Yanas Schlafzimmer hinaus in die dunkle Nacht schauend, musste sie nichts mehr sehen. Sie wusste

um den Anblick, der sich untertags bot: weite, grüne Wiesen, Pferde, die friedlich grasten, Weizen, der sanft im Wind wog.
Ihr Mann war ein ausgeglichener Ökobauer und Züchter, sein Charakter bodenständig und treu. Er bebaute unzählige Hektar in unterschiedlichster Weise. Vor allem wenn er Iris' Geschichten hörte, musste er lächeln. Nein. Toben glaubte nicht an die Welt, die Iris Yana näherbrachte. Er glaubte nicht an geflügelte Krieger, Steinwesen und Schwarze Hände. An Magie, Kriege, die verloren gehen und Prinzessinnen, die man retten muss, um seine Bestimmung zu erfüllen. Er glaubte an Boden- oder Blutwerte. An Nährstoffe und mathematisch überprüfbare Endergebnisse.
Ihre Augen glitten hoch zum nächtlichen Himmel. Stern über Stern war hinter der spiegelnden Glasfläche zu erahnen. So viele und doch viel zu wenige. Denn Aurelis war nicht hier, Moquar war nicht hier. Rahel war nicht hier.
Bitter schnitt ihr das Gefühl des Verlustes ins Herz. Die Hand fester um die Halskette schließend, verlor sie sich für Sekunden in Erinnerungen und hörte nicht, wie Yana zurückkam.
„Mama, warum bist du traurig?"
Zaghaft wurde die Frage in die Stille des Raumes geworfen, fast als hätte die kleine Maus Angst vor der Antwort. Aber sie riss ihre Mutter damit zurück in die Gegenwart.
„Wie kommst du darauf, dass ich traurig bin, Prinzessin?"
Iris lächelte bei der Frage, liebevoll und sanft, während die Halskette wieder in ihren Ausschnitt glitt und zwischen ihren Brüsten verschwand.
Yana erwiderte das Lächeln nicht. Ihre braunen Augen sahen bestürzt aus, dann leidend und am Ende begann ihre Unterlippe zu zittern.
„Na, weil du weinst."

Korand

Held

- Hauptmann der Stadtwache
- Magische Affinität: Erde
- Fürchtet sich vor:
  dem Ende Aurelis
  dem Blut der Erde

Mein Vater sagte einst: "Sohn. Erfülle deine Pflicht, egal ob es dir gefällt oder nicht. Denn eine Verpflichtung muss keine Freude machen - sonst wäre es ja ein Vergnügen!" Jetzt weiß ich, was er damit meinte und zerbreche unter dem Fluch der Erkenntnis.

Kapitel 1
Korand

Erudins Hort, Reich der Kokua

Neues Zeitalter der Kokua

„HAUPTMANN! BEWEGUNG!"
Scharf kam die Anweisung, welche den Hauptmann der städtischen Wache zum Eilen anregte. Denn der Befehl kam nicht von irgendwoher, sondern von ganz oben. Das Blut der Erde selbst rief zum Krieg, und wer ihm nicht gehorchte, war automatisch des Todes.
„Jawohl, Meister."
Korand musste seitlich ausstellen, um am wohlgenährten Meister der Kampfeskünste vorbei die steinernen Treppen hinabeilen zu können. Erudins Hort war ein verwinkeltes und verschlagenes Nest. Im Zentrum der Burg stand der uralte, mit mächtigen Ästen ausgestattete Baum – der Erudin. Im höchsten und zweithöchsten Turm lebten das Blut der Erde und seine stattliche Gemahlin – die Träne des Mondes. In ihrem Turm waren auch die zwei Kinder

untergebracht, die dieser fruchtbaren Verbindung bisher entsprungen waren – der Thronerbe Theobald und seine kleine Schwester Dunja.

Aber wo Dunja mit Liebreiz und Freundlichkeit punktete, verursachte alleine der Gedanke an den Knaben bei dem Hauptmann eine Gänsehaut. Theobald war … seltsam. Aber das durfte Korand natürlich nicht laut aussprechen!

Der schmale Gang führte ihn vom Turm der kreuzenden Klingen hinunter in die riesige Halle der fliehenden Treppen. Es war eine Krux mit dieser Halle und es gab Gerüchte, die besagten, dass es noch immer Menschen gäbe, die tot auf irgendwelchen schwebenden Treppenelementen lagen, weil sie aus dem Labyrinth nicht mehr herausgefunden hatten.

Die Halle wirkte überragend groß und ebenso düster. Und dann wusste man, wieso es „Die fliehenden Treppen" hieß: Jedes Mal, wenn man auf eine angrenzende Stufe treten wollte, bewegte sich der ganze Block fort vom Kommenden. Dadurch war der Raum fast ohne Unterlass in Bewegung und sorgte alleine beim Zuschauen für ein Gefühl des Schwindels und der Übelkeit.

Bei Korand war das schon lange verflogen. Eingeweiht in das Geheimnis dieser Burg, wusste er um das Gefühl des Falles, um gefangen zu werden. Also trat er bewusst ins Leere, steuerte die Richtung an, die er brauchte, und landete einen halben Meter tiefer auf einer Treppe, die ihn direkt bis nach unten zum Fuß der Halle führte. Es war Magie. Sprang man von Treppe zu Treppe, würde man nie den Ort erreichen, an den man wollte.

Aber eher würde er sterben, als dieses Wissen einem Fremden zu offenbaren. Denn die Halle der flüchtenden Treppen diente seinem Herrscherpaar auch der Sicherheit wegen. Es gab nur wenige, die den Weg kannten. Und die, die in die Türme treten

durften, waren eingeweihte und geprüfte Mitglieder des Königshauses.
Mitglieder wie Korand.

Um die Burg zu verlassen, musste er die Halle hinter sich lassen und die breiten Stufen des Vorhofes hinabeilen. Dort im Burghof standen bereits seine berittenen Truppen bereit. Alle gestandene und loyale Wachmänner inklusive einer Verstärkung von Magiern.
„MÄNNER!“
Die Worte in die Runde werfend, reichte ihm sein Knappe die Zügel seines Wallachs.
„Ihr kennt den Befehl! Für das Blut der Erde!“
„FÜR DAS BLUT DER ERDE!“
Mit Feuereifer erwiderten die Krieger und Magier den Ruf.
„Dann los!“
Sein Platz war an der Spitze des Trosses, und so ritten sie über die gepflasterten Steine des Burghofes hinaus in die angrenzende Stadt. Schmerzhaft dröhnte das Klappern der Hufe in seinen Ohren, als es in den schmalen Gassen, die die Burg mit der anliegenden Stadt verbanden, von den Wänden widerhallte.
„FÜR DAS BLUT DER ERDE!“
Es war ein junger neuer Anwärter namens Rorin, welcher den Schrei ausstieß. Und neuerlich antwortete der Tross bereitwillig und begeistert im Chor zurück.
Korand musste nicht schreien. Er war an der Spitze, niemand sah seine zusammengepressten Lippen, noch den entschlossenen, harten Blick. Er würde diesen Befehl ausführen, ob er ihm nun gefiel oder nicht. Und im Anschluss daran würde er sich vielleicht endlich einmal wieder richtig betrinken.

„Hauptmann? Es sind alle versammelt."
Korand stand am Versammlungsplatz des ersten Ringes. Hier lebten die Burgnahen und Freunde des Königspaares. Mit ihnen würde er es am leichtesten haben. Seine Schultern straffend, wehte sein schwarzer Umhang im Wind, während er sich die steinernen Stufen zum Rednerpodest hochquälte. Die Nachwirkungen des letzten Kampfes, der erst wenige Tage vergangen war, zehrten noch an seinem Körper.
„Im Namen unseres Herrschers, dem Blut der Erde und unserer Herrscherin, der Träne des Mondes, reiche ich folgenden Befehl an alle Bürger der tausend Ecken weiter."
Er brach das Siegel, rollte die Pergamentrolle auf und fixierte die exakt gesetzten Schriftzeichen vor seinen Augen. Diesen Befehl hatte sein König selbst geschrieben, eindeutig. Korand kannte seine Handschrift.

„Volk der tausend Ecken, Volk der Kokua!"
Er musste seiner Stimme einen erhabenen Tonfall verleihen. So hatte es ihm Meister Vinda vorgelesen und so sollte er es dem Volk weitergeben.
„Gestern noch erlebten wir eine Schlacht ungeheuren Ausmaßes. Wir sind siegreich hervorgegangen und haben unseren Planeten von einer Plage befreit, welche als bösartiges Geschwür eiternd unsere Kräfte ausgesaugt hatte!"
Flüchtig glitten Korands Augen hoch, sah er über den Platz, welcher von Massen unterschiedlicher Leiber geflutet war. Die Menschen hier waren vorwiegend reinblütige Kokua. Ganz wenige Taresh konnte er erkennen, Quin sah er nicht einen und Ashai auch nicht. Nein. Hier im ersten Ring lebten nur die, die würdig genug waren.

„HEUTE …“ Bedeutungsschwer ließ er das Wort im Raum hängen. „Heute werden wir diese Reinigung vollenden. Wir beginnen in unserem Herzen, und wenn jenes gesäubert ist, werden wir unser ganzes Reich säubern. Unsere Straßen werden die Blutbahnen sein, unsere Dörfer die Organe. Am Ende werden wir gesünder sein als jemals zuvor! Wir werden vor Kraft strotzen und unsere MACHT wird sich über den GANZEN PLANETEN AUSWEITEN!“

Jubel brach aus! Rauschend wie die Wogen des Meeres lobten sich die Bürger gegenseitig, manche fielen sich weinend vor Freude in die Arme.

„Volk der tausend Ecken, Volk der Kokua!“

Mit seiner Stimme wieder für Ruhe sorgend, spürte Korand, wie das Energienetz des Hauptplatzes fast überquoll. Die Energieströme waren so stark, dass es knisterte – für ihn als Magiekundigen zumindest.

„Nicht ICH, das Blut der Erde, habe diesen Kampf gewonnen. Nicht meine wundervolle Gemahlin, die Träne des Mondes, war es. Auch nicht unsere Kinder – strahlende Sternenlichter in einer so dunklen Welt. Nein! IHR wart es. IHR GANZ ALLEINE!“

Wieder brach Jubel aus. Diesmal jedoch wurde der Jubel zu etwas Mächtigerem, einem Namen, welcher sich wiederholte und wiederholte und durch die Masse der Sprecher erdrückend wirkte: „KO-KU-A! KO-KU-A!“

Korand brauchte drei Anläufe, um die Aufmerksamkeit wieder auf sich zu lenken. Oh, keine Frage – sein Herrscher wusste genau, wie er das Volk anheizen konnte. Immerhin hatte er für den dritten und vierten Ring eine eigene Rede geschrieben.

„Mein Volk, hört meine Worte. Ich brauche ein letztes Mal eure Hilfe. Unterstützt ihr mich, werdet ihr unserem Volk eine strahlende Zukunft ermöglichen. Seid ihr gegen mich, so geht! Verlasst diese Stadt und grämt euch in der nahen Zukunft wegen all den Dingen, die ihr nicht gemeinsam mit eurer Familie, eurem Blut erleben könnt!"

Bedeutungsschwer in die Runde blickend, holte Korand Luft. Nun kam der Teil, vor dem er sich fürchtete. Der Teil, der ihm den Schlaf für alle Zeiten rauben würde.

„Findet sie. FINDET SIE ALLE! Sie verstecken sich in unserer Stadt, beschmutzen dieses Heiligtum. Findet diese kleinen Fliegen, lasst sie uns gemeinsam ausrotten! Sie alle wussten, was ihre Strafe sein würde, wenn sie nicht freiwillig durch das Portal schreiten! Sie alle kannten ihr Schicksal! Nun liegt es an UNS, sie diesem auch ZUZUFÜHREN!"

Tosender Applaus unterstützte Korand bei den letzten Worten: „MORGEN NACHT SCHON WERDEN DIE LETZTEN RUU, ANASSUS UND SHIYA VERSCHWUNDEN SEIN! MORGEN NACHT WIRD UNSERE STADT NUR NOCH UNS GEHÖREN!"

Atemlos ließ er das Pergament sinken. Sprachlos sah er hinab auf die Massen, die vor Begeisterung jubelten, sich küssten und umarmten. Und Meister Vinda gehorchend, riss er seinen Stab in die Höhe und brüllte so laut er konnte: „FÜR DAS BLUT DER ERDE!"

Seine Augen schlossen sich. Er ertrug den Anblick nicht. Was für die einen erhaben wirkte, war nichts anderes als Flucht. Es reichte ihm, dass er diese Narren kreischen hörte.

Begriffen sie denn nicht, dass sie am Ende alle nichts anderes als Mörder waren?

Begriffen sie denn nicht, dass sie am Ende alle schuldig sein würden?

Nein, vermutlich nicht. Sich abwendend verließ er die Bühne, um mit seiner Truppe hinab in den zweiten Ring zu reiten. Im Anschluss daran käme der dritte und der vierte. Korand rieb sich die schmerzende Stirn. Wenn eine Ansprache schon so anstrengend war, wie würde er sich erst nach der vierten fühlen?
Die Hände, die ihm begeistert auf die Schulter klopften, fegte er ebenso achtlos zur Seite, wie die an ihn gerichteten Fragen.
„AUFSITZEN!“
Er ertrug es nicht.
Aber da musste er durch. Wie es sein Vater immer sagte: Die Erfüllung der Pflicht ist nicht immer schön, aber wenn es anders wäre, wäre es ja keine Pflicht, sondern Vergnügen.

Kapitel 2

Yana

Erde, Deutschland

„Yana, bist du schon zu Hause?!“

Iris warf den Schlüssel in die Schüssel beim Eingang. Ein flüchtiger Blick in den Spiegel über der Kommode, dann trat sie in den dunklen Flur.

„Yana, Schatz?!“

Erneut rief sie die Frage in die kleine Wohnung, doch einzig Stille antwortete ihr. Wahrscheinlich war ihre Tochter noch beim Training. Mit fünf hatte Yana ihre Begeisterung für asiatischen Kampfsport entdeckt. Zuerst Judo, dann Karate. Am Ende, mit elf Jahren wechselte sie zum Kendo und begann sich vor allem in die Kunst des Iaido zu verlieben. Bereits mit dreizehn hatte sie die Bewegungsabläufe so verinnerlicht, dass sie die Übungen zu jeder Tages- und Nachtzeit fehlerfrei praktizieren konnte. Mit fünfzehn gewann sie ihre ersten Wettbewerbe, mit siebzehn, letztes Jahr, wurde sie europäische Meisterin. Aber für Iris war das keine

Überraschung gewesen. Yana liebte alles, was den Fluss der Energien versinnbildlichte. Schon als Kind hatte sie die Welt mit ganz eigenen Augen gesehen. Erschreckend gut, intuitiv und ohne jegliche bewusste Steuerung, hatte sie zwischen den Perspektiven wechseln können – ganz wie ihre Mutter es einst auf Aurelis getan hatte... Und dann der markante Zwischenfall, als Yana neun Jahre alt war. Danach hatte Iris die Blockade gesetzt. Danach … danach hatte sich so vieles verändert.

Der Wind sang zärtlich seine Lieder. Es war ein warmer, angenehmer Sommertag, man roch den Duft der Blumen in der Luft, aber auch die verbrannte Pizza des Bistros hinter dem Grashügel. Yana lag vollkommen entspannt in der Wiese. Sie hatte die Hände unter dem Nacken verschlossen, nachdenklich blickte sie hoch in den Himmel.
„Mama?"
Es war der erste Ausflug nach München seit fast einem halben Jahr. Sie liebte den Park hier, die Menschen und das berauschende Leben in der Stadt.
„Ja, Maus?"
Iris wusste, dass Yana diesen Kosenamen nur tolerierte, wenn sie alleine waren. Selbst Toben durfte sie seit ihrem achten Geburtstag nicht mehr so rufen.
„Spürst du das auch?"
Fragend drehte Iris den Kopf. Sinnierend fixierte ihre Tochter jedoch den Himmel, verfolgte scheinbar in Gedanken versunken das Treiben von Wolken.
„Was?"
Yanas dünner Arm hob sich an, der grazile Finger streckte sich nach oben.

„Es ist, als würden dünne Linien ein Gitternetz in die Luft malen. Wenn man mit den Fingern hindurchfährt, zerstäuben sie, dann setzen sie sich frisch zusammen. Aber ich sehe es nicht mit den Augen, ich sehe es irgendwie anders."
Iris hatte Mühe, ihren überraschten Ausruf zu unterdrücken.
„Was du schon wieder für Unsinn redest."
Ihr Auflachen war etwas zu künstlich, doch Yana bemerkte es nicht.
„Wollen wir ein Eis essen gehen?"
Und mit diesem Lockruf riss sie das Kind zurück in die nackte Welt der Menschen.
„Au ja!" Iris aber würde sich schleunigst um die erwachenden Kräfte ihrer Tochter kümmern müssen.

In die Küche tretend machte Iris das Licht an. Es war eine kleine Wohnung, die sie sich in München gemietet hatten, aber das störte weder Yana noch sie selbst. Sie hatten sich entscheiden müssen, und mit dem Geld des Verkaufes ihres Bauernhofes würden sie einige Jahre mehr als sorglos leben können. Sie würde Yana ihr Studium in Archäologie und Geschichte finanzieren können, sie würde weiterhin die Privatlehrer für Geige, Japanisch, Russisch und Kendo bezahlen können. Yanas Leben sollte so angenehm wie möglich sein, das hatte sich ihre Tochter verdient.
Iris nahm ihr Handy in die Hand und öffnete beim Lesen einer Kurznachricht den Kühlschrank. Blindlings griff sie nach der Milch, löschte nebenbei die bedeutungslose Nachricht und kickte die Kühlschranktüre mit dem Fuß zu.
Was für ein Tag. Was für ein Jahr. Nein, besser noch, was für ein Dasein!

„Hast du dich inzwischen an ein Leben ohne Magie gewöhnt?"

Die Worte hätten aus ihren Gedanken stammen können. Seit sie Yana zur Welt gebracht hatte, waren fast weitere achtzehn Jahre vergangen. Lange Jahre voller Einsamkeit und Abschottung, in welcher sie sich diese verfluchte Frage mal weinend, mal lachend oder betrunken gestellt hatte. Aber diesmal kam sie nicht aus ihrem Kopf. Die Frage kam von hinten, dem Hall nach zu urteilen aus dem spartanisch eingerichteten Wohnzimmer.
Erstarrend entglitt ihrer Hand die Milchflasche. Sie kannte diese Stimme. In ihren Träumen hatte sie unzählige Gespräche mit ihr geführt, hatte sie sie verflucht, gehasst, geliebt, ersehnt. Aber das waren ihre Träume gewesen!
Das klirrende Geräusch von berstendem Glas blieb aus. Iris' Hände zitterten, ihr Herz begann zu rasen. Im ersten Moment wagte sie es nicht, hinabzusehen. Erst einen tiefen Atemzug später tat sie es doch. Was sie sah, überraschte sie nicht. Es trieb ihr jedoch die Tränen in die Augen, während ihre Lippen zu beben begannen.
Die Milchflasche hing wie durch Magie gehalten in der Luft. Als wäre da ein unsichtbarer Faden, der sie schweben ließ. Ein guter Trick eines noch besseren Illusionisten.
Aber hinter ihr stand kein Illusionist. Iris hatte nicht die Kraft, sich umzudrehen. Ihre Handfläche fand Halt an der Kühlschranktüre, das tote Material war im Kontrast zu dem pulsierenden Leben, welches ihren Rücken erwärmte, vollkommen wertlos. Er war es, es gab keinen Zweifel daran. Seine Wärme, Stärke und Intensität hatte schon immer ganze Räume zu fluten gewusst.
„Rahel."
Der Name wurde ausgesprochen, als wäre er eine Verfluchung und ein Segen zugleich.

„Du hast gesagt, du würdest bald kommen! Es wäre nur von ganz kurzer Dauer! Nur zu meiner Sicherheit, nur um das Volk zu beschützen!“
Sich ihm endlich zuwendend sah sie in sein Gesicht, verschwammen seine Züge, die ihr jedoch so vertraut und lieb waren wie die keines anderen. Er sah aus wie einst. Er hatte sich kein Stück verändert, so als seien erst Tage vergangen! Und das, obwohl so viele Jahre verstrichen waren!
„Ich weiß. Es tut mir leid.“
Er bewegte sich nicht, sie bewegte sich nicht. Seine Stimme war beherrscht, drückte jedoch auch Sorge und Mitgefühl aus. Natürlich wusste er, wie sehr sie soeben litt. Er war ihre zweite Hälfte, ihr Seelenband, ihr Partner und Geliebter!
„Ich hasse dich!“
Die Worte hervorpressend, fiel sie aufschluchzend auf ihre Knie.
„Du hast mich alleine gelassen! Wie konntest du nur!“
Jahrzehnte waren all die Sorgen und Ängste tief in ihrem Herzen begraben gewesen. Sie hatte sich nichts anmerken lassen, hatte ihr Kind alleine großgezogen, und all die Jahre gewartet. Gewartet und gehofft. Sie war daran zerbrochen, dann hatte sie sich neu zusammengeflickt, um am Ende wieder zu einem Meer aus Scherben zu zerfallen. Ohne Yana wäre sie ihrer Verzweiflung vermutlich erlegen.
„Iseria.“
Ihr Name, gehaucht aus seinem Mund, ließ ihr Herz rasen. Aus dem Nichts kam die Erinnerung, gewisperte Worte an ihrem Ohr, heiße Lippen auf ihrer Haut. Der intensive, betörende Duft eines nahenden Gewitters vermischte sich mit dem Geruch von Männlichkeit und Lust.
Beim Zweigesichtigen Gott, er war es. Er war es wirklich!

Bitterlich weinend stemmte Iris sich vom Boden hoch. Taumelnd floh sie in seine Arme und roch den süßen Duft von Dahutablüten an seinem Gewand. Es kratzte nicht wie die Kleider der Menschen, sondern fühlte sich wie eine zärtliche Liebkosung an, das Streichen einer Vogelfeder an ihrer Wange. Als er sie umarmte und fest an sich presste, krallten sich ihre Hände automatisch in den Stoff an seinem Rücken.
„Iseria."
Seine Haare, lange, wundervolle goldbraune Fluten, kitzelten ihre Haut, während seine Worte Sinn ergaben und doch wie aus weiter Ferne kamen: „Verzeih mir. Verzeih, meine Liebste, verzeih!"
Die Gerüche der Erde hingen in ihren Haaren. Rahel musste sich zurückhalten, um seine Abneigung nicht zu offenbaren. Iseria konnte ja nichts dafür! Aber alles in dieser Welt war für ihn und seine Nase eine Provokation. Es stank nach Abgasen, nach Unrat und wenn er raten musste, hatte sie unter der Spüle eine Kiste mit faulenden Abfällen. Wie hatte sie hier nur leben können!
Seine Augen glitten über die schmucklose Einrichtung, die farblosen Wände. Das alles entsprach überhaupt nicht der Frau, die er vor wenigen Kheri hier ausgesetzt hatte. Sie, die immer farbige Kleidung getragen hatte, deren Haare im Ton eines nussigen Brauns immer mit Blüten zurückgehalten wurden! Sie lebte bescheiden, selbst für ihren Stand als Königin, aber dennoch eloquent und angemessen. Das hier wirkte mehr wie ein verzweifeltes Aufflackern vor dem letzten Erlöschen!
Seine Schritte führten ihn durch den dunklen, schmalen Schlurf eines Ganges in die Richtung, aus der die Geräusche erklangen. Etwas piepte, eine Türe wurde saugend geöffnet, er roch den Schwall an frischen Gerüchen wie Salate, Beeren und Gurken. Das

Singen einer Glasfalsche verriet ihm, was sie tat, ohne dass er den winzigen Raum, den sie als Küche bezeichnen würde, betrat.
Rahel zögerte. Noch war seine Präsenz verborgen. Er würde sie hierlassen können. Er würde Aurelis die Zeit geben, die der Planet brauchte, um das entstandene Chaos zu verdauen. Aber ... Sein Innerstes litt unermesslich. Sie, sein zweites Ich, seine Partnerin bis zum Ende seines Seins, fehlte jeden Atemzug. Er konnte sich nicht mehr wirklich konzentrieren, seine Gedanken drifteten in den letzten Wochen immer mehr und mehr ab. Selbst im Kampf war er vollkommen unnötig verwundet worden!
Nein. Er durfte sie nicht hierlassen. Ohne sie war er verletzlich geworden. Er musste es sich eingestehen: Iseria war seine ... Wie nannten es die Menschen gleich? Achillessehne. Das war der Begriff.
Was einst schon den mächtigen Achilles vernichtete, war ihm beinahe ebenso zum Verhängnis geworden.

Dann sah er sie. Sie hatte ihre Hülle dem Dasein als Mensch angeglichen. Ihre Beine steckten in blauen engen Hosen, die nicht angenehm aussahen, ihr Oberkörper lag unter einem weißen, jedoch nur bis zur Taille reichenden Shirt. Und ihre Haare, diese wundervollen Fluten, waren abgeschnitten worden.
Sprachlos öffneten sich seine Lippen, dann schloss er sie wieder. Sie kickte eben mit der Ferse die Kühlschranktüre zu, in der einen Hand ein leuchtendes Objekt haltend, in der anderen besagte Flasche aus Glas.
Rahels Mund öffnete sich zum zweiten Mal, schloss sich dann jedoch wieder. Er hatte so oft darüber nachgedacht, wie er sie begrüßen sollte. Aber ihm fiel nichts wirklich Kluges ein.
„Hast du dich inzwischen an ein Leben ohne Magie gewöhnt?"

Ohne zu zögern verhinderte er das Zerschellen der Flasche am Boden. Die Energien dieses Planeten waren deutlich schwächer als jene von Aurelis, aber sie reichten aus, um solche primitiven Tätigkeiten ausführen zu können.

Die Szene war irgendwie bizarr.

Stumm stand Yana in der Verbindungstüre der kleinen Dreizimmerwohnung, die ihre Mutter und sie sich teilten, seit ihr Vater vor drei Jahren gestorben war. Bis vor wenigen Sekunden hätte sie geschworen, alles von ihrer Mutter zu wissen. Sie kannte sie und alle wichtigen Geheimnisse ebenso! Iris war eine beherrschte, reservierte, sehr anständige Person. Anstand, ja, das war ein Wort, das sie eng mit ihrer Mutter verband. Anstand und Kontrolliertheit.

Aber die Szene vor Yana passte überhaupt GAR NICHT zu dem, was sie bisher immer von ihrer Mutter gedacht hatte.

Denn die Frau, die in den Armen eines vollkommen fremden Mannes lag, den Yana nur von hinten sehen konnte, weinte hemmungslos und raunte immer wieder voller Erleichterung: „Ich hasse dich! Wo warst du nur all die Jahre!"

Es war, als würden diese Tränen etwas in Yana wachrütteln. Etwas lange verschollenes.

Wie aus dem Nichts kam die Erinnerung an ihre Kindheit, die lustigen Abende im Kinderzimmer mit Toben und Iris. Aber wenn Toben nachts nicht zu Hause war, weinte Iris. Yana sah das Bild ganz deutlich: Ihre Mutter, weinend am Fensterbrett.

Und der Blick galt den Sternen, so als würde sie sehnsüchtig auf etwas warten.

„Vor langer Zeit verliebte sich Prinz Vaeis in die Tochter des Wasserkönigs, Risanja. Eine Verbindung zwischen diesen Häusern war ausgeschlossen. Noch nie hatten die Völker eine Vermischung der Blutlinien akzeptiert. Die Kinder aus solchen Verbindungen wurden Mischlinge genannt, sie galten als unrein und nur zu häufig endeten sie auf den Inseln der Vergessenen.
Nur war Vaeis als Sohn der Königin der Ashai in der Erblinie nicht direkt gebunden. Seine Schwester, Odire, würde die nächste Königin nach ihrer Mutter werden. Denn das Volk der Ashai akzeptiert nur eine Mutter als rechtmäßige Thronerbin. Vaeis hatte in dem Fall also Glück. Risanja liebte ihn aus ganzem Herzen, und er liebte sie. Sie waren beide Zweitgeborene, sie würden beide nur im seltensten Fall einen Anspruch auf den Thron erheben können, und sie wollten es nicht. Sie beide wollten kein König und keine Königin sein!
Vaeis erhielt nach langem Flehen die Zustimmung seiner Mutter und reiste zum Volk der Quin. Als er heimkehrte, war Risanja seine Frau und kam als Prinzessin in das Reich der fliegenden Inseln. Sie war guter Hoffnung und trug das Kind ihrer Liebe in sich. Aber die Schwangerschaft veränderte sie. Nacht für Nacht spürte sie, dass der Blick des Zweigesichtigen Gottes sie gestrichen hatte. Sie träumte von Vergangenem, von Zukünftigem und als ihr Sohn Vito zur Welt kam, konnte sie es nicht mehr vor ihrem Gemahl verbergen. Es war der Fluch, den der Gott jenen zur Last legte, die gegen die Regeln verstießen. Aber sorge dich nicht, Yana. Denn die Liebe war stärker als der Fluch und am Ende konnten sie zu dritt glücklich und zufrieden ihr Sein verbringen."

Yana erinnerte sich an Iris' Geschichten von einer Prinzessin, die fliehen musste und von dem Krieger, der zu ihrem Schutz zurückblieb. Geschichten von einem Geheimnis, das die Prinzessin

mit sich nehmen musste, weil sie keine Zeit mehr gehabt hatte, es dem Krieger zu sagen.
„Mama?“
Dieses Wort hauchend, fühlte sich Yana auf einmal wieder wie ein vier Jahre altes kleines Mädchen. Die bebende Hand fand Halt am Türstock, während Yanas Augen den Rücken des Fremden fixierten. Er trug braune schmale Hosen, die in oberschenkelhohen Stiefeln verschwanden. Ein zart lilafarbenes Hemd wurde teils von einem wadenlangen weißen Mantel bedeckt, einzig der Kragen lugte zwischen den Haaren hervor.
Eigentlich sollte sie ihn wirklich laut und herzhaft auslachen, aber die Ausstrahlung, die ihn umgab, hatte etwas unglaublich Mystisches. Nein. Magisches! Und als er sich zu ihr drehte und seine goldbraunen Haare wie in der perfektesten Werbung, die sie je gesehen hatte, wehten, wurden ihre Knie weich.
„Himmel.“
Sie hatte noch nie einen Mann gesehen, der SO attraktiv war! Aber das Gefühl der Anziehung änderte sich, als sie in seine Augen sah. Er hatte schwarzbraune Augen, die ihr schockierend vertraut waren, denn sie sah diese Augen jeden Tag mehrmals. Beim Aufstehen und Schminken, beim Routinecheck in der Schule, beim Abschminken, beim Schlafengehen. Er hatte dieselben Augen wie sie! Oder sollte sie sagen: Sie hatte dieselben Augen wie er? Yanas Herz begann zu rasen, als sie begriff, was dieser Gedanke bedeutete.

„Beim Zweigesichtigen Gott.“
Rahels Stimme war ein sanftes, sprachloses Flüstern. „Iseria, ist das… ist das etwa ...“

Obwohl Rahels Arm selbstsicher auf der Schulter ihrer Mutter lag, sah man den Unglauben in seinen Augen. Er erkannte die Wahrheit auf dieselbe zweifelnde Art wie sie! Nicht gemütlich und langsam, sondern blitzschnell und schockierend erschlagend. Als wäre eine zwanzig Meter hohe Welle über ihnen zusammengebrochen!
Und war die Szene bis eben nur grotesk gewesen, wurde sie jetzt unglaubwürdig. Ihre Mutter sah auf einmal aus wie zwanzig. Nein, dreißig. Aber trotzdem. Sie hatte kein Fältchen mehr um die Augen und ihre Haare wurden länger und länger. Sie wuchsen, als würde alles in Zeitraffer vorgespult werden.
„Was ist … hier los?"
Zurückweichend bekam Yana Angst. Ihr Mund wurde trocken, ihre Handflächen dafür feucht. Aus ihrer Angst wurde Entsetzen, als die Gesichtszüge ihrer Mutter neuerlich jünger als eben noch wirkten.
„Zuckerfee, schau mir in die Augen!"
Die Stimme ihrer Mutter hatte sich nicht verändert, aber SIE veränderte sich.
„Ich bin es noch immer, hörst du? Es ist der Einfluss von Rahel, der mein wahres Ich offenbart. Yana, bitte nicht schreien, hole tief Luft, ich kann dir alles ..."
Schreien!? Yana dachte nicht ans Schreien. Kraftlos glitten ihre Finger am Türstock hinab, als sie bewusstlos wurde.

Kapitel 3
Ash

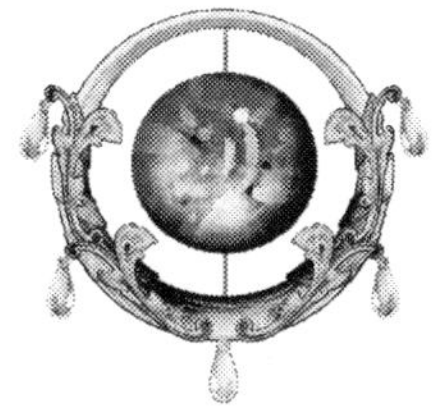

Aschengarten, Reich der Ruu

Das Feuer knisterte im Kamin. Eine wohlige Wärme erfüllte den Raum, stand jedoch im Kontrast zu den schweren, finsteren Schatten, welche das Zimmer durchzogen. Die Wärme wich dem Gefühl der Beklommenheit. Es war, als würde im Schatten der Tod lauern und die Hitze des Feuers mit seinem fauligen Atem verjagen. Der Holzboden, morsch und rau, knarzte bei jedem von Fyns trägen Schritten. Wie vertraut ihm diese Hütte inzwischen war, und wie schäbig es ohne sie wirkte. Er hatte versagt. Mehr noch. Er hatte verloren.
Alles.
Kraftlos knickten seine Beine nach vorne, während seine Augen die Flammen fixierten. Er sah die unzähligen Schattierungen des Rots. Von einem dunklen Violett bis zu einem blassen Gelb, das Spiel des Feuers war ihm so vertraut wie das Atmen. Und ebenso vertraut war ihm ihre Stimme geworden. Wenn sie lachte, gluckste sie

manchmal voller Vergnügen. Dann hielt sie verlegen inne. Die Röte, die sich auf ihre Wangen zauberte, bezauberte wiederum ihn. Und ihre Augen, schwarz und voller Würde, fingen seine ein. Es war jedes Mal das Gleiche gewesen. Und das, obwohl sie so normal war, wie er es nicht war. Keine Energiezugehörigkeit, kein Aufwallen, nicht einmal das Erahnen von Kräften gab es bei ihr. Sie war vollkommen frei, einfach nur der Philosophie des Feuers verbunden, im Herzen jedoch eine Taresh.

Eine sterbende Taresh.

SEINE sterbende Taresh.

„Fyn."

Die Stimme des alten Mannes klang beruhigend und sanft. Jener hatte keine Angst vor ihm, obwohl das Feuer im Kamin inzwischen so hoch loderte, dass es gleich das ganze Haus verschlingen könnte.

„Du musst dich kontrollieren. Sie braucht dich."

Fyn konnte es nicht. Wie auch!

„Ich kann nicht."

Gebrochen seine Stimme, gebrochen sein Innerstes.

„Wie soll ich ihr bei diesem Weg beistehen?"

„Mit Stolz. Mit Liebe. Mit Ehrlichkeit. Sie hat gewählt, sie wusste um das Risiko."

„Aber …"

Den Kopf schüttelnd sah der alte Mann auf ihn hinab.

„Ich bin nun schon einige Perioden ein Begleiter dieser Momente. Leid, Schmerz, Trauer, Zorn, Hilflosigkeit … Fyn. Ich kenne alle diese Emotionen. Aber deine Frau ist anders. Das Leben in ihr pulsiert voller Hoffnung. Hoffnung darauf, entstehen zu dürfen."

Fyns Hand schloss sich zu einer Faust.

„Wie, Kyriell, kann ich lieben, was mein Liebstes tötete!"

„Oh, nun sei nicht ungerecht."

Tadelnd schnalzte der Meister mit der Zunge, bevor er neben ihm niedersank. Dabei war dessen klarer Blick einzig auf den Kamin geheftet.
„Das Kind kann nichts für die Lage der Völker. Es suchte sich sein Zeitalter nicht aus. Wer konnte ahnen, dass ein Verrat die Häuser trennen würde? Wer konnte ahnen, dass euer stolzes Volk einmal seine Heimat verliert?“
Verrat. Verlust. Heimat. Alleine die Gedanken daran ließen Fyns Hände beben. ER war DORT gewesen! Er hatte die Schlacht erlebt. Hatte gesehen, was die niederträchtigen Kokua getan hatten. Oh. Wenn er jemals wieder seinen Fuß in ihr Reich setzen würde … Sie würden zu Staub zerfallen.
„Natürlich würden sie das nicht, Fyn. Das wissen wir beide.“
Die Stimme des Meisters war beruhigend und belehrend. Von jeher hatte er viele Gedankenregungen in den Augen seines Schützlings und aktuellen Fahir der Ruu lesen können.
„Aber …“
„Nein, Fyn. Kein Aber. Hast du denn nichts aus der Vergangenheit gelernt? Hat dich deine Frau nichts gelehrt?“
„Anyika? Sie lehrte mich jeden Tag etwas Neues. Wie … wie soll ich mich denn um …“
„Fyn …“
Endlich sah der Meister zu ihm. Beruhigend legte er seinem Fahir neuerlich die Hand auf die Schulter, sanft war der Druck, den er auf die trainierten Partien ausübte.
„Diese Frage stelle ihr selbst. Sie wartet und hat nicht mehr viel Zeit.“
Fyns Augen loderten rotgolden auf. Dann erlosch der Brand und das dunkle Braun kehrte zurück, welches er eigentlich sein Eigen nannte.

Als Fyn sich erhob, knarzte der Boden vertraut unter seinen Füßen. Schritt für Schritt quälte er sich auf den Raum zu, den er die letzten unzähligen Herzschläge gemieden hatte. Das Schlafzimmer der Hütte. Es war der Ort, in welchem Anyika und er sich dazu entschlossen hatten, allen Gefahren und Sorgen zum Trotze ein Kind zu zeugen. Sie hatten sich in dem großen rustikalen Bett geliebt. Bei offenen Läden hatte sein Volk seine Leidenschaft teilen können, jeder, der ihn hören wollte, hatte ihn hören können. Jeder, der ihn sehen wollte, hatte ihn sehen können. Es hatte nie eine Rolle gespielt. Nicht für ihn, nicht für sie. Denn wenn sie beisammen waren, war nur noch ihre Welt wichtig gewesen.

„Anyika?“
Fyn kam zu spät.
„An … yi … ka?“
Neuerlich gaben seine Knie nach und mit Tränen in den Augen brach er zu Boden. Er spürte die raue Oberfläche des Bretterbodens, welche mit Splittern seine Haut malträtierte und spürte es zugleich nicht. An Ort und Stelle zu einer Statue erstarrt, begriff er die entsetzliche Wahrheit: Er hatte sie alleine gelassen. Wie hatte er ihr das nur antun können? Verschwommen war das Bild vor seinen Augen, klarer wurde es erst nach einigen Momenten und heftigem Blinzeln. Irrte er sich etwa? Nein – Anyika lächelte. Ihre glasigen Augen hatten den Glanz des Lebens verloren, ihre Hülle war leer, die Energien hatten sich aus ihr zurückgezogen. Aber ihre Lippen zierte dieses kleine wissende Lächeln, das Anyika schon immer ausgezeichnet hatte.

Du kannst das! Ihre Stimme wirkte so glockenhell in seinen Gedanken. Die Erinnerung vermischte sich mit dem eben Gesehenen.
Woher willst du das wissen, Anyika?
Ich weiß es eben!
Sie hatte ihn auf diese Art angelächelt und er hatte es vollbracht. Kontrolliert und ohne die ganze Hütte abbrennen zu lassen, wurde das Lagerfeuer im Kamin entfacht. Sie war so stolz auf ihn, und am Ende lagen sie glücklich beisammen.
Wir können auch hier glücklich sein, Fyn. Wir brauchen keinen Palast, keine Dienerschaft. Lass uns unsere freie Zeit in Ruhe auskosten, nur wir beide … vielleicht bald zu dritt?
Sein Leben war voller Dunkelheit und Schatten, er war wie ein unbewohnbarer, karger, rauer und ohne wahre Wasserquellen versehener Planet. Er war der TOD! Aber Anyika hatte es nicht so gesehen. Sie sah das Leben in jeder Sekunde ihres Seins. Lag darin die Stärke jener, die nicht direkt mit den Energiefeldern verbunden waren? Dass sie ihre Naivität behielten? Den Glauben an etwas Gutes?
„Ich … ich habe …"
Leichte Schritte vor ihm, weicher grauer Stoff strich seinen Handrücken. Meister Kyriell sank auf die Knie. In seinen Armen lag ein kleines Bündel, zierlich und mit dichten schwarzen Haaren.
„Er wird es nicht leicht haben."
Fyn schaffte es zu nicken.
„Immerhin ist er kein reines Kind, er wird der erste Fahir, der gemischtes Blut in sich trägt." Neuerlich konnte Fyn nur schweigend zustimmen.

Kyriell hielt das Bündel sicher in seinen Armen. Der Neugeborene war noch bedeckt mit den Resten von Anyikas Blut und anderen Sekreten, die Fyn noch nie gesehen hatte. Den Kopf schmückten dichte Locken, die direkt nach der Geburt eine verdächtige Ähnlichkeit mit geölten, gerösteten und dabei verbrannten Würmern hatten. Der Knopf hatte absolut nichts Hübsches an sich. Er ähnelte nicht einmal im Entfernten seiner Mutter! Fyns Hände bebten. Er konnte das Kind nicht nehmen. Noch nicht.

Doch da öffnete der kleine Mann die Augen. Einfach so, ganz unspektakulär, und sah Fyn an. Es war, als wolle er seinem Vater beweisen, dass er sich irrte.

„Er hat ein Seelenband."

Kyriell hatte es längst gespürt, während Fyn von seiner Trauer abgelenkt gewesen war. Nun jedoch …

„Ja."

Er spürte es überdeutlich. Das war etwas höchst Seltenes und würde seinem Kind das Leben etwas erleichtern. Und noch etwas Markantes stach dem Fahir ins Auge: die Augenfarbe seines Sohnes. Sie wirkte wie verbranntes Holz am Ende eines langen Leidensweges: grau.

„Sein Name soll Ash sein."

Endlich gab er sich einen Ruck. „Ash, Sohn von Fyn und Anyika. Requia…"

Dem Knaben die Stirn küssend, tropften Fyns Tränen auf die winzigen Wangen. Doch Ash weinte nicht. Stumm sah er in die Welt, als wisse er längst von dem Leid, welches er entfacht hatte. Selbst als er in die Arme seines Vaters gelegt wurde, erfüllte eine unheimliche Ruhe die Seele des Knaben.

„A quia re."

Die Worte Kyriells waren voller Ehrfurcht. Da Ash die Begrüßung noch nicht erwidern konnte, tat er es als erster Meister und Gelehrter des Hofes.
„Möchtest du beim Lösen anwesend sein?"
Nun kam der weit bedrückendere Teil. Kyriell würde den Körper der jungen Frau in die Arme des Zweigesichtigen übergeben müssen. Da kein Anassus anwesend war, gelang das nur durch die reinigende Hitze des heiligen Liedes.
„Ja. Wir beide werden sie begleiten."
Steif erhob sich Fyn. Stolz und aufrecht stand er im Raum, erhaben und voller Würde, während sein Sohn wie ein winziges Knäuel an der breiten Brust zu verschwinden drohte.
„Kyriell?"
„Ja, Fyn?"
„Wie soll ich das meinem Volk erklären?"
Fragend sah Fyn den alten Mann an, welcher gütig lächelte.
„Mit Weisheit und Ehrlichkeit, Fyn. So wie immer."
Weisheit und Ehrlichkeit. Während Kyriell den Gesang der Alten anstimmte, seine Stimme dunkel und tief durch den Raum klang, schmiegte Fyn seinen Sohn an seine Brust.
„Ash, sehe und lerne. Von diesem Tag an wird dein Leben immer mit dem Wissen befleckt sein, dass es das Leben eines anderen kostete. Wisse es zu schätzen. Mehr noch, sei stolz, dass du eine solche Mutter hattest. Ohne sie und ihr Opfer gäbe es dich nicht als zukünftigen Fahir unseres Volkes."
Und in den Trauergesang einstimmend begleiteten die Töne Anyikas Energien in jene Welten, aus welchen sie gekommen waren. Ins große Ganze, zurück zum Zweigesichtigen Gott und dessen Herz. Er, der Leben schenkte, er der Leben nahm. Sie, die Leben schenkte, sie, die Leben nahm.

„Kein Licht ohne Schatten, kein Feuer ohne Wasser, keine Erde ohne Luft. Es ist das Gesetz des Lebens, des Seins, dass wir, die wir aus der Asche kommen, am Ende auch wieder zu Asche werden. Denn wo ein Anfang ist, da muss auch ein Ende sein."

Langsam sah Fyn hinab. Ash, sein neugeborener Sohn, lag eingewickelt in ein feuerrotes Tuch an seiner Brust.
„Du bist der Anfang, mein Sohn. Geboren aus der Asche deiner Mutter bist du ein Feuervogel, der seine Schwingen ausbreitet und in die Lüfte steigt. Du hast alles in dir, mein Kind. Das Beste deiner Mutter, das Beste deines Vaters und als Geschenk des Gottes einen Kameraden, der sein Leben für dich geben wird. Er wird dich finden, Ash, habe Geduld."
Als Fyn wieder zum Bett sah, befand sich darauf keine menschliche Gestalt mehr. Nur noch der Schmuck, den sie getragen hatte, erinnerte in dem Aschehaufen an die Frau, die sie einst gewesen war. „Lass den Schmuck aufbahren, die Urne soll einen Ehrenplatz erhalten."
„Natürlich."
Unentschlossen hielt der Fahir neuerlich inne.
„Fyn?"
„Ja?" Fragend legten sich die schwarzen Augen des fast knabenhaft jungen Fahirs auf die des Gelehrten.
Und wieder einmal war es Kyriell, welcher ihm sanft den Weg wies: „Zeig deinem Volk deinen Sohn. Sie brauchen Hoffnung, und er wird sie ihnen bringen."

20 Sommer später – das verlorene Land

Hoch zu Ross sitzend drangen die Schreie des Schlachtlärms den Hügel hinauf. Der Wind trug das Kreischen an seine empfindsamen Ohren, den Geruch des Todes an seine sensible Nase. Jene rümpfend, sah Theobald zwischen den Schlitzen des Helmes zu seinem Vater.
Erhaben in seiner Rüstung wirkte jener vollkommen unantastbar. Man sah nichts von seiner Gestalt – der an Eisen erinnernde Harnisch, der Kopfschmuck, die Bein- und Armschienen – all das verdeckte den Körper des Königs der Kokua. Einzig die Schlitze dessen Helmes ließen blitzende, kalte Augen vermuten und schmale, harte Lippen.
„Lasst die Bogenschützen angreifen."
Sein Befehl war klar gesprochen.
„Herr, die Truppen der verbannten Königreiche der Anassus, Shiya und Ruu fliehen. Es ist nicht nötig, wenn wir…"
Der General verstummte.
Mit grausamer Gelassenheit drehte Theobalds Vater den Kopf in die Richtung des Sprechenden. Eisige Stille herrschte zwischen ihnen, dann begann der General aus den Augen zu bluten. Röchelnd hielt er die Zügel fester, die behandschuhte Hand zuckte, während Theobald aus den Augenwinkeln die minimale Handbewegung seines Vaters sah. Er ballte die Hand zur Faust und zerquetschte in Gedanken vermutlich eben das Herz des Generals. Theobald grinste von einem Ohr zum anderen. Das geschah dem alten Sack von General recht. Niemand widersprach seinem Vater, ohne dafür bestraft zu werden! Und seit sie hier auf Aurelis waren, infizierte dieser Planet und die infiltrierten Amira das Gedankengut der Kokua auf höchst bedenkliche Art und Weise.

Es klirrte metallisch, als der General tot aus dem Sattel fiel. Herrenlos tänzelte das Pferd zur Seite, bis es von einem jungen Knappen abgefangen wurde. Und als wäre nichts geschehen, sah der König der Kokua wieder nach vorne. Es war ein erhabener Moment für Theobald, als die Salve der Pfeile wie schwarze Schattierungen des Himmels losflog – und ein unheimlich berauschendes Gefühl erfasste ihn, als das Kreischen der Getroffenen zu ihm drang.
„Mein Sohn."
Die Stimme seines Vaters war emotionslos wie immer.
„Lerne aus dem heutigen Tag."
„Natürlich, Vater." Theobalds kindliche Stimme überschlug sich beinahe vor Eifer.
„Und Theobald?"
Dieser Wortlaut ließ den Prinzen jedoch etwas verunsichert zu der verhüllten Gestalt blicken. Wenn sein Vater ihn bei seinem Namen nannte, gab es meistens Ärger.
„Hör auf Meister Vinda. Ich möchte nicht noch einmal einen so schlechten Text von dir lesen müssen!"
Obwohl Theobald innerlich kochte, nickte er. Gedemütigt, aber erhaben. Das würde Vinda eines Tages büßen.
„Und Theobald?"
„Ja, Vater?" Diesmal konnte er das Beben nicht verbergen. Allerdings vor Jähzorn.
„Meister Vinda handelt nach meinem Befehl. NUR nach meinem Befehl. Also hinterfrage ihn nie wieder."
Theobald spürte, wie die Farbe aus seinen Wangen wich.
„Nein, Vater. Verzeih, Vater."
Er bekam keine Antwort mehr. Doch auf einmal wirkte das Gemetzel zu seinen Füßen, die Schreie, der Schmerz und der

Geruch nach Blut bedrückend. Zu dem toten General blickend, begriff der junge Knabe. Der Tod des Generals war auch eine Warnung für ihn gewesen.
Wenn er Meister Vinda anzweifelte, zweifelte er seinen Vater an. Und darauf stand im Land der Kokua die Todesstrafe. Seine behandschuhte Hand ballte sich zur Faust, seine Lippen schürzten sich. Die Todesstrafe ließ sich allerdings auch in eine andere Richtung verhängen!
Und alleine, dass er den Mut zu diesem Gedanken hatte, ließ Theobalds kindlichen Trotz wachsen.

„RENNT!"
Die Stimme des jungen Fahir übertönte das Geschrei, so gut es ging. Sein Vater, soeben von einer Klinge eines Kokua getötet, war noch nicht ins Reich des Gottes gewichen, da hatte Ash bereits dessen Platz übernommen.
„RENNT! FLIEHT!"
Sie mussten sich zurückziehen! Die Schlacht tobte seit Wochen und nun hatten sie verloren. Was für ein mieser, hinterlistiger Trick sie auch immer dazu getrieben hatte, hier aufzutauchen. Am Ende mussten die, die dem Feuer, der Dunkelheit und der Luft zugeneigt waren, Aurelis verlassen. Und die Brutalität, mit der sie vertrieben wurden, ließ in Ash nichts als Kälte und Verachtung zurück.
Einer Axt ausweichend, duckte er sich geschmeidig unter einem Langschwert hinweg. Mit der Schulter hebelte er einen müden Krieger von den Beinen und noch während jener zu Boden fiel, wo die Masse ihn zertrampeln würde, rannte Ash weiter. Allerdings spürte er die Müdigkeit tief in seinen Knochen. Er war ausgelaugt.

Die Magier hatten alles gegeben, aber es hatte nicht gereicht. Nichts reichte bei dem epischen Ausmaß dieses Verrats.
„DURCH DAS PORTAL! RUU! ICH, EUER FAHIR, BEFEHLE EUCH DEN RÜCKZUG!"
Seine rechte Hand anhebend flammte der Ring an seinem Finger sichtbar auf, bevor sich seine Hand in einen Feuerball verwandelte und eine leuchtende Kugel zum Himmel schoss. Das verabredete Zeichen für den Rückzug.
Die verbliebenen Krieger seines Volkes reagierten endlich. Der Schutzwall, welcher die Kinder und Frauen vor den Angriffen der Kokua, Ashai und Quin beschützt hatte, wurde zu einer sich bewegenden Wand. Schritt für Schritt deckte man die letzten Überlebenden und drängte sie durch die wässrig schimmernde Oberfläche des Portals, welches auf der verlorenen Ebene entstanden war.

Und dann sah Ash die alte Mutter und ehemalige Königin der Ashai. Ihr Körper war gehüllt in gleißendes Licht und doch konnte er ihre Silhouette erahnen. Sie verbrauchte all ihre Kräfte, um das Portal so lange wie möglich stabil zu halten. Sie opferte sich, wie sie die Völker opferte, die in den Tod gesandt wurden. Vermutlich hätte sie mit dieser Tat auch nicht weiterleben können.
Wie könnt ihr uns das nur antun!
Tränen schossen in die Augen des neuen Fahir. Er stolperte über einen toten Körper, verlor dabei beinahe den Halt. Es war die Masse an Körpern um ihn herum, welche ihn auffing und vor sich hertrieb. Sie alle flohen. Sie alle wurden gnadenlos verbannt. Die geflügelten Wesen des Windes, die Shiya – das Volk der Dunkelheit, die Anassus – und sein eigenes Volk, dem Feuer zugehörig, die Ruu. Und mit ihnen flohen zahlreiche Kreaturen,

die in den jeweiligen Ländern Schutz gesucht hatten. Er spürte die Präsenz von Leichenfressern unter sich in der Erde, einige Pferdelängen entfernt rannte ein Oger mit seiner Frau, welche zwei kleine Kinder an die Brust gepresst hielt. Er sah schemenhafte Geistwesen aus dem Reich der Schatten, und dazwischen normale Menschen. Händler, die im falschen Land, der falschen Stadt, oder einfach nur zur falschen Zeit da gewesen waren.

Es war unfassbar. Und das Portal, das die alte Mutter erschaffen hatte, war es ebenso. Es war die größte magische Fläche, die Ash je gesehen hatte. Alleine der Bogen spannte sich über die ganze Ebene, was hunderten Schritten entsprach! Doch das bezaubernde, wabernde und reflektierende Blau der Oberfläche verriet nichts von dem Tod, der auf der anderen Seite lauern würde. Welche Grausamkeit hinter dieser Schönheit ruhte.

Ashs Blick glitt erneut zum Himmel, weg von der gleißenden Präsenz der Mutter hin zu dem schwarzen Planeten, welcher Aurelis als Zwilling von jeher begleitet hatte. Moquar, so nannte man ihn, der Dunkle. Er würde ihr neues Heim werden. Und dort oben würden sie alle, wenn kein Wunder geschah, sterben.

Sie wird euch retten, habt Vertrauen, Fahir. Überlebt, bis das Rad der Zeit alles ändert.

Ash hatte keine Ahnung, WER mit ihm in Gedanken sprach. Rastlos mit der Masse eilend, glitten seine Augen suchend über die umliegenden Flüchtenden. War die Kapuzenträgerin verdächtiger als ein junger Krieger der Anassus? Oder war es etwa das Kind gewesen, das ihn schon die ganze Zeit vor Angst weinend über die Schulter seines Vaters anstarrte?

Nein, ich bin hier oben.

Ash strauchelte neuerlich. WER war ÜBER ihm? Er konnte den Gedanken allerdings nicht mehr verfolgen, da er gerufen wurde.

FAHIR!
Die Stimme seines Seelenbandes riss seine Aufmerksamkeit an sich. Ein mächtiger Schatten strich um die Menschen um ihn herum, dann spürte man die Hitze des Phönixes. Kita versengte nur ihre Feinde, aber im Angesicht der Situation schien die Phönixdame wenig Wert auf Vorsicht zu legen. Ihr Gefieder schillerte in den Farben der Flammen, ihr Gesicht, derzeit die vertrauten Züge des Phönixvogels, besaß schillernd-goldene Augen und ihre Beine waren lange, mit Klauen versehene Hühnerbeinchen. Aber DAS würde ihr Ash nie ins Gesicht sagen. Schon gar nicht wegen der imposanten Größe dieser Hühnerbeinchen. Kita war immerhin die größte Phönixdame, die Ash kannte!

Das Portal bricht. Ihr müsst euch beeilen!
Kita hatte recht. Ash würde später in Erinnerung schwelgen – so es für ihn ein Später gab. Denn das Portal, das all die Massen an Wesen von Aurelis verbannte, begann zu brechen. Blieb Ash hier, würde er sterben. Und er durfte nicht sterben! Sein Tod wäre das Ende einer ganzen Familienära. Das Ende seines Volkes!
Kitas Krallen umfassten seinen Körper bei der Taille, kräftige Schwingen rissen ihn vom Boden und noch ehe er sich versah, wurde er aus ihrer Umklammerung geschleudert und durch das Portal gefegt. Der Transfer fühlte sich im ersten Moment kalt an, fremd, feindlich. Und gerade, als er sich daran zu gewöhnen schien, verließ er das Portal wieder.
Kullernd und höchst unelegant fiel Ash auf den unbekannten schwarzen, staubigen Boden. Ein Oger, ebenfalls auf der Flucht, rammte achtlos mit seinem Fuß Ashs rechte Seite und noch ehe der Fahir etwas hätte machen können, brandete eine Welle von Schmerzen in seinem Brustkasten auf. Hart getroffen schleuderte

es Ash etliche Meter hoch in die Luft, noch im freien Fall wurde er von Kita wieder aufgefangen. Der Druck der Klauen um seinen Oberkörper ließ Ash vor Schmerzen aufschreien. Er konnte kaum einen klaren Gedanken fassen, umso mehr überraschte es ihn, dass ausgerechnet eine fremde weibliche Stimme den Nebel des Schmerzes durchbrach.
Ash konnte sie klar und deutlich hören – so klar, als würde der Wind ihre Worte direkt an seine Ohren treiben, als würde sie einzig für ihn sprechen: „Versteckt euch, Verstoßene von Aurelis! Bald kommt der Morgen – bald kommt die Hitze! Sucht Schutz in den Höhlen!"
Die Fremde rief die warnenden Worte, und verstummte – wahrscheinlich um sich selbst zu retten. Während Kita einen Bogen flog, riss sie seinen Körper unsanft mit sich herum. Die Woge des Schmerzes ließ Tränen in Ashs Augen wandern. Um die Schwäche jedoch zu überspielen, raunzte er: „Was für ein beschissener Tag zum Vergehen."
Du wirst nicht vergehen, junger Fahir. Nicht, solange ich bei dir bin.
Kitas Stimme war unglaublich zärtlich und weich in seinen Gedanken. Jeder andere Mann wäre alleine davon beruhigt gewesen. Aber Ash war nicht jeder andere. Sie waren Seelenbänder. Er, der Fahir der Ruu und sie, die Phönixdame.
„Na, wenn DU das sagst ..."
Trocken klang seine Erwiderung, voller Bitterkeit und Leid. Wie wollte denn ausgerechnet ein Vogel sein Leben verlängern? Soweit er wusste, besaß Kita keine wirklichen Heilkräfte, und so wie sich sein Körper anfühlte, hatte er eine Heilung dringend nötig.
Das Chaos unter Ry'jin war unglaublich. Unbeschreiblich. Wenn man es ihr erzählt hätte, sie hätte es nicht geglaubt.
Aber wie auch?

Sie erlebte es gerade selbst und konnte es nicht fassen! Ein Teil von ihr versuchte sich noch immer einzureden, dass am Ende alles gut werden würde! Dass die kleinen toten Bündel, über welche die Masse inzwischen panisch rannte, keine Kinder, sondern nur Lebensmittel waren. Dass die leeren und anklagenden Augen der Greise oder Verwundeten dem Zweigesichtigen selbst galten, nicht ihr, die sie oben in Sicherheit fliegen konnte.
Wie konnte man glauben, was dort unten geschah? Wie, wenn es bedeutete, einer abscheulichen Wahrheit ins Auge zu blicken? Einer Wahrheit, die so grauenvoll war, dass man sie lieber verdrängt hätte als auszusprechen? Tief in Ry'jins Herzen entstand ein unaussprechlicher Hass auf jene, die nicht hier waren. Jene, die an all dem die Schuld trugen.
Sie hob den Blick und sah hoch. Dort lag es, Aurelis. Der Planet, der wie ein Mond scheinbar hell und rein am Himmel strahlte. Ein riesiger blauer Mond, so nah, dass sie ihn fast greifen konnte, und zugleich so fern. Sie sah die hellen, majestätischen Wolkengeflechte der Ashai und sie sah die tiefen blauen Fluten der Wasserlande. Ry'jins weiße Flügel waren weit geöffnet, der kalte, tote Wind Moquars strich durch das höchst sensible Gefieder. Noch war es Nacht, aber sobald der Tag auf Moquar erwachte, würde die glühende Hitze alle versengen, die an der Oberfläche waren. Zum Glück hatte sie zumindest ein paar Informationen von diesem Planeten erhalten, bevor sie mit ihrem Volk hierher geflüchtet war!

Ein fremdartiges Geräusch riss Ry'jins Aufmerksamkeit zurück in die Gegenwart. Es klang wie ein Schmatzen und Sabbern gefolgt von einem Sirren und Klingeln. Erst im Sturzflug begriff sie: Das Portal brach endgültig zusammen. Es waren die letzten Töne der Gesänge, die sie noch von Aurelis vernahm. Die hellen Töne der

Ashai-Elementaristen, die sanften Töne der Wasserleute aus Quin. Vernichtende Stille der Kokua. Nein. Das Erdvolk hatte nicht für sie gesungen, hatte nichts getan, um das Portal zu stabilisieren. Das Volk hatte sie nur endgültig verjagt.
Die letzten Wesen wurden vom Portal brutal hervorgespien – denn mit dem Vergehen der alten Königin wurde die Materie instabil. Die letzten Überlebenden wurden dadurch zu einem tödlichen Geschoss, welches inmitten der flüchtenden Massen landete und dort noch mehr Verzweiflung, Panik und Trauer hinterließ.
„Ich hasse euch, hoffentlich tötet er euch alle!"
Den Satz wispernd war es zu spät zum Umkehren. Zu spät, um sich zu verkriechen. Sie war auf Moquar und würde, wenn alles schiefging, auch hier sterben.

„Konzentrier dich, Ry'jin. Konzentrier dich. Du musst überleben, also such eine Höhle … such eine Höhle …" Denn wenn auf Aurelis der Abend kam, würde auf Moquar der Morgen kommen. Eine sehr einfache Regel.
Hinabgleitend verschwand die strahlende silberne Oberfläche des Portals in ihrem Rücken. Einfach so, vollkommen unspektakulär. Die flüchtenden Massen, diese tausenden Körper unter ihr, wurden gnadenlos der Dunkelheit der Nacht überlassen.
Aber es war nicht so finster, wie sie es befürchtet hatte. Der erste Schimmer des anbrechenden Tages ließ den Himmel gräulich und den Boden, welcher schwarz, grau und tot einer Wüste gleichkam, kontrastreich wirken. Und in diesen Kontrasten sah sie endlich, was sie erhofft hatte: eine Reihe von kleinen Öffnungen im kargen Wüstenboden der Ebene unter sich. Das mussten die Höhlen der toten Ebene sein. Ihr Meister hatte also recht gehabt und sie als Kind nicht angelogen!

„SUCHT SCHUTZ IN DEN HÖHLEN! DER MORGEN NAHT!“
So laut Ry‘jin konnte, schrie sie die Warnung, während sie selbst in Richtung der äußeren Hügel glitt. Geschmeidig wie eine Feder setzte sie am toten Boden auf. Sie hatte keinen Seelenpartner, der sie warnte, kein Band, das an ihrer Seite kämpfte. Sie war alleine, bis sie ihre Familie wiedergefunden hatte oder von ihnen gefunden wurde. Und bis dahin musste sie sich selbst schützen.
Vorerst nur einen kleinen Dolch hervornehmend sah sie in den dunklen Schlitz hinab. Eiskalte Luft strich ihre Wangen und Oberarme, ließ ihren Körper frösteln. Normalerweise war das ein Omen für etwas Dunkles, das sie strich. Aber an einem Tag wie heute nahm sie es nicht ernst. Heute war alles um sie herum gefüllt von absoluter Dunkelheit.

Und dann trug der Windhauch Laute an ihre Ohren. Zu ihrem Erstaunen konnte sie deutlich das Gespräch von mehreren Leuten vernehmen, und wenn sie sich nicht irrte, entsprangen die Laute dem Dialekt der Taresh!
Diesen Dialekt lernte jedes Volk als Zweitsprache, um irgendwann einmal Handel treiben zu können. Die Sprache des bunten Volkes war jedoch im Kontrast zu den Lauten der anderen Völker hart. Die Dialoge waren einfach, kurzgehalten und effektiv. Aber – man konnte kommunizieren, ohne sich zu erschlagen! Völkerübergreifend wurde diese Sprache zum Zeichen von Neutralität und zugleich auch Hoffnung. Denn viele Menschen hatten sich freiwillig den Taresh angeschlossen, ihre eigenen Völker dazu verlassen, und den Zwist der Länder endlich hinter sich gelassen.

Konzentriert lauschend hielt Ry'jin inne, während ihre Flügel eng und wärmend an ihrem Rücken lagen. Sie hätte sie auch verschwinden lassen können, aber das kostete viel Kraft und die Energiefäden waren auf Moquar spürbar rar gesät.
Sie neigte sich nach vorne und wollte etwas von dem Gespräch verstehen, als plötzlich der Boden unter ihr nachgab. Im Reflex versuchte sie noch Halt zu finden, doch die Schatten waren zu dicht. Einen Schrei unterdrückend, rutschte sie in das Erdloch hinunter, überschlug sich einige Male hart und blieb am Ende ächzend liegen.
Was für ein beschissener Tag zum Vergehen!

Aire

Held

- Erster Wächter des Prinzregenten
- Magische Affinität: Wasser
- Fürchtet sich vor:
  Quars Nähe
  Prinz Quras

Wenn der Wind den salzigen Geruch des Meeres hoch nach Qeridis trägt und ich im Schein der Morgensonne trainiere, fühle ich mich als Teil etwas besonderem. Doch sobald ich dem Zweitgeborenen Quar zum Schutz zur Seite stehe, verblasst dieses Gefühl …

Kapitel 4

Quar

Hauptstadt Qeridis, Reich der Quin

Neues Zeitalter der Kokua

„Quar, bist du hier?“

Behutsam setzte Aire ihre Schritte, die Absätze hinterließen dennoch jedes Mal einen hallenden Laut auf dem spiegelglatten Steinboden. Wie sie es verachtete, wenn sie dem Zweitgeborenen des Landes nachlaufen musste. Als wäre sie eine Botin, keine Leibwächterin!

„Hör auf mit den Spielchen, du weißt, ich mag sie nicht!“

Ihre Stimme klang genervt, offenbarte ihre Anspannung. Das große Empfangszimmer von Quar war jedoch wirklich vollkommen leer. Die Vorhänge wehten im aufgekommenen Wind, man roch die Weiten der Wasserlande und wenn sie nach links sah, konnte sie aus den hohen Bogenfenstern nichts als eine riesige blaue, im letzten Schein der Sonne funkelnde Masse sehen. In diesem Raum empfing er Gäste, Bittsteller, aber auch seine

Huren, die er am Ende nach hinten mitnahm. Ein Gedanke, der Aires Zorn entfachte.
„Wenn ich dich gleich mit irgendeinem Weib im Bett erwische, Quar, bist du kein Mann mehr, das schwöre ich dir!"
Knurrend raunzte sie die Drohung, während ihre Hände die geflügelten Türen zu seinem Schlafgemach aufdrückten. Geflügelte Türen, die sich überraschend leicht nach innen drücken ließen, deren Mas- und Musterung aus reinem Gold und blauen Edelsteinen von Reichtum, Macht und Erhabenheit zeugte.
Keine Frage – Quar, Sohn von Theos, Zweiter in der Erbfolge auf den Titel König des Wasservolkes, verstand es meisterlich, seinen Namen mit Prunk und Glanz zu versehen. Kein Wunder, dass ihm die jungen Frauen reihenweise erlagen. Die Augen der ersten Wächterin glitten an den hellen Wänden nach oben. Schon zu lange war sie nicht mehr in diesen Gemächern gewesen. Wenn sie es genau nahm: seit dem Tag ihrer Zuweisung, und wie damals, so erschlug es sie auch heute bei dem Anblick.

Blaue Ornamente, mit Silber und Gold eingefasst, zeigten an den freien Wänden Szenen aus dem Leben der Quin. Der Sturz des Meervolkes – der Chaija, der Sieg über die mächtigen Sieben, die Vereinigung der Stämme zu einem Volk – den Quin.
Aber es zeigte auch die Verbindung der Quin mit den Ashai, die geflügelten Engelskrieger des Himmels inmitten von Wasserfontänen, und das Bündnis der Quin mit den Ruu.
Ein Schatten huschte über ihre Augen. Auf dem letzten Ornament hängen bleibend, runzelte sie die Stirn. Die neue Allianz, angeführt von den Kokua, hatte befohlen, alle Abbildungen der Verbannten zu entfernen. Nichts sollte auf Aurelis mehr darauf hindeuten, dass sie je existiert hatten. Quar schien dieses Verbot, wie viele andere

auch, nicht ernst genommen zu haben. Denn auf den zweiten Blick entdeckte sie neben dem Zeichen der Ruu das Symbol des schwarzen Mondes, das Zeichen der Anassus und die gekreuzten Schwingen, das Zeichen der Shiya.

Aires Lippen schürzten sich. Wenn jemand aus den anderen Häusern diese Bildnisse zu sehen bekam, würde man Quar wegen Hochverrats anklagen. Sie würde mit ihm darüber reden müssen. Ernsthaft.

Und ihm klarmachen, dass er trotz seines kindischen Wesens dem Thron in gewisser Hinsicht verpflichtet war. Zweitgeborener hin oder her. Es war sein Blut, das ihn zu manchem verdammte. Und es war sein Wesen, dass dieses verdammenswerte Blut zu verstärken schien. Und als sie auch noch das fehlende Bildnis der Kokua registrierte, spürte sie den altbekannten stechenden Schmerz an ihren Schläfen.

„Du Narr.“ Er wusste nichts! Aber sie durfte es nicht korrigieren. Es gab Schatten, die mit ihr ins Grab gehen mussten. Seufzend rieb sich Aire über die Stirn. Sie wollte sich eben abwenden und wieder gehen, als ein Rascheln ihre Aufmerksamkeit erregte.

Sich wieder auf die ursprüngliche Botschaft konzentrierend, sah sie suchend um sich. Quars Schreibtisch aus weißem Meerstein war unberührt, die blassblauen Stoffbahnen an den hohen Fenstern wehten im Wind. Ein Unwetter zog heran, aber das hätte Quar nicht von seinen Unternehmungen abgehalten. Während sie die Luft des Meeres tief einatmete, schloss Aire für Sekunden ihre Augen. Sie spürte die frische und unverbrauchte Energie, die vom Wasser über die Luft herangetragen wurde. Es kribbelte in ihren Fingern und dem Drang nachgebend, erschienen flüchtig blaue Wassertropfen, die ihre Hand umschlossen, bevor sie wieder zu Wasserstaub wurden und verdampften. Materie war überall.

Energie, überall. Und ihr Element, das Wasser – überall. Selbst in der trockensten Wüste konnte sie es noch aus der Luft beziehen. Vielleicht nicht so kräftig wie hier, aber stark genug, um zu überleben.

Neuerlich raschelte es. Ihre lila-blauen Augen fixierten den letzten möglichen Ort in diesem Raum – sein Himmelbett. Quar hatte alle Vorhänge zugezogen. Der blaue Stoff, mit goldenen Stickereien versehen, bewegte sich jedoch minimal. Und dann, endlich, verrieten sie sich. Denn aus dem Nichts heraus kicherte eine junge Frauenstimme. Eine vertraute Frauenstimme, aber Aire war zu wütend, um sich darüber weitere Gedanken zu machen.
„VERFLUCHT, QUAR!"
Natürlich war er zu Hause und natürlich hatte er sich wieder einmal die Zeit mit seinem persönlichen Vergnügen vertrieben.
Drei schnelle Schritte und Aire überwand die Distanz. Ihre Finger nach dem Vorhang ausstreckend wurde sie jedoch überraschend von seiner großen, kräftigen Hand abgefangen. Er griff aus dem Inneren hinaus und hielt sie davon ab, das Geheimnis zu lüften. Selten offenbarte er ihr seine kriegerischen Reflexe, doch in solch kleinen Details sah sie den Kämpfer in ihm – den Krieger, der er eigentlich sein sollte.
„Aire, das willst du nicht sehen."
Ihre Kiefer knirschten. Obwohl sie ihn noch nicht sehen konnte, erkannte sie an seiner Stimme, dass er nicht lächelte. Er warnte sie und Aire wusste, dass er vermutlich recht hatte. Aber der Zorn beflügelte sie. Seine Warnung in den Wind schießend fegte sie den Vorhang mit der freien Hand zur Seite. Raschelnd bauschte sich der Stoff auf, sie spürte die zärtliche Liebkosung der Seide an ihrer

Wange, während das Tageslicht in warmen Strahlen Streifen auf überraschend vertraute Gesichter warf.

Und dann wurde Aire übel.

„Du?“

Aire wollte nicht gekränkt klingen. Sie wollte überhaupt keine Gefühle offenbaren, aber es fiel ihr bei dem Anblick schwerer als gedacht.

„Hallo, Schwester.“

Kichernd vergrub sich Anja in der Decke und sah sie unschuldig an. Ein Blick, den Aire nur zu gut kannte. Schon als Kind hatte sich Anja mit diesen braunen naiven Augen aus allen Miseren retten können.

„Du hast …“

Aires Augen glitten fassungslos von Anja zurück zu Quar, dann wieder zu Anja. Nach wie vor hielt Quar ihr Handgelenk umschlossen, als hätte er Angst, sie würde ihm sonst ins Gesicht schlagen.

„Ich habe dich nie angelogen, Schwesterchen. Du hast mich gefragt, ob ich einen Liebhaber habe und ich sagte ja. Du hast mich ja nicht gefragt, WER es ist.“

Nach dieser Antwort verspürte Aire tatsächlich den Drang, ihre Finger tief in sein Gesicht zu graben. Fassungslos verfolgte sie, wie Anjas Finger verspielt über Quars Oberarm glitt – eine besitzergreifende Geste. Doch dem Prinzen schien die Szene nun etwas unangenehm zu werden, denn er richtete sich ruckartig auf und brachte damit eine sichtbare körperliche Distanz zwischen sich und Anja.

Anja, ihre normale Schwester.

Gut, fairerweise musste Aire sagen: ihre vollkommen normale aber bildhübsche Schwester.

Einige ewige Atemzüge lang regte sich niemand. Aire kämpfte um Fassung. Obwohl sie sonst so beherrscht war, zitterte ihre Stimme und ihre Hand, als sie endlich die richtigen Worte gefunden hatte: „Es gibt Tage, da hasse ich euch beide und weiß nicht, wer das schlimmere Elend ist!"
Sie scherte sich nicht um die Verachtung, die deutlich zu hören war, noch um den kalten Blick, der ihre Schwester strich.
„Von mir aus kannst du verrecken. Du bist nicht mehr mein Blut."
Sich endlich von Quar losreißend kämpfte sie gegen die Tränen.
Nein, nicht wegen ihm.
Also räusperte sie sich. Ihre bebenden Hände strichen unsichtbare Falten aus ihrem Rock glatt, während sie Quar distanziert anblickte. Sie versuchte die Wächterin zu sein, die sie die letzten Jahre gewesen war. Und wenn sie ehrlich war: Sie hatte ihn bei viel schlimmeren Dingen erwischt. Wen kümmerte es, dass ihre Schwester nun auch noch zu einem billigen Flittchen wurde?
„Euer Vater, Prinz Quar, sucht euch und seine Laune sinkt von Minute zu Minute. Und UNSER Erzeuger sucht dich auch, frag den Zweigesichtigen, warum. Mich schert es nicht mehr."
Abrupt wandte sie sich ab. Was hatte sie sich erwartet. Dass er einmal ein Wochenende NICHT in der Gegend herumhurte? Dass er seine Worte ihr gegenüber wirklich ernst meinen würde?
„Aire, bitte … warte."
Das Tragische an der Sache war ja nur … Seine Hand berührte ihre Schulter, zaghaft und vorsichtig und riss ihre Gedanken in die Gegenwart zurück.
„Es tut mir leid, Aire. Ich wollte nicht, dass du es erfährst. Ich dachte, du wärst die Tage im Tempel zum Training." Ausreden.

Quar suchte verzweifelt danach und machte damit alles noch schlimmer für sie.
Bitter stieg ihr die Galle auf.
„Denkst du, das macht es besser? Hinter meinem Rücken vögelst du meine Schwester!"
Die Worte offenbarten ihr emotionales Chaos und noch während sie sie aussprach, schämte sie sich dafür. Zusätzlich schnalzte Quar missbilligend mit der Zunge, um die Szene mit der Aussage: „Solche Worte passen gar nicht zu so einem schönen Mund." von unglaubwürdig zu bizarr wechseln zu lassen.
Aires Hände bebten, ballten sich rechts wie links zur Faust.
„Sei froh, dass du der Sohn des Königs bist, Quar. Und jetzt..." Mit Absicht betonte sie die letzten Worte deutlicher: „... lass mich los."
Er nahm sie nicht ernst. NIE nahm er sie ernst. Es war, als würde er sie gar nicht kennen. Als wären all die Jahre, die sie Seite an Seite verbracht hatten, spurlos an ihm vorübergegangen. Denn er dachte gar nicht daran, seinen nackten Körper von ihr wegzubewegen, seine schlanken Finger von ihrer Schulter zu ziehen, wo sie sich brennend in ihr Fleisch gruben.
„Aire, komm schon. Du kannst mir doch gar nicht wirklich böse sein. Das liegt dir nicht. Dreh dich um, schau mich an!" Seine Stimme wurde schmeichelnd, besänftigend. Wenn er mit seiner Hauskatze sprach, hatte er denselben Tonfall. Und alleine die Erinnerung ließ ihre Kiefer knirschen.
So, es lag ihr also nicht?
Mit vor Zorn blitzenden dunkelvioletten Augen umfasste ihre Hand blitzschnell sein Handgelenk, das auf ihrer Schulter ruhte. Geschmeidig drehte sich ihr Körper, gleichzeitig sank sie in die Knie um ihre Schulter in seinen Bauch zu graben. Die

Hebelwirkung nutzend flog Quar einen Aufschrei später im Bogen über sie hinweg und landete fluchend am eiskalten Steinboden. Sein Handgelenk dabei verdreht festhaltend, trat sie auf seine Schulter und verstärkte den Druck so lange, bis er vor Schmerzen ächzte. Seinen trainierten, nackten Körper blendete sie gekonnt aus, fixierte einzig seine Augen.

„Glaube, was du glauben willst, aber … Wenn ich sage, du sollst mich gehen lassen, Quar, lässt du mich in Zukunft auch gefälligst los."

Sie zog ein letztes Mal an seinem Arm, trat anschließend achtlos über ihn hinweg und verließ seine Gemächer.

Beherrscht, angemessen, aufrecht.

Fluchend schlossen sich Quars Augen. Als sie über ihn gestiegen war, hatte er einen charmanten Einblick auf ihre schneeweiße Haut der Oberschenkel erhalten. Ein Einblick, der sich auf seine Netzhaut brannte.

„Ignorier sie einfach. Sie hat einen Hang zum Theatralischen."

Aires Schwester Anja wirkte auf einmal so unecht. Als hätte er all die Woche nur die Kopie gevögelt. Er konnte es selbst in Gedanken nicht schöner bezeichnen, denn am Ende war es nichts als wilder, heißer Sex gewesen, der ihn mit Anja verband.

„Zieh dich an und mach dich auf den Weg zu deinem Vater."

Seine Worte waren ernst, seine Stimme überraschend schneidend. Oh, er konnte der geborene Prinz sein, selbst wenn er nackt mit einer schmerzenden Schulter am eiskalten Steinboden lag.

Und dann gab Quar sich einen Ruck. Er hatte dieses ganze Theater inzwischen so leid. Tag für Tag suchte er in der Früh irgendwelche Ausflüchte, wieso er Aire NICHT antreffen konnte. Er ließ sich die

Termine anders legen, vermied den direkten Kontakt, so gut es ging. Aber das änderte nichts. Es machte alles nur schlimmer.

Weiter fluchend stieg er in weite, bauschige Hosen und schob seinen sehnigen Oberkörper in ein ebenso lockeres Hemd. Mit den Händen eine gewollte Unordnung in den blonden Haaren erzeugend, rannte er barfuß los.

Er war nicht wie Aire. Sie konnte ihre Beherrschung zu jeder Tages- und Nachtzeit aufrufen. Er wusste nicht einmal, was Beherrschung zu bedeuten hatte! Und sein Vater? Der würde mal wieder warten müssen.

Aires Atmung flatterte. Für einen Moment lehnte sie sich seitlich an die kalte Steinmauer, hatte sie das Gefühl, als würden ihre Beine allen Halt verlieren. Dann gab sie sich einen Ruck, quälte sich weitere Schritte in das dämmrige kleine Loch hinein, dass ihr Heim im Schloss des Königs darstellte.

Ihre Räumlichkeiten waren um vieles schlichter als die ihres Prinzen. Sie hatte ein spartanisches Bett, mehr einer Pritsche aus Stein gleichend, ein kleines Fenster nordseitig, eine winzige Feuerstelle ostseitig. Es war ein Ort zum Ruhen, nicht zum Leben. Außerdem verbrachte sie nur wenige Stunden am Stück in dieser Kammer, zumeist, wenn sie sich vom Training oder einer Schicht erholte.

Ihre Augen schlossen sich ganz langsam, bevor sich ihr Kopf nach unten neigte. Tief saugte Aire den Atem in ihre Brust, hob und sank jene, während sie sich beruhigte. Sie hatte genügend Techniken gelernt, sie wusste, wie sie ihre Selbstbeherrschung zurückerlangen konnte.

Und obwohl sie es wusste, tauchte die Erinnerung an jenen verfluchten ersten Tag schmerzhaft auf.

„Ich hatte noch nie eine Wächterin, die so schön war wie du."
Quars Hand legte sich behutsam auf ihre Wange.
„Du musst von Gott gesandt sein, meine Strafe, meine Versuchung, meine Qual."
Seine Fingerspitzen glitten über ihre Stirn, ihre Schläfen hinab.
„Dein Haar hat die Farbe der Wasserlande, aber nicht dieses übliche Blau, sondern vielmehr den Wechsel wie bei unseren Riffen! Alle Nuancen scheinen sich zu treffen, von Blau bis Violett schillern sie."
Zärtlich liebkoste er ihre Schläfen, die Wangenknochen, federnd war die Berührung ihrer Konturen.
„Was für ein markantes Gesicht, und doch so liebreizend. Ich kann nicht glauben, dass du die Beste deines Jahrgangs bist, dass du von heute an dein Leben für mich lassen sollst."
Ihre Nase hinabgleitend, strich sein Daumen ihren Mund. Dabei lächelte er diebisch erfreut, als sich ihre Lippen einen Spalt weit öffneten, der schmale, harte Strich weicher wurde.
„Und deine Lippen. Schmal und blass lassen sie deine Augen strahlen, aber dennoch, sinnlich ist der Hauch von Wärme, welcher mich trifft."
Aires Rüstung bestand aus einer untypischen Tracht. Ein hautenges geschnürtes Oberteil mit Stehkragen, dafür bauchfrei. Ein tief anliegender Rock in mehreren Bahnen, und an den Oberarmen fixiert mit goldenen Spangen Ärmel, die sich bei ihren Bewegungen aufbauschten wie die Wellen im Meer. Stiefletten, welche knapp über ihre filigranen Knöchel reichten, offenbarten, dass sie keine Strümpfe trug.
„Dein Körper …"
Quars Hand legte sich seitlich auf ihren nackten untersten Rippenbogen. „… ist voller Verruchtheit und schreit förmlich danach, seine Unschuld zu verlieren. Bei dem Zweigesichtigen, wenn ich nicht

wüsste, dass ich dich nie wieder an meiner Seite hätte, ich würde dich hier und jetzt erobern."
Rau wurde seine Stimme, seine Atmung stockend. Seine Finger glitten ihren straffen Bauch hinab, berührten zaghaft ihren Bauchnabel und folgten der nackten Haut so tief, wie es der Rock mit seinem V-förmigen Bund zuließ. Direkt über dem Ansatz ihrer Scham ruhte ein schillernder blauer Edelstein.
„So wenig Schmuck, und doch scheinst du schöner als alle, die ich je gesehen habe."
Unstet wanderten seine Augen wieder nach oben, dann zur Seite und verfingen sich in ihrem Haar. Jenes anhebend, floss die Strähne geschmeidig durch seine Finger. Und dann, vollkommen überraschend für Aire, wich er einen Schritt zurück. Er spürte, wie der frisch entstandene Freiraum, den er erschuf, ihren Körper frösteln ließ. Vor Verwirrung zogen sich ihre Augenbrauen zusammen. Bis zu dieser Sekunde hatte sie noch nicht einmal ZEIT gehabt, um wirklich zu begreifen.
Dafür veränderte sich sein Blick, aus der Begierde wurde Abweisung, Verachtung.
„Wie ich ihn hasse. Wieso jagt er mich nicht gleich aus dem Palast? Wieso macht er sich so einen Spaß und aus mir so einen Narren!"
Mit diesen für Aire vollkommen wirren Worten der Begrüßung wandte Quar sich ab und verließ wütend vor sich hin fluchend den Raum.

Aires Hand legte sich, um ein Schluchzen zu unterdrücken, auf ihren Mund. Das alles war fünf Sommer her. Fünf lange Sommer, aber Aire hatte es nie vergessen. Es war das einzige Mal gewesen, das Quar nüchtern Hand an sie gelegt hatte. Schlimm genug, dass sie bis zu diesem Tag noch nie ein Mann berührt hatte! Sie war immer ihrer Bestimmung treu gewesen, hatte ihre Reinheit für ihr

Dasein als Wächterin aufgespart. Erst etliche Winter später hatte sie begriffen, dass er sie sich einfach hätte nehmen können. In dieser Sekunde, damals vor fünf Sommern.

„Aire."

Sie hatte Quar nicht kommen hören. Panisch ruckte ihr Kopf hoch, starrte sie mit verschwommenen Blick auf die gegenüberliegende Wand.

„Verschwinde!"

Ihre Stimme sollte kraftvoll klingen, aber derzeit würde sie nicht einmal eine Maus erschrecken.

Quar lieber den Rücken zugekehrt lassend, drehte sie sich nicht um. Er durfte sie so nicht sehen. Niemals! Sie hatte sich einst geschworen, dass er nie erfuhr, was sie für ihn empfand.

„Meine Aire."

Und da stand er direkt hinter ihr. Obwohl er sie nicht berührte, schien sein magisches Feld mit ihrem zu verschmelzen.

„Verzeih mir meine Narretei. Ablenkung suchte ich, kein wahres Gefühl."

Er berührte sie nicht, aber das musste er auch nicht. Sein Brustkorb erschuf an ihrem Rücken ein Geflecht aus pulsierender Energie. Seine Magie, ihre Magie, der Raum wirkte auf einmal noch kleiner, als er es war. Was, verdammt nochmal, tat er hier?!

Aus Erfahrung wusste Aire, dass Quar erst gehen würde, wenn sie seine Entschuldigung annahm. Einmal mehr würde sie ihm ins Gesicht lügen müssen. Aber was änderte es noch? An dem Schmerz in ihrer Brust wahrscheinlich nichts. Eher erschien es ihr wie ein weiterer Tropfen, der auf glühenden Kohlen zischend verdampfte. Aires Augen schlossen sich, sie sammelte ihre Gedanken, fokussierte ihren Geist, und als sie die Lider wieder öffnete, waren all der Schmerz und die Hilflosigkeit, die sie empfand, verbannt.

Sich umdrehend stand Quar direkt vor ihr. Seine blonden Haare fielen ihm keck ins Gesicht, umschmeichelten seine etwas dunkleren Augenbrauen und betonten seine klaren blauen Augen. Wieso musste er so stattlich aussehen? Wieso konnte er nicht so hässlich wie sein Bruder oder sein Vater sein? Beide waren ehrbare Männer, aber bei weitem nicht so ansehnlich wie er.
„Ich verzeihe dir. Ist es das, was du hören möchtest?"
Sie wählte einen betont entspannten Tonfall, während ihre rechte Augenbraue zeitgleich gespielt gelangweilt nach oben wanderte.
Quar lächelte. Es war ein stattliches, zugleich jedoch knabenhaftes Lächeln.
„Es ist ein Anfang. Und dann, liebste Aire, will ich gleich noch um deine Hilfe bitten."
Jetzt durfte sie sich nicht verraten, kein Zeichen geben. Sie durfte nicht enttäuscht sein! Quar war ihr nachgegangen, keine Frage. Er hatte sich auf seine verquere Art und Weise entschuldigt. Und doch war er am Ende nur hier, weil er etwas von ihr wollte. Wieder einmal war sie nur ein Mittel für seinen Zweck.

Die Stimme des Prinzen wurde gelangweilt. In dem Moment wirkte er mehr denn je wie der Herrschersohn, der er war. Verzogen, weltfremd, vielleicht ein wenig größenwahnsinnig.
„Ich brauche eine Auszeit von dem ganzen hier. Kannst du mich nicht zur *Meerjungfrau* bringen?"
Kalt wanderte Aires Augenbraue nach oben. Quar wollte in ein Bordell? Und das, nachdem er die ganze Nacht …
Noch bevor sie darüber nachdachte, stellte sie bereits die Frage: „Hat meine Schwester nicht ausgereicht?"
Quars Augen funkelten diebisch. Seine Hand legte sich ohne zu zögern auf ihre Wange, sein Daumen glitt über ihre Oberlippe. Für

eine Sekunde zweifelte sie an einer Antwort, denn sein Blick wirkte verloren, als würde er schweren Gedanken nachhängen. Das diebische Leuchten erlosch, offenbarte einen Schatten, der in ihm ruhte. Dann verblasste es. Der Eindruck verpuffte, Quar begann wieder zu lächeln und antwortete endlich.

„Oh, Anja ist vorzüglich, aber ich glaube nicht, dass du wirklich darüber reden möchtest."

Forsch sah er ihr direkt ins Gesicht.

„Oder irre ich mich, kleine Wächterin? Willst du wissen, was ich mit ihr gemacht habe, wie sie sich unter mir gewunden hat und…"

Auflachend ließ er ihre warme Haut los und wich einen Schritt zurück.

Aire war wütend, egal wie gut sie es verbarg, Quar erkannte es dennoch.

„Es sieht so aus: Manchmal wünsche ich mir Dienste, die ich von Anja… nicht verlangen würde. Dafür gibt es geschulte Frauen, die wissen, wie sie sich bewegen müssen. Sie sollen keine Schmerzen dabei empfinden!"

Quars Lächeln blieb, seine Augen wurden bei den Worten jedoch dunkler. Sie kannte dieses Zeichen. Er log sie an, Aire war sich absolut sicher. Aber Quar wusste nicht, dass sie ihn längst durchschaut hatte. Und ihn im Glauben lassend, dass sie seinen Worten glaubte, fragte sie knapp: „Wann wollt Ihr dort sein, Hoheit?"

„Wie wäre es mit heute Abend bei Sonnenuntergang?"

Welche Wahl hatte sie denn?

„Ich werde Euch natürlich geleiten."

Die kalte Steinmauer ließ die Haut des Schattens kühl werden. Die gedämpften Stimmen aus dem Inneren belauschend, musste er

lächeln. Mehr noch. Zufrieden schloss er kurz die Hände zu Fäusten. Er war auf der Siegerseite! Diese Information war eine der wichtigsten, die er je verkauft hatte! Lautlos machte er sich wieder auf den Weg hinab in die dunklen Löcher dieser Burg.
Heute Abend also wäre es so weit. Der Prinz würde heimlich den Palast verlassen und entzog sich so dem direkten Schutz der Palastwache. Er würde wieder einmal eine Nacht mit Trinken, Huren und Feiern verbringen. Aber des einen Leid ist des anderen Freud. Oder wie sein Mentor sagen würde: Vortrefflich! Es könnte nicht besser laufen.

„Das ist reizend von dir, Aire. Vielleicht solltest du dir auch einmal… Wobei, ich vergaß. Dein Eid lässt das ja nicht zu."
Quar zuckte mit den Schultern, lächelte dazu gespielt bedauernd und gequält.
„Bis heute Abend dann. Und bitte, nenn mich nicht immer Hoheit, wenn du wütend auf mich bist."
Sie verneigte sich, präzise der Ablauf dieser so einfach wirkenden Bewegung, bevor sie kalt raunte: „Natürlich, Hoheit." und Quar den Raum verließ. Aire sah ihm nach, spürte, wie ihr Innerstes kochte. Er hatte es mit seiner Art wieder einmal geschafft, dass sie emotional auf Distanz gehen konnte. Und trotzdem …
Mit einem Aufschrei fegte sie ihre Wasserschüssel vom kleinen Tisch neben sich. Krachend zerbrach das Gefäß an der Wand, und dem Rinnsal mit den Augen folgend, wurde es sinnbildlich für ihre unterdrückten Tränen.

Aires Schrei schnürte Quars Brust schmerzhaft zusammen. An der Mauer lehnend bebte seine Hand. Aire hatte es nicht bemerkt, ihr Zorn war stärker als ihr sonst so gestochen scharfer Verstand.

Zumindest wenn es um ihn ging, konnte er sie mit ihren eigenen Emotionen täuschen. Und er war froh, dass dem so war.
Quar war müde und das Lügen leid. Er fühlte sich wie ein steinalter Mann. Die letzten Jahre hatten ihn viel seiner Reserve gekostet und je erwachsener Aire wurde, umso schwerer war es geworden. Sein Bruder hatte wirklich eine perfide Wahl getroffen. Und sein Vater hatte diesem Spiel zugestimmt. Aber wieso? Wieso war es Theos, seinem Vater, so wichtig gewesen, ihn zu bestrafen? Er hatte nichts mit dem Tod des Knaben zu tun gehabt! Er hatte das Kind einst nicht erstochen. Das war sein damaliger erster Wächter gewesen und …
Quar schloss verzweifelt die Augen. Halt fand er an einer mit Efeu überwucherten Steinsäule. Gut, Quar hatte seinem Wächter zur Flucht verholfen. Aber das hätte jeder rechtschaffende Requianer getan! Zumindest aus der damaligen Perspektive eines jungen Erwachsenen!
Heute wusste Quar die ganze Wahrheit. Er hatte begriffen, dass sein Handeln damals massive Konsequenzen mit sich gezogen hatte. Konsequenzen, die er als Jüngling nicht erahnen hätte können.
„Verflucht."
Wie auch! Woher hätte er das alles wissen sollen!

Den Gedanken verdrängend rief er sich seinen Vater in Erinnerung. Theos hatte schon vor einer halben Ewigkeit nach ihm rufen lassen. Quar würde mit seinem Vater reden und ihm sagen, dass er gewonnen hatte. Theos hatte ihn brechen wollen, Quar gab ein für alle Mal auf. Wie unsinnig das alles in den letzten Sommern geworden war! Dabei war die Zeit etwas so Heiliges und wie der Fluss des Wassers nicht zu bremsen. Er musste das Kriegsbeil

endlich begraben. Sein Vater und er mussten endlich Frieden schließen. Wie leicht dieser Gedanke zu formulieren war. Die Umsetzung hingegen wäre erheblich komplizierter.
Automatisch führten ihn seine Schritte durch die im Wind raschelnden, stark verwachsenen Bogengänge. Immer weiter hinauf wollte er, hoch zur Gartenanlage. Von dort oben konnte Quar hinab auf Qeridis und die Wasserlande sehen, dem Gewitter entgegenblicken und zumindest der Natur noch ein wenig trotzen. Zudem passte das stürmische Wetter zu seinen zerrissenen Gefühlen.
Aire war alles, was er je an seiner Seite haben wollte. Tapfer, stark, ehrgeizig, verschwiegen. Sie konnte ihn zum Lachen oder zur Weißglut bringen. Sie konnte seine Männlichkeit mit einem Hüftschwung pulsieren lassen und mit dem nächsten Satz dafür sorgen, dass er zum gefühlten Eunuchen wurde. Sie hatte Macht über ihn, und zu seinem Glück wusste sie es nicht.

„Quar, mein Sohn, welche Überraschung, dich hier anzutreffen."
Die Stimme seiner Mutter, Königin Shiljana, ließ ihn überrascht hochblicken.
„Mutter, verzeiht, ich war in Gedanken."
Zart küsste er Shiljanas Hand. Die Haut der Königin war noch glatt, aber an den Augen sah man die Spuren der Jahre. Auch ihr einst strahlend blaues Haar war inzwischen eher grau als blau.
„Das habe ich gesehen, Sohn. Welche Gedanken lassen dich so leiden?"
Sie kannte ihn einfach zu gut. Traurig auflachend legte er ihren Arm auf den Seinen und deutete ihren Hofdamen, etwas Abstand zu wahren.
„Mutter, wie könnte ich dir etwas vormachen."

Im Losgehen küsste er seufzend ihren Scheitel. Er liebte diese Frau, mehr als sein eigenes Leben, aber weniger als …

„Richtig, wie könntest du. Also sprich zu mir, fürchte dich nicht. Ist es wieder dein Herz, das dich belastet?"

Traurig sah Quar zur Seite.

„Vater wird einer Verbindung nicht zustimmen, nicht wahr?"

„Wahrscheinlich nicht, Sohn. Und sobald sie ihre Unschuld an dich verloren hat, verliert sie auch die Berechtigung, deine erste Wächterin zu sein."

Mit den Zähnen knirschend sah er beunruhigt auf seine kleinere Mutter hinab.

„Ist es etwa so offensichtlich?"

„Nicht für deinen Vater, den König. Auch nicht für sie. Aber für mich schon. Aire ist die einzige Frau, die ich kenne, welche bewusst von dir geärgert, bloßgestellt und traktiert wird. Zu Beginn, das gestehe ich, dachte ich wie die anderen, du würdest sie nicht mögen. Doch dann begriff ich die Wahrheit."

Quar schwieg. Unruhig fuhr er sich durch die Haare.

„Mutter, ich kann dieses Spiel nicht mehr spielen. Wenn Vater darauf besteht, dass ich auf meinen lächerlich kleinen Thronanspruch verzichte, dann … dann wird es wohl so sein müssen. Seit fünf Sommern …"

Shiljana sah ihren Sohn scharf an, die Zurechtweisung kam ohne zu zögern: „Sohn! Sag so etwas nicht. Der Zweigesichtige hört und sieht alles. Es hat einen Grund, wieso sie an deiner Seite ist. Zweifle nie an seinem Willen, seine Strafe wäre untragbar!"

Sie war eine weise Frau, seine Mutter. Und mit traurigen Augen nickend küsste er ihre Wange.

„Du hast recht, aber ich habe deswegen leider nicht unrecht."

Sein Blick verlor sich in der Ferne. „Ich gehe noch etwas hoch in die Außengänge."
Quar suchte Ruhe und Abgeschiedenheit und Shiljana ließ ihn ziehen. Als sie so jung war wie er, hatte sie auch immer in Ruhe über alles nachgedacht.
„Bleibe nicht zu lange, mein Sohn. Ein Unwetter zieht auf und du weißt, dein Vater ließ nach dir rufen."
„Ich fürchte mich schon lange nicht mehr vor ein paar Blitzen und… er wird es verschmerzen, wenn ich mich noch ein wenig verspäte."
Sorgsam bedachte Shiljana ihre Worte, bevor sie ruhig sagte: „Ich meinte auch nicht die Blitze, Sohn. Ich habe ein schlechtes Gefühl. Dein Vater und dein Bruder benehmen sich in letzter Zeit seltsamer als sonst und … die Schatten scheinen wieder zu leben."
Beruhigend drückte Quar ihre Hand.
„Mutter, keine Angst. Vater und Bruder sind immer seltsam, verrate mich nur nicht! Und in diesem Palast leben keine Schatten. Dafür haben wir zu viele Wachen, die auf uns achten."
Spöttisch wanderten ihre Augenbrauen nach oben.
„Redest du von denselben Wachen, die nicht bemerken, wenn der zweitgeborene Sohn des Königs die ihm zugewiesenen Räume heimlich verlässt?"
Gut, sie hatte ihn erwischt. Schmunzelnd küsste er ihre andere Wange.
„Bis später, Mutter."
„Bis dann, mein Sohn."

„Ich bin mir absolut sicher."

Im Schatten der Bögen stehend konnte man weder die Gestalten noch deren Dialekte zuordnen. Sie sprachen in der Sprache der Taresh, dialektfrei.
„Er wird heute Abend da sein."
„Gut. Ich werde es weiterleiten. Hoffe, dass es auch wirklich stimmt."
„Es stimmt."
Die Schatten trennten sich, einer ging hinab in die Dunkelheit der Katakomben, während der andere zurück hinauf in das Schloss schlich. Er würde endlich erleben, wie man dem blonden Großmaul das Mundwerk stopfte. Und er freute sich diebisch darauf!

Kapitel 5

Madras

Dorf Juffa, Reich der Kokua

Neues Zeitalter der Kokua

Es wurde Nacht im Süden des Reiches.

Der Nordwind ließ die hüfthohen Gräser sanft wiegen. Die Blätter der Bäume raschelten zärtlich, mal leiser, behutsam, dann wieder laut und imposant. Madras liebte ihr Zuhause. Sie liebte diese Welt – Aurelis, ihren Planeten. Als einfache Tochter eines Hufschmieds geboren, war Madras ein Nichts im System der Kokua, und doch fühlte sie sich nicht unwichtig. Sie hatte noch nie in ihrem Leben die Hauptstadt betreten, hatte noch nie mehr als einen halben Kheri ihren Vater alleine gelassen. Sie wuchs behütet auf, hielt sich an die ihr vorgegebenen Regeln ihres Volkes.

Ihr Volk, Waldläufer oder Erdlinge genannt, war traditionsbewusst. Man wurde als Kokua geboren und starb auch als eben dieser oder diese. Man hielt sich an die vom König gestellten Regeln, da jener die direkte Verbindung zu dem

Zweigesichtigen Gott darstellte. Man hinterfragte die Regeln nicht – man beugte sich in Demut der weisen Führung. In Demut und vollstem Vertrauen.
Mit den Fingerspitzen berührte Madras liebevoll den noch warmen Felsen des Aschat-Gebirges. Ihr Dorf befand sich im südlichsten Teil des Reiches, es grenzte direkt an den natürlichen Schutzwall ihres Volkes. Wer ihr Reich betreten wollte, kam meistens mit einem Schiff im Norden an. Dann folgte eine Reise per Kutsche oder Pferd zum Herz des Landes. Fremde verirrten sich nie in diese Lande – zumindest hatte Madras noch nie welche hier unten gesehen.
Aus den Gedanken gerissen fühlte sie den schmalen Schatten mehr, als dass sie ihn sah. Ein weiches Lächeln legte sich auf die Züge des jungen Mädchens. Als sie als kleines Kind zum ersten Mal in diesen Bergen Schutz suchte, hatte man sie noch überraschen können. Heute gelang das nicht mehr so einfach.
„Requia, Königin Sasane."
Sanft raunte Madras die Worte in die Nacht hinaus. Ihr Blick wandte sich dabei jedoch nicht der optisch jungen, aber körperlich gestauchten Frau zu, die inzwischen zu ihr aufgeholt hatte. Stumm sah sie hinab in das Tal, hinab auf ihr Dorf, hinab auf ihre Welt.
„A quia re, Madras."
Madras' Fingerkuppen fühlten den Herzschlag der Erde. Beständig und sanft, beruhigend. Vor einigen Wochen hatte sie die Unruhe des Krieges bis hierher vernommen, doch jetzt war das Echo verblasst.
„Möchtest du heute wieder trainieren, Madras?"
Sasanes Stimme war von jeher voller Beruhigung und Anmut in einem gewesen. Aber wen wunderte es? Sie war die Königin der Tygli, sie führte ein Volk an, von dem viele nicht einmal mehr

wussten, dass es sie gab! Sie kannte das Leben, wie es vor hunderten von Sommern und Wintern gewesen war. Und sie war es, die in Madras den Funken der Magie endgültig erweckt hatte. Einst vor fast zehn Sommern.

„Nein."

Die Worte hauchend setzte Madras sich geschmeidig auf den warmen Stein und sah erneut hinab in das Tal. Sasane war kein Mensch wie sie, Sasane war eine Kleinwüchsige. Gemeine Zungen nannten sie Zwerge, aber in Wahrheit hatten sie sich nur ihrem Leben in den Höhlen, Schächten und Berghängen perfekt angepasst. Große Menschen starben im Aschat-Gebirge, das Randvolk der Tygli hingegen lebte darin bereits, als es nur eine winzige Siedlung in den Ebenen gab.

Mit einem etwas uneleganterem Sprung folgte Sasane Madras auf den flachen, aber noch warmen Stein. Die Augen der Königin glitten über die Berge und Täler, die Wiesen und die Schatten im Tal. Das Dorf – beleuchtet von einigen Fackeln und Laternen, wirkte so nah und war in Wirklichkeit doch so fern.

„Bist du aufgeregt?"

Sanft stellte die Zwergenkönigin die Frage. Ihre klaren Augen ruhten auf der Ferne unter ihr. Und sie spürte eine unglaubliche Dankbarkeit der Tatsache gegenüber, dass sie in den Bergen des Ashat immer sicher gewesen war.

„Sollte ich denn aufgeregt sein?"

Fragend und zugleich gespielt entspannt sah Madras auf die braunen gelockten Haare hinab, welche mit einem Lederband im Nacken gebändigt wurden. Sie selbst trug ihr kastanienrotes Haar offen, einzig die Jella, ein Hut mit angefügtem Schleier, bändigte die Mähne ein wenig.

„Ich weiß nicht, Kind des Erdvolkes. Ich wurde nicht verheiratet. Ich ehelichte einst, wen mein Herz begehrte."

Auflachend piekte Madras Sasane in die Seite, eine vertraute und gedankenlose Geste, doch zugleich entsprang die Freude nicht wirklich ihrer Seele.

„Du tust gerade so, als wäre es etwas Schlimmes! Aber für mein Volk ist es ganz normal, dass man einen passenden Begleiter zugewiesen bekommt. Das war schon immer so und wird immer so sein!"

Sasane schwieg. Wider besseres Wissen ließ sie sich am Ende doch auf die Diskussion ein.

„Nur weil etwas schon immer so war, muss es nicht zwingend richtig sein. Das Volk der Amira lebte immer im Einklang mit der Natur, friedlich und ohne zu kämpfen. Dann kamen die Kokua, löschten die Amira aus oder integrierten sie in ihre Blutslinien. Hätten sie gegen ihre Grundsätze gehandelt, wer weiß, wer am Ende wen integriert hätte."

Warnend sah Madras zu Sasane hinab. Bei Kritik an ihrem Volk verstand sie keinen Spaß.

„Das sind verbotene Worte, das weißt du. Und du weißt, dass ich das weder hören darf, noch darüber reden soll!"

Das zustimmende Nicken der Kleinwüchsigen hatte nichts mit Zustimmung zu tun, und obwohl Madras es nicht wollte, lenkte sie Sasanes Dekolleté für einen Herzschlag lang ab. Ihr üppiger Busen schien optisch aus dem Mieder zu platzen! Doch dann redete die Königin weiter und Madras musste sich konzentrieren, um ihr zu folgen.

„Ich weiß, aber siehst du nicht die Verbindung, Madras? Du solltest es nicht hören, aus Angst vor dem Gedankengut, das in dir

erwachen könnte. Aber du hast es gehört, und nun ist die Saat gelegt. Wirst du jene wie immer auslöschen?“
Madras’ Laune verfinsterte sich immer mehr, so wie das Abnehmen des Tageslichtes in sanften Schritten zu absoluter Finsternis führen konnte.
„Sasane, ich mag dich unheimlich gerne, aber du bist wirklich …“
„Unpraktisch? Unbequem? Nervig? Aufrührerisch? Das bin nicht ich, Kind der Kokua, das ist mein Volk. Wir werden dazu erzogen, zu DENKEN. Wozu erzieht man dich?“
Es war das erste Mal, dass Sasane so direkt zu Madras sprach. Wahrscheinlich lag es an der bevorstehenden Hochzeit und der Tatsache, dass sie Madras danach nie wiedersehen würde.
Es konnte nur daran liegen.
„Wirst du mich vermissen, Sasane?“
Die Worte hauchend, liebkoste der Wind Madras Wangen. Wenn ihr Vater wüsste, was sie tat … Wenn IRGENDJEMAND wüsste, was sie in den letzten Wintern und Sommern getan hatte … Sie wäre bestenfalls verstoßen, müsste ihre Welt, ihr Heim, verlassen. Schlimmstenfalls wäre sie als Hochverräterin getötet worden.
„Natürlich werde ich das, du Dummkopf. Du trägst das Blut der Amira in dir, so stark, dass es mich schmerzt! Und nichts darf ich dir sagen! Als Dummkopf muss ich dich ziehen lassen!“
Madras Gesicht glitt nachdenklich nach oben. Die Amira – mit diesem Volk verband Madras nichts. Sie kannte es nicht einmal. Sie war eines der ersten Kinder aus der Zeit nach dem ersten Krieg der Völker. Und sie war eine gute Kokua gewesen, hinterfragte nicht, was früher war. Ihr Volk war stark, gesund und tapfer. Ihr Volk hatte gesiegt. Es war gut, dass sie die Amira ausgelöscht hatten – denn jene waren schwach gewesen.
So schwach wie …

Madras konnte Moquar in weiter Ferne sehen. Es wirkte, als würde er fliehen. Aber das tat er nicht.
„Ob es noch Leben dort oben gibt? Oder hat der Zweigesichtige Gott sie alle längst zu sich geholt?"
Nur widerwillig sah Sasane hoch.
„Dieser Vorfall, Kind, hat das Gleichgewicht – die Harmonie Aurelis' – verändert. Die Erde ächzt, das Leben ist nicht mehr wie es sein soll. Hier im Reich des Eugrin mag es nicht spürbar für dich sein, aber sobald ich die Grenzen des magischen Baumes verlasse, fühle ich es. Und es ängstigt mich. Es ängstigt mein ganzes Volk."
Der Eugrin. Sasane und Madras' Vater selbst hatten ihr vom Baum des Lebens berichtet, welcher sich in der Hauptstadt des Landes befand. Strahlend schön stand er zu jeder Jahreszeit in voller Blüte. Er beschützte die Kokua und wurde von den mächtigen Zwölf behütet. Jedes Jahr zum Frühlingsfest wurden neue Zwölf ausgewählt und jedes Jahr verschwand die alte Garde. Niemand fragte sich, wohin die Männer und Frauen gingen. Wieso auch, es war immer schon so gewesen, und es würde immer so bleiben. Darum würde sie auch heiraten. Es gehörte sich schließlich so…

„Sasane?"
In die Stille der Nacht, die nur noch vom Geräusch der Grillen durchbrochen wurde, suchte Madras nach der Hand ihrer liebgewonnenen Mentorin. Sie ließ die Maske der Zuversicht endlich fallen. Schluckend sah Madras an sich hinab, brauchte mehrere Anläufe, bevor sie die passenden Worte fand.
„Ich habe Angst. Ich bin nicht aufgeregt, nicht freudig erregt. Ich habe durch Zufall erfahren, wer mein Gemahl werden soll, und ich empfinde reine Angst. Er war schon drei Mal verbunden, all seine Frauen starben unter scheinbar normalen Umständen. Gestolpert

über Stufen, in Brunnen gestürzt, ertrunken beim Wäschewaschen am Fluss."
Sasanes Finger umschlossen ihre Hand behutsam. Sie kannte ihren Schützling, hatte die Wolken schon von weitem gespürt.
„Es ist Jahnsen."
„Ja."
Stille. Es gab nichts, dass die ältere Frau der jüngeren hätte sagen können. Kein Trost, keine Ausflucht.
„Er schlägt sie, und wenn sie zerbrochen sind, wirft er sie weg."
Sasane spürte, wie Madras zusammenfuhr.
„Woher weißt du das?"
Und obwohl das Thema nicht zum Lachen war, entfuhr Sasane ein zynischer Laut, der daran erinnerte.
„Madras, ich lebte, da gab es dein Dorf noch nicht. Ich kenne sie alle. Alle von ihnen. Aber nur wenige kennen mich."
„Was …"
Madras setzte an, aber jahrelange Konditionierung ließ sie wieder abbrechen. Sie wagte nicht einmal, den Gedanken zu Ende zu denken.
„Weglaufen. Rede mit deinem Vater, er wird dich verstehen. Und dann zieh in die Ferne. Du bist begabt, halte dich also fern von der Stadt der tausend Ecken." Die Stadt der tausend Ecken, so bezeichneten die Tygli die Hauptstadt der Kokua.
„Warum?"
„Weil du eine Auserwählte werden würdest, und dein Ende wird nicht dazu dienen, einen alten Baum zu nähren."
„Was?"
Madras begriff es nicht, Sasane erklärte es nicht. Wieder lauschten sie beide der Natur. Und wieder war es Sasane, die die Stille mit ihrer klaren Stimme unterbrach.

„Entweder läufst du davon oder du heiratest Jahnsen und bringst ihn um. Der Zweigesichtige Gott wird sich etwas dabei gedacht haben, dass ausgerechnet du seine Frau werden sollst. Lass ihn am besten nachts, wenn er betrunken ist, die Treppe hinabstürzen."
Madras war zu geschockt um zu lachen. Starr sah sie in die wolkenlose, klare Nacht, versteifte sich ihr Körper. Der Sommer roch nach einer reifen Ernte, nach einem angenehmen Herbst.
„Ich sollte gehen."

Sasane hielt Madras nicht zurück. Sie wusste um den erzieherischen Zwiespalt, der in dem Erdmädchen herrschte. Auf der einen Seite wollte jene frei sein, über die Grenzen hinausdenken dürfen. Auf der anderen Seite jedoch musste sie sich der Norm entsprechend anpassen. Sie musste sich kleiden, reden, essen und feiern wie alle anderen auch. Kein Individuum wurde gesucht. Die Kokua brauchten keine Selbstständigkeit. Sie forderten blinden Gehorsam, Treue bis in den Tod und über diesen hinaus. Aber Madras war keine Kokua.
Ein letztes Mal gab sich Sasane einen Ruck, versuchte sie das Weltbild des Mädchens zu verrücken.
„Madras, ich habe mit Jyglia gesprochen. Sie sagte, dein Weg ist voller Überraschungen, aber dir wird ein Helfer zur Seite gestellt werden. Du musst nicht alleine durch die kommende Finsternis schreiten."
Die Königin der Tygli wollte ihr einen letzten Rat geben, aber wieder verhinderte das Konstrukt der Erziehung und der Ermahnungen, dass Madras wirklich zuhörte. Stattdessen stellten sich bei dem Mädchen die Härchen auf den Armen auf, weiteten sich ihre Augen entsetzt.
„Sasane!"

Madras sprach ihren Namen zischend, einem Fluch gleich, aus, bevor sie vom Felsen sprang.
„Nicht nur deine Worte sind aufrührerisch, auch die Tatsache, dass eine Seherin in deinem Volk leben darf, widerspricht allen Gesetzen! Ich will nichts von ihr hören! Das bringt nur Unglück! DU wirst mir am Ende nur Unglück bringen!"
„Aufrührerisch, mag sein. Aber dennoch sind die, die sehen, diejenigen, die wissen! Und Jyglia ist keine Verfluchte des Zweigesichtigen Gottes! Sie ist gesegnet worden! Mit ihrer Gabe, Kind, kann sie Menschen retten."
Doch so einfach ließ sich Madras nicht überzeugen. Energisch teilte sie in einer scharfen Bewegung die Luft zu ihrer rechten.
„Sie beeinflusst damit den Lauf der Dinge! Man DARF das nicht! Du kennst die Regeln der Heiligen! NIEMAND darf sich über den Gott erheben. Und wenn man seinem Weg nicht mehr folgt, wenn man einer Seherin gehorcht, dann wird man von IHM verstoßen!"
Glucksend und zugleich vor Schmerz auflachend, schüttelte Sasane den Kopf. So viel Macht, so viel Dummheit und das alles im selben Körper.
„Was für ein Unsinn. Wie verstoßen müsste ich dann sein, Kind? Und wie verstoßen der neue König der Kokua? Denkst du etwa, er hat keinen Seher in seinem Rat sitzen? Denkst du wirklich, dass die, die Gesetze machen, sich auch an all diese halten?!"
Sasane war weit älter, als ihr Körper es glauben ließ. Sie hatte Erfahrungen gesammelt und mehr noch, sie kannte Teile der Wahrheit. Madras' Wahrheit. Die der Kokua, die der Amira.
„Als ich ein Kind war, Madras, war die Welt eine andere. Es gab nicht die großen Sieben. Es gab nur viele kleine Völker und die Mutter wachte über uns alle. Die Ashai mögen ihre Wurzeln vergessen, aber ich vergesse sie nicht. Sie waren die Wächter über

allen. Dann wuchsen die kleinen Völker zu großen Stämmen heran und am Ende tolerierte man die Mutter nur noch als Königin ihres Volkes. Aber jeder, der sie kennen lernt, spürt die Wahrheit. Und mit dem König der Kokua verhält es sich genauso. Jeder, der ihn sieht, wird die Wahrheit erkennen! Und eben diese Wahrheit, Madras, wirst auch du eines Tages erfahren. Und dann wirst du an die alte Sasane in den Bergen denken und wirst dich fragen, wie du so dumm sein konntest, es nicht zu verstehen. Aber bis zu diesem Tage...", die Königin lachte neuerlich trocken auf, ihre eigenen Worte schienen sie zu amüsieren, „... wird noch viel Wasser den Cheon hinabfließen müssen. Und ein paar Baumstämme deine Wege kreuzen."

Sasanes trockenes Lachen sollte Madras noch lange im Gehör bleiben. Die Herrscherin der Tygli war keine Freundin von zurückhaltenden Worten.

„Lebe wohl, Kind der Amira. Kind der Kokua. Kind Aurelis'."

Wie in Trance fand Madras den Weg hinab ins Tal. Sie sprang über die steinigen Abgründe hinweg, um ein letztes Mal am Fuß des Gebirges innezuhalten. Wie ein Kind war sie vor Sasanes Worten weggelaufen.

Ihre Fingerkuppen legten sich behutsam auf den Felsen. Sie spürte das beständige Klopfen der Erde. Es war der Herzschlag von Aurelis, so nannte es Sasane. Und wenn er eines Tages nicht mehr zu hören war, wäre der Planet gestorben.

Nun tat es Madras leid. Sie hätte ihre Angst besser im Griff haben müssen, aber aus alten Mustern auszubrechen war schwer. Zu schwer für die erst sechzehn Sommer junge Frau.

„Lebe wohl, Herrin der Tygli. Hab Dank für alles, was du mich gelehrt hast! Und verzeih mir."

Durch das hüfthohe Gras schreitend, wehten ihre Locken im Wind. Für eine Sekunde strich ein kalter Hauch über ihre Haut. Fröstelnd sah sie zu dem schmalen Bach, welcher sie von ihrem Dorf trennte. Sie wollte keinen Begleiter haben, wollte niemanden an ihrer Seite wissen. Sie wollte Frieden finden, Ruhe und Behaglichkeit. Für ein gutes Leben im Land der Kokua würde sie Kinder brauchen und ein gutes Weib sein müssen. Sie wollte …
Ihre Hände glitten über die noch unreifen Ären. Weiterschreitend begriff sie die Lüge, die sie sich selbst auferlegt hatte. Das alles waren Dinge, die das Volk so wollte, erwartete, vorhersagte.
Madras jedoch … wollte frei sein.

Tage früher, irgendwo im mittleren Süden des Reiches der Kokua

Er konnte nicht mehr.
Röchelnd schmeckte er Galle und Eisen auf seiner Zunge, während die Fluten über seinem Kopf zu einer dunklen geschlossenen Masse wurden. Da war Moquar. Er konnte den leuchtenden, lila wirkenden Planeten verzerrt erahnen. Lebte sie noch? Wusste sie um sein Versagen? Spürte sie, dass er starb?
Hunderte Gedanken schossen durch seinen Kopf. Gedanken, die er noch nie gehabt hatte und die ihm seinen schwachen Zustand vor Augen führten. Sein Meister hatte immer gesagt: Kurz vor dem Ende kommen die Zweifel. Da muss man stark sein. Nur da. Die restliche Zeit im Leben darf man auch einmal Schwäche zeigen.
Luftblasen entglitten seinem Mund, das klare Quellwasser flutete seinen Hals und verbannte den bitteren Geschmack von Blut.
Er war gerannt, bis er nicht mehr rennen konnte. Er hatte sich versteckt, hatte sich sicher gefühlt. Und wurde gefunden.

Er war wieder gerannt. Bedauerlicherweise hatte ihn ein Pfeil getroffen und seine rechte Seite unterhalb der Rippen verwundet. So war es diesmal kein Dauerlaufen gewesen, mehr ein atemloses, verzweifeltes Sprinten. Wieder versteckte er sich, wieder wurde er gefunden. Die Wächter kannten ihn, kannten seine Methoden, kannten seine Techniken, wussten, wie er dachte.
Also hatte er sich neu erfunden. Anstatt Städte zu meiden, hatte er die Menge gesucht. Ein Heiler verband seine Taille, er hatte einige Tage Ruhe, um mitten in der Nacht gerade noch rechtzeitig aus dem Bett zu hechten.
Er war gefunden worden. Erneut.
Das kleine Wirtshaus verließ er mit einem tiefen Schnitt im Schenkel, einigen Blessuren und Quetschungen. Aber immerhin hatte er einen der Garde vernichtet. Es waren nur noch elf.
Aber elf waren zehn mehr als er. Elf waren zu viele …
Die Welt flirrte vor seinen Augen. Überraschenderweise spürte er keinen Schmerz mehr, hatte er keine Angst. Er würde dem Zweigesichtigen gegenübertreten. Er musste keine Furcht zeigen. Jener würde verstehen, dass er seine Aufgabe nicht erfüllen konnte, dass er zu früh gestorben war, dass er nicht versagt hatte, sondern einzig die Zeit ihm einen Strich durch die Rechnung gemacht hatte.
Schwächling!
Deutlich hörte er ihre Stimme.
Gibst einfach so auf? Und ich? Ich muss alles alleine ausbaden? Verlässt du mich, verrätst du mich!
Er wollte sie nicht verraten. Sie war alles, was er noch hatte. So fern, und doch immer bei ihm, war er ein Teil von ihr und sie ein Teil von ihm.
Reiß dich zusammen!

Seine Beine trieben über den steinigen Grund des Flusses. Er wurde mitgerissen, seine Schulter krachte schmerzhaft gegen einen Felsen, scharfe Kanten wetzten seine Haut auf.
Irrsinnigerweise half der frische Schmerz, seine Lebensgeister zu wecken. Mehr noch.
Innerlich aufbrüllend stemmten sich seine Beine gegen den Schotterboden. Die Lungenflügel brannten, er gab fast die Hoffnung auf, noch rechtzeitig an die Oberfläche zu kommen, doch da durchdrang er sie bereits.
Perlend flogen die silbernen Tropfen in alle Himmelsrichtungen, durchbrach sein Kopf mit einem Ruck die unruhige Oberfläche.
Treiben. Er musste sich treiben lassen!
Er wusste, dass ihm die Kraft zum Schwimmen fehlte, aber an der Wasseroberfläche treibend wurde er Minute für Minute weiter von seinen Verfolgern getrennt. Mehr noch. Diesmal konnten sie seiner Spur nicht folgen! Diesmal verwischte ein stärkeres Element seine Schritte. Und Wasserbändiger waren im Reich der Kokua nicht geduldet.
Siehst du mich, Kleines? Da bin ich, ich gebe nicht auf. Aber ich hasse dich. Und den Schmerz in meinem Körper hasse ich auch.
Er war schon immer schlecht darin gewesen, krank zu sein.
Aber ich liebe den Cheon für seine milden Temperaturen. Stell dir vor, ich müsste im Eiris treiben! Ha, ich würde mich freiwillig den mächtigen Elf stellen. Habe ich dir schon gesagt, dass es einer weniger wurde? Nenne mich Held, ich habe das Unmögliche vollbracht.
Vor seinem inneren Auge sah er das kleine wissende Lächeln, das ihre Lippen umspielt hätte. Und er wusste, sie hätte schmunzelnd darauf hingewiesen, dass er wieder einmal mehr Glück als Verstand gehabt hatte.

Alle habt ihr mitgenommen, die Finte ist aufgegangen. Niemand rechnete mit mir. Es tut mir so leid, dass ich versagt habe.

Etwas stieß gegen seine Schulter. Rau, hart, dann berührten seine Finger brüchiges, teils aufgequollenes Holz. Voller Dankbarkeit wollte er im ersten Moment zu weinen beginnen, besann sich dann jedoch eines Besseren. Das Weinen würde ihn nicht auf den Holzstamm bringen.

Na dann …

Ächzend zog er sich hoch. Der Stamm drehte sich, er glitt zurück ins Wasser. Es war ein Wettkampf gegen sich selbst und er spürte, dass er ihn nicht überleben würde. Er MUSSTE endlich Halt finden!

Ein weiteres Mal packte er den Stamm. Aufschreiend glitt sein halbnackter, zerschundener Körper aus dem Wasser. Sein blutendes Bein hochhievend, fand es eine stabile Stütze in einer Astgabel, bevor er bäuchlings vollkommen atemlos endlich zur Ruhe kam.

Wache über mich, Kleines. Mein Glück ist scheinbar aufgebraucht…

Kapitel 6

Korand

Erudins Hort, Reich der Kokua

Neues Zeitalter der Kokua

„Sht – seid leise!"

Er war ein Niemand – hatte keinen echten Namen und keine Vergangenheit. Er war wie viele andere auch ein Kind des vierten Ringes, ein Ausgestoßener. Die Menschen des ersten und zweiten Ringes verkehrten normalerweise nicht mit Menschen wie ihm. Aber diesmal war es anders. Diesmal rief der König ALLE Kokua zum Krieg auf – und er fühlte sich berufen, dieser Forderung Folge zu leisten.

„Brog, bist du dir sicher?"

Sein kaltes Lächeln entblößte ein schwarz-gelb geflecktes Gebiss. Viele seiner Zähle waren verfault, der Mundgeruch war bestialisch und in manchen Nächten verursachten ihm die Schmerzen solche Krämpfe, dass er Fieber und Schüttelfrost zugleich bekam. Seine braunen Augen wurden von buschigen Augenbrauen eingerahmt, das verdreckte Gesicht war von Narben übersät – nein, Brog wusste, dass er keine Schönheit war. Er würde nie ein Weib sein Eigen nennen, nie Kinder zeugen – dafür hatte die Seuche vor fünfzehn Sommern gesorgt.

Wie eine Plage war sie durch den dritten und vierten Ring gegeistert. Sie hatte hunderte Opfer gefordert – Kinder, Frauen, Junge und Alte – und am Ende hatte sie eine Trostlosigkeit hinterlassen, die nur durch Hass zu füllen gewesen war.

Und nun bekam sein Hass ein neues Ventil. Nun musste er keine Tiere mehr quälen, keine Kinder schikanieren oder niedere Weiber zum Schreien bringen – vor Schmerzen natürlich.

Nun konnte er seine sadistische Art an denen ausleben, die es verdient hatten. An dem Abschaum, der hier nichts mehr zu suchen hatte. Jene Verräter, die Aurelis schon vor einigen Tagen verlassen hätten müssen.

Oh, die Rede des Hauptmanns war Brog im Gedächtnis geblieben. Sein euphorischer Aufruf zum Morden, seine Erlaubnis, die Toten auszurauben.

Wen ihr tötet, besitzt ihr! WAS ER TRUG – GEHÖRT EUCH! WO ER LEBTE – GEHÖRT EUCH! IHRE WEIBER – GEHÖREN EUCH!

„Die beiden Mädchen sind meins."

Seine Stimme war ein kaltes Knurren. Die gebeugte Körperhaltung täuschte über seine wahre Größe hinweg und wenn er die anderen fixierte, sah er den Respekt und die Angst in ihren Augen – Angst vor ihm.

Niemand legte sich mit Brog an!

Brog war unberechenbar. Brog war grausam. Brog war gnadenlos. Brog war tödlich.

Und so nickten die fünf. Zufrieden grinsend fuhr sich Brog mit der Zungenspitze über die Lippen, bevor er mit dem rechten Fuß gegen den Holzbeschlag vor sich trat. Einmal, ein zweites Mal. Es knirschte, Nägel wurden aus der Verankerung gerissen, dann gab die Platte nach und offenbarte ein schwarzes Schlupfloch.
„Kommt raus, ihr Schatten, wir wissen, dass ihr da drin seid!"

Ich darf nicht nachdenken. Ich muss ruhig bleiben. Zähle. Zähle weiter. Eins. Zwei. Drei. Vier. Fünf. Denk an ein Pferd. Ein schönes, großes weißes Pferd. Es hat Büschel an den Hufen und einen wunderschönen Schweif. Und die Mähne weht im Wind, wenn es über eine saftige grüne Wiese rennt.
Schmerzen benebelten die Sinne des jungen Mädchens. Sie war eine Anassus, aber sie hatte es sich nie ausgesucht und war nicht gefragt worden. Sie hatte einmal einen Namen besessen, aber nun erinnerte sie sich nicht mehr daran. Sie erinnerte sich nur noch an die Hoffnung, dass sie sterben würde. Schnell. Bald.
Wenn es über die Wiese läuft, wacht Moquar glänzend über jeden der Sprünge. Dem Pferd wird nie etwas geschehen. Bleib bei diesem Bild. Konzentriere dich. Fühle keinen Schmerz. Reite mit dem Pferd hoch zum Zwilling. Reite hoch zum Zweigesichtigen. Er sieht mich, er weiß alles. Er wird sie bestrafen. Eines Tages wird er sie bestrafen!
Gurgelnd rang sie nach Atem, aber es wurde zu einem vergeblichen Kampf. Sie bekam keine Luft mehr, ihre Lungen hatten sich mit Blut gefüllt. Ihrem Blut, welches nun über die Mundwinkel ihren schlanken Hals hinabzurinnen begann.
In dem Wissen, dass sie nun ihrem Gott gegenübertreten würde, sah sie ihrem Peiniger zum ersten Mal direkt in die Augen. Er war ein großer, hässlicher Kerl mit einem narbendurchzogenen Gesicht. Aber das war nicht das Schlimmste an ihm.

Er war tot. Auch wenn sein Herz noch in seiner Brust schlug, so empfand er doch keine Emotionen, keine Regungen mehr in seiner Seele.
Er war ein lebender Toter. Die größte Gefahr eines jeden Lebewesens.

„Ach, jetzt schaust du mich an?"
Brogs Atem ging stockend. Sein Körper, seine Hände waren blutüberströmt. Er hatte sich an ihr so sehr verausgabt wie nie zuvor. Hatte ihr den Magen geöffnet, hatte ihre Arme zerschlitzt, ihre Brüste zerbissen. Aber es war sinnlos gewesen. Er hatte Stunden gebraucht – und hatte nichts davon gehabt.
„Mit dir war es langweilig."
Sie hatte nicht geschrien, nicht geweint, nicht geflucht. Sein Kopf wandte sich zur Seite, einer dunklen Nische zu. Dort, im Halbschatten, lag ein weiteres Bündel.
„Mit ihr werde ich es besser machen."
Brogs Augen glänzten unheilverkündend.
„Nicht nur besser – ihr seid Abschaum. Wertloser Dreck. Mit ihr werde ich meinen Boden wischen und glaube nicht, dass sie mir unter den Fingern wegstirbt wie du. Sie schafft es nicht."
Stille umschmeichelte seine Ohren. Ein Schrei außerhalb seiner Baracke zerfetzte die Ruhe, erinnerte ihn an die Schlacht, die dort tobte.
Er hatte nicht alle Häuser reinigen wollen. Das kostete ihm zu viel Zeit und er hatte sich so sehr auf dieses Spiel gefreut.
Auf die Tote hinabblickend veränderte sich sein Gemütszustand blitzschnell. Nun lächelte Brog erleichtert – fast wirkte er trunken vor Glück.
Denn er empfand Ruhe.

So wie der leblose Leichnam unter ihm.
Absolute Ruhe.
Doch als er sich der Nische zuwandte und die zweite Anassus ins Licht zerrte, wurde aus der Ruhe ein tosender Sturm.
Die Kleine war tot – sie hatte sich ihre Kehle freiwillig an einem Stein auf seinem Fußboden aufgeschlitzt.
Sein markerschütternder Aufschrei sorgte dafür, dass die beiden Baracken neben ihm die Türen verbarrikadierten.

„Hauptmann!"
Korand war zu geschockt, zu müde. Ein knappes Nicken musste ausreichen, während er nach den Zügeln seines Pferdes griff.
„Der heutige Tag, Hauptmann, wird in die Geschichte eingehen!"
Dem jungen Soldaten ins Gesicht blickend, verharrte Korand in der Bewegung.
„Das stimmt, Uenio. Das stimmt."
Ihm die Hand auf die Schulter legend, fügte er sanft an: „Ich empfehle Euch, Euch auszuruhen. Die kommenden Tage werden sehr anstrengend für uns. Ihr werdet alle Kräfte brauchen, die Ihr besitzt."
Der junge Soldat salutierte zackig.
„Herr Hauptmann, ich bin voller Tatendrang und Zuversicht!"
Korand wünschte sich, dasselbe von sich behaupten zu können. Doch aktuell war er nur voller Entsetzen, Sprachlosigkeit und einem Hauch Hilflosigkeit.
„Das hoffe ich!"
Aufsitzend trabte sein Hengst entspannt los. Im ersten Ring war die Säuberung schnell und schmerzlos vonstattengegangen. Es gab kaum Tote, zumindest nicht innerhalb der Feste. Die gefundenen Verräter würde man in den kommenden Tagen außerhalb der

Stadt der Todesstrafe zuführen. Ursprünglich wollte der König das Urteil innerhalb von Erudins Hort vollstrecken, doch Meister Vinda hielt ihn davon ab.
Der Anblick könnte die Schwächeren unter den Kokua entsetzen.
Das wäre nicht gut.
Und der König folgte dem Rat.
Einem guten Rat.
Also schmachteten die Verräter nun in den Kerkern der Feste und warteten.

Wieso widersetzen sie sich nicht?
Diese Frage stellte sich Korand schon den ganzen Tag.
Die wenigen Anassus, Shiya und Ruu, die in den ersten beiden Ringen einst gelebt hatten, hatten sich in keinster Weise zur Wehr gesetzt. Im stummen Vertrauen waren sie mit den Soldaten gegangen, die Häupter hoch erhoben und den Blick gerade ausgerichtet.

Wir sind ein Teil dieses Volkes, wir sind ein Teil dieser Welt. Ihr verstoßt uns im Glauben, dass dann der Frieden hält.

Er hatte dieses Lied am heutigen Tag so häufig gehört, dass er es inzwischen auswendig konnte. Alleine wenn er daran dachte, spürte er das Ziehen im Rücken, das Kribbeln im Nacken, bevor es die feinen Härchen seiner Arme aufstellte. Der Gesang der Dunklen – so nannte man es. Ein Chor, der jedem Lebewesen den Hauch des Todes in die Seele trieb.

Doch es gibt kein Licht ohne Schatten, kein Leben ohne Tod, kein Hell ohne Dunkel, keine Freude ohne Not.

Es gibt kein Gut ohne Böse, kein Leise ohne Laut. Dieser Planet wird sterben, da ihr ihm das Leben raubt.
Wir müssen uns nicht fürchten, wir kehren heim zu IHM. Doch euch ist der Weg verschlossen, nichts ist mehr wie es schien.

Und dann hatte Korand in unbekannte Augen gesehen. Stolze, lila schimmernde Augen einer Anassus, die von solcher Schönheit war, dass es ihm inmitten des grotesken Zuges an todgeweihten Menschen den Atem verschlagen hatte.
Sie alle waren Kinder der Dunkelheit und Schatten, mit ihrer blassen Haut und den feinen Gliedern wirkten sie erhabener als die groben Kokua. Aber diese Eine war anders gewesen. Sie trug ein Neugeborenes an ihrer Brust und führte einen kleinen – zwischen sieben und zehn Sommern jungen – Knaben an ihrer Hand mit sich. Es waren ihre Kinder, daran gab es keinen Zweifel.
Und ihr Gang, ihre Körperhaltung und ihre Stimme, die sich in den sanften Singsang der anderen Anassus einfügte, hatten nichts Gebrochenes an sich.
Sie war stolz über ihre Wurzeln.
Und diesen Stolz übertrug sie an ihren Sohn, offenbarte sie Korand, als sie furchtlos in seine Augen sah. Der Wind fuhr ihr in diesem Moment durch die Haare, hob die geraden schwarzen Strähnen zärtlich an, bevor er sie wieder auf ihre filigrane Schulter sinken ließ.
Ganz unspektakulär war der Moment innerhalb weniger Herzschläge vergangen, sie mit den restlichen Gefangenen vorbeigezogen und er wieder in der nackten, realen Welt aufgewacht.
Blinzelnd. Fassungslos. Schockiert und verwirrt.

„Jedes Lebewesen, mein kleiner Junge, hat einmal in seiner Lebensspanne das Glück, einen Partner zu finden, der seine andere Hälfte ausmachen könnte. Jeder.“
„Aber Nana. Das macht keinen Sinn! Schau, wie alt du schon bist und Rokko ist schon so lange tot. Wieso nimmst du dir nicht einfach einen neuen Partner, als alleine auf der Bank zu sitzen?“
„Ach Korand, mein kleiner Liebling. Wenn es im Leben nur so einfach wäre.“
„Was ist daran so schwer? Schau, letzten Sommer mochte ich Marian, diesen Sommer mag ich Tataia. Wieso kann ich es, aber du kannst es nicht?“
Seufzend hatte seine Nana ihn angesehen. Sie war für Korand wie eine Mutter gewesen, obwohl er eigentlich ihr Enkel war.
„Korand, das ist etwas, das man nicht einfach so in Worte fassen kann. Wenn das Herz spricht, spricht es nur einmal. Und das dafür so laut und deutlich, dass du es nicht überhören kannst noch wirst. Und wenn es gesprochen hat, ist nichts mehr wie es war.“

Es hatten zahlreiche Winter vergehen müssen. Zahlreiche Frühlinge hatte er erlebt und wie viele laue Sommerabende war Korand auf Nanas Bank gesessen und hatte ihren Blumengarten bewundert, den er nur noch der Erinnerung wegen am Leben erhielt? Und jetzt, auf dem Nachhauseweg, überrollten ihn ihre weisen Worte mit einer Heftigkeit, die erschütternd waren.
Sein Herz hatte gesprochen. Der Moment, auf den jeder REQUIANER sein ganzes Dasein wartete, war geschehen.
Sein Herz hatte eine Lebensgefährtin ausgewählt.
Und während der dritte und vierte Ring im absoluten Chaos und Blutrausch versank, verstaute Korand seinen Hengst im Stall, um

sich auf die hölzerne Bank vor dem kleinen Haus an der Stadtmauer zu setzen.
Die letzten Funken der Abendsonne strichen sein Gesicht, erwärmten seine Haut, aber nicht seine Seele.
Nana – was soll ich denn jetzt machen?

Mit leeren Augen starrte er die kleine Knospe eines Delilas-Bäumchens an. Im Spätherbst würde jenes blutrote Blüten tragen, doch noch waren es nur zart rosafarbene Knospen, die an den dürren Ästchen hinabhingen.
Mein Herz hat gesprochen, Nana. Aber – wie kann das sein?
Er spürte das rhythmische Klopfen an seiner Halsschlagader. Seine Lippen öffneten sich, schlossen sich wieder.
Nana! Sie ist eine Todgeweihte! Was soll ich nun tun?

Iyanera

Held

- Prinzessin der fliegenden Inseln
- Seelenband Marius
- Magische Affinität: Licht
- Fürchtet sich vor:
  dem Tod

Und die Wolke betrachtend, strich der Wind über ihre Wange, liebkoste die Sonne ihre Haut. Für einige Herzschläge schien die Welt still zu stehen. Sie lebte. Ihr Herz pochte in ihrer Brust, ihre Haare wehten im sanften Regen des Windes und alle Last flog mit ihm dahin.

Kapitel 7

Yana

Erde, Deutschland

„Wir müssen reden.“
Iris blickte Rahel ins Gesicht, welcher zustimmend nickte.
„Möchtest du einen Kaffee?“
Die Frage stellend, sagte sein verwirrter Blick alles. Und sie begann zu lachen. Hell und klar, während der weite, fließende Stoff ihre Beine umschmeichelte. Wie sehr sie diese Magie vermisst hatte. SEINE Magie. IHRE Magie. Ihr wahres Leben.
„Setz dich, Rahel. Yana wird sich bemerkbar machen, sobald sie aufgewacht ist.“
„Denkst du?“
„Ich bin mir sicher.“
Er hatte schneller reagiert als sie. Einen Augenblick hier, im nächsten bei Yana, war ihre Tochter bewusstlos in seine Arme gesunken. Er hatte sie in das Bett gelegt, sie zugedeckt und nun standen sie wieder dort, wo alles begonnen hatte: in der Küche.

„Wie viele Sommer hast du warten müssen?“
„Neunzehn Erdenjahre.“
Rahel schwieg. Dann hörte sie ihn leise ausatmen.
„Wie viele Winter waren es denn für dich?“
„Einer … naja … etwas mehr als einer.“
Neuerlich herrschte Stille im Raum.
„Wie viele zusätzliche Monate?“
„Monate?“
Iris schloss kurz die Augen. Monate gab es bei ihr zu Hause nicht.
„Wie viele Kheri?“
Kheri war der Umlauf eines Mondes um das Doppelsternsystem, auf dem sie lebten.
„Fünf – ein Winter, fünf Kheri.“
Wie wenig Zeit für ihn. Wie viel Zeit für sie. Er hatte sich kaum verändert, aber würde sie das auch von sich sagen können?
„Ist es dir hier gut ergangen? Konntest du dich anpassen?“
Einfach aus Gewohnheit schaltete Iris die Kaffeemaschine ein. Er war ihr Geliebter und ihr Seelenband, aber derzeit konnte sie nicht in seine Augen sehen.
„Unsere Tarnung war perfekt. Niemand hat uns gefunden.“
War es immer so? Wurde man zu Fremden, obwohl man sich nichts sehnlicher als diesen Tag herbeigewünscht hatte?
„Ist sie …“
Seine Frage stand im Raum. Die Kaffeemaschine gluckste blubbernd, und erst als Iris ihre Tasse gefüllt hatte, setzte sie sich ihm gegenüber zum Tisch. Wie grotesk. Sie trug die feinsten Kleider der Ashai und trank aus einem billigen Becher einen noch billigeren Kaffee.
„Ja, ist sie.“ Wieso es leugnen.

„Ich … wieso hast du es mir nicht gesagt? Wir hätten einen anderen Weg gefunden, um …“
„Nein, hätten wir nicht.“
Endlich fand sie den Mut. Hochblickend musste sie schon wieder weinen.
„Haben wir den Krieg gewonnen?“
Es gab so viele Fragen, die ihr auf der Zunge lagen, so viele Themen, die sie als Königin ansprechen musste.
„Es … hat sich vieles verändert. Der Krieg nahm eine neue Wendung – wir haben sie verbannt.“
Und so viele neue Informationen, die sie zu sortieren hatte.
„Verbannt?“
„Ja. Sie leben jetzt auf Moquar.“
Ungläubig starrte Iris Rahel an.
„Ihr habt sie auf den toten Planeten geschickt?“
„Die alte Mutter öffnete das Portal, um die Welten zu verbinden, und wir trieben sie in einer Schlacht unglaublichen Ausmaßes hindurch. Alle kämpften zusammen. Es war … episch. Kokua, Quin und Ashai, sogar ein paar Sukai schlossen sich an …“
„Alle ...“
„Alle.“
Rahel nickte bedeutend. Und erst jetzt sah Iris es. Die Müdigkeit in seinen Augen – den verborgenen Schmerz. Natürlich! Auf der Erde würde es ihn unglaubliche Kraft kosten, die Magie aufrecht zu erhalten.
„Lass uns als Menschen erscheinen. Spar deine Energie.“
Rahel wirkte verunsichert. Dann schüttelte er den Kopf und fiel mit der Hiobsbotschaft einfach ins Haus: „Wir müssen zurück, Iseria. Dein Volk braucht dich.“

„Mich? Was ist mit …“ … meiner Mutter? Doch Iris begriff es in der Sekunde, als sie fragen wollte.
„Das Portal, nicht wahr?“
Er nickte. Langsam und trauernd.
„Aber sie ist lächelnd gegangen, ein gutes Zeichen.“

Ein gutes Zeichen. Der Kaffee schmeckte auf einmal schal. Iris erinnerte sich an das Prickeln im Mund, wenn man frisches Quellwasser aus den Hügeln von Abi'nea trank und überraschend heftig war die Sehnsucht nach ihrer Heimat. Und die Trauer um die verlorenen Tage mit ihrer Mutter.
„Wer regiert derzeit mein Volk?“
„Der hohe Rat.“
Ein Zustand, der nicht lange funktionieren würde.
„Und was ist mit Yana?“
Rahel schwieg eine Weile. Mit einem Kind hatte er offenkundig nicht gerechnet. Schon gar nicht mit einem erwachsenen Kind.
„Sie könnte mit dir kommen. Sie ist unser Blut und könnte lernen, in deine Spuren zu treten?“
Ein sanft gesprochenes Angebot.
„Sie ist ein Kind der Erde.“
„Nein, Iseria.“
Diesmal hatte sein Lächeln die Zärtlichkeit zurückgefunden, die sie vermisst hatte. „Sie ist unser Kind. Sie ist ein Kind von Aurelis, ein Kind der Ashai. Sie mag kein Baby bei ihrer Segnung sein, aber sie soll all das Erleben, was du und ich erleben durften.“
„Aber …“
Da war der Schatten der Zweifel in Iris Augen.
„Was, wenn sie es nicht möchte?“

Wie lange war sie schon wach? Yana wusste es nicht. Aber sie hörte die gedämpften Stimmen ihrer Mutter und des fremden Mannes. Nein. Es war kein Traum gewesen. Es war die Realität. Sie hatte gesehen, wie ihre Mutter sich verwandelte – in die Prinzessin aus den Geschichten ihrer Kindheit! Neunzehn verfluchte Jahre hatte man sie angelogen. Wer war sie eigentlich? Woher kam sie? Und wichtiger noch, WIESO hatte man sie belogen und hintergangen? Sie hörte die Unsicherheit in der Stimme ihrer Mutter und eben diese Unsicherheit machte Yana nun Angst.
Ihre Mutter war nie unsicher gewesen. Sie war stark, tapfer, unantastbar! Verdammt nochmal, sie musste auch jetzt stark sein!
„Mama?“
Augenblicklich hörte sie den Stuhl quietschen, dann schob sich die Türe zu ihrem Zimmer auf. Während sich Yana langsam hinsetzte, konnte sie die Augen nicht von ihrer Mutter abwenden. Die Person, die das Zimmer betrat, sah aus wie …
„Du siehst aus wie eine Prinzessin, Mama.“
Die Worte hauchend fühlte sich Yana benommen und überfordert.
„Wie eine Königin, hoffe ich.“
Schwach lächelnd umfasste Yanas Mama kurzerhand ihre Finger.
„Yana, Schatz, ich glaube, es wird Zeit zu reden.“
Yana schöpfte tief Lust und seufzte zustimmend.
„Das glaube ich auch.“
Und während sie von ihrer Mutter zur Türe blickte, fügte sie leise an: „Das ist also mein wirklicher Vater?“
Iris nickte langsam. „Der, der im Krieg war und nicht nach Hause kam?“
Wieder nickte ihre Mutter langsam. Der Mann zog jedoch fragend eine Augenbraue nach oben und dann sah Yana die geröteten

Wangen ihrer Mutter. Scheinbar war ihr die Lüge nun etwas peinlich.
„Der Mann, der vor dem großen Kampfeinsatz alle Regeln brach, einmal Sex mit dir hatte und dann verschwand. Der ist das?"
„Yana, es ist genug."
Räuspernd sah Iris flüchtig zu Rahel. „Sein Name ist Rahel. Er ist der Sohn von Rol dem Mächtigen und mein Seelenband und Lebenspartner, erster Beschützer der fliegenden Inseln."
Iris' Stimme wurde selbstsicherer, je mehr sie von Rahel aufzählte. „Er ist dein Erzeuger, aber dein Vater war Toben."
Langsam nickte Yana. Das war gut. Damit konnte sie leben. Erzeuger, Vater. Kein empfundenes Dilemma im Inneren, sondern eine klare Trennung.
„Muss ich Papa zu ihm sagen?"
Trockener Humor war von jeher ihre Stärke gewesen. Heute zeigte sich, dass auch ihr Erzeuger diese Eigenschaft besaß, denn er lachte als Erstes.
„Ich mag dich jetzt schon."

„Kaffee?"
„Gerne."
Da saßen sie. Und Yana fühlte sich wie in einer Cosplay-Show. Zum ersten Mal machte sie sich die Mühe, ihren Erzeuger, Rahel, wirklich zu mustern. Er hatte goldbraune Haare und überraschend dunkle Augen. Die Haare fielen ihm bis zur Taille hinab und waren zu einem lockeren Zopf geflochten. Er hatte nichts Animalisches an sich, eher wirkten all seine Bewegungen elegant und fließend. Und als würden seine Haare das wissen, waren auch deren Bewegungen fließend und weich. Nicht ein einziges Härchen befand sich an einem Ort, wo es nicht sein sollte.

Und dann sein Gesicht. Es war nicht markant, sondern eher als androgyn zu bezeichnen. Er sah nicht aus wie ein klassischer Krieger. Oder hatte sie einfach nur die falsche Vorstellung vom klassischen Krieger? WAR er ein wahrer Krieger, und all die Bilder, die sie bisher gesehen hatte, waren lächerlich dagegen?
Er sah aus wie ein Engel aus einem Manga. Genau das traf sein Gesicht am besten. Und die Kleidung, diese helle Farbvariation, bodenlang, weich, weit, locker fallend. Keine Frage, Rahel wusste, was seinem Körper stand und diesen zur Geltung brachte. Feinste Stickereien schimmerten in farblich nur minimal abweichenden Nuancen. Es waren Symbole, die Runen ähnelten, aber irgendwie auch wieder anders aussahen. Sie konnte es nicht lesen und je länger sie es ansah, umso verworrener wurde das Bild vor ihren Augen.
Fast war es, als würden sich die Runen miteinander verbinden, zufließen und dann stand da ein Wort: Frieden.
Zurückzuckend, als hätte sie sich eben verbrannt, blinzelte sie heftig. Das musste eine Einbildung gewesen sein! Aber das war es nicht.
„Nein. Ist es auch nicht."
Rahels Stimme war unheimlich erregend. Es war schockierend, aber wahr. Ihr Erzeuger weckte Fantasien in ihren Gedanken, die er nicht wecken sollte.
„Und das ist normal."
Erst jetzt begriff Yana, dass Rahel mit ihr sprach. Er beantwortete ihre Gedanken, als hatte sie jene laut ausgesprochen.
„Rahel, lass das." Der Tadel ihrer Mutter ließ Yanas Mund offen stehen bleiben.
„Soll das heißen, du kannst … ihr könnt …"

Zwischen den beiden hin- und herschauend, fiel ihr auf einmal wieder eine Szene aus ihrer Kindheit ein.
„Mama, damals in der Grundschule, da hast du gesagt, ich hätte es mir nur eingebildet und man könne Gedanken anderer Menschen nicht hören."
Ihre Mutter hatte immerhin den Anstand zu erröten.
„ICH BEKAM EINE STRAFARBEIT UND HAUSARREST VON DIR!"
Empört und zugleich vollkommen überfordert fuhr sich Yana durch die Haare. „MAMA!"
Iris räusperte sich, schindete etwas Zeit.
„Was erwartest du von mir? Du warst acht und hast unkontrolliert deine Fähigkeiten eingesetzt. Ich konnte dir kaum erzählen, dass du eine Prinzessin aus einer fernen Galaxie bist und wir uns hier verstecken, um nicht getötet zu werden!"
Der Kaffee wurde vor Yana abgestellt, dann setzte sich Iris ebenfalls zum Tisch und fuhr etwas ruhiger fort: „Natürlich hast du damals die Gedanken gehört. Es kostete mich einiges an Kraft, um deine Kräfte zu blocken. Danach wurdest du krank, erinnerst du dich daran?"
Natürlich. Auf die Tischplatte starrend, umfasste Yana ihren heißen Becher. Sie trank nicht, atmete den Geruch jedoch intensiv ein, während die Erinnerungen langsam zurückkamen.
„Ich bekam Fieber und es wollte nicht mehr sinken."
„Ja. Dein Körper rebellierte gegen die künstliche Blockade, die ich setzen musste."
Sie hatte sich nicht mehr wie sie selbst gefühlt und nun begriff sie langsam wieso. Aber wenn sie ehrlich war, ehrlich zu sich selbst und ihrem Herzen: Sie begriff überhaupt nichts.

„Mama, derzeit versuche ich wirklich nicht durchzudrehen, aber ich gestehe … es fällt mir verflucht schwer."
Ihre Finger zitterten.
„Ich weiß, Yana. Und es tut mir leid. Unglaublich leid. Ich ... wüsste auch gar nicht, wo ich beginnen soll, ich meine ... das alles muss für dich wie ein Ausflug in einen dieser Comics sein, die du so gerne liest."
„Manga."
„Dasselbe. Nur ein anderes Land."
Schulterzuckend nahm es Yana hin und Iris ebenso. Stille legte sich auf den Raum, bedrückend und schwer. Niemand wusste, was er tun oder sagen sollte.
„Mama …"
Es war eine der schwersten Fragen, die Yana je über die Lippen kommen musste. Und dennoch sah sie hoch. Tapfer fixierte sie ihre Mutter, deren Gesicht vor ihren Augen zu verschwimmen drohte.
„Aber du bist schon meine echte Mama, oder?"
Die Albtraumvorstellung wäre nun ein Nein. Aber Iris lächelte.
„Ja, meine kleine Prinzessin. Ganz sicher. Du warst in meinem Bauch und unter Schmerzen brachte ich dich zur Welt. Ich war das erste Gesicht, das du im Leben gesehen hast und du warst das erste und einzige Kind, das ich gebären konnte."
Das wusste Yana. Ihre Geburt war so kompliziert gewesen, dass man Iris… Iseria … die Möglichkeit auf weitere Kinder abgesprochen hatte. Rahel hingegen wusste es nicht, wie sein kurzer Seitenblick zu Iris offenbarte.
„Okay. Ich wollte nur …"
Ihre Hände trafen sich, und den festen Griff ihrer Mama fühlend, seufzte Yana leise auf. Keine Frage, DAS war sie. Und dennoch …
„Wer ... bin dann eigentlich ich?"

Rahel hatte auf diese Frage gewartet, denn leise, aber bestimmt, sagte er: „Du, Yana, bist die Tochter der Königin von den fliegenden Inseln. Unser Volk nennt man die Ashai, auch Kinder der Wolken oder geflügelte Krieger getauft. Geboren auf der Erde, wurdest du auf Aurelis gezeugt, so heißt unser Planet. Du bist Prinzessin Iyanera die Erste. Irgendwann … in fernen Tagen wirst du Königin sein."
Yana schwieg einfach – die Informationen ergaben ein klares Bild von dem, was sie wissen wollte, aber am Ende war sie nur verunsichert, schockiert und chancenlos überfordert.

Jetzt oder nie. Dieser Planet war ein scheußlich riechender Abklatsch von Aurelis. Die Menschen, hirnlose Zombies, seelenlose Mulis. Was wirklich wichtig im Leben war, wurde auf der Erde nicht gesehen. Schneller musste das Leben an ihnen vorbeilaufen. Immer schneller und schneller. Und am Ende, dessen war sich Rahel sicher, bereuten die meisten ihr Dasein. Sie hatten es vergeudet.
„Yana."
Die Aufmerksamkeit der beiden Frauen auf sich lenkend, war Iris' Blick voller Wärme und Vertrauen, während Yanas Augen misstrauisch und skeptisch blieben. Sie glaubte nicht an ihn und seine Macht. Sie glaubte nicht an die Magie, die ihn ausmachte. Sie war, wenn er es realistisch sah, ebenso hirnlos wie die anderen auf diesem Planeten.
Der einzige Unterschied fand sich darin, dass es bei ihr noch Hoffnung geben würde. Wäre sie auf Aurelis … Ihr Leben würde sich sicherlich zum Positiven hin ändern.
„Ich möchte, dass du deine Augen schließt und tust, worum ich dich nun bitte."

Verblüfft und verunsichert sah Yana ihn an, dann ihre Mutter. Erst als Iris nickte, schloss sie die Augen. Rahel hasste es, wenn Wesen in Entscheidungsabhängigkeit von anderen standen. Wieso brauchte sie den Halt ihrer Mutter? Sie sollte sich nicht in den Kampf stürzen, sondern schlicht die Augen schließen!
„Weil du fremd bist, Rahel. Sie misstraut dir, so wie ich dir misstraut habe. Sie ist unser Blut, vergiss das nicht."
Iris' Stimme wirkte überraschend schneidend. Schuldbewusst sah Rahel in ihre Augen und nickte dezent. Er hatte nicht bedacht, dass Iris seine Gedanken ebenso klar vernehmen konnte, wenn sie wollte, wie er die ihren. Und an seinen Augen musste sie den Zweifel an Yana längst im Vorfeld erkannt haben.
„Verzeih. Dieser Planet ist eine Herausforderung für mich."

Iris lächelte, zynisch diesmal.
„Was du nicht sagst, Rahel."
In ihrer Stimme lag etwas Unnahbares, Fremdes. Sie stieß ihn fort von sich!
Rahel brauchte ein paar Atemzüge, bis er die Situation analysiert hatte. Er hatte Yana kritisiert, sie war Yanas Mutter. Er hatte Iseria angefleht, auf die Erde zu fliehen, sie hatte es getan und war Jahrzehnte alleine gewesen. Vergessen. Sie musste sich verlassener denn je gefühlt haben.
„Verzeih, Iseria."
Ernst fixierte er ihre Augen.
„Ich war takt und gefühllos."
Sein Eingeständnis entlockte ihr ein leises Auflachen.
„In der Tat, Rahel. Aber daran sollte ich eigentlich gewöhnt sein."

Die Distanz wich einem zaghaften Vertrauen, und jenes nicht zerstören wollend, sah er Yana offener an. Freundlicher. Sie hatte eine ehrliche Chance verdient!

„Yana, lausche in dich hinein. Ich beschreibe dir nun Gefühle, die du kennst. Vertrauen, Zuneigung, Liebe. Ich möchte, dass du mir sagst, mit welchem Menschen außer deiner Mutter dich diese Gefühle am stärksten verbinden."
Yanas Augen öffneten sich vollkommen verwirrt.
„Was?"
„Es ist schwer zu erklären, aber ich glaube, du kannst es schaffen."
„Was?" Yana wiederholte sich.
„Mach die Augen zu."
Rahel blieb vollkommen ruhig. Sie war eine Schülerin. Vielleicht im Körper einer Erwachsenen, aber dennoch unerfahren und unreif. Er dufte nicht ungeduldig wegen ihres Unwissens werden.
„Konzentriere dich auf meine Worte."

Sie holte tief Luft, bevor sie ihm ein Zeichen gab – sie war bereit. Rahels Augen schlossen sich, seine Hände legten sich behutsam auf Yanas Finger. Er berührte sie kaum, und spürte dennoch den mächtigen magischen Hall in ihr. Noch wurde sie von ihrer Mutter gebremst, aber sie war wirklich ein würdiges Kind. Und zum ersten Mal, seit er sie gesehen hatte, empfand er Stolz. Sie war sein Spross!
„Such nach einem Menschen aus deinem Umfeld. Du magst diese Person, aber es muss keine Liebe sein, die euch verbindet. Es ist eher etwas Tieferes. Hätte er eine Freundin, würdest du sie für zu schlecht befinden. Wäre er Single, würdest du ihm eine Freundin wünschen. Du möchtest, dass es ihm gut geht, aber zeitgleich diese Person nicht zwingend an dich fesseln. Wenn ihr miteinander

redet, ist es so, als würdet ihr euch schon Jahrhunderte kennen. Mehr als das. Er kann deine Sätze beenden, deine Gedanken und Gefühle erahnen. Es ist ein Er, ich bin mir ganz sicher. Wir suchen einen jungen Mann, aufmerksam, galant, aber auch aufbrausend und für dich schwer einzuschätzen. Dich verbindet etwas mit ihm, eine Vorgeschichte … Konzentriere dich, Yana!“

Ry'jin

Held

- Erster Schatten der Namenlosen
- Magische Affinität: keine
- Fürchtet sich vor:
  dem Tod
  vor ihrer Vergangenheit

Wie soll ich mich verhalten?
Als Erster Schatten bin ich namenlos, geschlechtlos, gesichtslos. Aber als Ry'jin, die junge Shiya in den Hallen der Ruu - da lache, weine, hoffe und verzage ich … nur, was ist mein wahres Ich?

Kapitel 8

Ash

Moquar, Ebene des Todes

Neues Zeitalter der Kokua

„Was haben wir denn hier?"

Die Stimme kam aus der absoluten Dunkelheit von rechts. Sie war zischend und der Geruch, der die Höhle erfüllte, war Übelkeit erregend. Ry'jin wusste, dass sie soeben in ihr Grab gefallen war. Mehr noch.

„Verdammt."

Sich über die Schulter wegrollend, strichen ihre Flügel etwas Kaltes, Glattes. Sie spürte alles, das Nervensystem war bis ins Letzte ihres Körpers vernetzt. Umso schmerzhafter war der Moment, als etwas Eisiges ihre Brust umschnürte, die Flügel an ihren Leib presste und sie von den Füßen fegte. Genauer gesagt an die Wand nagelte, die sich hinter ihr befand. Es krachte, Stein wurde zerschlagen, und dann entstand in der Dunkelheit eine kleine violette Flamme.

„Bitte nicht …“
Entsetzen stand in Ry'jins Augen, als sie begriff, wem sie in die Hände gefallen war. Sie hatten sich in der Sprache der Händler unterhalten, aber es waren keine Händler. Vor ihr stand ein Teil der Seelenlosen. Eine Garde, die direkt dem Lord der dunklen Mächte unterstellt war und in seinem Namen Urteile fällte. Sie waren bekannt für ihre Schnelligkeit, Härte und Grausamkeit. Frauen und Kindern gegenüber kannten sie keine Gnade. Männer wurden zumeist getötet, da sie nur als Hindernis angesehen wurden.
Und sie waren nie alleine. Immer im Rudel war ein Angriff auf diese mit Seelenbändern ausgestatteten Wesen glatter Selbstmord. Niemand würde sich ihnen freiwillig in den Weg stellen, und Ry'jin…
„Ein kleiner Vogel.“
Die violette Flamme spaltete sich, spaltete sich erneut und spaltete sich wieder. Die Energie der Seelenlosen lag im toten Boden, sie waren hier mächtiger denn je. Und je mehr kleine Flämmchen die Höhle erhellten, desto mehr kahle, blasse Männer mit schwarzen Augen erschienen. Sie hatten spitze Zähne, Geifer klebte manchen an den Mundwinkeln und ihre Hände waren wie dürre Klauen, lang und filigran.
Und jetzt erkannte sie eine schwere Kette, welche ihren Körper einmal umschlungen hatte und sie an die Wand nagelte.
„Schau mich an.“
Ry'jin wurde schlecht und dennoch hob sie den Kopf. Wütend schimmerten ihre Augen, aber der Trotz überspielte nur die nackte Panik.
„Du kennst mich ...“
Er hatte recht. Vor ihr stand der Anführer der seelenlosen Garde.

„Ro'har." Er lächelte und entblößte eine Reihe schneeweißer spitzer Zähne.
„Ja, du kennst mich."
Hinter ihm standen sie, all seine Männer, die auf Befehle warteten. Sein Blick glitt über ihren Körper und alleine wie er es tat, ließ Ry'jin frösteln. Schritt für Schritt kam er auf sie zu, lautlos die Bewegungen, während sein sehniger, aber höchst unattraktiver Körper wie eine eiskalte Blockade wirkte. Und als er wieder zu sprechen begann, war seine Stimme ein unnatürlich warmes Raunen, das in einem für Ry'jin verwirrenden Kontrast mit seiner Aura stand. ER verwirrte ihre Sinne!
„Die Sonne geht auf, es wird bald warm werden und bis der Abend kommt, brauchen wir Gesellschaft."
Gesellschaft. Sie wusste, was er damit sagte, was er in Wirklichkeit meinte.
„Ich bin keine gute Gesellschafterin."
Ry'jins Stimme zitterte minimal, dann hatte sie sich wieder im Griff.
Umso überraschender traf sie eine Schlagkombination von Ro'har. Rechts ins Gesicht, links ins Gesicht, Kinnhaken und dann als Finale ein Tritt in den Magen.
Die Welt drehte sich, röchelnd versuchte sie Atem zu fassen, während sie Blut hervorwürgte. Die Kette war ihr Halt, nagelte sie an die Wand und hielt sie zugleich auf den Beinen. Wenn es nicht sinnlos wäre, sie hätte … Nein. Sie durfte nicht einmal den Gedanken zu Ende denken. Gedanken konnte man lesen, Gedanken konnten einen verraten. Sie war schwach. Sie musste dazu stehen und es erdulden.
„Du hast recht – keine gute Gesellschafterin. Aber mach dir keine Sorgen, du wirst zu Beginn nicht viel tun müssen."

Verschwommen sah Ry'jin die Welt, in seinen Ketten hängend. Ro'hars Finger lösten den Hut aus ihren Haaren, die Berührung alleine reichte aus, um ihren ganzen Körper von einer Welle des Ekels zu erfassen.
„Erwarte keine Rettung, kleiner Vogel. Denn wir acht sind heute alles, was du hast."
Überraschend sanft hob der Anführer daraufhin ihr Kinn an und leckte das Blut von ihren Lippen. Der erwartete Ekel blieb aus, stattdessen öffneten sich keuchend ihre Lippen. WAS ging hier VOR!
„Fühlst du es nicht?"
Ro'har tätschelte zärtlich die Kette, die ihren Körper umschlossen hielt.
„Ich liebe diese Ketten! Gut, ich bin kein Freund falscher Bescheidenheit. ICH habe diese Ketten kreiert. Sie klammern sich an dir fest und saugen dich aus. All deine Energien, all deine Verwurzelungen mit deinem Element. Oh, keine Angst, Vögelchen. Ich raube es nicht für immer. Nur für den heutigen Tag."
Mit dem Begreifen kam das stille Entsetzen. Ry'jin könnte sich nicht einmal mehr verteidigen, wenn sie es wollte! Zum ersten Mal seit einer Ewigkeit fühlte sie sich wieder absolut nackt und schutzlos. Diesen Zustand hatte sie ein einziges Mal in ihrem Leben erlebt – das war damals bei ihrem kleinen Bruder … Aber damals hatte sie sich auch geschworen, nie mehr hilflos und schwach zu sein!
Und heute – unzählige Sommer später – war sie es doch. Musste sie es sein.

Mit Tränen in den Augen wandte Ry'jin den Blick ab, sah zur Seite und blickte starr zu jenem Pfad, den sie herunter gekugelt war. Da waren so viele Nischen, Ecken und schwarze Felsklüfte. Wieso hatte sie sich nicht einfach darin versteckt?
„Ich mag es, wenn meine Frauen weinen. Das macht euch weiblich. Männer weinen nicht. Wenn man sie quält, dann ächzen sie, manchmal stöhnen sie vor Schmerz. Aber ihr Frauen seid anders. Wenn man euch quält, dann kann man zusehen …"
Er hatte seine Freude an ihr, keine Frage.
„Wobei?"
Sie sollte den Mund halten, aber das wäre nicht sie. Es wäre nicht passend gewesen.
„Beim Sterben. Anfangs sind alle Frauen wie du. Rebellisch, voller Angst, aber stolz. Dann ..."
Seine Hand legte sich auf ihr Knie, er stand so nah vor ihr, dass sie die Verwesung einatmen musste und trotzdem spürte sie nur seine Hand an ihrem Knie. Da lag sie, und begann sich langsam nach oben zu schieben.
„Dann trennt sich die erste Schicht von Frauen. Man zieht euch aus und manche bleiben tapfer, obwohl sie nackt sind, manche brechen zusammen, aus Scham, aus Angst."
Seine Hand glitt an ihren Rocksaum, schluchzend wandte Ry'jin den Kopf wieder zur Seite, während sie ihre Beine zusammenpresste.
„Die, die tapfer bleiben, machen mehr Spaß als die, die sofort weinen. Die, die tapfer bleiben, überleben uns, die anderen … überleben uns nicht."
Ro'hars Hand glitt zwischen ihre Schenkel. Mit seinen Fingern drang er ungeniert zwischen die Hautschichten und schnitt ihr

dabei ins Fleisch. Aus dem Reflex heraus öffnete sie die Beine wieder minimal, während das Blut bereits hinabzurinnen begann.
„Willst du uns denn überleben, kleiner Vogel?“
Sein Daumen strich über ihre Scham. Die Finger schoben sich zwischen die Stoffschicht und ihre nackte Haut darunter, er spürte den Flaum der feinen Haare und … riss. Mit einem Ruck war der Stoff zerstört und sie unter dem Rock nackt. Aufschreiend stemmte sich Ry'jin gegen die Ketten, aber es war umsonst.
„Ja, schrei. Schrei, so viel du willst.“
Damit wandte er sich ab.
„Nehmt sie euch, aber wehe, ihr tötet sie. Ich will meinen Spaß später mit ihr haben, wenn sie sich nicht mehr auf den Beinen halten kann.“

Ashs Körper wurde behutsam zu Boden gelassen und der majestätische Phönix wurde kleiner und kleiner, bis er nur noch so groß wie ein Küken war.
„Einen Moment, Kita.“
Ächzend brauchte er Zeit, um sich zu sammeln. Die Welt drehte sich, ihm war schon während des Fluges der Schweiß ausgebrochen. Würgend erbrach er Magenflüssigkeit auf den toten Boden neben sich. Er würde sterben. Ash begriff es, während die Welt für Sekunden hinter einer schwarzen Wand aus Nebel und Gedankenstille verblasste.
Kitas zartes Gefieder riss ihn zurück. Er spürte die Kraft seines Seelenbandes und öffnete keuchend die Augen. Neben ihm war ein Eingang zu einer von vielen Höhlen, aber er konnte noch nicht hinein. Nicht, weil er es nicht wollte, sondern weil der Schmerz in seiner Hüfte so groß war, dass alleine die Bewegung seines Herzes und der Lungen für ein beständiges Pochen der Wunde sorgte.

Es reicht, wenn du in den Eingang kriechst. Auch wenn es heiß wird, der Schatten der Höhle wird uns schützen.
Der lockere Boden war eine Herausforderung, aber Kita hatte recht. Er musste sich zusammenreißen. Die Umgebung sondierend, spürte er die magischen Präsenzen von so vielen Lebewesen, dass er sie nicht mehr alle voneinander trennen oder sortieren konnte. Energie war leicht zu nutzen, aber schwer voneinander zu unterscheiden. Derzeit war die Fläche, auf der er sich befand, ein einziger kochender Topf aus Energiemassen, die sich explosionsartig in alle Richtungen verteilten.
„Verdammt."
Ash würde sich nicht schützen können, aber er durfte nicht an sich denken. Er musste an sein Volk denken – an die Ruu.
„Flieg los, Kita. Rette mein Volk. Sie werden dich sehen und dir folgen. Führe sie zu den Höhlen, ich finde euch am Abend."
Nur ungerne löste sich Kita von Ash, aber sie wusste, dass er recht hatte.
Bleib am Leben, Fahir. Dein Volk ist nicht mehr dein Volk, wenn du stirbst!
Neuerlich erhob sie sich in die Luft und je weiter Kita flog, desto größer wurde sie. Ash hingegen kroch würgend in die ersten dunkleren Ausläufe des Höhlenganges. Der Schweiß troff aus allen Poren, durchnässte seine Robe. Seine Zähne pressten sich vor Schmerzen so fest aufeinander, dass seine Kiefer knirschten. Und trotz seiner Anstrengungen kam er bei weitem nicht so gut voran, wie er wollte.
Zwischen zwei riesigen Felsen Schutz findend, rauschte das Blut so laut in seinen Ohren, dass er nichts anderes mehr hörte.
Verdammt.

Er brauchte dringend einen Heiler. Und wenn dieses Wunder nicht eintrat, dann zumindest etwas Ruhe und Sicherheit. Sein Herzschlag beruhigte sich, als er vollkommen reglos verharrte. Die Energiemassen, die ein direktes Orten von Wesen für Ash verhinderte, waren allerdings auch sein Schutz. Denn wenn er niemanden direkt ausmachen konnte, würde auch ihn niemand ohne weiteres in den dunklen Nischen finden können.
Gerade, als ihn dieser Gedankengang beruhigt hatte, drangen gedämpfte Stimmen an sein Ohr. Die Worte waren kaum verständlich, aber die Tonlage für Ash eindeutig. Wer auch immer dort unten in der Höhle war, führte nichts Gutes im Schilde.
Ein weiblicher Aufschrei zerriss die kurze Stille, Gelächter beantwortete die Angst des Mädchens. Dort unten versteckte sich der Abschaum von Aurelis und sie hatten eindeutig jemanden bei sich, der nicht freiwillig dort war.
Ash versuchte sich an der Mauer hochzudrücken, aber es misslang. Stöhnend unterdrückte er mit aller Kraft ein Aufschreien. Er hätte dem Mädchen dort unten so gerne geholfen! Er hätte es alleine aus Ehrgefühl zumindest versuchen müssen!
Aber sein Stolz kapitulierte. Ash musste verharren und die Hilflosigkeit, die er dabei empfand, war fast bedrückender als der Schmerz, der seinen Verstand benebelte. Sie alle hatten recht gehabt. Er war ein Versager. Er, ein Mischling, konnte kein wahrer Fahir sein.

Ganz langsam kroch die Sonne über den dunklen Himmel heran, tauschte die Finsternis mit immer heller werdender Röte ein. Da oben waren sie, die Verdammnis und der Segen. Der Tod und das Leben. Und er hockte in einem Loch und war dank der Schmerzen in seinem Körper angekettet an den Boden.

Irgendwann begann das Mädchen zu schreien. Voller Verzweiflung und Schmerzen, Angst, Panik und Entsetzen. Es waren die Laute einer Frau, die vergewaltigt wurde. Ash kannte diese Geräusche. Bei vielen Angriffen hatte er es seinen Männern selbst verboten und dennoch immer wieder welche dabei erwischt.
Seine Augen schlossen sich, während sich seine Hand immer wieder zur Faust anspannte. Er litt seelisch, er litt körperlich. Und dann gab er sich einen Ruck. So langsam wie möglich zog er sich an der Wand nach oben. Das Gewicht verlagernd belastete er nur seine Arme und die gesunde Beinhälfte. Er konnte nicht auftreten, er konnte nicht kämpfen, er konnte sie nicht beschützen. Aber vielleicht konnte er sie töten.

Lautlos tanzte die weiße Feder in der Luft. Sie schwebte, magisch fast, hin und her, und ihren Tanz verfolgend spürte Ry'jin die Schmerzen nur noch wie aus weiter Ferne. Irgendwann hatte sie aufgehört zu weinen, hatte sie aufgehört zu schreien. Sie hatte begriffen, dass es ihr nicht helfen würde, und mit diesem Begreifen war das Sterben gekommen. Wie hatte er es gesagt? Frauen könne man dabei zuschauen? Ro'har hatte recht. Zumindest fühlte es sich so an.
„Genug."
Seine Stimme durchschnitt das Keuchen der Höhle.
„Wascht sie."
Ohne zu zögern glitt der Mann aus ihr und dann fühlte sie kühle Tücher auf ihrer wunden Haut. Sie wurde gereinigt, das Blut von den Schnitten gewaschen, die Sekrete vom Innenschenkel gewischt. Als man sie auf den Rücken rollte, konnte sie den rechten Flügel kaum noch bewegen. Eine Welle des Schmerzes raste durch ihren Körper, wimmernd stöhnte sie auf.

Und dann wurde sie weiter gereinigt. So lange, bis ihre Haut sauber, die Schnitte strahlend rot und die Prellungen dunkelblau waren. Ihre Haare, einst glänzend und hüftlang, wurden mit Wasser übergossen und gerubbelt, ihre Flügel drapiert. Ihr absolut kraftloser Körper wurde angehoben und auf ein Lager von toten Tieren, beziehungsweise deren Häute, gebettet.
Hier also würde sie sterben. Sie spürte die weichen Felle unter sich und konnte die Augen kaum noch offenhalten.
„Mein kleiner Vogel, sieh mich an."
Sie wollte es nicht, aber Ro'har gab ihr keine Chance. Seine Finger legten sich gnadenlos auf ihr Kinn. Er zwang sie, in seine Richtung zu schauen und erst als sie seine Augen fixierte, neigte er sich hinab und küsste sie. Keiner seiner Männer hatte das getan. Ro'har war nicht grausam grob wie jene, er war grausam zärtlich. Seine weichen Lippen umschmeichelten ihren Mund, bis Ry'jins Lippen ihre Härte verloren und kraftlos aufgeben mussten. Seine Zunge umspielte die ihre, bis sie sich ihm ergab und tänzerisch den Kuss erwiderte. Er vergewaltigte nicht ihren Körper. Er vergewaltigte ihre Seele.
„Ich will keine tote Frau unter mir haben."
Die Worte, an ihren Hals gehaucht, entlockten ihr ein Wimmern.
„Aber ich mag es auch nicht, wenn sie kriegerisch zetern und schimpfen. Verzeih, ich musste dich schwächen, um dich zu wecken."
Seine Worte waren so weich gesprochen, dass es Ry'jin die feinen Härchen auf ihrem Arm aufstellte. Sie kannte diesen Typ von Mann. Und dankbar für die Ausbildung ihres Vaters krächzte sie: „Du bist ein Sammler."
Bei den Anassus galten die Sammler als überaus gefährliche Gegner. Sie wirkten wie normale Krieger, aber ihre mentalen

Kräfte waren unglaublich stark. So stark, dass sogar die stärksten Elementaristen Respekt vor ihnen hatten. Manche sogar Angst.
„Jetzt hast du dich verraten.“
Alle noch verbliebene Kraft in diesen letzten Akt legend, fixierte sie Ro'hars Augen und versuchte so selbstbewusst wie möglich seinen Blick zu erwidern, dabei sah sie das Erstaunen in seinen Augen. Und obwohl sie es besser wissen sollte, setzte sie gleich noch einen Satz nach: „Das ist also deine Gabe. Funktioniert es eigentlich bei allen Wesen gleich gut? Oder sind manche resistent gegen dich?“
In seinen Augen funkelte etwas, das wie Zorn wirkte. Ry'jin jedoch redete sich eben erst in Fahrt.
„Ich frage nur, damit ich weiß, ob ich nun wieder stolz auf mich sein kann.“
Obwohl sie nur stockend sprach und frisches Blut dabei über ihre Lippen tropfte, lächelte sie ihm unterkühlt entgegen. Ein Lächeln, das ihr binnen einer Sekunde brutal aus dem Gesicht geschlagen wurde. Und dann, noch ehe sie sich versah, flog sie im hohen Bogen aus seinem Bett. Vor Schmerzen drehte sich die Welt, schwanden ihr beinahe die Sinne. Wie aus weiter Ferne hörte sie Ro'hars kalte, desinteressierte Stimme: „Macht mit ihr, was ihr wollt.“

Ry‘jin hätte den Mund halten sollen. Aber diese Erkenntnis kam zu spät. Sie hatte Ro'har enttarnt und vor seinen Männern bloßgestellt. Ihren Kopf zur Seite neigend, zog sie sich kraftlos mit einer Hand über den Boden. Weg. Sie wollte nur weg von hier. Ihre Beine wurden an beiden Knöcheln umschlossen, sie, egal wie verzweifelt sie sich auch in die tote Erde krallte, zurück in die Mitte der Höhle gezogen.
„Bitte nicht.“

Schluchzend brachen die Worte aus ihr hervor. Sie hatte nicht gedacht, dass sie noch Tränen vergießen konnte.
„Bitte nicht noch einmal …"
Sieben Seelenlose waren für eine Frau nahezu unerträglich. Ihr Gestank, ihre Brutalität, ihre ekelhaften Geschlechtsteile. So schnell verwandelte sich ihr eben noch empfundener Stolz in Abscheu. Sie hätte Ro'har dienen sollen. Er hätte ihrem Körper zumindest Lust abgefordert! Lust statt Leid.
Grob zerrte man Ry'jin auf die Knie, einer der Männer stützte ihre Schultern, bevor ein anderer vor sie trat. Sie wusste, was er verlangte. Aber als sich ihre Lippen um sein Glied legten, konnte sie die Übelkeit nicht mehr zurückhalten. Würgend erbrach sie sich auf seine Schenkel, seine nackten, knochigen Füße.
Es gab keine Schläge, kein Geschrei. Sie wurde nicht totgeprügelt für dieses Vergehen. In absoluter Ruhe begann der Krieger sich zu reinigen, um am Ende neuerlich vor sie zu treten.
Es würde nicht enden. Denn seinen Platz nahm ein anderer ein, und wieder ein anderer …

Kapitel 9

Quar

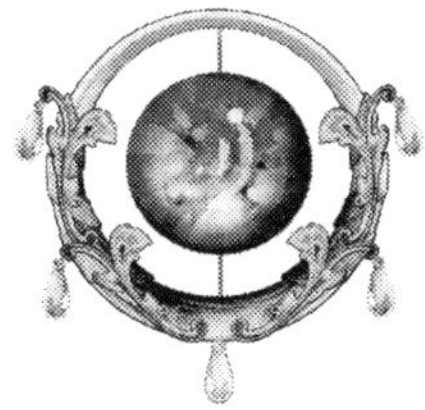

Hauptstadt Qeridis, Reich der Quin

Neues Zeitalter der Kokua

„Jetzt!"

Durch die Anlage des Hauptgartens huschend, passten Aire und Quar genau den Wachwechsel ab. Geduckt und in schwarze Kapuzenmäntel gehüllt, war die bewölkte Nacht ein Vorteil, während das durchnässte Gras, rutschig wie Eis, als Nachteil zu bewerten war. Zur Mittagsstunde hatte es aus allen Schleusen zu regnen begonnen und auch jetzt benetzte Feuchtigkeit ihre Mäntel. Seine Forderung war absoluter Wahnsinn, aber wenn sie ihn nicht hinbrachte, würde er alleine gehen.

Die Meerjungfrau befand sich im unteren Teil des Händlerviertels. Um dorthin zu gelangen, würden sie aus dem Viertel der Palastnahen hinabwandern müssen. Und da sie diesen Weg nicht zum ersten Mal ging, kannte Aire inzwischen die kürzeste

Verbindung inklusive der Notfallseitengassen, falls sie angegriffen werden würden.
„Mir nach, Hoheit."
Sie hielt die entstandene Distanz zwischen ihnen aufrecht. Quar sah das, wie meistens, anders.
„Wie immer, Aire. Wie immer."
Seine Stimme klang spöttisch, aber im Endeffekt war er nur nervös. Wenn man ihn dabei erwischte, wie er in Zeiten wie diesen den Palast inoffiziell verließ, wäre das Gewitter von solch epischem Ausmaß, dass Aire freiwillig ihre Unschuld verlieren würde. Aber daran wollte sie lieber nicht denken.
Ein eleganter Satz brachte Aire nach oben auf die Palastmauer. Auf jener bequem kniend, sah sie hinab in die Tiefe. In der Nacht sah man die schmalen Vorsprünge fast nicht, die eine kleine Treppe darstellten.
„Bitte gebt acht, es ist sehr rutschig heute."
Das galt natürlich auch für sie. Die ersten Vorsprünge im Sitzen ertastend, ging es ganz langsam hinab. Schritt für Schritt und mit dem Rücken an der Felswand klebend, wanderten sie in die Tiefe. Der Rückweg wäre bei Anbruch des Tages eindeutig leichter.
Einen Schritt zu unkonzentriert setzend, glitt Aires Bein weg. Automatisch nach Halt suchend, packte Quars Arm ihr Handgelenk und stützte sie mit einer unerwarteten Kraft und Sicherheit. Für Sekunden verharrten beide, atemlos, starr vor Schreck, dann raunzte Quar: „Wenn du fällst, Aire, wie soll ich das meinem Vater erklären? Er glaubt mir ganz sicher, wenn ich ihm sage, dass du ein heimliches Stell-Dich-Ein hattest!"
Natürlich – so konnte man ihren Beinahe-Sturz auch kommentieren.

„Verzeiht Hoheit. Mein Tod soll Euch natürlich keine Umstände machen!“

Bissig kam die Antwort, bevor sie sich weiter hinabquälte. Die letzten Meter sprang sie und landete federnd, aber patschend in einer Lache aus Schmutz und Regenwasser.

„Alles frei.“

Fast lautlos landete er neben ihr, gemeinsam liefen sie los. Es war ein gemütlicher Trott, der Zeit ersparte und sie an zweistöckigen steinernen Häusern und gepflegten kleinen Gärten vorbeiführte.

Die gepflasterten Straßen endeten bei dem hohen Südtor, welches die Palastnahen vom restlichen Volke der Hauptstadt trennte. Die Wachen versteckten sich im Inneren und da die Tore nur im Kriegsfall geschlossen wurden, kamen sie unbehelligt auf die nicht bepflasterte Straße von Unter-Qeridis.

Die Luft veränderte sich. Wo man eben noch diverse Blumendüfte, Abendessensgerüche und Duftstoffe von edlen Mitgliedern der nahen Familie roch, vermischten sich diese nun mit dem Geruch von Abwässern, Pferdemist und anderen Sekreten, die Aire nicht zuweisen konnte.

Sie mochte den Geruch nicht. Er erinnerte sie an das Loch, aus dem sie gekommen war. In dem ihr Vater noch immer hauste und hoffentlich bald sterben würde! Und Anja? Die durfte darin ganz langsam verrotten.

Die Steinhäuser waren hier unten zumeist mit Holz aufgestockt worden, wodurch sie ein stabiles Fundament hatten und Flächenbrände nicht so schnell um sich griffen. Feuer war immerhin eines der wenigen Elemente, das für die Quin eine echte Gefahr darstellte.

In den Handelsbezirk wechselnd, welcher nur noch aus Holzhütten bestand, standen die ersten freien Frauen an den Straßenecken. Sie

boten für Münzen ihre Dienste an, waren aber fixen Häusern verpflichtet. Jede von ihnen musste gemeldet werden und ein Teil ihrer Erträge floss in die Kasse der Krone. Es war makaber. Wenn Quar zu seinen Huren ging, bezahlte er seinen Vater damit.
Und dann sah Aire das Schild der Meerjungfrau. Beschienen von Laternen wackelte es knarzend im Wind. Dröhnendes Lachen schlug einem von innen entgegen. Es wurde musiziert und die oberen Stockwerke des Holzetablissements hatten die Fensterläden fest verschlossen. Trotzdem hörte sie irgendwo eine junge Frau in Ekstase kreischen.
„Hoheit, irgendwie habe ich …" … ein komisches Gefühl. Das hatte sie sagen wollen. Aber Quar ging einfach an ihr vorbei und schob die schwingenden Türen nach innen auf. Aires Augen schlossen sich, lautlos fluchte sie, bevor sie ihm endlich folgte. Stickige Luft schlug ihr im Inneren entgegen. Die wenigen Stufen in den Schankraum hinabschreitend war Quar längst am Ende des Raumes bei Roshana, der Besitzerin der Meerjungfrau, und erhielt seinen Schlüssel.
Roshana war eine wunderschöne Frau in fortgeschrittenem Alter. Sie wusste ihre Kurven zur Geltung zu bringen, denn passend zu ihren dunkelblauen Haaren mit hellen Strähnen trug sie ein hellblaues, gerade geschnittenes Kleid mit tiefem Ausschnitt und weiten Schlitzen an den Beinen. Sie zeigte nichts und verlockte die Fantasie eines jeden Mannes, alles zu vermuten. Wenn sie lachte, verzogen sich ihre sinnlich vollen Lippen zu den Seiten, sie entblößte gerade, wohlgeformte Zähne und ihre katzenhaften Augen schlossen sich halb. Sinnlich wurden sie dabei von natürlichen, unglaublich dichten und langen Wimpern beschattet.

Es war gemein. Diese Frau hatte so viel Schönheit und Weiblichkeit, dass Aire sich wie ein Kleinkind dagegen fühlte. Unfeminin. Männlich.
Quar nahm indes das Zimmer Nummer Sieben. Er war IMMER in der Sieben. Es war das einzige Zimmer im Erdgeschoss, besaß zwei Fensterseiten – eine zum Meer hinaus und eine zum Hinterhof der Meerjungfrau sowie eine separate Hintertür.
Nicht ein einziges Mal drehte er sich nach Aire um, sah er sich in der Taverne die Menschen an. Mit der Selbstsicherheit eines theoretischen Königs trat er in den hinteren Teil des Schankraumes, schob einige Männer kommentarlos beiseite und schloss sein Zimmer auf. Das Letzte, das Aire von Quar sah, war sein schmaler Rücken. Dann fiel die Türe hinter ihm zu und sie stand alleine inmitten des Bordells oder der Taverne – Aire hatte nie herausgefunden, was die Meerjungfrau in Wirklichkeit war: ein Bordell mit Schankraum oder eine Taverne mit Bordellfunktion.
In Momenten wie diesen hasste sie jedoch ihre Berufung. Roshana würde wie immer die Mädchen auswählen, die sie Quar servierte und er würde sich die nehmen, die er heute reiten wollte. Aire würde vor der Zimmertüre stehen, ausdruckslos das Gesicht, und würde ihr Kreischen und sein Stöhnen stundenlang erdulden müssen.

Obwohl ihre Gedanken für Sekunden abgedriftet waren, rief ihre Intuition sie zurück in die Gegenwart. Aires Stirn legte sich verwirrt in Falten, dann hielt sie inne. Etwas stimmte nicht. Roshana wirkte zu hektisch, sie mied bewusst den Blick in Aires Richtung. Ein paar andere Gäste hingegen schienen sie heimlich nicht aus den Augen zu lassen. Gäste, die sonnengegerbte Haut hatten, die beim künstlichen Lachen Zahnlücken offenbarten. Das war nicht das

normale Klientel von Roshana. Diese Männer hatte Aire in den letzten Jahren noch nie hier gesehen! Bildete sie es sich nur ein?
„Wenn du zauberst, ist deine Schwester tot."
Nah an ihrem Ohr flüsterte eine raue männliche Stimme die Worte. Sie kannte diese Stimme irgendwoher, aber sie konnte sie nicht zuordnen. Automatisch öffnete sich ihre Handfläche, doch der Mann schien sie zu durchschauen. Kalt fügte er an: „Denk nicht einmal daran. Anja würde es bereuen."
Eine behandschuhte Hand schob sich von hinten kommend in ihr Blickfeld. Klingelnd glitt ein Medaillon aus der geschlossenen Faust heraus, baumelte funkelnd im schummrigen Licht. Das Symbol war eine Dahutablüte, und es war Anjas Halskette. Denn auf der Rückseite sah Aire die Initialen ETAA – Endara, Thillian, Aire, Anja. Die Initialen ihrer Namen.
„Was wollt Ihr?"
Aires Herzschlag wollte ausbrechen, doch sie zwang sich zur absoluten Ruhe.
„Dreht Euch langsam um und geht durch die Seitentüre in den Hinterhof. Wenn Ihr tut, was ich sage, wird Anja nichts geschehen."
Aires Herz begann überraschend zu rasen.
„Das kann ich nicht."
„Doch, das könnt Ihr." Gnadenlos der Befehl des Fremden.
Aires Gedanken überschlugen sich. Sie musste Quar warnen, aber der Lärmpegel im Schankraum war so hoch, dass ein Schrei untergegangen wäre. Nicht jedoch im Hinterhof. Sein Zimmer wäre angrenzend und …
Eine unerwartete Kälte flutete Aires Seele, als sie knapp sagte: „Gut. Gehen wir."
„Ganz langsam, kleine Wächterin."

„Ich bin langsam."
Die Worte knurrend, überspielte sie ihre Angst. Schritt für Schritt näherte sie sich der Seitentüre, jene öffnend, schlug ihr frische, kühle Luft entgegen.
„Aire!"
Anjas erstickter Ausruf ließ ihren Körper unter Strom stehen. Bis zu dieser Sekunde hatte sie gehofft, dass es doch eine Finte wäre. Aber kaum, dass sich ihre Augen an das Dämmerlicht des Hinterhofes gewöhnt hatten, sah sie Anja eingekeilt zwischen zwei Männern stehen. Ihr Kleid war zerrissen, ihr Gesicht zeigte deutliche Spuren von Schlägen.
„Ihr Bastarde, was habt ihr ..."
Automatisch riss Aire ihre Hände nach oben, aber einer der Männer war schneller. Der Dolch ließ dünnes Blut über Anjas Hals rinnen.
„Na na, was sagte ich. Keine Magie, meine kleine Wächterin."
Aire war überfordert. Sie wusste nicht, was sie machen sollte. Zur Seite weichend, schob sie die Hausfassade in ihren Rücken, wodurch sie den Mann endlich ansehen konnte. Er trug einen breit gefächerten Hut mit einer roten Feder darin. Kniehohe Stiefel, enge Lederhosen, ein weißes locker geschnürtes Hemd, eine Lederweste darüber. Er tarnte seine Identität nicht eine Sekunde lang und das Symbol, das er an seinem Hals offenbarte, ließ Aire Böses ahnen.
„Ihr seid von der schwarzen Hand."
„Aye. Und du bist jetzt unsere Gefangene."
Er griff in einen Sack und zog eine Halskette hervor.
„Leg sie um."
An der Kette hing ein schwarzer Stein, welcher unheilvoll lilafarben glühte.

„Das ist verbotene Magie. Dunkle Magie! Woher habt Ihr diese Kette?“

Sie war ein Relikt vom Volk der Dunkelheit, der Anassus. Der Träger dieses Steines wurde seiner Fähigkeit beraubt, Magie zu wirken, denn der so unscheinbare schwarze Stein absorbierte sie. Nicht für ewig, aber manchmal konnte die Wirkung mehrere Sommer oder Winter anhalten.

„Leg sie an.“

Der Pirat beantwortete nicht ihre Frage, stattdessen wurden seine Worte frostig.

„Rok, töte das Mädchen.“

Der Mann bei Anja legte den Dolch wieder an und brachte ihre Schwester zum Kreischen.

„Aire, AIRE, bitte! Ich will nicht sterben! AIRE! Es tut mir leid, ehrlich, alles tut mir leid, ich wusste das nicht!“

Verzweifelt sah Aire zu dem Mann, dann zu Rok und am Ende zu dem Fenster, hinter welchem sich Quar befand.

„Oh, keine Sorge, er ist in guten Händen.“

Der zynische Unterton ließ Aires Herzschlag aussetzen. Natürlich. Das WAR eine Falle! Aber es ging nicht um sie, es ging von Anfang an um Quar!

„HOHEIT!“

Ihre Hände erneut hochreißend, wirbelten binnen weniger Atemzüge ganze Wassermassen um ihren Körper.

„QUAR!“

Sie musste den Prinzen schützen! Er stand über dem Leben ihrer Schwester, er hatte Vorrang vor allem. Mit dem Tag, als sie ihrer Berufung gefolgt war, hatte sie ihre Familie hinter sich gelassen. Manche sagten, Blut sei dicker als Ehre, aber Aire sah es anders. In Anjas Augen blickend, begriff ihre Schwester, welches Opfer Aire bringen würde. Und das Letzte, was Aire in Erinnerung haben würde, so sie das alles überlebte, wäre die Verachtung in Anjas Augen, als jene starb.

„Tötet sie."
Alles ging blitzschnell. Roks Messer glitt federleicht über Anjas Hals. Blut quoll hervor, und den Hass in Anjas Augen erduldend, griffen Aire drei Piraten gleichzeitig an. Ihre krummen Säbel durchschnitten die Wassermassen, trotzdem fegte sie zwei von ihnen von den Beinen, bevor sie mit einem Hechtsprung selbst zur Seite wich.
„QUAR!"
Seinen Namen brüllend, wirbelte eine Wasserschlange um ihren Körper und biss einem der angreifenden Piraten den Kopf von den Schultern. Noch bevor der leblose Körper zu Boden glitt, verpuffte die Schlange wieder. Der Wasserstaub legte sich um den Kopf eines anderen Piraten. Er erstickte, während Aire mit einem Satz erneut zur Seite wich und eine Wasserpeitsche als Bodenfeger nutzte.
Diese Männer hatten ihre Schwester getötet!
Nein, Aire hatte sie geopfert!
Sollte Quar bereits tot sein, wäre alles umsonst gewesen! Es DURFTE nicht umsonst gewesen sein!
„QUAR!"
Blind vor Tränen sah sie kein Rühren im Inneren des Zimmers.
„QUAR!"
Kein Fenster wurde aufgesprengt, kein Held sprang schreiend hervor. Neue Piraten tauchten auf, wurden von Wasserlachen verschluckt, gegen die Häuser geworfen oder in Wasserblasen gefangen genommen, bis sie bewusstlos wurden oder erstickten.

Es hörte einfach nicht auf! Aber Aires Magie hatte ein Ablaufdatum. Und einer wusste das.
Sie sah den Piraten im Halbschatten stehen. All die Männer, die er sandte, sie dienten nur zum Schwächen. Sie waren Verluste, die er kommentarlos hinnahm.
„DU SCHEUSAL!"
Sich direkt gegen ihn wendend, musste er aktiv werden. Und eines musste Aire ihm lassen: Er war schneller, als sie es erwartet hätte. Ihren normalen Angriffen wich er spielend aus, und während er nur einen Feind hatte, musste sie auch noch die anderen in Schach halten.
Bis in den Tod!
Sie würde alles, was sie besaß, geben. Sie würde alles opfern, denn Quar durfte nichts geschehen. Er musste gesund zurück zum Palast kommen. Wahrscheinlich war er längst auf der Flucht, zuzutrauen wäre es ihm zumindest …

Kapitel 10

Madras

Dorf Juffa, Reich der Kokua

Neues Zeitalter der Kokua

„Hier, Vater."

Die Suppenschale an Asgar weiterreichend, lächelte jener Madras dankbar an.

„Danke, meine Kleine."

Ihre Hütte war klein, die angrenzende Schmiede ebenso. Aber sie hatten alles, was sie brauchten. Zwei kleine abgetrennte Schlafbereiche, eine eigene Kochstelle mit unzähligen Regalböden an der Wand, an welchen Kräuter trockneten, und am wichtigsten für Madras: eine vor Wind und Wetter geschützte Toilettenanlage im Außenbereich. Natürlich war die Geruchsbelästigung nicht vermeidbar, aber im Gegensatz zum dicken Thoran, dessen Vater der Jäger des Dorfes war, musste sie nicht im Regen ihre Notdurft verrichten.

„Das riecht himmlisch."

Asgars dicke Knollennase schob sich über den Holzrand der Schale, schnuppernd erinnerte er sie für eine Sekunde an einen kleinen Hasen.
„Was hast du heute gekocht?“
„Hase und dazu ein paar Kartoffeln und Kräuter.“
Madras schmunzelte bei den Worten ein wenig.
„Ich verstehe.“
Er kostete schlürfend, wobei sich seine buschigen, bereits ergrauten Augenbrauen genießerisch zusammenzogen. Der Laut absoluter Zufriedenheit ließ Madras endlich etwas zuversichtlicher lächeln. Bis zu diesem Moment hatte sie eine unsichtbare Unruhe gepackt, doch die Reaktion ihres Vaters beruhigte sie. Und mit dem Lächeln kam ihr sonniges Gemüt zurück.
Aber auch ihre Gedanken an Sasane und deren Worte und Ratschläge.
„Vater?“
Es war ungewöhnlich von ihr, während des Essens das Gespräch zu suchen.
„Was beunruhigt dich, Madras?“
Asgar kannte sie gut genug, um zu begreifen, dass es wichtig war, die Regeln des Hauses heute zu brechen.
„Hast du … Mutter eigentlich geliebt?“
Es war das erste Mal, dass Madras diese Frage stellte.
„Wieso fragst du das?“ Und er gab ihr keine Antwort.
„Was, Vater, bedeutet es eigentlich, verliebt zu sein?“
Seine Augen wurden wachsamer.
„Madras, hat das etwas mit deiner bevorstehenden Vermählung zu tun?“

Unruhig verschlossen sich ihre Finger ineinander. Wenn sie nervös wurde, strich ihr Zeigefinger immer über ihren Daumennagel, eine lästige Angewohnheit.
„Sprich, Kind."
Asgars Stimme bekam jenen ernsten, ruhigen Tonfall, welchen Madras von klein auf kannte. Nun war er wirklich bei der Sache, fokussiert und aufmerksam. Ihm würde nichts entgehen.
„Es war wirklich keine Absicht von mir, ich … ich bin zu Rijela gegangen, um mich wegen ein paar Kräutern zu erkundigen und als ich anklopfen wollte, hörte ich sie mit Ahrn sprechen."
„Mit dem Dorfältesten?"
Beschämt nickte Madras.
„Und worüber haben sie gesprochen?"
Die Worte ließen ihre Wangen flammend rot werden. „Ahrn wollte wissen, welche Kräuter die Fruchtbarkeit einer Frau verstärken."
Ganz langsam sank der Löffel ihres Vaters zurück in die Schüssel.
„Wollte er das? Und weswegen, glaubst du, fragte er das Rijela?"
Er schalt sie nicht, weil sie gelauscht hatte. Er wartete auf die Schlüsselszene.
„Wegen mir. Er sagte ihr, er wolle sichergehen, dass Jahnsen endlich einen Balg zur Welt befördere, und dazu solle ich so schnell wie möglich mit gesegnetem Leib durch das Dorf schreiten."
Ihr Vater war still geworden. Sein Blick verriet keine Emotion. Nach einer Ewigkeit sagte er leise: „Du sollst mit Jahnsen verbunden werden?"
Madras kamen die Tränen. Überraschenderweise schockierte sie die Tatsache in Gegenwart ihres Vaters mehr als hoch oben in den Bergen bei Sasane.
„Vater, wie soll ich ihm die Treue schwören? Er ist kein guter Mann, aggressiv im Charakter und außerdem betrügt er seine

Eheweiber. Jeder im Dorf weiß das! Wieso bekommt er wieder eine junge Frau zur Seite gestellt?"
„Still."
Ernst waren Asgars Worte, die dunklen harten Augen verloren sich im Feuer. Sie sah die tanzenden Flammen darin, sah sich selbst als schmalen Schemen.
„Wir finden eine Lösung."
Endlich kam Leben in seine Züge. Er griff nach dem Löffel und jenen in die inzwischen lauwarme Suppe tunkend, raunte er: „Und jetzt iss, Kind, bevor es kalt wird."

Als Madras die Augen öffnete, war es früher Morgen. Die Sonne stand noch nicht am Horizont, aber die Hühner scharrten mit ihren Beinchen und ihre innere Unruhe ließ sie nicht mehr rasten. Sie wollte aufstehen. Nein, mehr als das. Sie wollte etwas tun, um ihre Gedanken zu beruhigen. In zwei Tagen würde die Zeremonie starten. Man würde sie aus dem Haus des Vaters holen, sie und vier andere Unberührte, und dann würde man sie zur großen Mutter führen.
Die Grasdecke zur Seite schiebend, streckte sich Madras ausgiebig. Sie mochte es, wenn ihr Körper zu Beginn des Tages voller Leichtigkeit war. Sie trat zur Wasserschüssel und wusch sich das Gesicht, den Hals und den Ansatz der Brüste, bevor sie die Arme mit einem Schwamm benetzte und sich damit den letzten Rest von Schlaf wegwischte. Ihre Haut war makellos, ihre Figur nicht unattraktiv. Sie wusste, sie war für ihre jungen 16 Sommer reif genug und auch vom Geiste her kein Kind mehr. Und dennoch.
Ihr Spiegelbild wurde ruhiger, je stiller die Wasseroberfläche in der Schale ruhte. Ihre Gesichtszüge waren schmal, die roten Haare umrandeten die markanten Wangenknochen, stechend klar waren

die grünen Augen, für ihren Geschmack etwas zu spitz und schmal die Nase. Ihre Lippen hatten keinen roten Teint wie es Rinas Lippen hatten, sondern eher ein zartes Rosé. Und trotzdem war es ein schöner Mund. Ihre Fingerspitzen berührten die samtene Haut. Sie hatte noch nie einen Jungen geküsst, der Kontakt zu anderen Männern war vollkommen untersagt gewesen. Und als brave Tochter hatte sie sich gerne daran gehalten. Aber nun reute es sie. Wenn sie wirklich Jahnsens Weib wurde, hätte sie sich für den Falschen aufgehoben.

Seufzend wandte sie sich ab. Das tägliche Anlegen der Kleider war zu einem routinierten Ablauf geworden. Beginnend mit dem Bandagieren der Brüste legte sie ihr Mieder an, darüber das schulterfreie Unterkleid, bevor sie das mit Ornamenten versehene Oberkleid anlegte. Die Ärmel wurden an den Seitennähten zur Sicherheit fixiert, ein breiter Kragen bedeckte die nackten Schlüsselbeine.

Es war eine schöne Robe. Ab dem Eintritt der Blutung durfte ein Mädchen die Kleider der Erwachsenen tragen, und sie hatte sich so darauf gefreut, dass ihr die Plagerei mit der Jella, den Strümpfen und den knöchelhohen geschnürten Stiefeln als Nebensächlichkeit erschienen war. Die Haare behutsam nach hinten schiebend, fixierte sie die Mähne mit ein paar Nadeln im Nacken, bevor sie ihre Kopfbedeckung aufsetzte. Erst zum Ende schlüpfte sie in die dunkelgrauen Strümpfe. Sie hasste das Gefühl, wenn der Stoff ihre Haut umschloss und ihre Beine in eine festere Form brachte. Sobald die Strümpfe warm waren, wurden sie weicher, aber die ersten Schritte waren höchst unangenehm.

„Madras, bist du wach?“

Die Stimme ihres Vaters riss sie aus den Gedanken.

„Natürlich, Vater.“

Etwas stimmte nicht. Sie hörte es an seiner Tonlage.
„Dann eile dich! Rijela braucht deine Hilfe!"
Madras hinterfragte den Ruf nicht. Sie wusste, dass einige Frauen im Dorf schwanger waren und bald entbinden würden, sie wusste auch von einem Fieber im Nachbardorf. Wenn die Heilerin des Dorfes rief, dann folgte Madras und eilte an ihre Seite.
„Ich bin unterwegs!"
Aber heute war etwas anders.
Als Madras aus der Hütte trat, spürte sie die Unruhe des Dorfes. Was hatte sie verschlafen? Oder hatte sie eben diese Unruhe am Ende geweckt? Über die staubigen Gassen eilend, achtete sie nicht auf die schmalen Holzhütten, an denen sie vorbeiging. Sie wählte den direkten Weg zur Hütte der Heilerin: den Hügel, auf dem sie lebte, hinab, an dem Häuschen des Fischers vorbei, über den Dorfplatz hinunter zum Fluss. Die Ausläufer des Cheon ernährten dieses Dorf und versorgten es mit angeschwemmtem Holz. Manches davon konnte man verarbeiten und wieder verkaufen – eine Aufgabe von Darun, dem Tischler. Der Rest wurde für die Wintermonate eingelagert, um als Brennmaterial zu dienen. Weitereilend rauschte der Fluss hörbar hinter den Büschen, als Rijelas Hütte endlich sichtbar wurde.

Das Wissen der Heilerin war schon immer sehr gefragt, aber sie als Person war höchst eigensinnig. Sie redete in der Öffentlichkeit sehr wenig, aber manchmal, wenn sie sich unbeobachtet fühlte, plapperte sie mit sich selbst. Dann kaute sie auf ihren Kräutern und raunzte über lang vergangene Tage. Sie sprach mit einem Philipus. Niemand, nicht einmal Ahrn, wusste, wer das sein sollte.
„Rijela?"

Die Türe nach innen drückend, musste sich Madras an das Dämmerlicht im Hauptraum gewöhnen. Rijela hatte tags wie nachts die Fensterläden geschlossen. Das Sonnenlicht sei schädlich für die Kräuter, so nannte sie es. Madras hingegen nannte es Abschottung von der Außenwelt. Sie wollte nichts mit den Menschen aus dem Dorf zu tun haben und zeigte das deutlich in ihrer Abgrenzung.
„Ich bin hier, wobei soll ich dir …"
Abbrechend erstarrte Madras. Blinzelnd sah sie zu dem Körper der reglos am Boden liegenden Frau, welcher ihr sonderbar vertraut, im Tode doch sehr fremd vorkam.
„ASGAR!"
Den Namen aus Leibeskräften brüllend, rannte sie an Rijelas Seite und brach auf die Knie. Die Alte wirkte überraschend friedlich, als hätte sie den Tod kommen sehen.
„VATER!"
Leise drang ein schmerzerfülltes Stöhnen an ihre Ohren. Aber das war unmöglich. Rijela konnte keine Schmerzen mehr fühlen, ihr Körper war schlaff, die Augen leicht geöffnet und ihr Herz schlug nicht mehr in ihrer Brust.
„Bitte … Hilfe …"
Madras blinzelte. Die Tränen, die ihr eben kommen wollten, versiegten wieder. Im Zwielicht der Hütte sah sie sich suchend um und erahnte eine Gestalt. Sie kauerte im hintersten Eck der Hütte am Boden. Ein Mann, eindeutig volljährig.
„Wer seid Ihr?"
Die Worte zischend hörte sie seinen röchelnden Atem.
„Du musst … musst Madras sein. Sie sagte … sagte, sie würde … du würdest mich heilen …"

Seine Stimme klang rauchig und brüchig. Sie konnte die Schwäche darin hören.
„Was ist hier geschehen?!"
Madras war nicht dumm. Dort hinten saß ein fremder Mann und die Heilerin war auf einmal tot.
„Sie … sie wollte mir helfen …"
Er hustete, ein röchelnder Laut. Er hatte vermutlich Flüssigkeit in der Lunge, Madras kannte die Anzeichen dafür.
„Und dann?"
Sie ließ sich nicht täuschen. Schwache Männer waren trotz allem gefährliche Männer.
„Dann … dann sah sie … und stolperte … fiel um."
Seine Sätze ergaben keinen Sinn.
„Was hat sie gesehen?"
Er gab ihr keine Antwort mehr. Seine Atmung wurde ruhiger, wahrscheinlich war er wieder bewusstlos geworden.
Und in der Sekunde, als sie am hilflosesten war und zum dritten Mal nach ihrem Vater brüllen wollte, wurde endlich die Türe aufgestoßen. Im Schein der Morgensonne wirkte die alte Frau noch schmäler und blasser als sonst.
„Madras, was ist geschehen?"
Nie war sie dankbarer für ihren Vater gewesen als jetzt.
„Ich weiß es nicht. Ich fand sie tot am Boden und dort hinten liegt ein Verwundeter. Er ist bewusstlos und wollte mir sagen, was geschah, aber…"
Schluchzend kamen ihr die Tränen. Es überrollte sie, kaum, dass sie sich in Sicherheit wähnte.
„Vater, Rijela, ist sie wirklich tot?"
Sie wusste, wie naiv diese Frage klang, aber die Frau war ihr so vertraut wie eine Mutter gewesen.

„Kind, kümmere dich um den Verwundeten, ich bringe Rijela zum Ältesten."
„Aber ..."
„Er muss die Zeremonie leiten." Asgars Stimme war ernst und hart.
„Aber ..."
Schluchzend rannen ihr die Tränen über die Wangen.
„Wie soll ihr Geist Zugang zum Reich des Zweigesichtigen bekommen, wenn kein Anassus das Tor öffnet?"
Man hatte das dunkle Volk auf Moquar verbannt, und nun, Wochen später, hatte man den ersten Nachteil dieser Tat entdeckt. Die Anassus leiteten einst die Seelen der Toten hinüber in das Reich der Unendlichkeit, wie die Ashai das Leben von dort zu locken vermochten. Nun konnte man zwar Leben locken, aber keines mehr auf würdige Weise entsenden.
„Sie wird einen Weg finden. Rijela war zu Lebzeiten höchst kreativ! Sorge dich jetzt nicht darum, sondern tue, was du kannst. Wir brauchen Antworten von dem Fremden, Madras! Er kommt aus dem Norden, vielleicht bringt er Kunde von Eugrins Hort."
Madras kannte den Namen der Burg nur aus Geschichten. Eugrins Hort, der Sitz der Könige der Kokua, sollte kein Ort für träumende Mädchen sein. Ganz im Gegenteil. Hinter vorgehaltener Hand flüsterte man von grausamen Geschehnissen, einem wahnsinnigen König und Unmengen an Leichen und Blut, das seine Hände befleckte.
Madras wollte nicht darüber nachdenken. Sie wollte um Rijela trauern, wie es sich gehörte.
Kraftlos ließ sie zu, dass Asgar ihr den zerbrechlichen Körper der Heilerin aus den Armen zog. Sie musste sich in Bewegung setzen, sie musste funktionieren. Ihr Vater verließ sich auf sie, trauern konnte sie später.

„Madras, JETZT!“
Die scharfe Stimme Asgars ließ Leben in ihre starren Glieder kommen.
„Ja natürlich, Vater! Ich werde tun, was ich kann.“
Doch bevor sie zu dem fremden Mann trat, stieß sie alle Fensterläden der Hütte auf. Morgenlicht flutete den geräumigen Ort, verbannte die düstere Stimmung und offenbarte die volle Schatzkammer ihrer alten Heilerin. Rijela hatte Kräuter für den Winter einzulagern begonnen. Eine ehrenwerte Arbeit, mühsam, aber lebensnotwendig.
Das Lager neben der Feuerstelle aufschlagend, war es von jeher das Bett für die Kranken und Schwachen gewesen, die Rijela pflegen musste. Auf einem Sack aus Reisig und Hirse schlafend, lag man fest gebettet und doch gewärmt und geschützt. Ein wollenes Tuch fungierte als Decke, Federn gestopft in ein Kissen dienten als Stütze für den Kopf.
Als sie sich endlich dem Fremden zuwandte, traf sein wachsamer Blick ihre geröteten Augen. Er war also wieder munter. Entweder hatte er die Bewusstlosigkeit nur gespielt, oder er war wirklich soeben wieder aufgewacht.
Sein Körper war bis auf lange, zerfetzte Beinkleider nackt, sein Gesicht markant, aber mit Schrammen versehen. Madras konnte sein Alter nicht einschätzen. Er war jünger als ihr Vater, aber älter als der Nachbarsjunge.
„Wie ist Euer Name?“
Sie bemühte sich um einen ernsten und ruhigen Tonfall. Angst hatte sie derzeit keine vor ihm. Im Notfall würde sie sich eben mittels Magie zu helfen wissen. Und wer würde ihm schon glauben, wenn er später von Ranken sprach, die sich um seine

Hände schlossen? Gut, sie hatte noch nie vor jemand anderem gezaubert, als Sasane – aber wo sollte da der Unterschied liegen?
„Ihr müsst es mir nicht verraten, aber Ihr seid in unserem Dorf ein vollkommen Fremder. Unsere Heilerin ist tot und Ihr lebt noch. Was wird der Älteste dazu sagen? Und wie wird es wirken, wenn ich ihm erzähle, dass Ihr bisher nur unverständliches Zeug gemurmelt habt?"
Madras' Blick ruhte weiterhin fest auf seinen Augen. Er bewegte sich nicht, aber seine Halsschlagader an der linken Seite zuckte verräterisch. Sein Herz pochte, stark und schnell.
„Ihr habt Fieber. Euer Körper kämpft gegen Entzündungen. Wenn Ihr sterben wollt, namenloser Fremder, verlasst diese Hütte."
Er reagierte noch immer nicht. Sein Schweigen machte Madras allerdings nervöser, als sie es wollte. Sie musste stark bleiben!
Sie musste so sein, wie Rijela es gewesen wäre!
Nur … wie wäre Rijela jetzt?

Kapitel 11
Yana

Erde, Deutschland

Sie lauschte Rahels melodischer Stimme und versuchte, sich auf die Beschreibung zu konzentrieren, nicht auf seine Aura. Was er sagte, klang poetisch und kitschig, aber je mehr er sprach, desto klarer wurde das Bild vor ihrem inneren Auge. Sie sah, wen er meinte und begriff nicht, warum sie es bisher nie so klar erkannt hatte.
Als Yana die Augen öffnete, lag eine überraschende Sicherheit in ihrem Blick.
„Ich weiß, wen du meinst. Was hat es mit dieser Person auf sich?"
Doch es war ihre Mutter, die überrascht zu Rahel hauchte: „Willst du sagen, ihr Seelenband ist mit uns hierher geflohen und ich wusste es nicht?"
„Niemand wusste es, Iseria. Ich spürte es, als ich das Portal durchschritt. Aber die Tarnung ist effektiv und stark. Ich bin mir nicht einmal sicher, ob das Band aktiv ist, oder die Seele neu geboren wurde und selbst alles vergessen hat."

„Aber sie ist hier …“

Rahel nickte.

„Und muss mit uns nach Hause kommen.“

Das alles ging für Yana zu schnell. Dieser Schlagabtausch war unverständlich für sie.

„Was ist das, ein Seelenband?“

„Es ist …“

„Es ist …“

Sowohl Rahel als auch Iris wollten antworten und hielten zugleich lächelnd inne. Dann sagte Iris: „Rahel war mein Seelenband. Er ist die Hälfte von mir, die ich nie sein kann und ich die, die er nie sein kann. Nicht jeder Seelenpartner wird ein Geliebter oder gar Ehemann, aber sie zu finden, ist eines der wichtigsten Ziele in unserem Dasein. Und wenn wir sie verlieren, verlieren wir alles.“

Tiefe Traurigkeit schwang in den letzten Worten mit.

„Mama …“

Yana hatte so eine Ahnung, auf wen die Beschreibung zutraf, aber ihre Mutter würde es nicht freuen.

„Du magst ihn gar nicht.“

Diese fünf Worte genügten. Das Gesicht ihrer Mutter verzog sich und am Ende stöhnte sie auf. „Bitte nicht. Sag nicht, dass es Maximilian sein könnte.“

„Ich glaube schon.“

„Nein.“

„Doch.“

Und als ihre Mutter gequält die Augen schloss, lächelte Yana verlegen zu Rahel.

„Max und ich kennen uns noch nicht so lange, er ist … nicht gerade das, was meine Mama unter einer Traumbekanntschaft

versteht und … sagen wir's so, ich glaube, er könnte das alles als einen schlechten Trip bezeichnen."
Rahel verstand nicht.
„Max nimmt Drogen."
Verstand er es nun? Doch sein Ausdruck blieb weiterhin fragend.
„Schau: Max sieht das Leben ziemlich locker und nimmt es mit Regeln und sowas nicht ganz so genau. Er liebt Genussmittel, die seinen Verstand – er nennt es erweitern, meine Mutter nennt es zerstören und ich bin neutral und lasse es unkommentiert. Wenn er auf Entzug ist, kann er unausstehlich sein. Aber wenn man hinter die Fassade sieht, ist er ein ziemlich cooler Typ. Ich glaube, er ist, was du meinst."
Rahel nickte und stand zeitgleich überraschend auf.
„Dann sollten wir ihn holen."
Iris' Gesichtsausdruck wechselte von sprachlos zu gequält-entsetzt.
„Muss das sofort sein? Bitte nicht ihn. Er ist wirklich …"
„Wir müssen sicher sein, Iseria. Du weißt das!"
„Sicher?"
Verwirrt blinzelte Yana.
„Nehmen wir einmal an, ich irre mich nicht. Was geschieht dann?"
„Dann wird er … einen sehr spannenden Ausflug vor sich haben."
Iris räusperte sich.
„Wir … Ich … Du … nun. Ich muss zurück nach Aurelis."
Zurück.
„Mama. Zurück heißt … heißt … diesen Planeten verlassen?"
Rahel nickte erneut und antwortete für Iris: „Ja, und das so schnell wie möglich. Die Luft hier ist unerträglich für mich. Wie konntest du das nur ertragen, Liebste?"

Seine Hand umschloss die Finger ihrer Mutter. In einer Mischung aus Ekel und Unverständnis beobachtete Yana dieses kleine Zeichen von Zuneigung, um die beiden am Ende zu unterbrechen. „Okay, stopp, genug davon! Mama, mein Leben ist hier. Meine Freunde, mein Studium, meine Erinnerungen … ich kann nicht einfach so just for fun sagen, ich lasse das alles hinter mir und hüpfe mal eben mit euch durch ein Stargate!"

Ihre Mutter hüstelte leise: „Portal, Liebes. Einfach ein Portal."

„Aber dennoch!"

Der Kaffee war in ihren Händen lauwarm geworden. Sie hatte das Gefühl, den Boden unter den Füßen endgültig zu verlieren.

„Mama, ich kann nicht einfach so mit dir mit!"

Iris nickte, langsam. „Ich weiß. Und ich verlange es auch nicht."

Schmerz. Eine überwältigende Welle von Leid erfasste Yana. Es waren Emotionen, die nicht die ihren waren, sondern die ihrer Mutter. Sie litt, obwohl sie lächelte. Zum ersten Mal durfte Yana hinter die Fassade blicken.

„Du …"

Rahel ins Gesicht starrend, hauchte Yana: „… du machst das, nicht wahr? Du zeigst es mir, damit ich ein schlechtes Gewissen bekomme."

Aufmerksam fixierten seine dunklen Augen die ihren: „Und? Funktioniert es?"

Statt direkt zu antworten, maulte Yana gereizt: „Ich sehe schon … ICH mag dich nicht."

Wegen ihrer Hilflosigkeit wurde sie wütend. Mit einem Ruck stand sie auf.

„Lasst uns Max suchen. Ich habe da so eine Ahnung, wo er sein könnte."

„Keine Ahnung, Iyanera. Du weißt es."

Rahel wurde von Sekunde zu Sekunde unsympathischer. Oder war es ihre eigene Angst, die unsympathisch wurde?

„Mama, ihr bleibt besser hier draußen."
Seufzend sah Yana hoch zu einem verlassenen Fabrikgebäude, aus dem donnernd die Musik krachte. Es nannte sich „Grotte der Finsternis". Allein der Name brachte sie an normalen Tagen zum Grinsen, aber ihre Mutter fand es nicht so amüsant. Sie und Rahel blieben im Auto sitzen, optisch angepasst an die Menschenwelt sah niemand das wahre Ich, das sich hinter den Masken verbarg.
„Er ist hier, ich fühle ihn deutlich."
Selbst Iris nickte.
Toll.
Das machte es für Yana nicht besser, SIE fühlte nämlich absolut gar nichts.
„Ich komme wieder. Bitte habt Geduld."
An diesem Ort liefen die Uhren anders. Eigentlich lief ALLES dort drinnen anders. Aber wen scherte es. Ihren letzten Rest an Mut zusammenkratzend, ließ sie ihre Mutter hinter sich zurück, überquerte die leere Landstraße und eilte auf das Fabrikgelände.

Die schwere Türe öffnend, roch es nach einer Mischung aus Schweiß, Hanf und Zigaretten. Den Rest konnte und wollte sie nicht identifizieren. Es war ekelerregend, aber sie würde es nicht ändern können. Sie konnte niemanden dort drinnen ändern!
„Hei, Kleines. Lange nicht gesehen!"
Vanessa schrie über das Donnern des Basses hinweg und winkte Yana zu. Sie lächelte dabei jedoch so benommen, dass die Frage nach OB ausfiel. Eher WIE VIEL würde man wissen wollen. Vanessa flog in den Wolken, und mit ihr ein für Yanas Geschmack

viel zu alter Mann. Jener drückte den Körper der jungen Studentin eben an die raue Betonwand und belagerte ihren Hals mit gierigen Küssen.
Morgen würde sich Vanessa im Klo übergeben und unter dröhnenden Kopfschmerzen etwas von Läuterung faseln. Sie würde schwören, nie wieder so tief zu sinken, würde den alten Sack verdrängen und in einer Woche wäre sie wieder an diesem Ort. Eben hoffnungslos.
Yanas Augen glitten durch den riesigen Raum. Ebene eins – Parterre. Hier war die große Tanzfläche, umringt von Steh- und Sitzplätzen sowie der Bar und dem DJ-Podest. Ebene zwei war über Yana. Auf Metallplatten hatte man VIP-Bereiche eingerichtet. Dort oben saßen, tranken, rauchten und vergnügten sich die, die zu viel Geld im Leben hatten. Und dann gab es noch Ebene Zero. Der Keller des Fabrikgeländes. Dort unten … wollte Yana eigentlich lieber nicht hin.
Sich zur Bar durchkämpfend, war die Tanzfläche vollgepresst von schwitzenden Körpern, die in Ekstase zuckten. Diese Menschen brauchten keine Melodie, sie brauchten nur den gleichbleibenden Rhythmus eines Basses.
„MARIUS!“
Den Namen des Kellners schreiend, hörte er sie erst beim dritten Anlauf. Überrascht sah er sie an, dann runzelte er seine Stirn. Marius arbeitete hier seit einigen Wochen, aber sie kannte ihn flüchtig von der Uni – und von jenem Tag, den Yana nicht mehr beim Namen nannte. Er sah Kellnern als gute Nebenverdienstchance an, nahm selbst jedoch – angeblich – keine Drogen.
„Anna?“
„YANA!“

Marius grinste, was sein schmales Gesicht unglaublich sympathisch machte.
„Sagte ich ja!“ Brüllend antwortete er ihr. Yana musste sich jedoch weit vorneigen, um ihn überhaupt zu verstehen. „Was machst du hier, Yana?“
„Ich suche Max!“
Sein Blick verdüsterte sich. „Keine gute Idee. Scheißtrip gehabt.“
Das war schlecht, aber Yana hatte keine Wahl.
„Dennoch, ich muss zu ihm.“
Marius schüttelte den Kopf. „Heute nicht machbar, Kyle ist bei ihm.“
Das war nicht nur schlecht, es war eine Katastrophe. Kyle arbeitete hier seit mehreren Jahren. Yana hatte ihn nur zweimal gesehen, aber diese beiden Male hatten ausgereicht, um ihr Angst zu machen. Er war der Herr der Unterwelt – zumindest nannte er sein Reich so. Jeder, der bei ihm war, genoss das Gefühl absoluter Hilflosigkeit.
„Ach, scheiße.“
Den Tränen nahe fuhr sich Yana durch die Haare. Sie fühlte sich vollkommen überfordert. Und dieses Gefühl musste Marius erahnt haben, denn ohne zu zögern gab er seinem Kollegen ein Zeichen.
„Übernimm kurz für mich!“
Seine Hand legte sich um Yanas Finger, dann zog er sie mit sich nach hinten. Erst als eine hölzerne Türe mit der Aufschrift ‚Staff‘ geschlossen war und das schmerzhafte Dröhnen nachließ, sah Yana sich um. Sie war in den Räumen der Mitarbeiter. Jene waren jedoch winziger als gedacht. Ein einziger Stuhl befand sich neben einer umgekippten Bierkiste, die Wände waren mit Unterschriften vollgekritzelt und statt Kästen gab es wackelige Regalböden, auf denen die privaten Dinge der Angestellten verstreut lagen.

„Yana, ist alles okay mit dir?"
Fragend sah Marius sie an.
„Du siehst ziemlich fertig aus."
Yana lachte auf, sie konnte nicht anders. Sich auf den Stuhl fallen lassend, vergrub sie ihren Kopf zwischen den Händen.
„Marius, wenn du wüsstest, wie beschissen mein Tag heute ist … Fakt ist, ich muss Max da hochkriegen. Meine Mutter und … ein Freund wollen mit ihm sprechen. Sie warten oben und wenn er nicht kommt, kommt der Freund herunter. Glaub mir, Max will das nicht."
Sie war sich absolut sicher. Rahel würde aus Max Miniaturlegofigürchen machen, vor allem, wenn er sich weigerte.
„Ich glaube, der Freund meiner Mutter ist ein Nein nicht gewohnt."
Endlich gab sie sich einen Ruck. Das Gesicht aus den Händen lösend, erstarrte sie. Marius kniete direkt vor ihr und sah besorgt in ihre Augen. Und dann reichte er ihr ein Glas Wasser.
Ihr Mund wurde trocken, verlegen murmelte sie ein: „Danke."
„Bitte."
Lächelnd zögerte Marius den Bruchteil einer Sekunde, bevor er Abstand nahm und sich auf eine umgekippte Bierkiste setzte.
„Max und Kyle zu stören ist etwas, das vielleicht besser der Freund deiner Mutter machen sollte. Wenn er so furchteinflößend ist, wie du sagst?"
Oh, diese Vorstellung war verlockend, aber …
„Nein. Das geht nicht. Das würde dem Lokal Ärger einbringen und das will ich nicht."
Wieso lügen. Sie konnte die Wahrheit geschickt hinter ein paar Floskeln parken.
„Marius, ich muss das alleine schaffen."

Yana gab sich einen Ruck. Ihr Körper bebte, alles in ihr schrie danach, einfach auf diesem Stuhl sitzen zu bleiben, aber das ging nicht. Es wäre eine Illusion, die wie eine Seifenblase einfach zerplatzen würde. Funktionieren. Im Augenblick musste sie funktionieren. Die Realität würde sie schneller als ihr lieb wäre einholen.

„Dann lass mich dir helfen."

„Was?"

Verblüfft hielt Yana inne.

„Marius, du hast mit der Sache nichts zu schaffen. Es ist echt nett von dir, aber … unnötig."

„Ich werde dich daran erinnern, wenn ein nackter Kyle mit vor Wut verzerrtem Gesicht auf dich zustürmt."

Eine ekelhafte Vorstellung.

„Was willst du überhaupt von Max? Ich meine, er ist nicht unbedingt die Paradefigur an deiner Seite?"

„An meiner Seite?"

Yana blinzelte. Einmal, zweimal, und dann begann sie zu lachen. Es war das erste Mal, dass sie heute wirklich frei und herzhaft lachte.

„Himmel, Marius. Max und mich verbindet nicht so etwas Intensives. Eher ein paar schöne Gespräche und das Gefühl, dass er mich versteht, wenn ich …"

Sie brach ab. Irritiert. Schockiert. Begreifend.

„Bin ich dumm …"

„Yana?"

Wenn Marius verunsichert war, ließ er es sich nicht anmerken.

„Ich muss mir sicher sein."

Sie sprach mehr zu sich selbst. Marius' Worte ignorierte sie. Stattdessen umfasste sie seine Hand mit der ihren.

„Bitte, bring mich hin."
Yana durfte sich nicht irren. Bildete sie es sich gerade ein? Nein. Oder doch? In diesem Moment vertraute sie sich selbst nicht. Nicht ihrem Gefühl, nicht der Intuition, die sie normalerweise ausmachte. Sie war blind, und musste sehen lernen.
„Marius ..."
Überfordert kamen Yana erneut die Tränen. Sie wusste selbst, wie lächerlich sie aussehen musste. Aber Marius stellte keine weiteren Fragen.
„Na dann, komm."
Seine bisher lockere Hand griff zu, er hielt sie, wie sie ihn hielt und dann öffnete er die Türe. Der Schlag der Musik war fast zu heftig für sie. Strauchelnd folgte sie ihm durch die Massen, halb blind, halb taub, während sie sich darauf verließ, dass er sie ziehen würde. Nein. Nicht nur ziehen. Sie begriff, dass er sie schützte. In dieser Sekunde wie damals. Die Erinnerung verdrängend, ließ sie es nicht zu. Es war ein Albtraum gewesen. Und ohne Marius wäre sie nie heil aus dem Gedränge herausgekommen. Aber sie hatte es geschafft. Andere nicht, sie schon.

Ash

Held

- Fahir der Ruu
- Magische Affinität: Feuer
- Fürchtet sich vor:
  - seinem eigenen Mischblut
  - dem Versagen als letzter König der Ruu

Hier stehe ich, mein Volk, nur noch ein Funke seines einstigen Stolzes. Ich soll sie anführen, soll sie in Sicherheit bringen, ihnen ein Fahir sein.
Aber kann ich das? Kann ich erfüllen, was mein Vater in all den Jahrzehnten nur mühsam vollbrachte?

Kapitel 12
Ash

Moquar, Ebene des Todes
Neues Zeitalter der Kokua

Ash konnte es nicht. Obwohl er wusste, dass er sie treffen würde, war er sich nicht sicher, ob es wirklich ausreichte, um sie zu töten. Und wenn es nicht ausreichte und er tot war, wie sollte er ihr dann noch helfen können?

Starr saß er da, im tiefen Schatten einer Steinspalte verborgen, umgeben vom Energiechaos sterbender Massen über ihm, und sah zu. Nicht eine Sekunde sah er zur Seite, gewährte sich keine Rast oder Ruhe. Sie musste leiden, und er litt mit ihr. Das violette Licht der Höhle schenkte ihm in seiner Nische absolute Finsternis und die Seelenlosen waren so damit beschäftigt, das geflügelte Mädchen zu demütigen und zu besteigen, dass sie ihn nicht bemerkten. Selbst er, der erhabene Führer, ruhte gelassen auf seinem Lager und beobachtete das Tun. Ein Sammler, die Kleine war wirklich gut. Meist bemerkte man die Tatsache, dass man in den Fängen eines

Sammlers ruhte, erst, wenn er es offenbarte und man starb. Sie hatte es jedoch sofort durchschaut.
Ash empfand Stolz, vielleicht ihren Stolz, aber dennoch, Zufriedenheit für sie. Aber die Rache war dafür umso grausamer. Die Männer waren unersättlich und ohne Gnade. Das ganze Spiel begann von vorne, und war doch verändert. Wo die Männer zuvor noch Nachsicht walten ließen, weil Ro'har sie für sich haben wollte, kannten sie nun kein Halten mehr. Sie bestiegen sie hart und ohne jegliches Zögern. Zu Beginn noch alleine, wurde das arme Ding am Ende von vieren gleichzeitig genommen. Es war ein groteskes Bild. Ash wusste, dass er diesen Anblick sein Leben lang nicht mehr vergessen würde. Umso wichtiger wurde es ihm, seinen Männern in Zukunft klar zu machen, dass Vergewaltigung nicht mehr in Frage kam.
Sie kreischte vor Schmerzen auf, ein neuer Mann schob sich unter sie und drang anal ein. Er bewegte sein Becken ruckartig, während die beiden über ihr gleichzeitig ihre Scham ausfüllten. Keine Frage, wo ganze Kinder herauskamen, konnten auch zwei Glieder gleichzeitig hinein. Und der vierte verschloss ihren Mund. Ihren Kopf überstreckend drang er so tief es ging ein und zog sich zurück. Der Anblick ließ Ash Innerstes gefrieren. Er merkte sich die Gesichter – jeden Einzelnen der Peiniger. Und als von ihrem Mund abgelassen wurde und ihr Kopf kraftlos zur Seite kippte, schwor er sich, Rache für sie zu nehmen. Sie würden sterben. Einer nach dem anderen. Grausam, langsam verbrennend.
Er erstarrte und hielt inne. Ihre Augen waren trübe, fast glanzlos und doch fixierte sie den Punkt, an dem er saß. Konnte sie ihn sehen? Wenn ja, würden die anderen ihn auch bemerken? Er konnte es nicht riskieren, seine Position zu verändern. Durch die stille Haltung war der Schmerz in der Hüfte erträglich geworden.

Ihren Blick erwidernd zögerte er. Sah sie ihn wirklich?
Und dann geschah es, das kleine, winzige Zeichen. Ja. Sie sah ihn, denn ihr Mund verzog sich zu einem bitteren Lächeln und ihre Augen füllten sich erneut mit Tränen. Er wusste nicht, was schlimmer war. Ihr zerschundener Körper oder die Verzweiflung, die sie in diesem Moment empfinden musste.

Es war langweilig geworden. Ro'har musterte seine Finger. Dieser kleine Vogel hatte nichts mehr zu bieten, was ihn irgendwie reizen konnte. Wahrscheinlich würde sie noch während des Ablaufs eines Tages sterben. Und das war gut so. Denn wenn sie am Abend noch einen Funken Leben in sich trug ... sie würde sich wünschen, sterben zu dürfen.
Freudlos lächelnd fuhr er sich mit der Zunge über die geschliffenen Zähne. Er war nicht mit ihnen geboren worden, aber es galt als Zeichen der Männlichkeit, wenn man geschliffene Zähne besaß. Und er war ein Mann. Ein Anassus, wie er im Buche stand. Schmal, grazil gebaut, von dunkler Energie geflutet, umgeben von Tod und Verwesung. Er war ein guter Sammler geworden – wenn nicht der Beste! Dieses Weib würde es sich das nächste Mal zweimal überlegen, bevor sie einen Anassus vor seinen Leuten beleidigte! Das Chaos um sich herum genießend, waren die sterbenden Massen über ihm, die verschiedenen Energieströme, das Leid und die Angst wie ein vertrauter Heimathafen. ER kannte diese Emotionen alle. ER ängstigte sich nicht auf Moquar. Ein toter Planet war doch wie geschaffen für das Volk der Anassus. Nun musste er nur noch den König loswerden, dessen Frau ehelichen und dann wäre ER der König und niemand würde mehr über die Anassus spotten.

Irgendwann wurde es Abend, wich das Licht des Tages der Dunkelheit der Nacht. Ash hatte aufgehört, die Schatten beim Wandern zu beobachten. Die Augen waren ihm zugefallen, träge hatte er der Dinge ausgeharrt, die kommen würden.

„Lasst uns aufbrechen."

Roh'ars Befehl war ruhig und klar formuliert.

Das Unfassbare geschah. Die Männer reinigten sich mit den letzten Wasserreserven aus den Flaschen, legten ihre schwarzen Kluften an und … gingen. Mann für Mann folgte Ro'har hinaus aus der Höhle und mit ihnen kam die Finsternis und die Stille zurück.

Sie ließen die junge Frau achtlos in dem Wissen liegen, dass sie die kommende Nacht alleine nicht überleben würde. Aber sie sollten sich zumindest diesmal irren. Denn Ry'jin war nicht alleine.

„Fehenje." In Ashs Hand erschien eine winzige Flamme und während sie den Kontakt zu seiner Haut verlor und schwebend in die Höhle glitt, zog er sich ächzend an der Steinmauer nach oben. Einen Tag hatte er gerastet, aber das Aufstehen sorgte dafür, dass ihm neuerlich vor Schmerzen übel wurde.

„Fehenje dahandi."

Die Flamme hielt inne, dann begann sie sich zu teilen. Tropfen für Tropfen löste sich, bildete sich neu und am Ende schwebte ein Kranz aus Flammen an der Höhlendecke.

Die geflügelte Kriegerin bewegte sich nicht, aber ihre halbgeöffneten Augen schimmerten glasig im Glanz des Flammenscheins.

„Mein Name ist Ash."

Die Worte in der Sprache des Volkes der Lüfte sprechend, waren sie gebrochen.

„Du musst mir helfen, damit ich dir helfen kann."

Er humpelte Schritt für Schritt in ihre Richtung. Nicht eine Sekunde löste sich ihr Blick von ihm. „Die Felle, sie werden uns wärmen. Nachts wird es kalt werden und …“
Er begriff seine Worte, die Zweideutigkeit darin.
„Ich werde dir nichts antun, ich schwöre es beim Zweigesichtigen Gott.“

Endlich kam Leben in Ry‘jins Züge. Ihr Mund öffnete sich, trocken schloss er sich wieder, bevor sie den Kopf kraftlos zu den Fellen drehte. Sie hatte ihn gesehen. Versteckt war er in der Nische gesessen und hatte zugeschaut. Er hatte gelitten, seine Augen offenbarten es. Was er sah, schmerzte ihn, und das gab ihr Kraft. Es waren nicht alle Männer wie diese Bestien. Es gab auch die anderen. Die, die man verehren konnte, lieben konnte.
Ob sie das jemals wieder würde … Sie stellte es in Frage.
Seine glasigen Augen, der schwere Gang, die blasse Haut – all das offenbarte das Fieber, das seinen Körper längst gepackt hatte.
Er war schwer verwundet. Doch anstatt sich zu retten, rettete er sie.
Ry‘jin fielen kraftlos die Augen zu. Erschöpft und zugleich dankbar, nicht mehr alleine zu sein, wurde sie bewusstlos.

„Nicht. Bitte …“
Ash wollte verzweifeln. Sie hatte ihn verstanden, keine Frage, aber alleine das Drehen ihres Kopfes hatte ausgereicht, dass sie bewusstlos wurde.
„Kita, verdammt nochmal, wo bist du?“
Aber sein Seelenband war nicht da. Er spürte es nicht einmal in der unmittelbaren Umgebung.
Ächzend zog er sein Schwert aus der Scheide und nutzte die Klinge als Gehstock. Sein Vater wäre sicherlich vor Zorn explodiert, aber

derzeit fiel ihm nichts Besseres ein. Wenn sie nicht zum Lager der Felle kam, musste das Lager mit den Fellen eben zu ihr kommen!
Das ganze Unterfangen dauerte qualvoll lange und brachte Ash an die Grenzen seiner körperlichen Verfassung. Als er am Ende stöhnend neben ihr niedersank, drehte sich die Welt vor seinen Augen und der Schweiß stand ihm in dicken Perlen auf der Stirn.
Decken. Sie brauchten eine Decke!
Seinen Umhang von den Schultern lösend, zerrte er den schweren roten Stoff unter sich hervor. In einer normalen Nacht wäre der Arm nun schwungvoll hochgeglitten, um den Stoff über sich und ihr auszubreiten. Aber heute war keine normale Nacht. Er brauchte fünf Anläufe, um den Stoff so weit über sie zu drapieren, dass sie es angenehm warm haben würde. Er selbst verzichtete auf jegliche Form von Decken. Sein Körper glühte von innen heraus. Kraftlos die Hand auf sein Schwert bettend, begriff er die vernichtendste aller Wahrheiten: Sie waren hilflos. Alle beide. Würden die Seelenlosen bei Anbruch des Morgens wieder zurückkommen, wären er und die Fremde tot.
„Das liegt nun wohl nicht mehr in meiner Hand. Ich vertraue auf dich und deine Führung."
Die Worte raunend, sank sein Kopf müde und kraftlos zur Seite. Er wurde im Gegensatz zu ihr nicht bewusstlos, er schlief ganz unspektakulär ein.

Die Welt, wie Ash sie kannte, verschwamm hinter seinen Augen. Er wusste, dass er Fieber hatte. Manchmal glaubte er, die weichen, geschmeidigen Federn von Kita an seinen Wangen zu fühlen, und manchmal, wenn er sich ganz tief in die Dunkelheit stürzte, glaubte er die Stimme seines Vaters zu hören. Fyn, der letzte Fahir, welcher das Leben auf Aurelis erlebt hatte. Fyn, der Fahir der Fahire.

Mächtig, furchteinflößend, rein, voller pulsierender Kraft. Fyn, sein Vater, welcher hinterrücks von einem Kokua niedergestreckt worden war. Ein fairer Kampf hätte es sein sollen, eine Falle war es geworden.

Vater …

Ash litt. Sein Körper stand unter Flammen, die er nicht sehen, aber fühlen konnte. Sie gruben sich unter seine Haut, brannten bis in die letzte Zelle seines Seins und hinterließen nichts als Schmerzen, Leid und den Wunsch, endlich in die Ewigkeit des Zweigesichtigen Gottes tauchen zu dürfen. Wieso wurde er nicht übergeben? Wieso gab es kein Verabschiedungsritual für ihn? Wieso ließ man ihn leiden? So lange leiden!

„Junger Fahir."

Da war sie, die Stimme, die sich immer wieder in sein Sein grub. Eine melodische Stimme, weich und warm, dunkel und männlich. Konnte das sein? Konnte eine Stimme warm sein, obwohl sie einem Mann angehörte? Er kannte nur einen Mann auf der Welt, dem er diesen Stimmentenor zusprechen würde: der rechten Hand des Fahir – Kyriell. Dieser weise, alte Mann mit seinem runzeligen Gesicht, das von Falten und buschigen Augenbrauen dominiert wurde.

„Junger Fahir, trinkt."

Warme Flüssigkeit tropfte auf Ashs Lippen. Er spürte das schmerzhafte Brennen zwischen den aufgerissenen Hautschichten und verschluckte sich prompt. Würgend rollte er sich zur Seite, der Schmerz, der in seiner Hüfte aufwallte, ließ ihn wieder bewusstlos werden.

Ry'jin war geblieben, obwohl sie hätte gehen dürfen. Aber wohin? Und warum? Ihre Leute hatten sie von selbst gefunden und hielten

sich nun bedeckt im Schatten. Und die Ruu, einst ein mächtiges Volk stolzer Feuermagier und feuriger Kriegerinnen, war heute nur noch ein winziger, geschwächter und verängstigter Haufen.
Die Tücher auf der Stirn des jungen Mannes wechselnd, waren Ry'jins Haare frisch gewaschen.
Das Volk der Ruu hatte jedoch auch Glück gehabt. Die, die überlebt hatten, besetzten einen großen Teil der Höhlensysteme, welche direkt neben der Ebene des Todes lagen. Höhlen, in welchen sie unterirdische Quellen entdeckt hatten, und zum Glück für alle: Fische. Mehr war vorerst nicht zu finden, aber in Kombination mit Wurzeln, Kräutern und Moosen konnte man davon leben. Auch wenn Ry'jin inzwischen keine Fischsuppe mehr essen konnte, keinen geräucherten Fisch riechen, keinen gebratenen schmecken. Fisch würde das Unwort dieser Zeit werden.
„Ash, tut das Eurem Volk nicht an. Sie leiden und brauchen einen Anführer. Einen wahren Anführer! Wenn Ihr jetzt nicht bald stärker werdet, werden alle, die einst Ruu waren, zu streiten beginnen. Das Chaos wird allmächtig sein. Tod, Verderben und das Ende Eures Volkes. Wollt Ihr das wirklich?"
Ash hatte sie gerettet. Als sein Seelenband sie beide gefunden hatte, hatte man Ry'jin ebenso mitgenommen wie den Fahir. Dank seiner Anwesenheit war sie in die Höhlen gebracht und gepflegt worden. Sie stand nun offiziell unter dem Schutz der Ruu. Und das, obwohl sie derzeit optisch eine Angehörige der Lüfte war! Ihre weißen, etwas zerrupft wirkenden Flügel passten nicht wirklich zu den roten weiten Kutten, schwarzen breiten Hosen oder orangen Kleidern. Sie mit ihren langen hellbraunen Haaren und den klaren grünen Augen. Zu blass die Haut, zu hell die Haare, zu frisch die Blicke. Sie war nicht temperamentvoll, leidenschaftlich. Sie war

unstet. Wankelmütig, manchmal getrieben von innerer Unruhe, die man nicht in Worte fassen konnte. Und doch ging sie zwischen all diesen Menschen hindurch und fühlte sich fast so sicher wie unter ihresgleichen. Was wiederum ein Paradoxon war – denn die Shiya waren genauso wenig ihre Familie wie die Ruu.

„Wisst ihr, meine Familie ist auf der Flucht gestorben. Ich habe meinen Vater oben auf der Oberfläche entdeckt. Er hielt meine kleine Schwester schützend in den Armen, aber sie sind vermutlich überrannt worden. Ich kann niemandem der Fliehenden einen Vorwurf machen, jeder dachte nur ans Überleben und Vater war von der Schlacht geschwächt gewesen…"
Das Tuch auf Ashs Stirn austauschend, tauchte sie es in die steinerne Schale. Es war eine so routinierte Bewegung geworden, dass Ry'jin nicht weiter darüber nachdachte.
„Mein Bruder – keine Ahnung, ob er noch lebt und Euch, Euch schulde ich ein Leben. Ach, und dann noch etwas! Euer Seelenband weicht nicht eine Sekunde von Eurer Seite. Sie redet nicht mit mir, aber inzwischen toleriert sie mich. Anfangs war die Kleine wirklich fies, aber sie macht sich ebenso Sorgen um Euch wie alle anderen. Wir finden keinen Heiler, die Ashai haben uns im Stich gelassen."
Die Ashai waren die mächtigste und reinste Kultur gewesen. Der Heilung vollkommen verschrieben, hätte ein Hüter dieses alten Wissens in wenigen Momenten alles in Ordnung gebracht. Ohne dieses Volk musste man auf altes Wissen und Pflanzenkunde zurückgreifen.
„Kyriell sagt, Ihr hattet Glück im Unglück. Eure Knochen sind nicht gebrochen, aber die Prellung ist stark und Ihr habt Euch in der kalten Höhle ein Fieber geholt. Die Prellung sorgt ihn weniger als das Fieber, das Euch gefangen hält."

Das Tuch wieder behutsam auf seine Stirn legend, seufzte Ry'jin leise auf.

„Wisst Ihr, wenn mir vor vielen Monden einmal einer gesagt hätte, ich würde dem Fahir der Ruu kühlende Umschläge machen und seinen narbigen Körper waschen, ich hätte ihn ausgelacht. Aber inzwischen ist es für mich vollkommen normal. So normal es angesichts der Lage eben sein kann."

Ash besaß schwarzes volles Haar. Gestern hatte sie es gewaschen, wodurch es immer noch matt glänzte. Seine Gesichtszüge waren markant, die Wangen eingefallen und unter seinen Augen befanden sich dunkle Ringe.

„Ihr seid nun schon sieben Nächte im Zwischenreich. Das kann so nicht weitergehen. Junger Fahir, so werdet Ihr doch genannt, reißt Euch endlich zusammen und werdet, wer Ihr sein müsst! Ein Anführer! In der Höhle habt Ihr mir Kraft gegeben. Ihr habt mich beschützt und habt mich gewärmt. Ihr hattet den Dolch in den Händen und hättet mich getötet, nur um mich von der Qual zu befreien. Nun biete ich Euch meine Kraft als Austausch an! Glaubt mir, ich kann nützlich für Euch sein! Auch wenn mir meine Tarnung sehr wichtig ist, junger Fahir, so weiß ich doch die Zeitpunkte zu deuten, wann man sich zu offenbaren hat."

Ry'jins filigranen Finger, grazil und lange, umschlossen seine rechte Hand. Er trug einen einzigen Ring, welcher das Siegel der Fahir beinhaltete: zwei sich umschlingende Flammen. Solange dieser Ring an seinem Finger steckte, wäre er unantastbar.

„Außerdem weiß ich nicht, wie Euer kleines Phönixküken heißt. Niemand will es vorstellen, sie sagen alle, dass es Eure Aufgabe wäre."

Ihre Finger strichen seine Haare zur Seite, dann wechselte sie das Tuch neuerlich aus. Bildete sie es sich nur ein, oder sank das Fieber in den letzten Stunden spürbar? Sie konnte es nicht genau sagen. Aber Kyriell, dieser alte, sanft sprechende Meister, würde vor der Nachtruhe noch einmal kommen. Er würde es bestätigen oder verneinen, wie immer.

„Kita."

Ry'jins Hand, welche das tropfende Tuch hielt, schwebte über der Schale. Wie erstarrt verharrte sie, während ihr Körper binnen Sekunden unter Strom stand. Das hatte sie sich nicht eingebildet. Sie hatte seine matte Stimme schon einmal gehört – und auch wenn sie nun schwächer und leiser war, der Unterton war derselbe.

„Ihr Name … ist Kita … und sie … mag keine … Fremden … in meiner… Nähe. Wundert mich, … dass sie dich … toleriert … hat. Müssen … die Flügel sein …"

Ash hustete trocken, während seine trüben Augen für Sekunden zur Decke der Höhle starrten. Dann schlief er wieder ein. Aber diesmal brauchte Ry'jin keinen alten Heilkundigen, keine rechte Hand der Fahire, um zu wissen, dass es dem jungen Mann endlich besser ging.

„Kita, flieg los und hole Kyriell. Der Fahir … Er ist wach geworden!"

Quar

Held

- Zweitgeborener des Hauses Quin
- Magische Affinität: Wasser
- Fürchtet sich vor:
  Aires Nähe
  König Theos

Wie oft lag es mir auf der Zunge. Ein einziger Satz würde ausreichen, ein einziges Wort: "Schluss!"
Schluss mit dieser Farce. Schluss mit dieser Heuchelei. Schluss mit den Lügen. Wir wollen doch das Selbe - wieso machen wir es uns nur so schwer?

Kapitel 13

Quar

Hauptstadt Qeridis, Reich der Quin

Neues Zeitalter der Kokua

Was für ein Massaker. Starr vor Entsetzen glitten Quars Augen über die unzähligen Toten, die den Hinterhof grotesk verstellten. Und dann sah er sie an. Ihre Augen hatten ein glühendes Blau angenommen, ihre Hände schwammen in Wassermassen, und den Drachen um ihren Körper herum erahnend, raunte er leise ihren Namen: „Aire."

Quars Stimme bebte flüchtig. Dann hielt er wieder jede Emotion zurück, verbarg das Entsetzen tief in seinem Inneren. Diesmal musste er der geborene Schauspieler sein. Stark und selbstbewusst, denn er verriet sie. In der Sekunde, als er ihren Namen zum zweiten Mal rief, verriet er alles, wofür seine oberste Wächterin einstand: „AIRE!"

Doch erst als er ihren Namen brüllte, kam sie ins Straucheln. Ihr Körper ruckte herum und sie erstarrte. Quar wusste von dem traurigen Anblick, den er ihr bieten musste. Ein Jammerlappen, ein Feigling. Er tat nichts gegen das Messer an seiner Kehle, hatte die Kette des verstoßenen Volkes kommentarlos angelegt. Aire war so viel sturer als er und als er ihre tote Schwester in den Wasserlachen entdeckte, begriff er ihr wahres Opfer. Sie hatte ihn nicht im Stich gelassen.

„Hör auf."

Er erstickte beinahe an den Worten. Ihre Atmung raste, ihr Körper stand unter Strom.

„Bitte, Aire. Hör auf."

Die junge Frau hatte ihm im Zimmer der Taverne nicht ein Haar krümmen müssen. Aires Rufe und der Kampflärm hatten vollkommen ausgereicht. Wer auch immer es herausgefunden hatte, er wusste um die einzige Schwachstelle des jungen Prinzen.

Aires Augen glitten über sein Gesicht. Dann zu seinem Hals. Quar schämte sich, aber nichts von seinen wahren Gefühlen sickerte nach außen durch.

„Was hast du getan?"

Schluchzend sank Aire auf die Knie. Die blutigen Wassermassen saugten sich in ihrem Rock fest.

„Leg die Kette an, Aire. Bitte."

Sie dachte nicht daran. Er kannte sie gut genug, um ihren getroffenen Stolz zu erahnen.

„Tu es für mich."

Die Worte aussprechend, sah er fest in ihre Augen. Und dennoch hasste er sich in dem Moment mehr als jemals zuvor. Und sie hasste ihn ebenfalls. Hasste ihn wegen der Macht, die seine Bitte auf sie ausübte.

„Bitte, Aire. Lass mich nicht zusehen müssen, wie sie dich töten."

Die Wahrheit, jedoch emotionslos und klar formuliert. Würde man Aire vor seinen Augen vernichten, er würde sich ins nächste Messer stürzen. Aber das konnte sie nicht ahnen. Das sollte bis auf seine Mutter niemand erahnen!
„WAS HAST DU GETAN, QUAR?"
Brüllend fegte sie ihm die Worte entgegen. Kein Pirat wagte es, in ihre Nähe zu kommen. Die Leichen um sie herum waren abschreckend genug und die Piraten der schwarzen Hand wussten: Quar war kein Garant dafür, dass Aire nicht doch noch einen weiteren Angriff startete.
„Ich rette dich."
Er versuchte es mit trockenem Humor, aber jener war ebenso unangebracht wie Zynismus.
Die Wahrheit. Quar hätte die Wahrheit sagen sollen. Aber das war in einer Situation wie dieser recht schwierig! Nicht nur, dass er sich seiner magischen Kräfte beraubt fühlte, er sah seine erste Wächterin beinahe am Ende IHRER Kräfte vor sich in einer Lache aus Blut knien und weinen. Und als wäre das nicht ausreichend, lag an seinem Hals dieses schmale, filigrane Mädchenmesser! Einige Male hatte er sich inzwischen beim Reden selbst geritzt und die kleine Piratin war wirklich naiv, wenn sie dachte, sie würde Quar mit diesem Messerchen auch nur im Entferntesten beeindrucken können.
„Mädchen, nehmt das verdammte Messer von meiner Kehle."
Knurrend raunte er die Worte zu der Piratin, welche in der Kleidung einer Hure hinter ihm stand. Sie sah betörend aus, aber das war, BEVOR sie ihm erklärt hatte, dass Aire in wenigen Sekunden sterben würde. Jetzt hatte Quar keine Freude mehr an ihren Reizen.
„Los, sagt schon, wo ist die Kette für sie?"

Ganz der Prinz, stellte Quar die Frage an die Menge. Er spürte, wie seine Fassade einen harten Schlag bekam. Denn aus dem Schatten löste sich eine Gestalt, welche Quar mehr als bekannt war.
„Sieh einer an, so sieht man sich also wieder."
Quars Augen verloren jede Emotion, während er den Piraten musterte, der ins Licht des fahlen Zwillingsplaneten trat. Er hatte sich die blonden Haare kurz geschnitten und seinen Bart dafür wachsen lassen. Die grünen Augen waren noch immer gestochen scharf, während der Dreispitz auf seinem Kopf die markante Narbe auf der Stirn etwas bedeckte.
„Vor ein paar Jahren hättest du getan, was sie nun tut. Bist du so tief gesunken, dass du jetzt unseren Feinden hilfst?"
Der Pirat, welcher Aire das Medaillon ihrer Schwester gezeigt hatte, kam Schritt für Schritt auf den Kreis der Toten zu. Er war noch immer höchst konzentriert, der Fokus lag nun jedoch auf Quar. Verächtlich schnaubte er.
„Ich wurde von euch verstoßen, schon vergessen?"
Quar sah das Thema eindeutig anders. Ohne zu zögern konterte er: „Pirei, du hast gemordet! Hast du DAS etwa vergessen?"
„Ich habe dich verteidigt!" Wenn der Pirat sich angegriffen fühlte, ließ er es sich nicht anmerken.
„Du hast ein KIND ERSTOCHEN! WAGE NICHT ZU BEHAUPTEN, DU TATEST ES FÜR MICH!"
Die Worte brüllend ruckte Quars Körper vor, wodurch er sich selbst in den Hals schnitt.
„Verdammt noch mal!"
Wütend fegte er die Hand mit dem Messer zur Seite und schnauzte die Kleine an: „Ich sagte, nimm das Teil weg, Puppe!"

Auf die Kette an seinem Hals deutend, zischte er: „Sehe ich so aus, als wäre ich ein vollkommener Idiot? Glaubst du wirklich, ich wäre so dumm, dass ich ohne meine Kräfte angreife? “
Sein Aufschrei hallte im vollkommen stillen Hinterhof von den Wänden wider. Und bekam eine vollkommen unerwartete Antwort.

„Nein, aber ich bin es.“
Aires Stimme lenkte die Aufmerksamkeit aller wieder auf sie. Für Sekunden hatte der Disput zwischen Quar und Pirei die Blicke von ihr abgelenkt. Und obwohl Aire zugehört hatte, hatte sie die wertvollen Sekunden auch zu nutzen gewusst.
„Denn beim Zweigesichtigen Gott, beim Tod meiner Schwester, bei allen Kräften, die in mir ruhen, wenn es das Letzte wäre, das ich tue, täte ich es mit Freuden.“
Für Sekunden sah es so aus, als würde der Boden zu beben beginnen, doch dann lösten sich die ersten Wassertropfen aus den schlammigen Ritzen und begannen langsam nach oben zu schweben. Aires Augen verloren ihr vertrautes Blau, als sie Quar fixierte, glühten sie in einem unheimlichen Lila.
„Quideos e thea fido. Thea fido e fundum. Fundum e Quideos.“
Wasser für heiliges Leben. Heiliges Leben für den Glauben. Glauben für Wasser.
Die Worte kamen hasserfüllt über ihre Lippen. Und je öfter sie sie raunte, desto größer wurde die Ansammlung von Wasserperlen um sie alle herum. Neben jedem Piraten schwebten sie, neben Quar tanzten sie. Am Ende krochen die Tropfen aus den Ritzen von Steinmauern und Pferdetränken, quetschten sie sich aus Holzbalken und Ziegelsteinen hervor. Jeder Funke an Flüssigkeit, der in der direkten Umgebung steckte, wurde gefunden.

„Sarize e Quideos, thea fido, i fundum. Sarize me.“
Opferung für das Wasser, das heilige Leben, den Glauben. Meine Opferung.
Und dann begriff Pirei, was Aire vorbereitete. Sie spürte sein Entsetzen, die Energiewellen seines Körpers veränderten sich dramatisch. Er wollte seine Männer warnen, aber es wäre zu spät. Für alle. Auch für ihn.
„RUNTER VON DEM PLATZ! DECKUNG!“
Panik kam auf. Die Männer und jungen Frauen, die Aire und Quar bis eben noch bedroht hatten, wollten Schutz hinter Fässern, Verschlägen oder Ecken suchen. Aber jeder Pirat, der in ihre Wassertropfen rannte, wurde gnadenlos von jenen durchbohrt. Der Kontakt reichte aus, um die schillernden Perlen messerscharf werden zu lassen. Jeder, der flüchtete, tötete sich am Ende selbst – sie zerstachen sich die Augen, ihre Wangen, Münder oder Hälse. Die Wasserkristalle suchten sich einen Weg durch Rüstungen und zerrissen, wen sie trafen.
Wie sagte man so schön? Wasser war spitz.

Aires Körper zerbrach beinahe unter der Last der Energien, die sie kontrollierte. Ihre Handflächen fanden Halt auf dem Boden. Niemand würde ihr etwas antun können. Um ihren Körper hatte sich eine wabernde Masse an fließendem Wasser gelegt. Aire musste nicht mehr atmen, denn ihr Leben diente als Opfer für diesen Zauber. Ihr wurde schwindelig. Das große Finale stand knapp bevor, die Wogen erdrückten sie. Obwohl die Wasserschicht auf ihrer Haut vielleicht nur zwei Millimeter dick war, hatte Aire das Gefühl, Tonnen zu tragen. Nur ein letzter Akt noch. Für ihre Schwester. Aber wichtiger als diese: Für Quar! Sie musste ihn von der Kette befreien!

Vor Schmerzen und Anstrengung aufschreiend, bäumte Aire sich auf. Klirrend zerfetzte es die Blase, welche wie eine zweite Haut auf ihrem Körper gelegen hatte. Sirrend explodierte jeder schwebende Wassertropfen, das Kreischen der Piraten am Platz wurde zu einem erstickten Gurgeln, dann einem atemlosen Röcheln.
Einzig einen hatte sie verschont. An den Armen und den Beinen hatte sie ihn an eine Holzwand genagelt. Den einen, der ihrer Schwester die Kehle durchgeschnitten hatte. Sonst waren sie alle tot. Nicht eine Seele regte sich mehr. Nicht einmal Pirei hatte sich am Ende retten können.
„Aire …“
Quars Stimme drang aus weiter Ferne zu ihr.
„Wir müssen hier weg.“
Ja, das mussten sie. Es waren bestimmt noch andere Piraten unterwegs, denn das war eine gut geplante Falle gewesen.
„Gleich.“
Das Ende war nahe. Aire spürte den Hauch des Todes, er strich ihre Seele, fraß sich in ihr Sichtfeld. Taumelnd schob sich ihre Hand in ihr Blickfeld, als sie sich an der Hausmauer nach oben zog.
Blut.
Aires ganzer Körper war übersät davon. Auf eine Hand blickend, die an ihren Beinen lag, besaß der zerfetzte Arm keinen Körper mehr. Der Kopf des Piraten mit dem gefächerten Hut lag verdreht im blutigen Matsch, seine Augen wirkten ungläubig und starr. Die Hure, die Quar geschnitten hatte, bestand nur noch aus ihren Einzelteilen. Ihre Kleidung hatte keinen Schutz geboten. Ihre Gedärme hatten sich beim Fallen auf ihre Zehen ergossen.
„Nimm … ihm die … Kette ab.“

Das Gesetz der Anassus besagte: Nur einer von jenen, der die Kette anlegte, konnte sie auch wieder ablegen. Und da er am Hals ebenfalls das Zeichen der schwarzen Hand hatte, war er dazu befähigt.

„Nimm … Quar die … Kette ab."

Der Pirat starrte sie voller Hass und zugleich auch Schmerzen an. Erst als sich Quar positioniert hatte, öffnete er die Hand, die zur Faust geballt gewesen war und in der Tat, der Stein glitt wenige Sekunden später klirrend zu Boden.

„Und jetzt?" Roks Stimme war ein hartes, raues Knurren.

„Rok, so … nannte er dich … doch, oder?"

Aires Brust schmerzte bei jedem Atemzug. Der Pirat schwieg grimmig. Er war entschlossen, nichts preiszugeben. Aber das scherte Aire nicht. Sie brauchte keine Antworten von diesem Bastard. Sie wusste, wer für den Anschlag verantwortlich war. Sie wusste, wo sie die Person finden konnte, und so es der Zweigesichtige Gott wollte, würde sie die Möglichkeit zur Rache erhalten. Und wenn nicht, würde sie mit ruhigem Gewissen vor ihr Urteil treten. Aber davor … Aires Geist fokussierte ein letztes Mal die Energien um sich herum. Wie wundervoll das Spiel der Elemente war. So mystisch und strahlend. Rein und voller Anmut.

„Jetzt, Rok, … stirbst du."

Mit dem letzten Funken an Kraft, welcher in ihr ruhte, ließ sie die Fesseln seiner Hände und Beine platzen. Es zerriss Rok innerlich, er kam nicht einmal zum Schreien.

„Lauf, Quar …"

Aire spürte die Welle der Erleichterung. Sie hatte es geschafft. Sie war die erste Wächterin, die erste Magierin, die diesen Zauberspruch überstanden hatte. Nun jedoch gaben ihre Beine nach, sie spürte, wie ihr Körper matt zur Seite sackte. Und ihre

letzten bewussten Gedanken galten dem Mann, dem sie ihr Leben geschenkt hatte.
„Lauf!"

„WAS HABT IHR EUCH DABEI GEDACHT?"
Königin Shiljana war fuchsteufelswild. Ihre grauen Haare waren zu einem festen Knoten verschlossen und die beiden Männer fixierend, die an der Speisetafel ruhten, als wäre nichts geschehen, fragte sie sich ernsthaft, wie es dazu hatte kommen können.
„Er ist dein SOHN! Er ist dein BRUDER! Das ist VERRAT!"
Endlich kam Leben in ihren Mann.
„Shiljana, ich empfehle dir, deine Worte zu überdenken. Oder bezichtigst du deinen Gatten, deinen König, als Verräter?"
Sie war gekränkt, verletzt, wütend. Aber mehr als all diese Punkte: Sie war geschockt! Ihr Kind war soeben beinahe getötet worden!
„Hast du ihn gesehen? Hast du SIE GESEHEN?"
„Nein. Aber ich hörte, sie hätte ihre Aufgabe mit meisterlichem Einsatz sehr gut erfüllt."
Der König griff nach einem gebratenen Fischschwanz und knabberte höchst lustlos an der Kruste.
„Theos. Sag mir, dass du, mein Gemahl, nicht der Drahtzieher dieser abscheulichen Scharade warst."
Doch anstatt ihr zu antworten, rief der König kühl: „Alle hinaus."
Die Diener kamen in Bewegung, mit schnellen Schritten verließen die spalierstehenden Menschen die Seitenwand neben dem hohen Kamin. Der Raum selbst war gemütlich und klein gehalten, voller edler Stoffe. Es war das private Esszimmer der Königsfamilie. Hier hatten sie früher oft zusammen gespeist. Früher, als alles noch normal war.
„Shiljana, Liebste. Setz dich. Du siehst ganz blass aus."

Das markante Gesicht ihres Mannes erinnerte sie an den Krieger, der er einst gewesen war. Das Alter machte weicher, aber er trainierte noch immer jeden Tag mehrere Stunden, um aktiv zu bleiben. Auch wenn er seine Schnelligkeit verloren hatte.
„Quras, lass uns alleine."
Überrascht sah der erstgeborene Sohn hoch. Scheinbar hatte er erwartet, die Auseinandersetzung in erster Reihe miterleben zu dürfen.
„Natürlich, Vater."
Quras erhob sich, und dem Anstand gerecht werdend, verneigte er sich knapp in Shiljanas Richtung. „Mutter. Ich bedaure sehr, was meinem kleinen Bruder widerfuhr. Aber der Zweigesichtige Gott hielt seine Hand schützend über ihn. Ihm ist kein Leid geschehen."
Mit bebenden Lippen nickte Shiljana. Erst als die Türe hinter Quras zugefallen war und nur noch das Prasseln des Regens zu hören war, sah Theos wieder hoch zu ihr.
„Es sollte eine Warnung sein. Aber dieses Ausmaß war nicht wünschenswert."
Theos hatte sie nie angelogen, auch heute sagte er die Wahrheit. Sich hinsetzend, sah Shiljana sprachlos in seine Augen.
„Du wolltest ihm Angst machen?"
„Nein. Ich wollte, dass er endlich mit dieser Hurerei aufhört!"
Wütend bellte der König die Worte. „Er ist MEIN SOHN! ER BLAMIERT MICH!"
Sie konnte es nicht fassen.
„Das war nur eine Falle, um … um …"
Ungläubig starrte sie in seine blauen Augen.
„Du hast ihre Schwester getötet … Du hast beinahe seine Leibwächterin auf dem Gewissen … Du … Du …"
Abbrechend konnte sie es noch immer nicht glauben.

„Es sollte anders laufen. Etwas ist schiefgegangen! Die Männer, die ich anheuerte, wurden tot aufgefunden und … die schwarze Hand war ein wirklicher Angriff auf ihn."
Die schwarze Hand. Fröstelnd zog Shiljana ihren Mantel etwas enger zusammen.
„Wenn du willst, dass er aufhört, Frauen zu lieben, solltest du ihn verheiraten."
Sie brachte die Worte gekonnt ins Spiel.
„Dazu hätte diese Scharade nicht …"
Theos unterbrach sie. „Das habe ich ihm gesagt. Ich sagte, er würde eine Frau bekommen und er, er lachte mich aus. Er sagte, bevor er jemandem die Treue in den Tod schwor, den er nicht liebt, würde er auf seinen Titel verzichten."
Oh wie ähnlich sich ihre zwei Männer doch waren. Quras war da vollkommen anders.
„Theos, erinnerst du dich noch daran, als wir uns kennen lernten?"
Über den Tisch hinweg ergriff sie seine Hand. Sie durften nicht streiten. Die Macht des Königshauses beruhte auf der Verbundenheit von ihr und ihrem Gemahl.
„Dein Vater mochte mich nicht wirklich gut leiden, nicht wahr?"
Flüchtig lächelte ihr Gatte, dann wurde er wieder ernst.
„Das waren andere Zeiten. Damals herrschte noch die normale Ordnung und …"
„Jetzt nicht mehr, richtig. Wieso erfüllst du ihm nicht einfach seinen größten Wunsch? Damit erfüllt sich nämlich auch deiner."
„Wovon redest du?"
Verwirrt sah ihr Gemahl sie an. Er hatte es am Ende wirklich nicht gesehen.
„Wenn Aire überlebt, gib sie deinem Sohn zur Frau."
„Aire?"

Theos wollte schon auflachen, aber Shiljanas Augen waren vollkommen ernst.
„Aire?“
Neuerlich den Namen murmelnd, dachte er nach. „Denkst du, sie würde er heiraten? Sie ist ein Niemand, sie …“
„… hat ihr Leben für ihn aufs Spiel gesetzt. Welchen besseren Beweis für eine mögliche Beziehung brauchst du?“
„Hm …“
Brummend strich er über seine Wangen. „Hm …“
Dieser Laut reichte aus, um Shiljanas Herz etwas ruhiger schlagen zu lassen. Theos hatte nichts mit der schwarzen Hand zu tun und wahrscheinlich, auch wenn er es nie zugeben würde, hatte er inzwischen ein schlechtes Gewissen…

Kapitel 14

Madras

Dorf Juffa, Reich der Kokua

Neues Zeitalter der Kokua

Reglos erwiderte er Madras' Blick. Er hatte der alten Heilerin wirklich nichts angetan. Dank dem Zweigesichtigen hatte er es nicht müssen. Bei seiner Untersuchung hatte Rijela das Symbol der gekreuzten Dolche in seinem Genick gefunden. Ein Symbol, das ihr offenbar bekannt war, denn sie wich zurück, als wäre er das Böse in Person.

Gut, er WAR so etwas wie das Böse in Person. Aber eben nur so etwas …

Es war kompliziert.

Rijela wich also zurück, und zum ersten Mal meinte es der Zweigesichtige Gott gut mit ihm: Sie stolperte über ihren eigenen Hocker und brach sich das Genick an der Tischkante. Es war so perfekt, dass er fast schon peinlich berührt über die Tatsache war, nichts damit zu tun zu haben.

„Ryu."
Er nannte keinen Nachnamen, gab sich als Kind ohne Ehre aus.
„Ryu, aus dem Hause von …"
Und traf immerhin auf keine Närrin. „… aus dem Hause – das tut nichts zur Sache."
Die junge Kokua lächelte, künstlich aber gut. Ihre schmalen Lippen eroberte dieses kleine, diebische Schmunzeln, wie er es schon lange nicht mehr persönlich erlebt hatte. Sie hatte keine Angst vor ihm, auch ein seltener Zustand in seinem Leben, vor allem, da dieser nicht gespielt war.
„Nun, Ryu aus dem Haus das tut nichts zur Sache. Wenn ich Euch pflegen soll, und offenbar bin ich die einzige Heilerin hier, die das könnte, tut es doch etwas zur Sache."
Er beobachtete aufmerksam, wie sie zum umgefallenen Hocker sah. Dann glitten ihre Augen über die Phiolen, die am Boden verstreut lagen. Er wusste, dass sie die Wahrheit erkannt hatte.
„Sie ist zurückgewichen und gestolpert."
Langsam nickte das junge Mädchen. Aber durfte er sie noch als Mädchen bezeichnen? Sie trug die Tracht der Frauen, aber kein Siegel an ihren Fingern offenbarte eine Ehe. Also war sie noch ungebunden?
„Ja, das sehe ich."
Behutsam richtete sie den Hocker auf und setzte sich scheinbar entspannt darauf. Allerdings erkannte Ryu auch die winzigen Anzeichen von Unsicherheit und Nervosität: Sie spielte mit ihren Fingern im Schoß, ihre Zunge befeuchtete ihre Unterlippe, während ihre grünen Augen mit der Farbe von Blättern, die von der Sonne beschienen wurden, unstet mal sein rechtes, dann sein linkes Auge betrachteten.
„Nun?"

Seine Lippen schlossen sich. Er ließ sich höchst ungerne erpressen, aber in seinem derzeitigen Zustand war sie eindeutig am längeren Hebel.

„Ryu aus dem Haus der Schatten."

Sie fing mit der Bezeichnung nichts an. Das war gut für ihn, und zugleich wieder schlecht. Er hatte beschlossen, die Wahrheit zu sagen. Eine Wahrheit, die allerdings sehr unschön enden würde, wenn sie publik werden würde.

„Aber ich würde dir empfehlen, diesen Titel nicht zu erwähnen, wenn du von mir sprichst."

„Weil?" Unbeeindruckt, gepaart mit einer bisher nie erlebten Naivität, sah sie ihn an.

„Weil ich am Ende dein ganzes Dorf auslöschen müsste, um zu verhindern, dass man diesen Fakt von mir weiß. Und zur Sicherheit: Mit deinem Vater würde ich beginnen."

Seine Drohung war klar und direkt gesprochen und verfehlte seine Wirkung nicht. Er sah die Unsicherheit verstärkt in ihren Augen. Flackernd wie eine Kerze im Wind, dann hatte sie sich wieder im Griff, begann Madras ruhig zu lächeln.

„Ihr wisst, Hunde, die bellen, beißen bekanntlich nicht."

Sie wollte seine Worte als Scherz abtun, aber er hatte keinen Scherz gemacht.

„Kleines, ich habe nicht gebellt. Wenn ich belle, wirst du es wissen."

Zu seiner Überraschung öffnete sie gedankenverloren ihre Handfläche der linken Hand. Für wenige Sekunden sah er eine flirrende, winzige grüne Kugel, welche über ihrer Haut schwebte, bevor der Hauch wieder verblasste.

„Das, Fremder, gilt auch für mich."

Für den Bruchteil einer Sekunde sah er etwas in ihr, das ihm vertraut erschien. Die Art, wie ihre grünen Augen ihn musterten, er hatte diesen Blick schon einmal gesehen. Er wusste nur nicht mehr, wo.

Kalt waren Madras' Augen geworden. Aus dem Haus der Schatten, so nannte er seine Familie. Sie wusste nicht, was das zu bedeuten hatte, aber wahrscheinlich nichts Gutes.
„Wenn Ihr nicht wollt, dass man weiß, aus welchem Haus Ihr seid, wieso sagt Ihr es dann mir?"
Ryu lachte. Ein schmerzhafter Laut, da er gleich darauf röchelnd die Hände auf seine geprellten Rippen presste.
„Was für eine kluge Frage, kleine Magierin. Bedauerlicherweise habe ich keine Antwort darauf. Wahrscheinlich habe ich einfach nur Fieber."
Madras erhob sich. Endlich begann sie mit ihrer eigentlichen Arbeit, während Ryu an der Mauer am Boden saß und ihr zusah. Zielgerichtet durchmaß sie die Hütte, holte sich etwas Mondblüte und Bitterkraut, eine Hand des Trauermooses und die Samenkörner der roten Kralle. Die Blüten des roten Zuros würden seine Träume beruhigen, und die Blätter der grünen Minze seine Atemwege befreien. Sie zerrieb ein paar Kräuter, während sie ihn nicht wirklich aus den Augen ließ. Routiniert zerstampfte sie mit dem Mörser die Körner und fügte etwas Pflanzenöl bei.
„Ich stelle meistens kluge Fragen, Ryu."
Reden und mischen war noch nie ihre Stärke gewesen. Wenn sie arbeitete, herrschte Stille, wenn sie sich unterhielt, herrschte Arbeitslosigkeit. Außerdem war es eine surreale Situation für sie. Natürlich hatte sie schon junge Männer behandelt, aber sie war dabei selten ganz alleine gewesen. Es war Rijela, die mutige Reden

hielt, die der Wahrheit mit wenigen Fragen auf den Grund kam. Sie hingegen war …

„Das mag sein, aber derzeit bist du eher überfordert mit der Situation als wirklich weise.“

Seine Stimme war ruhig, ernst und zugleich überraschend angenehm. Für Sekunden verharrten ihre Bewegungen, wachsam werdend, als Leben in ihn kam. Er stemmte sich an der Hauswand hoch, vor Schmerzen wurde seine Atmung gepresst, dann humpelte er langsam, Schritt für Schritt, in Richtung der vorbereiteten Schlafstätte.

Seine Atemlosigkeit verschaffte ihr die nötige Zeit, um sich zu fassen. Denn mit seiner Bemerkung hatte er in schockierender Weise direkt ins Schwarze getroffen.

Aber Ryu hatte nicht vor, es damit zu belassen. Ganz im Gegenteil.

„Du bist ein Mädchen des Südens, brav, leichtgläubig, folgsam. Du bist erzogen worden im starren Rollendenken dieses Volkes, wahrscheinlich knapp vor dem Ehebund.“

Mühsam zwang er sich bei seinen Worten zu einer ruhigen Atmung. Selbstbeherrschung, Kontrolle über sich und den Schmerz. Madras beobachtete verstohlen, wie er die Decke fokussierte. Was er anwandte, war eine entfernte Form von Meditation und … beeindruckte sie.

„Ich bin im perfekten Alter zum Heiraten, aber in meinem Dorf … sieht es derzeit eher schlecht mit freien Mädchen aus.“

Er hatte kurz gezögert. Flüchtig nur, dann sprach er heiser weiter. Überhaupt machte er sie mit seiner offenen und selbstbewussten Art und dieser rauchigen Stimme von Herzschlag zu Herzschlag nervöser.

„Ich wäre sicher kein schlechter Fang. Ich trainiere viel, optisch nicht ganz daneben habe ich keine Hakennase, darauf habe ich immer geachtet, und auch im Bett kann ich einiges …"
Mit einem Ruck donnerte sie eine Flasche auf den Tisch.
„GENUG!"
Zischend raunte sie das Wort. Es hatte gedauert, aber nun wusste sie, was er vorhatte.
„Wenn ich Euch helfen soll, Ryu, dann hört mit Euren Spielchen auf!"
Es war, als würde sie einem vollkommen Fremden ins Gesicht schauen. Sein Feixen, das unverschämte Grinsen, das kecke Leuchten der Augen, alles verblasste in weniger als einem Herzschlag. Zurück blieb nur ein ruhiger, wachsamer Ausdruck, den Madras nicht zu deuten wusste.
„Dann, kleine Heilerin, spiel auch nicht mit mir. Hör auf, jemand zu sein, der du nicht bist. Es macht mich nervös, wenn ich mein Gegenüber nicht einschätzen kann!"
Sie schluckte. Schon wieder trafen seine Worte den Kern des Problems. Innehaltend brauchte sie einen neuen Plan, und ließ am Ende alle Pläne fallen. Sie war, wer sie war. Dazu musste sie eben stehen.
„Mich auch."
Kleinlaut stimmte sie ihm somit zu. „Ihr macht mich unheimlich nervös. Oh, ich meine …" Sie wurde noch unsicherer, ihre Stirn legte sich kurz in Falten.
„Wie heißt du überhaupt?"
Seine Frage kam ihr gelegen. Er fokussierte sie auf das Wesentliche.
„Madras. Aus dem Haus …"
„Das ist unbedeutend."

Ryu wollte es gar nicht wissen. Aber für sie war ihr Name, ihre Familie, ihr Vater, etwas sehr Wichtiges. Etwas, worauf sie immer stolz gewesen war. Fast kränkte es sie, dass er diesen Stolz nicht verstand.

Ihre Augen glitten hinab auf die erste der noch unzählig folgenden Salben. Sie würde ihn berühren müssen. Nicht Rijela würde die Salben auftragen, sondern sie.

„Schau an, auf einmal fürchtest du dich doch vor mir."

Seine Stimme war wieder weicher geworden, hinterließ ein überraschend warmes Gefühl in ihrem Magen.

„Nein, nicht vor Euch. Nur …"

Ihre Wangen erröteten. Wie sollte sie einem vollkommen Fremden erklären, dass sie noch nie einen Mann berührt hatte? Hochblickend glitten ihre Augen unkontrolliert über seinen nackten Oberkörper. Im Schein der Morgensonne sah er wirklich mitgenommen aus, aber sie sah auch die Schönheit dahinter. Er war ein attraktiver Mann. Wahrscheinlich attraktiver als alle Männer in ihrem Dorf zusammen.

„Nur ängstigt dich der Gedanke, dass du mich berühren musst? Ich würde gerne auflachen, aber der Schmerz ist zu groß. Allerdings muss ich anmerken: Du wärst die erste Frau, die ANGST davor hat." Seine Zweideutigkeit verhinderte eine neuerliche, direkte Antwort. Aber die Ruhe gab ihr die Möglichkeit, sich wieder auf das Wesentliche zu konzentrieren: seinen Schmerz. Sie benahm sich wie ein Kleinkind, während vor ihr ein junger Mann mit Problemen lag. Sie musste die Situation professionell sehen! Ernsthaft und klar!

So wie sie es von Rijela gelernt hatte.

„Verzeiht, Ryu. Es ist das erste Mal, dass ich einen Patienten alleine behandeln muss. Aber sorgt Euch nicht, Ihr seid bei mir in guten Händen."
Hochblickend lächelte Madras. Ein zuversichtliches Lächeln, das ihre Angst überspielen sollte.
„Du lügst."
Seine Worte waren vernichtend direkt, und dennoch begann er im Anschluss daran ebenfalls zu lächeln, weich und dankbar.
„Trotzdem, ich danke dir dafür."

„Ryu?"
Ihre Stimme riss ihn aus dem Dämmerzustand, in dem er geruht hatte. Kaum waren die Augen geöffnet, roch er bereits den Duft, der an ihren Kleidern und ihrem Körper hing. Es war etwas Metallisches, das ihn an eine Schmiede erinnerte, und dann etwas Zartes und zugleich Blumiges.
„Hast du einen Kräutergarten zu Hause?"
Sie lächelte, und verschwommen sah er ihre Augen. Der Blick war milde geworden, weicher.
„Ja, ich habe einen sonnigen Garten und nutze ihn zur Eigenzucht."
Seine Augen fielen ihm für Sekunden wieder zu. Wann war er so müde geworden?
„Die Müdigkeit ist ein gutes und schlechtes Zeichen."
Woher wusste sie, dass er daran dachte? Hatte er die Stirn gerunzelt? War er wirklich so schwach, dass er sich nicht mehr im Griff hatte?
„Ryu, ich werde Euch einen Trank einflößen. Er schmeckt sehr bitter und wird vielleicht Übelkeit aufkommen lassen. Bitte

versucht ihn bei Euch zu behalten. Er wird Eurem Körper traumlose Ruhe bescheren."

Traumlose Ruhe?

Seine Augen öffneten sich wieder. Er zwang sich dazu, Madras in die Augen zu schauen.

„Ich will keinen Schlaftrank."

Und wieder lächelte sie, beruhigend und zugleich belehrend. „Das habe ich mir bereits gedacht. Deswegen habe ich auch keinen klassischen Schlaftrunk vorbereitet, aus dem Ihr nicht selbst erwachen würdet. Dieser Trank ist anders. Ihr werdet schlafen, aber Euer Geist wird wachsam sein, wie Ihr es gewohnt seid."

Er konnte ihren Worten nicht folgen. „Prägt Euch nur ein, dass ICH es bin, die Euch verarztet, während Ihr schlaft. Seht, meine Hände."

Sie umfasste seine Hand mit der ihren. Zarte, kühle Finger, nicht rau, aber auch nicht so glatt wie jene der Schlossdirnen. „Ich bin eine der wenigen im Dorf, die immer kalte Hände hat. Nehmt es als mein Markenzeichen. Warme Finger bekomme ich nur, wenn ich Fieber habe."

Ihre Worte waren beruhigend. Er begriff, dass sie sich gefangen hatte.

„Ich verstehe."

Er wurde zu ihrem Patienten, und sie hatte zumindest teilweise sein Wesen durchschaut.

„Trinkt."

Widerwillig ergab er sich ihrer Führung und würgte den bitter schmeckenden, grünen und äußerst zähflüssigen Saft hinunter.

„Dafür werde ich mich revanchieren."

„Ich hoffe, dass der Zweigesichtige Gott das zulassen wird. Ruht Euch aus, ich werde alles tun, was ich für Euch tun kann."

Marius

Held

- Zweiter Wächter zu Boden
- Seelenband Iyaneras
- Magische Affinität: Licht
- Fürchtet sich vor:
  dem Versagen
  der allesverzehrenden Liebe

Morgens, wenn sich die ersten Sonnenstrahlen durch die Wolken schieben, den Nebel verdrängen und einen neuen, wundervollen Tag ankündigen, begreift man, wie Nichtig alle Sorgen von Gestern waren.

Kapitel 15
Yana

Erde, Deutschland

„Yana, komm."

Marius' Stimme riss sie zurück in die Gegenwart. Die Treppe aus Metall führte in den Keller des Kellers. Irgendwo dort unten würde Max eben mit Kyle in einer Ecke liegen und Sex haben. Der Gedanke, gleich zwei Männer zu stören, war überraschend wenig schockierend. Es war wie ein notwendiges Übel. Um sich abzulenken, wandte sie sich wieder direkt an Marius.

„Wie kannst du hier nur arbeiten?"

Kopfschüttelnd sah sich Yana um. Hier unten trieben sich die Jugendlichen, Erwachsenen und Alten herum, die mehr als nur tanzen wollten. Es gab eine eigene Bar, zwielichtig beleuchtete Ecken, Räume, die einsichtig waren, Räume, die schalldicht waren. Yana machte sich nichts vor. Hier unten lag Ekstase in der Luft. Lust, Gier, Sex. Sie hörte das verhaltene Keuchen eines jungen

Mannes, welcher an die Wand gepresst von einem älteren Mann mit der Hand verwöhnt wurde.
„Ich arbeite nicht hier unten."
Marius' Antwort wirkte lapidar, aber wahrscheinlich differenzierte er wirklich auf diese Art und Weise.
„Es tut mir leid, das war unpassend von mir."
Abwinkend führte er sie weiter, immer tiefer hinein in das Debakel.
„Bist du hier unten manchmal als Gast?"
Die Frage stellend, begriff Yana erst im Nachhinein, dass es sie eigentlich gar nichts anging. Sein Blick sagte das Gleiche. Dennoch erhielt sie eine Antwort.
„Nein."
„Entschuldige."
Sie fuhr sich durch ihre Haare. „Ich bin heute echt nicht ich selbst. Ich…"
„Schon gut."
Er blieb vor einer schwarzen schweren Türe stehen. Erst jetzt begriff Yana, dass es um sie herum still geworden war. Ihre Augen glitten über die nackten Betonwände des Ganges, den sie eben entlanggeschritten waren. Sie hatte den Abstieg nicht wirklich mitbekommen. Einzig Marius' wärmender Griff um ihre Hand hatte standgehalten.

„Yana, Kyle wird ausrasten, ehrlich."
Marius versuchte es ein letztes Mal. Gedankenverloren schüttelte Yana den Kopf. Es gab kein Zurück mehr.
„Ich muss Max sehen. Ich muss mir absolut sicher sein."
Seufzend ergab sich Marius seinem Schicksal.
„Damit bin ich dann wohl gekündigt, aber was soll's – ist vielleicht eh nicht mehr nötig."

Verwirrt begriff Yana seine Worte zu spät. Natürlich. Er brach soeben die Privatsphäre seiner Kunden!
„Lass …“
Aber sie war zu langsam. *Lass es mich alleine machen.* Das hatte sie sagen wollen. Aber die Türe schwang bereits nach innen auf und der Anblick, der sich Yana bot, brannte sich in ihre Augen wie ätzende Flüssigkeit.
„Das ist …“ Nicht das, was sie erwartet hatte.
„WAS ZUR HÖLLE!“
Max‘ Schrei riss sie aus der Starre.
„Ich … ich bin es, Max. Sorry, ich wollte … ich wusste nicht, dass du … ich dachte nicht …“
„Du blöde Fotze! Verschwinde aus dem Raum!“
Marius zog an ihrem Arm. Strauchelnd fiel sie gegen ihn, während scheppernd etwas hinter ihr an der Wand zerbrach.
„Sind schon weg!“ Seine Stimme klang minimal belustigt. Wie konnte er darüber lachen? Gut – wenn man ehrlich war: Wie konnte man darüber NICHT lachen?

So schnell Marius konnte, zog er die Türe wieder ins Schloss. Sich am Absatz umdrehend, zerrte er Yana einfach mit sich. Doch statt den ganzen Weg entlang zu laufen, machte er blindlings den nächsten Raum auf und schob sie hinein, bevor er die Türe hinter sich und ihr wieder schloss. Sie hatten Glück, das Zimmer war verlassen und finster.
„Scht …“
Yanas Herz schlug ihr bis zum Hals. Dann hörte sie schnelle Schritte. Jemand rannte fluchend den Gang entlang. An der Tonlage gab es keinen Zweifel: Es war Max. Und er war echt sauer.
„Ich habe dich gewarnt.“

Marius' Stimme nah an ihrem Ohr ließ sie überraschend erschaudern.
„Hm."
„Weißt du jetzt, was du wissen wolltest?!"
Sie lachte auf. Freudlos, beschämt, entmutigt.
„Nein, aber doch auch, ja. Ich weiß jetzt zumindest Dinge von Max, die ich aus meinem Kopf bringen möchte. Und das ganz schnell!"
„Verstehst du jetzt, wieso er nicht gestört werden möchte?"
Aber sie hörte das Lächeln in Marius' Stimme.
„Pink! Wer trägt einen pinken Tanga?!" Glucksend presste sie den Satz hervor.
„Ich gestehe, der Tanga ist ein Highlight, aber er wird eindeutig von den getigerten pinken Stiefeln getoppt!"
Nun lachten sie beide. Denn leise und verhalten zu lachen war besser als zu weinen.
„Und nun?"
Sie musste ihn bei der Frage nicht ansehen. Er stand dicht bei ihr, sie spürte ihn.
„Jetzt bringe ich dich zu deiner Mutter und ihrem Freund."
Das war es. Es war … „Perfekt."
Marius würde sie hassen. Während sie sich auf den Weg nach draußen machten und Marius darauf achtete, dass Max sie nicht erwischte, wurde es Yana klar. Wenn Rahel Marius sah und es bestätigte, würde er sie verachten müssen. Sie raubte sein Leben, seine Zukunft, seine Freunde.
„Marius, vielleicht solltest du nicht …"
Aber es war zu spät. Die frische Luft strömte in ihre schmerzenden Lungen, sie hörte aus weiter Ferne, wie sich Autotüren öffneten, ließ sich willenlos – einer Marionette gleich – dem Henker

entgegenführen. Sie zerstörte sein Leben. Sie zerstörte seine Zukunft. Er würde nicht begreifen, was geschah! Sie begriff es ja selbst nicht!
„Mama, ich bin mir …" nicht sicher war gelogen. Sicher war aber auch gelogen.
Marius nahm ihr die Antwort ab. Denn kaum, dass er direkt vor ihrer Mutter stand, kniete er sich neben Yana nieder. Zum ersten Mal seit einer Ewigkeit ließ er ihre Finger los, stattdessen lag eine Hand auf seiner Brust, die zweite leger auf seinem Schenkel. Er starrte auf den dreckigen Asphalt, ehrfürchtig, bevor er raunte: „Meine geliebte Prinzessin Iseria, bitte verzeiht mir meine Maskerade."

Iris ließ ihre Tochter ziehen, obwohl sie Angst hatte, sich Sorgen machte, sie nicht gehen lassen wollte. Aber war es nicht immer schon so gewesen? Von klein auf hatte sie ihren Sonnenschein nur ungerne ziehen lassen. Obwohl sie gelächelt hatte, sie motiviert hatte, anfeuerte, wenn Yana Zweifel bekam, sah ihr Innerstes anders aus.
„Iseria."
Seine Finger umschlossen ihre Hand, verschmolzen damit und drückten zärtlich zu.
„Rahel, ich bin nur …"
„Überfordert? Sprachlos? Erleichtert? Geschockt? Vor Sehnsucht zerrissen? Von einer Distanz erfasst, die du nicht in Worte bringen kannst?"
Er lächelte. Verstehend und voller Liebe. „Iseria, ich bin es. Ich weiß es, noch bevor du es weißt, erinnerst du dich?"

Ja, sie erinnerte sich. Und den Kopf dankbar an seine Schulter lehnend, küsste er sie zärtlich auf die Stirn. „Was erwartet mich zu Hause?"
„Ein ängstliches Volk. Sie fürchten sich vor den Schatten, die noch existieren. Und vor den Konsequenzen, die beginnen werden."
„Was meinst du?"
Rahel schwieg eine Weile, dann hauchte er: „Wir haben sie alle verbannt."
Wie vor Jahrzehnten schon wusste Iseria, von wem er sprach, ohne es explizit ansprechen zu müssen. „Aber das geht nicht. Wir brauchen sie und sie brauchen uns. Ohne uns existiert kein Leben und ohne sie kein Tod?!"
„Ich weiß."
Er zögerte spürbar, dann fuhr er fort: „Wir mussten eine Entscheidung treffen. Und wir trafen sie. Wir entschieden uns für das Leben."
„Damit habt ihr sie dem Ende ausgeliefert!"
Iris konnte nicht glauben, was sie hörte.
„Ich weiß, aber es ist aus der Ferne leichter zu urteilen als aus der Nähe. Du wirst es sehen. Komm heim mit mir. Führe dein Volk an, lass mich dein offizieller Gemahl werden."
Damit wäre er König der Ashai.
„Rahel. Du kannst kein König werden."
Die gehauchten Worte waren voll bitterer Wahrheit.
„Doch, inzwischen schon."
Sich lösend sah Iris in seine Augen. „Liebster, bevor du König wirst, haben alle Blutslinien der alten Kasten Vorrecht."
Er nickte. „Dazu müsste jedoch noch einer dieser alten Linien leben."
Ihr Innerstes erstarrte. „Was … meinst du damit?"

„Der Krieg forderte Opfer. VIELE …“
Sein Blick verlor sich in der Ferne, für Sekunden kam er ihr fremd vor.
„Ich verstehe nicht …“
„Als ich dich fortsandte, Iseria, war ich naiv. Ich glaubte an einen Sieg, der die Reiche verschmelzen würde. Aber Tharus hatte recht.“
„Tharus?“
„Er ist ein Bote der Kokua.“ Ein Waldmensch? Was hatten die Ashai mit den Waldmenschen zu schaffen?
„Er rief im Namen seines Herren und Königs zu einem Rat der Völker und wir alle sind gekommen. Er überzeugte uns…“
„… wovon?“
„Davon, dass eine Trennung nicht mehr abwendbar war. Hell kann auch ohne Dunkel existieren. Die Ashai, die Quin und die Kokua können auch ohne das Volk der Anassus, Shiya und Ruu existieren!“
„Rahel …“
Ihre Hand legte sich zärtlich auf seine Wange.
„Schau mir in die Augen und sage mir, dass du mich eben auf den Arm nimmst. Du kannst unmöglich glauben, was du da sagst!“
Doch er glaubte es. Schockiert sah sie den Ernst in seinen einst so warmen Augen.
„Komm nach Hause und du wirst es sehen.“
Das würde sie müssen. Denn derzeit konnte sie es sich nicht vorstellen.
„Lass uns einfach auf Yana warten.“
Ihr Kopf lehnte sich wieder an seine Schulter, aber die Zweifel blieben. Sie blieben bis zu dem Moment, als Yana von einem ihr fremden Mann begleitet aus dem Lokal kam.
„Das ist nicht Max.“

Rahel jedoch lächelte und Iris selbst spürte es ebenfalls. Der junge Mann war die wahre Wahl. Aus dem Auto steigend, kam sie ihnen zwei Schritte entgegen, um verblüfft innezuhalten. Der junge Mann wusste, wer er war und woher er kam!

Sein Kniefall war beherrscht, seine Worte bebend. Er musste die letzten Jahrzehnte wie sie gelitten haben. Ein Fremder unter Fremden, immer auf der Suche nach seiner Bestimmung. Ihre Überraschung überspielend, sah Iseria lange Sekunden auf ihn hinab, musterte seine Statur, sein dunkles Haupthaar, bevor sie sanft sagte: „Dir sei verziehen. Erhebe dich."

Als er aufstand, fixierte sie seine Augen. Helle Augen, klar wie das Quellwasser.

„Du bist kein Ashai."

„Nein, Prinzessin."

Das war selten. „Aber du hast meiner Mutter und mir die Treue geschworen?"

Er zögerte eine Sekunde. „Das ist eine sehr lange Geschichte, Prinzessin Iseria."

Und sie hatten keine Zeit dafür. „Inzwischen Königin. Aber das ist jetzt nicht von Bedeutung. Du wirst dein Leben für Yana geben?"

Es war die einzig wirklich wichtige Frage, die sie derzeit stellen konnte. Und als er sie ansah, lag in seinem Blick absolute Entschlossenheit.

„Ja … Königin Iseria. Das werde ich."

Er sprach aus tiefster Überzeugung, Iris glaubte ihm. Ihre Hand berührte behutsam seine Stirn, strich eine Haarsträhne zur Seite. „So sei es."

Wispernd gab sie ihr Einverständnis, schloss sie den Kreis des Bandes, indem sie Marius akzeptierte und aufnahm.

Wären sie nicht auf der Erde, der Moment hätte erhaben sein sollen. Wind wäre aufgekommen, Dahutablüten hätten Yana umschmeichelt, ihre Röcke wären in tausend Wellen mit den Gräsern verschmolzen.

Doch hier …

„Moment, bin ich hier schon wieder die Einzige, die nicht versteht, was gesprochen wird? Du kennst meine Mama?!“

Yana starrte Marius an. Sie fühlte sich verloren und schlimmer als das – verraten.

Wenigstens gab er ihr Antworten!

„Vor zwanzig Jahren kam ich mit ihrem Portal hierher. Ich wusste, dass sie das Kind in sich trägt, dem ich verbunden sein würde. Aber ich konnte dich meist nur aus der Ferne schützen.“

„Nur aus der Ferne schützen?“

Yanas Lippen schürzten sich. Dann bebten sie.

„Echt, Leute, das alles ist nicht mehr lustig. Wenn das ein mieser Scherz ist, dann … dann …“

Aber es war kein Scherz. Sie spürte, wie ihre Lungen sich zu verengen begannen. Panik machte sich in ihr breit.

„Mir wird schlecht.“

In die nächste Seitengasse eilend, erbrach sie sich an der Hausmauer, während die Tränen unaufhaltsam zu fließen begannen.

Yana kannte diesen Mann! Er hatte ihr Leben gerettet und sie hatte gedacht, es wäre alles ein Zufall gewesen! Nun stellte sich heraus, dass ihr ganzes beschissenes Leben in keinster Weise von Zufällen besetzt gewesen war! Ihre Freunde, ihre Familie, ihre Träume und Hoffnungen, ihre Vorstellung von ihrer Zukunft. Sie hatte das Gefühl, als würde es ihr Herz in tausende Splitter zerfetzen.

Sie war kein Mensch! Sie war kein Mädchen wie die anderen in der Stadt! Sie war nicht einmal von diesem verkackten Planeten!

Ihre Handflächen verkeilten sich mit der feuchten und etwas modrigen Mauer, während die Tränen auf den Boden tropften und sie neuerlich würgte.
Sie war nie das gewesen, was sie sein wollte. Sie hatte gar keine Chance dazu gehabt – denn bis heute hatte sie keine Ahnung von der Wahrheit gehabt!

Kapitel 16
Ash

Rusha, Reich der Ruu auf Moquar
Neues Zeitalter der Kokua

Der Rat der Ältesten hatte das besetzte Höhlensystem Rusha getauft und Ash fand diesen Namen passend. Denn Rusha stand für alle Verbannten seines Volkes. Alle unschuldig Verbannten.
Irgendwann würde er die Geschichte wiedererzählen lassen. Für sich, für sein Volk. Aber bis dahin würde er noch eine ganze Menge in den Griff bekommen müssen. Immerhin hatte er alleine weitere fünf Tage gebraucht, um wieder halbwegs stabil auf den Beinen zu stehen! Seine Gewänder wirkten eine Nummer zu groß und wenn er sich zu schnell bewegte, drehte sich die Welt. Er war weit entfernt von seinen besten Zeiten und seine Schwäche ärgerte ihn. Ash hasste es, schwach zu sein. Vor allem, weil er sich diesen Luxus nicht leisten konnte!
Zumindest sein Kopf funktionierte einwandfrei.

Bedauerlicherweise waren die Fakten und Erkenntnisse, die sein klarer Verstand analysierte, nicht gerade erfreulich.
Sein Volk war winziger denn je. Weniger als 500 Ruu lebten in den Höhlensystemen von Rusha und von jenen waren kaum 100 des Feuerelements mächtig. Dadurch war die Verteidigung seines Volkes auf ein Minimum reduziert worden und die Soldaten hatten fast rund um die Uhr Wachdienste.
Diese Tatsache brachte ein anderes Problem ans Tageslicht: Sie brauchten dringend Kinder! Und um jene zu erhalten, würde er die jungen, unverheirateten Frauen und Mädchen verheiraten müssen. Da die Statistik für die Frauen sprach, würde jede von ihnen einen Gatten erhalten können und dabei sogar eine gewisse Wahl besitzen. Aber eine Zwangsverheiratung würde Ärger machen. Und diese Probleme würden seinen Widersachern zugutekommen.
Es war zum Aus-der-Haut-Fahren. Ächzend strich Ash durch seine dunklen, dichten Haare und schloss die Augen.
Vater, was soll ich nur machen?
Ash wusste es nicht. Der Ring an seinem Finger bemächtigte ihn zum Anführer, aber die Kritiker waren ebenso mächtig und einige hatten überlebt. Sie bildeten Fronten, die gegen ihn sprachen. Sie wollten eine neue Linie gründen, den Fahir ersetzen, einen der Ältesten statt Ash auf den Thron heben. Sie sahen in ihm nur einen Mischlingsbalg, welcher unmöglich in dieser dunklen Stunde regieren konnte.
„Junger Fahir?"
Kyriells Schritte waren überraschend leise. Für einen gebeugten Meister seines Alters konnte sich der Mann, auf dessen Rat Ash alles baute, manchmal wie ein Wiesel bewegen. Überrascht hochblickend, glitten Ashs Augen über dessen Gestalt. Kyriell hatte nach wie vor langes weißes Haar und trug die schwarze Robe der

Meister der Ruu. Die magischen Ornamente waren nur dann sichtbar, wenn Kyriell die Energien einsetzte, die ihn umgaben.
„Meister Kyriell. Bitte, tritt ein.“
Ashs Arbeitszimmer befand sich am Ende eines Schachtes und war eine kleine, aber wohl geformte Höhle. Aus Stein hatte er sich eine Tischplatte geschmolzen, einen Stuhl, eine harte Bank. Sie hatten keine überflüssigen Stoffe für schöne Dekorationen, wie er es aus dem Turm der Erkenntnis gewohnt war, aber sie hatten Felle. Jene lagen verstreut im Raum, welcher von Steinfackeln und magischen Flammen erhellt wurde. Einzig die stickige Luft machte ihm zu schaffen, aber an dem Problem arbeitete er bereits – zumindest gedanklich.
„Ihr habt nach mir rufen lassen, Fahir?“
Kyriell verneigte sich nicht. Er war der einzige Mann, welcher dieser Respektsbekundung entbunden wurde. Und wo Ash darüber nachdachte, begriff er, dass auch Ry'jin sich nie vor ihm verneigte. War das in Ordnung? Er würde sich später damit befassen müssen. Jetzt musste er sich ganz auf Kyriell konzentrieren.
„Womit kann ich Euch behilflich sein?“
Kyriell fand Ruhe im Stuhl gegenüber von Ash und sah jenen unter seinen buschigen Augenbrauen heraus an. Helle Augen, fast mausgrau, trafen auf dunkle Asche. Noch eine Sekunde zögerte Ash, sortierte seine Gedanken, bevor er mit fester Stimme sagte:
„Ich muss zu meinem Volk sprechen, bevor ich es verliere.“
Ohne zu zögern stimmte Kyriell zu: „Das stimmt.“
Ashs Stimme brach für eine Sekunde, dann überlegte er neuerlich. Er wollte so reif klingen wie sein Vater, aber er fühlte sich dumm und verloren wie ein kleiner Junge.
„Kyriell …“

Er versuchte es wirklich – er wollte weise sein, klug, charmant, überzeugend und selbstbewusst. ER wollte die Antwort geben, nicht die Fragen stellen. Aber alles, was sich in seinem Kopf befand, war absolute Verwirrung und sprachlich betrachtet – gähnende Leere.

Ruhig betrachtete Kyriell den jungen Mann vor sich. Er erlebte nun den vierten Fahir, alle aus einer Blutslinie stammend und obwohl Ash es nicht wusste, spürte er das Feuer in ihm lodern wie kaum zuvor. Der junge Fahir mochte ein Jüngling sein, kaum Erfahrungen im Krieg gesammelt haben und zur schlimmsten Ära aller an die Macht rücken, aber … er wäre es wert, Vertrauen in ihn zu setzen.
Gut, wenn Kyriell ehrlich zu sich war, wirkte Ash derzeit ziemlich verloren und verlassen, verängstigt und verzweifelt. Aber vielleicht könnte er diesen Gemütszustand ein wenig ändern.
„Junger Fahir, erlaubt mir, Euch eine Geschichte zu erzählen."
Ash war nicht dumm. Obwohl die Zeit drängte, lehnte er sich gespielt gelassen zurück und gab Kyriell das Zeichen, fortzufahren.
„Es gab einmal einen Fahir vor Eurer Zeit. Er war nicht so jung wie Ihr, aber sehr viel ungestümer. Seine Leidenschaften entfesselten manchmal ganze Feuerstürme und wenn er wütend wurde, was ziemlich schnell passieren konnte, geschah es, dass so mancher Gefangener die Halle der Wahrheit nicht lebendig verließ."
Kyriells Hände verschlossen sich sanft ineinander. Er spürte die Hautschichten, welche inzwischen weich und lax geworden waren. Ach, wo war seine Jugend nur geblieben? Sich räuspernd fuhr er fort: „Die Ruu begannen ihn als Anführer zu fürchten. Sie hatten Angst, Bitten zu stellen und hatten Angst, Verrat zu melden. Sie wollten keine Mörder sein, aber sie wollten auch treu dem

Zweigesichtigen Gott dienen. Es kam zu einem Disput zwischen den Menschen Eures Volkes und ein riesiger Streit entbrannte. Pro und Contra des Fahirs wurde aufgewogen. Ich gestehe, es sah schlecht für ihn aus. Der Älteste hatte bereits die Absetzung erreicht und man wollte den Ring holen, welcher heute an Eurem Finger glänzt."

Kyriell wusste, dass Ash die Geschichte nicht kannte. Woher auch, er hatte kaum Zeit gehabt, mit seinem Vater über längst vergangene Tage zu philosophieren.

„Der Fahir zögerte nicht lange. Er fuhr hart ins Gericht mit den Verrätern und sprach zu seinem Volk, welches damals viele, viele tausende Wesen umfasste. Vor der Ansprache sah er mich an und fragte mich, was er denn nun sagen solle? Ich gab ihm folgenden Rat: Sprecht aus dem Herzen, denn jene Worte sind es, die Euer Volk beruhigen werden."

Kurz innehaltend sah er das kleine Lächeln um Ashs Lippen. Schon längst hatte der junge Fahir begriffen, dass Kyriell seine Ängste und Sorgen erkannt hatte.

„Ich sah diesen Fahir später noch einmal am Rande seiner Beherrschung stehen und beinahe zerbrechen. Der Zweigesichtige Gott schenkte ihm die Liebe einer unglaublich klugen und sanften Frau. Sie, keine Ruu von Geburt an, jedoch aus Überzeugung heraus, wurde die erste Frau des Fahir und schenkte ihm ein Kind. Es war kurz nach der Schlacht im Dämmertal."

Nun wusste Ash, von wem er sprach.

„Der Fahir hatte die Schlacht verloren, weil ein Hinterhalt viele seiner Krieger hingerafft hatte. Er hatte mit Fairness und Edelmut gerechnet und Intrigen und Lügen geerntet. Als er zurück zu seinem Lager kam, lag seine Frau längst in den Stunden der Geburt. Ich war bei ihr, die ganze Zeit über, bis ihr Mann die

Hütte betrat. Sie litt unsägliche Qualen, weil der Knabe in ihrem Körper verdreht ruhte und nicht herauskommen wollte. Es gab nur eine Möglichkeit: Entweder rettete man das Leben des Kindes oder das Leben der Mutter. Und sie … entschied für ihr Kind."

Kyriell wollte nicht die grausigen Details kundtun, die er damals hatte durchführen müssen, um Ash aus dem Körper der Mutter zu befreien. Die tödliche Umarmung hätte in beide Richtungen gewirkt.

„Am Ende, als der Fahir seinen Sohn in den Armen hielt, fragte er mich: Kyriell, was soll ich nun tun? Ihr müsst wissen, Ash: Sein Volk hatte eine schwere Niederlage erfahren, die Kokua hatten ihren Machteinfluss massiv vergrößert, viele tapfere Krieger waren gefallen und das Reich war erschüttert von Ängsten und Zweifeln. Ratet, was ich sagte."

Sanft und gutmütig lächelnd sah Kyriell dem jungen Fahir direkt in die Augen. Ash schwieg eine Weile. In der Zwischenzeit kam Kita herangeflattert und setzte sich in Kükenform auf die Schulter ihres Schützlings. Kita begleitete Ash beinahe sein ganzes Leben lang. Ein kurzes Leben. Zu kurz, um nun zu enden.

„Ich nehme an, Kyriell, dass Euer Rat lautete: Sprecht zu Eurem Volk, und sprecht aus Eurem Herzen zu ihnen."

Zufrieden lächelte der Berater. Sich zurücklehnend fixierte er Ash freundlich und wohlgesonnen. „Ash, Ihr seid der nächste Fahir dieses Volkes. Es ist traurig, dass Euer Vater dem Verrat erlag, der vor so vielen Monden bereits die ersten Spuren bildete, aber das Recht des Blutes ist klar beschrieben. Es besagt, dass die Linie der Fahir rein und direkt bleiben muss, und damit seid Ihr der einzig wahre nächste Anführer dieser Menschen. Euer Volk mag klein sein, die Verluste unermesslich, das Leid riesig, aber … es ist und bleibt Euer Volk. Macht den Menschen das klar, setzt Zeichen und macht Euch damit zum wahren Fahir.“

Stille kehrte ein. Erneut schwiegen sie beide in harmonischem Einverständnis. Ash brauchte seine Zeit und Kyriell gewährte sie ihm.

„Fehendje.“

In Ashs Hand erschien eine kleine goldgelbe Flamme. Sie sprang von einem Finger zum nächsten. „Zeichen setzen.“ Ash seufzte, ein kleines Eingeständnis seiner Schwäche.

„Kyriell, ich kann nicht einfach so einen Ältesten in Asche zerfallen lassen. Er wird sich wehren, das Volk wird sich wehren.“

Kyriell wusste, dass die Antwort, die er nun gab, richtungsweisend wäre. Also schwieg er lieber und überließ Ash den Raum zum Denken. Einen Raum, der überraschend von der Stimme der jungen Geflügelten gefüllt wurde, die Ash aufopferungsvoll gepflegt hatte.

„Sie mögen sich wehren, Ash, aber das ändert nichts an ihrem Verrat.“

Ry'jin hatte Ash besuchen wollen und war durch Zufall beim letzten Wortwechsel in den Raum getreten. Da der junge Mann keine Wächter positioniert hatte, er wollte lieber das Volk schützen als sich, war ein Eintreten, ohne Aufmerksamkeit zu erregen, einfach umzusetzen.

Ihre Augen glitten für eine Sekunde aufmerksam durch den Raum, sondierten die Lage, bevor sie Kyriell zunickte und zwei weitere Schritte in Ashs Richtung ging.

„Verrat an dir als Anführer der Ruu ist und bleibt Verrat. Sie säen Zweifel, Unfrieden, verbreiten Lügen. Die Mädchen haben Angst davor, von den Männern vergewaltigt zu werden, die Alten

erzählen von glorreichen Tagen unter deinem Vater und die wenigen Krieger, die die ganze Zeit zum Schutz eingeteilt sind, sind müde und werden immer launischer. Sie brauchen einen Anführer – und wichtiger als das, ein neues Heim. Diese Erdlöcher können nicht die Zukunft der Ruu bedeuten! Über den Köpfen der Menschen liegen verwesende Verwandte, niemand kümmert sich um die Bestattungen! Warst du schon oben? Hast du es gesehen?"
Nein. Ash hatte sich erholt und keine Zeit gehabt. Sie wusste es. Er wusste es.
„Du willst ihnen Mut machen, aber du bist blind. Wie willst du sie führen, wenn du nicht weißt, was dich umgibt?"
Ihre Worte waren direkt an ihn gewandt gewesen, doch Kyriell unterbrach sie scharf: „Fahir für Euch, junge Shiya. Und es steht Euch nicht zu, den Fahir direkt anzusprechen."
Kyriell wollte sie damit ermahnen, doch er kannte Ry'jin schlecht.
„Ach, bitte!" Abwehrend hob sie ihre Hände.
„Wir sind hier zu dritt und soweit ich das beurteilen kann – unter Freunden. Ich werde ihn nicht die ganze Zeit Fahir nennen und Ihr werdet ihm nicht ins Gesicht lügen. So etwas tut man nicht."
Damit wandte sie sich wieder direkt an Ash: „Du hast mein Leben gerettet, Ash, ich stehe in deiner Schuld. Also sei dir versichert, ich spreche, um dir zu helfen, nicht um dich zu Fall zu bringen."
Ry'jin hatte sich in Fahrt geredet und nun fühlte sie sich aufgeladen – emotional und körperlich. Ihre Zöpfe wippten bei jedem Schritt hin und her, ihr Rock schwang geschmeidig und bauschte sich bei jeder Drehung, die sie machte, auf.
„Ich glaube, ich habe schon lange nicht mehr so viel in einem Stück geredet wie eben."
Ihre Hände aneinander reibend sprach sie nach der Atempause sogleich weiter: „Ein Fest. Ich würde ein Fest veranstalten. Als

Zeichen der Hoffnung, wo die, die gestorben sind, bestattet werden und wo man den Göttern danken kann und … wo sich junge Leute ineinander verlieben können."

Sie sah hoch. Ihre lila-blauen Augen wirkten wie das letzte Licht der Sonne am Abendhimmel. Man konnte sich darin verlieren – ertrinken wie ein hoffnungsloser Narr, der erst zu spät begriff, dass er nichts in seinem Leben mehr ohne dieser Person erreichen konnte.

Und je tiefer Ash versank, umso mehr Ehrlichkeit, Aufrichtigkeit und Anteilnahme fand er darin.

„Ash, du versteckst dich in diesem Raum, aber es wird Zeit, das zu ändern. Komm mit mir. Ich kann dich … schützen … ich brauche nur die richtigen Waffen."

Ein kurzes Zögern, doch dann war sie von ihren Worten felsenfest überzeugt.

„Bitte. Vertrau mir, wie ich dir vertraute. Lass mich dir die Welt zeigen, in der du jetzt lebst. Die Ebene des Todes, unter der wir uns verstecken. Deine Höhlensysteme, und als Schatten getarnt – dein Volk."

Kyriell zog es vor zu schweigen. Ash hatte sich nicht dagegen gewehrt, von der kleinen Shiya mit seinem Vornamen angesprochen zu werden, also stand ihm ein weiterer Tadel, selbst als rechte Hand des Fahirs, nicht zu. Zudem trafen ein Teil ihrer Worte bei ihm auf Zustimmung. Ry'jin war offenkundig weiser, als Kyriell es gedacht hätte, und obwohl sie unruhig wie ein Floh auf- und abmarschierte, wirkte sie dabei doch in sich ruhend. Das musste die Gabe der Shiya sein, wankelmütig wie der Wind, reinigend wie ein Gewittersturm.

„Junger Fahir."

Ashs schwarze Augen legten sich fragend auf ihn. Er hatte bisher kein Wort gesagt, ein Zustand, der Kyriell erfreute. Nur ein Narr äußerte sofort seine Meinung und Gedanken. Und Ash würde kein Narr werden.

„Wenn es Euch recht ist, werde ich die Bestattungs-zeremonie vorbereiten. Die Frauen werden froh sein, wenn ihre Familien dem Zweigesichtigen Gott zugeführt werden können und sie in den rituellen Reinigungen Frieden finden. Und im Anschluss an die Zeremonie ein Fest … Wieso nicht? Ihr könntet Eure Rede halten und die junge Shiya trifft bei diesem Thema ins Schwarze: Wir brauchen neue Familien, neue Paare, neues Leben. Wenn Ihr keine Zwangshochzeiten in Betracht zieht, wäre dies ein geeigneter Moment, um die Soldaten auf Brautschau und Werbung zu schicken."

Einzig von einer Idee hielt er nichts. „Aber ich würde Euch nicht empfehlen, die Oberwelt aufzusuchen. Es wäre ein unnötiges Risiko, das ich für nicht nötig halte."

Ry'jins Erleichterung, da sie im ersten Moment von Kyriell Unterstützung erhielt, schwang in Missmut um. Ihre Stirn legte sich in Falten, ihre Lippen schürzten sich.

„Habt Ihr Angst, dass ich euren wertvollen Fahir umbringen werde?"

Ihr Kopf neigte sich, die lila Haare kippten nach rechts, ihre nackte Haut an den Armen, Beinen und dem Bauch glänzte minimal im Schein der Flammen. „Denn wenn das Verhältnis zwischen uns beiden, alter Mann, auf einmal auf Misstrauen beruht, sollte ich das Volk der Ruu lieber verlassen, nicht wahr?"

Ihre Frage war mit Absicht übertrieben spitz formuliert. Natürlich, Ry'jin hätte auch auf ihre wirkliche Art und Weise sprechen, gehen und gestikulieren können, doch dann wäre die Tarnung dahin. Und wenn sie eines in ihrem Leben gelernt hatte, dann: Die Tarnung durfte NIE zerstört werden. Sie musste immer, bis zum letzten Atemzug, aufrechterhalten werden.

Egal bei was.
Egal bei wem.
Egal, in welcher schrecklichen Lage man auch war.

Bis zu dem Tag, an dem man sich dem Einen zu offenbaren hatte.
Aber nur dem Einen.

Kapitel 17

Quar

Tempelanlage Kha-Dir, Reich der Quin

Neues Zeitalter der Kokua

Die Tempelanlage von Kha-Dir war der östlichste Teil des riesigen Palastkomplexes, welche über Qeridis thronte. Sie diente allen Wasserelementaristen zum Training und war in Quars Kindheitstagen der wichtigste Ort des jungen Prinzen gewesen. Dann starb dieser dumme Knabe durch die Hand seines damaligen ersten Wächters und Quars Welt geriet komplett aus den Fugen. Er hatte sich damit arrangiert, hatte den Zorn und die Verachtung seines Vaters am Ende gespiegelt und sich dermaßen schlecht benommen, dass er sich nicht mehr erkannte. Er war nicht mehr er selbst gewesen – mit dem krönenden Abschluss, dass die Frau, die er wirklich begehrte – wahrscheinlich sogar liebte – beinahe für ihn gestorben wäre. Oder wegen ihm?

Mit seiner Hand fand Quar Halt an einem feuchten Vorsprung, nutzte gekonnt den Schwung des Sprunges und schwang seine

Beine hoch auf die flache Ebene. Deutlich weniger geschmeidig als er es wollte, rollte er sich auf den nassen Stein, um keuchend innezuhalten. Doch alleine die Erinnerung an Aires blutüberströmten Körper in seinen Armen reichte aus, um ihn wieder anzutreiben. Er war schwach gewesen. Er hatte versagt. Er hatte sie nicht beschützen können! Das durfte nie wieder passieren. Von dem Vorsprung nach unten lugend, lagen die unebenen Steinpflaster des Bodens gut zwei Meter tiefer. Sie waren inzwischen übersät von Wasserlachen und spiegelten teilweise die Schäfchenwolken, welche über den Trainierenden am Himmel hingen, wider.

„SCHNELLER!“
Er hatte die Novizen des Abschlussjahrgangs zu sich gerufen. Jene würden bald in den richtigen Dienst einsteigen und bekamen die einmalige Gelegenheit, ihren Prinzen das Leben zur Hölle zu machen. Anfangs noch zaghaft und schüchtern beim Angriff, verließ diese Unsicherheit schnell die heilige Stätte. Nun hieß es nur noch – er gegen zehn andere. Zehn jüngere, fittere und stark motivierte Elementaristen.
Immer wieder wurde er aus allen Richtungen von Wasser- und Steinhageln beschossen. Er wich Wasserschlangen aus, verdrehte sich in letzten Sekunden, verteidigte sich, schoss zurück. Quar trainierte wie ein Besessener. Der Alkohol hatte seinen Körper träge gemacht. Aber seit dem Tag des Angriffs, und jener war über zehn Tage her, trank er keinen Schluck mehr. Und trotz der Schmerzen, die seinen Körper und seine Seele peinigten, hielt er jeden Tag sein eisernes Programm durch: Laufen im Morgengrauen, Frühstücken, Training in den heiligen Hallen, Mittagessen, Bittsteller empfangen, Schwimmtraining in den heißen Quellen,

Abendmahlzeit mit der Familie, Korrespondenz in seinen Räumlichkeiten.
Er war vom Schandfleck zum Vorbild mutiert – ließ sogar seinen älteren Bruder ... alt aussehen. Nur eines durfte er nicht: zur Ruhe kommen. In Momenten, in denen er nichts zu tun hatte, erinnerte er sich an alles und die Kälte, die ihn dabei erfasste, war lähmender, als es ein Frostzauber vollbracht hätte.

„MEHR!"
Quar nahm Anlauf, sprang hoch und drückte sich an einer Säule mit den Beinen ab, um noch etwas höher zu kommen. Erst in der Luft erschien ein Wasserteller unter ihm, auf welchem er federnd landete. Er hielt die Wasserplatte fast zwei Meter über den Boden in der Luft, während die aus dem Nichts kommenden Wasserdämonen den Novizen unter ihm gegen die Wand schlugen. Ein Salto vorwärts brachte ihn einer Säule gefährlich nahe, und sich von jener mit den Beinen im Sprung abstoßend, rollte er sich am Boden über die linke Schulter ab – weniger geschmeidig diesmal, aber immerhin effektiv. Er suchte Deckung und wollte eben einen weiteren Gegenangriff starten, als die hölzernen Tore im Süden aufgerissen wurden und ein junger Soldat aus voller Seele brüllte: „HOHEIT! Meister Ekkos lässt nach Euch rufen. Ihr sollt SOFORT zur Wächterin kommen!"

„Wer bist du? ... Wer bist du? ... Wer bist du?"
Verunsichert glitten Aires Augen über die nebelige Wand, die sie umgab. Sie konnte nicht einmal sagen, ob sich etwas dahinter befand! Alles, was sie ausmachte, waren dichtere und weniger dichte Nebelwolken, Fetzen, die zärtlich ihre Haut liebkosten.
„Hallo? ... Hallo? ... Hallo?"

Wenn sie etwas rief, hallte die Antwort von der Nebelwand wider. Das Echo erinnerte sie an die Täler von Qed, die dortigen Wasserfälle und das erhabene Gefühl, hinab in eiskalte Fluten zu springen. Wenn man im freien Fall einen Namen schrie, echote der Name wieder und wieder. So wie es hier geschah. Wo auch immer dieses „hier" war!
Die Augen schließend konnte sie den Geruch beinahe auf der Zunge schmecken, so intensiv überrollte sie die Erinnerung! Die saftigen Wälder, die schattigen Buchten, die moosigen Lagunen, das süße, glasklare Wasser mit den runden weißen Steinen am Grund.
Als sie die Augen wieder öffnete, blinzelte sie überrascht: Sie stand auf einmal da – schwebte eine Handbreit über dem See der Tränen. Sie hörte nicht das Tosen des Wasserfalls, spürte nicht den Wind, der normalerweise ihre Haut liebkoste. Aber sie war da – eindeutig.
„Bin ich tot? … Bin ich tot? … Bin ich tot?"
Ihr Blick glitt verunsichert nach oben zum Himmel. Moquar – dort schwebte der Zwilling Aurelis, der dunkle Planet, der tote und verwunschene. Ob dort noch Leben existierte?
Was hatten sie sich dabei nur gedacht! Wie hatten sie nur so dumm sein können!
„Wir müssen es rückgängig machen … rückgängig… rückgängig?"
Das Echo veränderte sich schlagartig. Die Stimme, bis eben noch emotionslos, wurde dunkler und dunkler, bis dieses eine Wort unheilvoll und drohend wie ein Schwarm Vögel auf sie niederprasselte.
„RÜCKGÄNGIG! RÜCKGÄNGIG! RÜCKGÄNGIG!"
Panisch presste sie die Hände auf die Ohren.
„FEHLER! FEHLER! FEHLER!"
Die wunderschöne Oase von Qed verblasste, sie stand wieder im Sumpf aus Nebel und Trostlosigkeit. Hier gab es nichts! Es war sogar von den Farbnuancen so dezent, dass man die Nebelschwaden mehr erahnte als erkannte.

„GEH!“
Der zornige Schrei stellte ihre Nackenhärchen auf.
„GEH!“ Zorn wurde zu Hysterie, das Kreischen zu einem schrillen Laut.
„RÜCKGÄNGIG! FEHLER! GEH!“
Aus dem Nichts traf ein unsichtbarer Energieball ihre Brust und schmetterte sie rückwärts mitten hinein in den wabernden Nebel. Ihr Aufschrei wurde von Schwaden erstickt, nur einen Herzschlag später sah man nicht einmal mehr ihre hilflos nach vorne gestreckten Finger, die panisch irgendwo Halt gesucht hatten.
Aber wo nichts war – konnte auch nichts sein.

Alles war binnen eines Atemzuges vergessen. Im Losrennen schnappte er sich sein Oberteil und sah nicht einmal, wie sich die Novizen schnellst- und tiefstmöglich verneigten. Er hatte keine Augen dafür. Denn mit dem Ruf des jungen Soldaten kreisten seine Gedanken wieder nur um ein einziges Thema: Aire.
Sprintend hastete er um die Ecke und wich in letzter Sekunde einer Dienerin mit Teekanne und Tassen sowie duftendem Gebäck aus. Es wäre seine Zwischenmahlzeit gewesen.
Die Dienerin schrie erschrocken auf, Quar ließ sich davon nicht aufhalten.
„Verzeihung!“
Es war jedoch fraglich, ob sie seinen Ruf noch hörte. Und dann nahm er immer drei Stufen auf einmal, als er die königliche Palasttreppe nach oben hastete. Die Kurve zu eng nehmend, fegten seine Beine unter seinem Körper zur Seite. Einzig mit der flachen Hand fand er Halt und verhinderte so einen wirklichen Sturz. Das wäre es! Vor lauter Eile brach sich der zweite Sohn des Regenten

die Hüftknochen. Aire würde ihn sein Leben lang auslachen. Wenn …

Wie erstarrt stand er vor den riesigen, geflügelten Türen zu seinem Gemach. Der Nachhall seiner Gedanken fröstelte seine Seele – Aire würde ihn auslachen …

Aber in den letzten Tagen hatte es nicht danach ausgesehen, als ob sie JE wieder lachen würde! Es sah sogar zeitweise so schlimm aus, dass Quar wieder zu den Göttern zu beten begann. Den alten, den neuen, dem zweigesichtigen – zu jedem Gott, den er fand.

Was also, wenn Meister Ekkos ihn rufen ließ, um ihm zu sagen, dass der Zweigesichtige sie zu sich geholt hatte? Dass sie gegangen wäre, den Kampf endgültig verloren hätte?

Sein Atem ging stockend, seine Nasenflügel bebten. Er DURFTE nicht an solche Dinge denken! Das Gesetz der Anziehung besagte: Woran man fest dachte, würde man anziehen und es würde geschehen. Er hatte in den letzten Jahren immer wieder daran gedacht, dass Aire einmal sterben könnte – natürlich bei Ausübung ihrer Pflichten – und nun war es geschehen!

Reiß dich zusammen!

Er benahm sich wie ein Schwächling! Wie ein Feigling!

Das durfte er nicht mehr sein. Nie mehr!

Er zog sein Oberteil glatt und fuhr sich zweimal durch die Haare, bevor er tief Luft holte. Sein Herz raste natürlich nur vom Rennen und äußerlich um Haltung bemüht, schob er die Flügeltüren auf.

„Hoheit."

Meister Ekkos war ein Mann mittleren Alters. Er war von den Ashai ausgebildet worden und lebte erst seit einigen Sommern in Qeridis. Seine kurzgeschnittenen Haare begannen langsam zu ergrauen, aber seine Bewegungen waren noch immer fließend.

Das Interessante an Ekkos war – er hatte nichts Interessantes an sich. Eigentlich war der Meister optisch der langweiligste Mensch, den Quar kannte!
„Ihr habt nach mir rufen lassen, Meister?“
Quar trat tiefer in seine eigenen Räumlichkeiten. In den letzten Tagen hatte er viel Zeit wachend an seinem Bett verbracht. Er hatte Aire auf die Ebene der Heiler gebracht, doch als sie dort ganz verlassen auf dem schmalen Bett gelegen hatte, zerfetzte es den letzten Rest seines Herzens.
Also hatte er sie zusammengepackt und in seine Räumlichkeiten getragen.
Zuerst hatte sein Vater sich dagegen auflehnen wollen. Aire in den königlichen Gemächern pflegen zu lassen, erschien ihm maßlos übertrieben. Doch dann, Quar hinterfragte nicht wieso, änderte sich seine Meinung und der König hieß es gut. Mehr als das. Er lobte seinen Sohn sogar für sein umsichtiges und fürsorgliches Umgehen mit ihr. Ein Zustand, der Quar so überraschte, dass er nur sprachlos den Mund auf- und wieder zugeklappt hatte.
„Ja, Hoheit.“
Ekkos' Arm wies deutungsvoll in Richtung des Bettes. Die Vorhänge waren zur Türe hin geschlossen, aber zu den Fensterreihen, die zum Meer hinaus zeigten, geöffnet.
„Ist sie …“
Quars Stimme brach. Auch wenn es nur der Meister sah und hörte, so konnte jener die Angst in den Augen des Prinzen deutlich erkennen. Und dann begann Ekkos schwach aber beruhigend zu lächeln.
„Nein. Es ist ein Geschenk des Zweigesichtigen Gottes, Herr.“
Quar konnte es nicht glauben. Schritt für Schritt umrundete er sein eigenes, zutiefst vertrautes Bett und verharrte an der unteren linken

Ecke. Aire hatte sich auf die Seite gedreht und sah ihn an. Ihn. Nicht das Meer, nicht den Himmel, nicht die Decke seines Zimmers. Sie sah direkt in seine Augen.
Seine Lippen öffneten sich. Mit der Zungenspitze befeuchtete er sie, um sie am Ende wieder zu schließen. Er wusste nicht, was er sagen sollte und spürte schockiert, wie seine Augen vor Erleichterung feucht wurden.

„So … schlimm?"
Aire hatte Quar noch nie sprachlos erlebt. Es war seltsam, ausgerechnet ihn, den größten Schwerenöter Qeridis auf einmal so klein und … beunruhigend blass zu sehen.
„Ihr … seht auch nicht besser aus … Hoheit."
Er lächelte. Ein schmales Lächeln, das das Eis brechen ließ. Behutsam trat er an ihre Seite und setzte sich an die Bettkannte. Seine Hand lag nur wenige Finger breit entfernt von ihrer Hand. Sie berührten sich nicht, und doch war seine Präsenz alles erfüllend.
„Man spricht von einem Wunder, Aire."
Ein Wunder …
„Es … fühlt sich nicht wie … ein Wunder an …"
Ihr Körper war matt und träge. Sie hatte kaum Kraft, den Kopf zu drehen, geschweige denn alleine etwas zu essen oder zu trinken.
„Das, Aire, ist das Wunder. Normalerweise würdest du gar nichts mehr fühlen."
Quar kämpfte um seine Beherrschung. Sie sah es ihm an und war dankbar für dieses schmale Zeichen der Zuneigung.
„Ihr lebt … mehr war nicht … von Bedeutung."
Träge fielen ihr die Augen zu.
„Aire."
Seine Stimme kam wie aus weiter Ferne.

„Aire, sprich zu mir. Bitte schlaf nicht wieder ein. Ich wartete fast einen halben Mond auf ein Zeichen von dir…"
Ein halber Mond, so lange …
Sie begann schwach zu lächeln.
Und es war, als hätte Quar ihren Gedanken gehört, denn leise raunzte er: „Ich verstehe schon. Wenn ich so lange warten konnte, kommt es auf ein paar Stunden mehr oder weniger auch nicht mehr an."

„Sie lebt noch."
Die Stimme war voller Bitterkeit.
„Sie hat aus einer ganzen Schiffsmannschaft Brei gemacht und lebt noch!"
Wie konnte das sein?
Die behandschuhten Hände verschränkten sich am Rücken. Langsame Schritte führten zu einem raumhohen Fenster und gaben den Blick frei, hinaus in die Nacht. Dort unten lag Baluga, die Hauptstadt – wenn man es so nennen wollte.
„Hand, was machen wir jetzt?"
Die Frage war ernst gemeint und gut gestellt. Sie brauchte den Prinzen, einen von beiden zumindest. Und wenn sie ihn nicht bald erhielt, würde sie ihre ehrgeizigen Pläne in den Sand stopfen können, der hier überall zu finden war.
Die Finger ausstreckend griff sie nach einer goldenen Taschenuhr. Sie war aus dem achtzehnten Jahrhundert und stammte aus Wien. Was für eine herrliche Stadt, die Kaiserzeit hatte Österreich so gut gestanden. Behutsam drehten behandschuhte Finger das Rädchen am Boden der Uhr, bevor der Deckel aufklappte. Man konnte ein Portrait sehen. Eine junge Frau, ein junger Mann, ein kleines Kind – ein Mädchen. Alle der Zeit entsprechend gekleidet, ernst

blickend. Die Hände der Frau lagen auf den Schultern der kleinen Tochter.
Sie brauchte die verdammte Träne der Chaija und dieses elende Fischweib würde nur einem Prinzen dienen. Also brauchte sie einen dieser verfluchten Prinzen.
Langsam und leise holte der Schemen Luft. Sich wieder abwendend, war das Zimmer fast vollkommen dunkel. Nur das Fenster spendete flackerndes Licht, da in Baluga das Jahresfest gefeiert wurde. Was scherte sie der Kampf der Sechs? Sie waren von jeher verflucht gewesen. Nein. Es wurde Zeit, dass die Kleinen sich vereinten und groß wurden. Denn die Großen … wurden von Tag zu Tag kleiner. Es war wie die traurige Geschichte mit dem Kaisertum. Wenn man einmal die Spitze erreicht hatte, konnte es nur noch bergab gehen.
Die Taschenuhr tickte leise vor sich hin. Es war sieben Uhr vierunddreißig in Wien. Der Tag startete soeben, aber sie hatte keine Ahnung, wie das Leben dort inzwischen aussah.
Ob man noch immer in Pferdekutschen durch die Parks und Gärten reicher Familien trabte? Nein, vermutlich nicht mehr.
„Der Weg war richtig, das Ziel war falsch."
Endlich erhob sie ihre Stimme. Weich, warm und geschmeidig war jene. Aber wenn es sein musste, konnte sie auch emotionslos und kalt sein.
„Die Informationen waren richtig, er war dort, wo er sein sollte, mit der Person, die dabei sein sollte. Wir haben nur den falschen Körper zuerst gefesselt."
Ihre Fingerspitzen glitten über die Rosengravur auf der Uhr.
„Hast du mir alles genau so erzählt, wie es sich zugetragen hat?"
„Genau so, Hand."
„Dann ist es leichter, als ich dachte."

Verwirrt sah der junge Pirat sie an. „Ich verstehe nicht…“
Als sie sich ihm zuwandte, eroberte ein kaltes Lächeln ihre Lippen. „Nicht wir gehen zu ihm, Skal. Wir sorgen dafür, dass er zu uns kommt.“
„Und wie, Hand, sollen wir das anstellen?“
Ihre Augen verloren alle Freundlichkeit. „Indem wir die kleine Wasserschlampe in die Finger bekommen und ihm ihre Einzelteile mit Pergamentrollen senden.“
Skals Augen wurden groß.
„Hand, niemand der Mannschaft will sich ihr nähern. Alle haben Angst vor ihr und …“
Donnernd krachte ihre Faust auf den Tisch. „Wenn wir mit ihr fertig sind, Skal, wird sie sich wünschen, nie geboren worden zu sein. Jeder Mann, der an ihrer Ergreifung beteiligt ist, wird reichlich belohnt werden und darf ihren Körper mit seinen Brüdern teilen.“
Der junge Pirat schwieg.
„Was? Reicht das etwa nicht?“
„Hand.“ Er zögerte, etwas das Skal selten tat.
„Was?“
„Euer Angebot ist sehr verlockend, aber es wird nur die verlocken, die dafür verantwortlich sind, dass in Baluga jedes Jahr Mädchen verschwinden.“
Sie begann zufrieden zu lächeln und Skal begriff. Sie WOLLTE jene Männer verlocken. Egal, ob er es guthieß oder verachtete – sie war seine Herrin, er hatte ihr zu dienen. Also nickte er knapp.
„Aye, ich werde die Botschaft weiterleiten.“
„Gut.“
Sie wandte sich wieder ab. Aus dem Fenster hinab auf die Feste blickend, roch sie die salzige Luft des Meeres. Zufrieden hob sich

ihr Kinn an, mit schwarz funkelnden Augen gönnte sie sich einen Moment des Friedens. Sie hatte gelernt, in dieser Welt zu leben. Mehr als das! Sie hatte in dieser Welt eine Rasse eingeführt, die es vorher nicht einmal im Ansatz gegeben hatte. Und wenn der Aufstieg in der Hierarchie bedeutete, ein Mädchen zu opfern, würde sie dieses Opfer eben bringen.
Versonnen über die Narbe an ihrem Hals streichend konnte sie wenigstens eines von sich sagen: Sie würde wissen, was diese Magierin durchlitt, bevor sie starb.

„Meister Ekkos, können wir reden?“
Die letzten Tage waren für Aire wie im Flug vergangen. Sie regenerierte schnell, ihr Appetit hatte zugenommen und dank Ekkos' Pflege konnte sie inzwischen sogar wieder einige Schritte gehen, ohne das Gefühl eines bevorstehenden Kreislaufzusammenbruchs zu haben.
„Natürlich, Wächterin.“
„Bitte, nennt mich endlich Aire und setzt Euch.“
Sie deutete an die Kante des Bettes. Noch immer durfte sie in Quars Zimmer schlafen, noch immer besuchte er sie jeden Tag dreimal und manchmal, nachts, wenn er glaubte, sie würde schlafen, erledigte er seine Staatsangelegenheiten auf seinem Tisch. Dann konnte sie der Feder zuhören, wie sie über Pergamente oder Papiere glitt.
Wenn sie jedoch kurz die Worte miteinander wechselten, waren es reine Belanglosigkeiten. Dieser verheerende Abend wurde nicht angesprochen, kein Streit vom Zaun gebrochen. Man mied jeden verbalen Angriff – was sehr sonderbar für Aire und Quar war. Man mied den tiefen Graben, der sich zwischen sie gedrängt hatte.

Aber nonverbal erkannte Aire die Spuren davon: Quar hatte aufgehört zu trinken und wieder mit dem Training begonnen. Er nahm seine Pflichten als Prinz deutlich ernster als jemals zuvor. Und er traf sich in regelmäßigen Abständen mit seinem Vater. Ihre Gedanken drohten abzudriften, aber sie wollte jetzt nicht an den Prinzen denken. Sie musste Meister Ekkos ein Gefühl beschreiben, das im Endeffekt nur eine vage Erinnerung war.

„Meister Ekkos, meine Frage soll jetzt nicht unangemessen erscheinen und Eure Heilkünste in irgendeiner Weise schlechtmachen, aber …"

Aire zögerte. Seit einigen Tagen quälte sie eine Tatsache, die sie sich nicht erklären konnte.

„Ich bin ein Kind der Magie. Ohne Seelenband, keine Frage, aber dafür ausgestattet mit einer unheimlich starken und tiefen Verbindung zum Wasser."

Ekkos nickte abwartend. Seine buschigen Augenbrauen musterten sie fragend, während seine Hände vollkommen ruhig auf seinem grauen Kittel ruhten. Er hatte sie nicht verschränkt, seine ganze Körperhaltung war offen und freundlich.

„Jeden Tag meines Trainings hörte ich die Warnung: Reize es nicht bis zum Ende heraus, Aire, denn das Ende… ist das Ende."

Ekkos hatte begriffen, worauf sie hinauswollte, schwieg aber weiterhin.

„Meister, ich … als ich den Zauber wob, da war mir klar, dass ich damit dem Zweigesichtigen Gott gegenübertreten würde. Aber …"

Ihre Hände hoben sich an. Sie hatte verkrustete Wunden an den Fingerspitzen, welche wahrscheinlich in rauer Haut resultieren würden.

„Das ist alles, was mir geschah?"

„Nun, mein Kind."

Der Meister räusperte sich und fuhr nachdenklich über sein Kinn. Der Dreitagebart kratzte dabei hörbar an seinen schwieligen Händen.

„Es ist nicht so, dass diese Verletzung die einzige ist, die Ihr hingenommen habt. Sie ist nur die einzige, die man derzeit sehen kann."

Er überlegte offenbar, wie er ihr die Worte nahebringen konnte.

„Aire, Ihr habt natürlich recht. Unter normalen Umständen wärt Ihr gestorben. Ihr wärt aufgrund des hohen Energieverlustes und eines stehenden Herzens dem Gott der Gnade gegenübergetreten und wir hätten eine Zeremonie der Bestattung vollzogen. Aber …"

Wieder zögerte er. Ein Schatten glitt über seine Augen. Man sah ihm an, dass er unsicher war, fast als hätte er Angst, seinen Gedanken die Freiheit in Form von Worten zu geben.

„Aire, was, wenn ich Euch sage, dass in den letzten Wochen nicht ein Kind dieser Stadt gestorben ist?"

Sie runzelte verwirrt die Stirn.

„Dann würde ich sagen, es waren ruhige Zeiten?"

Er lächelte, sanft, nachsichtig.

„Aire. Wir leben in ruhigen Zeiten. Also stelle ich noch einmal die Frage: Wie kann es sein, dass in den letzten Wochen in Qeridis nicht eine Seele hinüberging?"

„Vielleicht haben wir … das kann doch Zufall sein?"

„Ein besonders zufälliger Zufall muss es dann sein. Denn das Ende des Sterbens begann am Tag, als wir dieses verfluchte Portal erschufen."

„Wir waren im Krieg, Meister. Wir mussten uns für eine Seite entscheiden."

„Wir haben den Kokua blind vertraut, Kind. Und ich…" Er brach ab, neuerlich wirkte er verunsichert.

Sie begriff es nicht. Zumindest nicht auf der Stelle. Doch je öfter sie die Worte des Meisters in Gedanken wiederholte, desto klarer wurde die Botschaft, die bedeutungsschwer daran geknüpft war. Und dann, ganz langsam, zeichnete sich eine Vermutung in ihren Augen ab.

„Meister Ekkos, was Ihr da sagt, würde bedeuten…“

Er unterbrach sie, bevor sie den Gedanken zu Ende gesprochen hatte.

„Ich habe noch keine Beweise, aber Ihr, Kind, seid ein sehr überzeugender Start für meine These.“

Sie wusste es selbst. Sie hätte sterben sollen. Es war fast so, als …

„Es ging nicht.“

Den Satz murmelnd, sank Aire zurück in die Kissen. „Es ging einfach nicht.“

„Was, Aire, ging nicht?“

Aber sie hörte seine Frage nicht wirklich. Mit gerunzelter Stirn starrte sie zur Seite, Ekkos war vollkommen vergessen. Was blieb, war das Gefühl eines seltsamen Verlustes gemischt mit einer absurden Dankbarkeit. Sie hätte tot sein sollen, aber sie lebte. Sie lebte, weil … nein. Diesen Gedanken wagte sie nicht zu vollenden. Denn wenn er stimmte, wenn Meister Ekkos recht hatte, würde Aurelis im Chaos untergehen, und niemand konnte es verhindern.

Kapitel 18
Korand

Wald der Tränen, Reich der Kokua
Neues Zeitalter der Kokua

„Mama?"
Fragend sah ein Mädchen hoch. Es hatte schwarze hüftlange Haare und stand knapp vor seinem Erblühen zur Frau. Wundervolle dunkle Augen besaßen violette Sprenkel.
„Scht, Mina."
„Aber Mama."
Mina wollte nicht still sein. Sie wollte nicht erhaben in den Tod gehen. Sie wollte überhaupt nicht sterben!
„Mina. Ich habe es dir bereits erklärt. Wir können es nicht ändern."
Fassungslos sah Mina ihre Mutter an, dann die endlosen Köpfe vor sich, hinter sich.
„Wir sind SO VIELE und sie sind SO WENIGE!"
Ihre Worte wurden atemlos hervorgepresst. „Mama. Das ist WAHNINN, was wir hier machen!"

„Ja. Aber dieser Wahnsinn ist nötig."
Mina verstand es nicht. Ihre Mutter sah es an ihren Augen.
„Ich wünschte, ich könnte es dir ersparen. Ich wünschte, ich könnte es dir erleichtern."
Die Augen ihrer Mutter füllten sich überraschend mit Tränen.
„Mina. Wir sind, wer wir sind. Und wir können nicht jemand anderes sein!"
„Aber wir könnten so tun als ob!"
Zärtlich berührte sie die Wange ihrer Tochter, immer im Gleichklang weitermarschierend.
„Nein, Mina. Können wir nicht. Es wäre Verrat an allem, was uns ausmacht. Und am Ende wären wir genauso vergangen, wie wir es heute Abend sein werden."
Ihre Lippen hauchten Mina einen Kuss auf den Scheitel, dann umschloss sie ihre Schultern zärtlich und presste den Körper eng an sich. Es würde das letzte Mal sein, dass sie ihre Tochter im Arm hielt. Das letzte Mal, dass sie den Klang ihrer Stimme vernahm.
„Mina. Ich liebe dich. Das weißt du, nicht wahr?"
„Natürlich weiß ich das, Mama."
Minas Stimme brach, wurde zu einem erstickten Weinen.
„Es ist so ungerecht!"
„Ja, das ist es."
Aber sie würde es nicht ändern können. Und dann mischte sich in den Gleichklang der Schritte ein neuer Laut. Der Ton von etwas Dumpfem, das zu Boden brach. Es klang, als würde man Kartoffelsäcke über eine Mauer in den Garten werfen.
„Mama?"
Mina hatte es ebenfalls gehört – und schlimmer: Sie spürte es. Die Energien vor ihnen wurden weniger. Die Menschen der Kolonne begannen zu sterben.

„Der Zweigesichtige Gott wird uns nicht trennen. Du musst dir keine Sorgen machen. Er weiß, dass du mein Kind bist, er wird unsere Seelen zueinander führen."
Sie betete, dass es so sein würde. Denn für diese Annahme gab es keine Belege von Priestern.
„Und wenn nicht? Wenn ich dich nicht finden kann? Wenn wir uns nicht mehr wiedersehen werden?"
Schluchzend presste sich Minas Körper an ihre Mutter und wurde zu einem schweren Bündel, das mehr gestützt werden musste, als dass es selbst noch ging.
„Mina. Du darfst Angst haben. Jeder hat Angst im Angesicht des Todes. Aber lass nicht zu, dass sie dich beherrscht."
BUMM.
Wieder eine Ladung Säcke, der Boden vibrierte sachte. Erdmagier verformten etwas. „Schau mich an, meine Nachtkerze."
Zärtlich hob sie Minas Kopf an, wischte sie die Tränen der Tochter fort.
„Wir sind die, die den Tod bringen. Wie also sollten wir uns vor ihm fürchten, wo er doch ein Teil von uns ist?"
Mina nickte. Sie versuchte, so tapfer wie ihre Mutter zu sein, klammerte sich dabei aber spürbar an ihren Körper fest.
BUMM.
„IN ZWANZIG MANN REIHEN FORMIEREN!"
Der Schrei eines Kokua brachte Leben in die Truppe. Die Menschen vor ihnen begannen, aus der Fünferkolonne in eine Zwanzigerreihe zu wechseln. Die staubige Straße wurde zurückgelassen, sie kamen auf eine riesige Lichtung.
BUMM.
Minas Hand fest mit ihrer umklammernd, hielt sie sich eisern aufrecht. Noch zehn Reihen vor ihnen, dann lösten sich die

nächsten auf, formierten sich, bis auch sie mit Mina an die Reihe kam. Sie suchten sich einen neuen Platz und gingen schrittweise voran.

Nun war das Geräusch ganz nah. Und mit jedem Schritt, den sie machten, kamen sie ihm näher. Unruhe erfasste ihre Seele. Was ging dort vorne vor sich?

„Mama?"

Mina spürte ihre Angst, aber das durfte sie nicht. Sie musste stark sein. Stark für sie beide.

„Alles wird gut, Mina."

Aber das war gelogen. Mit vor Entsetzen weit geöffneten Augen begriff sie endlich, was für ein Laut sie die letzten Meter verfolgt hatte.

„Liebes."

Sie durfte nicht weinen. Sie durfte ihre Stimme nicht beben lassen.

„Mach die Augen zu."

Mina in die Arme schließend, war sie froh, dass ihre Tochter kleiner war als die meisten der hier Anwesenden. Dass sie es nicht kommen sah – keine Angst haben musste.

„Warum?"

„WEITER!" Ein Soldat brüllte zornig die Worte.

„Vertrau mir, Schatz. Mach sie zu."

„Mama?"

Mina zerriss es vor Panik. Den Kopf an ihre Brust pressend, hauchte sie neuerliche Küsse auf den Scheitel ihrer Tochter.

„Es tut mir so leid, mein Kind. So leid. Dein Ende sollte ein anderes sein. Es sollte ein schöneres sein. Ein friedliches. Es sollte anders sein!"

„VORWÄRTS!"

Sie begann zu weinen. Es ging nicht mehr. Nur noch zwei Reihen waren vor ihnen, das dumpfe Aufschlagen war nun ein ständiger Begleiter und Minas entsetzter Ausruf offenbarte – sie hatte die Wahrheit erkannt. Sie verstand, was man ihnen antat.

„Es tut mir so unsagbar leid."

„WEITER!"

Und dann trennte sie und ihre Tochter nichts mehr vom Ende. Die letzte Reihe war gefallen, sie standen am Rand des künstlich geschaffenen Kraters.

„WARTEN!"

Ihre Reihe blieb stehen, die Zehenspitzen lugten über die Kante der Grasfläche hinweg und kosteten bereits einen Hauch jener Luft, die ihnen kalt aus der Tiefe entgegenschlug.

Und dann bebte die Erde wieder. Spürbar zitterte der Boden unter ihren Beinen, ächzend schob sich eine frische, erdige Masse über die verdrehten Leiber, welche da unten nur zu erahnen waren. Sie alle waren tote Seelen, daran gab es keinen Zweifel. Und wenn Mina und sie aufschlugen, würden auch sie den Armen des Zweigesichtigen übergeben worden sein.

Aber davor mussten sie springen. In den Tod gehen. Freiwillig.

„WEITER!"

„Verzeih mir, Mina."

Sie hatte gelogen. Sie hatte gesagt, sie würden schnell und schmerzlos sterben – ihre Kehlen durchschnitten oder die Herzen durchbohrt werden. Sie hatte den Kokua Anstand und Ehre zugeschrieben. Wie dumm von ihr. Wie naiv von ihr.

Mina in die Augen blickend, verlor sie das Gleichgewicht, kippte ihr Körper nach vorne und hinab in die Tiefe.

Es gab keine andere Option, keinen anderen Weg. Sie waren, wer sie waren. Und das konnten sie weder leugnen noch verheimlichen.

Madras

Held

- letzte Tochter des Hauses der Amira
- Magische Affinität: Erde
- Fürchtet sich vor:
  - der Welt
  - der magischen Kraft in sich

Ich bin eine gute Tochter, ein braves Mädchen. Im Sinne der Kokua erzogen widerstrebt es mir zutiefst, meinen Vater und alle, die mich kennen, zu belügen.
Doch wie sollte ich ihnen erklären, dass ich ganz anders bin, als sie es von mir denken?

Kapitel 19

Madras

Dorf Juffa, Reich der Kokua

Neues Zeitalter der Kokua

Sie hatte gelogen. Aber die bevorstehende Behandlung würde ihm im wachen Zustand Schmerzen verursachen. Solche Schmerzen, dass sein Herz am Ende vielleicht aussetzte.

„Tochter, kann ich eintreten?"

Asgars Stimme klang gedämpft.

„Natürlich, Vater."

Sie stand bei Rijelas Herdstelle und rührte den Sud um, welcher am Kamin köchelte. In Gedanken war sie die nächsten Schritte durchgegangen, als sie unterbrochen wurde.

„Wie steht es um den Fremden? Hast du etwas erfahren?"

Asgars bullige Hände wirkten etwas verloren, bevor er sie in die Hosentaschen schob.

„Sein Name ist Ryu, keine Familienlinie. Der Tod Rijelas war vermutlich ein Unfall. Sie stolperte über den Hocker, ich konnte

es selbst erkennen. Er wäre für einen Angriff viel zu schwach gewesen."
Asgar nickte, seine braunen Haare fielen ihm dabei in die Augen. Er hatte sie heute Früh scheinbar nicht gekämmt.
„Wie steht es um seine Gesundheit?"
„Schlecht. Ich werde die kommenden Tage hier schlafen." Sie war jetzt schon müde, obwohl die Arbeit noch gar nicht begonnen hatte.
„Das kommt …"
Endlich drehte sich Madras um, wandte sich direkt ihrem Vater zu. „Vater, wir haben keine Heilerin mehr im Dorf. Sein Ankommen ist ein schlechtes Omen, alle Verbindungen werden sicherlich erst getroffen, wenn sich sein Zustand verbessert hat, oder … er für alle Zeiten schläft."
Den Topf von der Feuerstelle drehend, fuhr sie ruhig fort: „Ich bin die Einzige, die Rijela je ausgebildet hat. Der Winter wird kommen, wir müssen ihre Vorbereitungen zu Ende führen, und dann darfst du seinen Zustand nicht unterschätzen. Wer, außer mir, kann im Notfall reagieren?"
Notgedrungen schwieg Asgar.
„Du musst dir keine Sorgen machen, Vater. Er ist schwach und die Worte, die wir wechselten, ließen ihn nicht bedrohlich wirken."
„Du bist zu leichtgläubig, Madras." Asgars Stimme offenbarte seine Sorge.
„Ich weiß, aber ich bin nicht dumm. Im Notfall werde ich rennen. Ich verspreche es, Vater. Mit seinem gebrochenen Oberschenkel wird er nicht so schnell sein wie ich." Sie schenkte ihm ein zuversichtliches Lächeln, und endlich lenkte er ein.
„Ein glatter Bruch?"

„Ja. Vermutlich der Schlag einer stumpfen Waffe, eine Keule oder ein Stock."
Sie folgte dem Blick ihres Vaters, als er den zugedeckten Ryu musterte.
„Er war auf der Flucht."
Die Feststellung überraschte Madras ein wenig. Selten sah sie an ihrem Vater eine analytische Seite.
„Ja, das sehe ich auch so."
„Die Frage ist nur, wovor läuft er weg? Bringt er damit Segen oder Unheil?"
Madras wusste es nicht. Sie hätte Sasane fragen können, aber das würde sie ihrem Vater kaum ins Gesicht sagen können.
„Ich werde zum Gebirge gehen, Kind. Ich brauche neues Erz, vielleicht haben die Tygli etwas für mich."
Nickend verstand sie, knüpfte keine Verbindungen, die es in ihren Augen nicht gab.
„Ich komme erst morgen Abend wieder zurück. Soll … kann ich dich wirklich alleine lassen?"
Alleine für seine Fürsorge liebte sie ihn.
„Vater, mach dir um mich keine Gedanken. Die Zeit wird im Flug vergehen und du wirst sehen, am Ende lachen wir über dein sorgenvolles Gesicht und die Falten, die du deswegen bekommen hast."
Asgars Gesichtszüge wurden weicher. Lächelnd kam er auf sie zu und hauchte einen Kuss auf ihre Stirn.
„Du bist ein gutes Kind geworden. Deine Mutter ist sicherlich stolz auf dich."
Bedauernd lächelte Madras bei den Worten. „Ich hoffe es, Vater."
„Ich weiß es, Kind."

Asgar verabschiedete sich, indem er sie flüchtig umarmte. Eine vertraute Geste. Der Tod seiner Frau, ihrer Mutter, hatte die Familie gelehrt, dass das Ende jederzeit und überall warten konnte.

„Ahrn, hast du einen Moment?"
Asgars Stimme war ernst, ruhig und zugleich selbstbewusst. Madras kannte ihn im Umgang mit seinen Freunden, nie hatte sie ihn im Umgang mit möglichen Feinden gesehen.
„Ah, der Hufschmied Asgar. Was kann ich für dich tun?"
Asgar kam sofort auf den Punkt: „Meine Tochter wird sicherlich nicht an Jahnsen verschachert. Wie viel er dir auch immer bezahlt, ich zahle das Doppelte."
Ahrns Augen wurden groß. Das rundliche Gesicht des Mannes war aufgedunsen von den alkoholischen Getränken, die er meistens abends konsumierte. Jeder im Dorf, wirklich alle wussten, er war bestechlich und meistens hielt er zu der Person, die die dickste Geldbörse hatte.
„Asgar, ich weiß nicht, wie du auf die Idee kommst, Madras würde..."
Asgar hatte für dieses Spiel keine Zeit. Nach vorne tretend war es ihm egal, dass er Ahrn am Dorfplatz erwischt hatte. Den Ältesten (obwohl er den Titel nicht des Alters wegen bekommen hatte) am Kragen packend, zog er ihn hoch, bis jener auf den Zehenspitzen stehen musste. Sein Atem roch süßlich und schwer, während kalter Schweiß auf seiner Stirn erschien.
„Ich sage es noch einmal, und das ganz deutlich." Asgars Oberarmmuskeln waren zum Bersten gespannt. Er zog Ahrn noch ein paar Millimeter näher an sein Gesicht, so nah, dass er die kleinen Funken in den grünen Augen sehen konnte – und die Angst, die der Anführer des Dorfes eben fühlte.

„Wenn meine Tochter Jahnsen abbekommt, bist du der Älteste in diesem Dorf gewesen. War es auf diese Art und Weise auch für einen Säufer wie dich verständlich?“
Die Menschen blieben stehen, verunsichert, verwirrt und zugleich erschrocken. Niemand kannte Asgars Temperament. Er war immer der ruhige, angenehme Hufschmied. So hatte ihn noch keiner gesehen.
„Meine Tochter verdient einen guten Mann. Einen Mann, der sich um sie kümmert, um den sie sich kümmern kann, der ihr Freude schenkt und nicht … Jahnsen.“
Während er den Namen ausspuckte, ließ er Ahrns Kragen endlich los. Den Mann von sich schiebend, strauchelte dessen wohlgenährter Körper ein wenig, bevor er sich fing.
„Asgar.“
Die Stimme des Ältesten war eine Spur kälter geworden, die grünen Augen hatten sich von dem Schreck erholt.
„Du weißt, wenn du mich als Ältesten bedrohst, kannst du dafür deinen Kopf verlieren.“
Kalt erwiderte Asgar den Blick. Grün traf auf schwarz.
„Ich weiß. Ich weiß aber auch, dass du den Titel Ältester rein rechtlich gesehen gar nicht innehalten dürftest.“
Die Bombe einfach so platzen lassend lächelte Asgar, während Ahrns Gesichtsfarbe von Weiß zu Rot wechselte.
„Du hast den Titel vererbt bekommen, so nennst du dein legitimes Recht. Ich nenne es Diebstahl – und nicht zu vergessen Missbrauch der Rechte des Königs. Was meinst du, was wird der König sagen, wenn er davon erfährt?“
Vielleicht hätte Asgar die Drohung nicht mitten auf dem Dorfplatz aussprechen sollen, aber nun war es geschehen. Und an Ahrns

Gesichtsausdruck konnte er ablesen, dass es noch Folgen für ihn haben würde.
„Ich habe keine Angst vor dem König."
Seine Stimme zitterte allerdings. Er musste sich räuspern und die Schultern straffen, um wieder zu sich selbst zu finden.
„Ahrn."
„Ältester Ahrn für Euch, Hufschmied Asgar!"
Asgar lächelte. Ein unterkühltes Lächeln, während er die behandschuhte Rechte zur Faust ballte, dass das Leder nur so knirschte.
„Ältester Ahrn. Ich wäre Euch dankbar, wenn Ihr an meine Worte denken würdet. Denn meine Tochter, Ältester Ahrn, hat sich nicht die letzten Jahre wie die Tugend in Person benommen, um an einen Mörder vergeben zu werden."

„Wer sagt, dass ich ein Mörder bin?"
Jahnsens Stimme erklang seitlich hinter Asgar. Jener musste den Impuls mühsam unterdrücken, sich nicht zu schnell umzudrehen. Er durfte keine Angst suggerieren.
„Sieh an, immer zur rechten Zeit am rechten Ort."
Jahnsen war nicht weniger groß und kräftig als Asgar. Seine Haare waren kerzengerade und zu einem festen Zopf im Genick geschlossen, seine breite Brust und die kräftigen Schenkel erzählten von seiner täglichen Arbeit im Krematorium und im Hain der ewigen Stille.
„Drei Frauen, drei Unfälle?"
Asgars Stimme bekam einen sanften Tonfall. „Nur gut, dass Ihr der reichste Mann dieses Dorfes seid und unser Ältester die Münzen dem Recht vorzieht."

Die Bewohner des Dorfes hielten die Luft erschrocken an. Inzwischen hatte sich eine Traube um sie versammelt. Neugierige, Schaulustige, Gaffer, Neider. Sie alle waren da und hofften auf eine echte Eskalation. „Deine Laune ist heute aber ziemlich schlecht, Hufschmied. Du wirfst ja nur so um dich mit anklagenden Sätzen. Aber …"

Jahnsen kam Schritt für Schritt auf Asgar zu, bis er nur noch eine Armeslänge Abstand hatte. „… hast du auch Beweise?"

Nun konnte Asgar denselben süßlichen Hauch riechen, der auch Ahrn umschlossen hatte.

„Wenn ich raten müsste, Jahnsen, ich würde sagen, du hast mit dem Ältesten bereits auf deine nächste Verbindung angestoßen?"

Er ging gar nicht erst auf die Frage mit den Beweisen ein.

„Zumindest riecht ihr beide so, als wärt ihr in ein Fass aus Daubeeren gefallen."

Asgars Lippen eroberte wieder dieses kleine, kühle Lächeln, das sein Gegenüber meistens in Rage versetzte.

„Ich mag ein alter Mann sein, Jahnsen, und ich mag ein Narr sein, Ältester. Aber eines bin ich nicht."

Bewusst machte er einen kleinen Schritt auf Jahnsen zu: „Unvorsichtig, ein Tollpatsch oder ein Dummkopf. All diese Menschen, Freunde von euch und von mir haben unsere Worte verfolgt. Also solltet ihr meinen Tod wirklich gut verkaufen, denn einen Sturz in den Bergen wird man euch nach dem heutigen Gespräch wohl nicht mehr glauben."

Ahrns Augen verloren alle Freundlichkeit, während Jahnsen schallend zu lachen begann.

„Asgar, ich mag deinen Humor – und keine Angst: Ich will deine Tochter nicht haben. Sie ist mir zu jung."

Jahnsens Hand legte sich scheinbar freundschaftlich auf Asgars rechte Schulter, der Druck jedoch war weit weniger als das. Jahnsen brach ihm beinahe das Schlüsselbein. Aber eben nur beinahe. Und Asgar sah ihm dabei freundlich lächelnd in die Augen.
„Dann bin ich ja froh, dass alles scheinbar nur ein Missverständnis war.“
„Das war es …“
Jahnsen wandte sich ab, Ahrn wirkte überfordert. Die Situation war soeben geklärt worden. Aber der Älteste hatte absolut nichts getan und er begriff es nicht.
„Ach, Hufschmied?“
Asgar drehte sich ein letztes Mal halb fragend in Jahnsens Richtung.
„Viel Glück bei der Suche in den Bergen. Soll ich deiner Tochter morgen frisches Brot servieren?“
Wenn er dachte, er würde Asgar mit dieser Aussage nervös machen, irrte er sich. Denn Asgar kannte seine Tochter. Besser, als sie es wusste.
„Sie wird dir sehr dankbar sein. Aber denke an die Sitte des Dorfes und gehe nicht alleine zu ihr.“
„Ich werde Jorin schicken.“
Jorin war noch ein Knabe, er zählte nicht als Mann und durfte sich somit Mädchen, ohne Probleme zu verschaffen, nähern.
„Das ist sehr freundlich von dir. Hab Dank.“
Ohne weitere Worte des Abschieds durch die Menge tretend, musste Asgar endlich gehen. Die Sonne stand hoch am Himmel und wenn er heute Abend in den Hallen der Tygli essen wollte, wenn er mit Sasane Kriegsrat halten wollte, wenn er Madras retten wollte – musste er jetzt endlich los.

Kapitel 20
Yana

Erde, Deutschland

Rahel tauschte einen Blick mit Marius. Sie dachten sich beide dasselbe, während Iris ihrer Tochter nacheilte. Aber am Ende konnte sie ihr nicht helfen. Denn ihre Hand schwebte über Yanas Schulter und wagte es doch nicht, sie zu berühren.
„Yana, Schatz, lass uns nach Hause fahren. Dort können wir alles Weitere besprechen. Oder wie siehst du das?“
„Ich muss hier weg.“
Yana schaffte es nicht mehr.
„Mama, bitte sei mir nicht böse, aber … ich brauche eine Auszeit.“ Sie hatte das Gefühl zu ersticken. „Ich komme nach Hause und ich… keine Ahnung … Ich muss den Kopf frei bekommen.“
Iris nickte. Dann gab sie sich endlich einen Ruck. Yana in die Arme schließend, küsste sie ihre Tochter zärtlich auf die Stirn.
„Marius kann das Portal im Notfall ebenfalls bedienen. Es könnte sein, dass ich schon weg bin. Selbst wenn du nach Aurelis kommst,

Prinzessin, du musst nicht bleiben. Ich lasse es dir frei, deine Heimat zu wählen."

Das alles war lieb gemeint, aber Yana ertrug es nicht! Es drückte ihr die Luft aus den Lungen, ließ ihren Herzschlag unkontrolliert werden. Die Worte von Iris machten ihr Angst.

„Mama, bitte nicht. Das ist mir alles zu viel."

Schluchzend schälte sich Yana aus der Umarmung und rannte blindlings los. Die schmale, verdreckte Gasse hinunter, flogen ihre Schritte über den feuchten Asphalt. Hatte es heute überhaupt geregnet? Wenn ja, war es Yana entgangen. Wenn nein, wollte sie nicht wissen, über was sie da eben gelaufen war.

Sie musste sich zu einer kontrollierten Atmung zwingen und sprang geschmeidig auf einen Müllcontainer. Im nächsten Moment fand ihr linker Fuß stabilen Halt in einer Ritze der Hausmauer. Zeitgleich griff ihre rechte Hand nach der Sprosse der Feuerleiter über ihr. Kaum, dass sie die unterste Sprosse umfasst hatte, opferte sie den Halt der Beine und schwang sich elegant nach vorne. Yana landete geschmeidig wie eine Katze auf der rund dreißig Zentimeter breiten Ziegelmauer, welche das Ende der Gasse markiert hatte. Hier oben, fast drei Meter über dem Asphalt, konnte sie in entfernte Einfamilienhausgärten blicken. Die Häuser waren gut versteckt in der dicht besiedelten Großstadt und besaßen einmalige Innenhöfe.

Was Yana tat, hatte sie kaum angestrengt. Parcours – so nannte man es im Fachjargon, war für sie eher ein Laufen ohne Hindernisse. Einmal damit begonnen, hatte es sie immer mehr gereizt, bis sie am Ende sogar in einem Film das Double für eine Schauspielerin gewesen war. Aber das war eine einmalige Sache gewesen. Die Karriere als Stuntfrau wirkte nie sehr verlockend für sie.

Der folgende Balanceakt auf der Mauer dauerte keine zehn Sekunden, dann sprang Yana über einen Holzverschlag in die perfekt gemähte Wiese hinunter. Elegant rollte sie sich über die Schulter ab, kam wieder auf die Beine und rannte blindlings weiter. Hinter sich hörte sie die schnellen Schritte eines Hundes, aber bevor er sie erwischte, hechtete sie über den Gartenzaun in das Nachbargrundstück und von diesem hinaus auf die Hauptstraße.
Der Gehsteig war zur späten Nachmittagsstunde voller Menschen. Sie alle waren nichts anderes als bewegliche Hindernisse. Yana wich ihnen im Laufen geschmeidig aus. Aber sollte sie eigentlich rennen? Gab es überhaupt ein Ziel für jemanden wie sie? Und noch schlimmer als diese Frage: WAR sie überhaupt noch ein Mensch? Durfte sie sich als diese Spezies bezeichnen? Oder hatte sie in Wirklichkeit ein ganz anderes Blut, ganz andere Gene?
Mitten auf einer Straßenkreuzung blieb Yana schwer atmend stehen. Sie war umringt von Menschen, die keine Namen hatten. Frauen, Männer, Kinder. Diverse Nationen, diverse Religionen. Ihre Augen glitten über Gesichter, die Hektik, Zorn, Gelassenheit, Angst, Freude oder Liebe ausstrahlten. Hübsche Menschen, interessante Menschen (Yanas Formulierung für die, die nicht so gesegnet in ihrer Optik waren). Menschen, die sie nicht kannte und nie kennen lernen würde. Ihre Augen glitten über die Fassaden der Häuser, Schaufenster bewarben neueste Modetrends, ein Bildschirm zeigte eben die Werbung für ein neues Mobiltelefon. Dinge, die Yana nie mehr wieder benötigen würde. So wie ihre Mutter ausgesehen hatte, gab es auf jenem besagten Planeten sicherlich keine Mobiltelefone oder Fernsehgeräte. Wahrscheinlich auch keine Modetrends oder Dekozeitschriften.
Die Leere, die Yanas Inneres auf einmal ausmachte, schockierte sie. Mehr als das: Sie lähmte Yana. Auf einmal fühlte sie sich wie eine

Fremde unter Fremden. Als wäre sie kein Teil mehr von dieser Welt, als wäre selbst die Luft, die sie einatmete, unpassend. Sie spürte ihr Herz kräftig in ihrer Brust schlagen, es schien zu bersten. Ihre Finger begannen zu zittern. Vollkommen unkontrolliert löste sich das erste Schluchzen aus ihrer Kehle. Der Zebrastreifen verschwamm vor ihren Augen, während sie bitterlich weinend auf die Knie fiel. Yana verstand die Welt nicht mehr. Alles, woran sie geglaubt hatte, alles, was sie ausgemacht hatte, wurde zu einer Lüge.

SIE wurde zu einem Konstrukt aus niemals endenden Geschichten, zu einem lebendigen Niemand, einem gesichtslosen Etwas.

Ohne zu zögern rannte Marius ihr hinterher. Yana bewegte sich wie eine Misha-Katze. Geschmeidig und anmutig sprang sie auf den Container, dann hoch auf die Mauer und von dort in den Garten. Der Hund erwischte sie nicht und als er Marius bemerkte, war jener bereits ebenfalls über den Zaun in den nächsten Garten gesprungen.

Oh, das musste er Yana lassen: Sie war in den letzten Jahren verflucht gut und schnell geworden. Er erinnerte sich noch an ihre ersten Stürze und Momente, in welchen er eigentlich eingreifen wollte. Aber am Ende hatte sie sich immer selbst gefangen. Er hatte sich nur zweimal in ihrem Leben einmischen müssen. Einmal bei der Loveparade und einmal … Er wollte nicht daran denken. Seine Augen verloren jedoch für Sekunden alle Freundlichkeit.

Um die Ecke biegend, bremste Marius ab. Da stand Yana, bitter schluchzend, mitten auf der Straße. Die Ampeln wechselten zurück, Rot wurde zu Grün, Grün zu Rot. Sofort erkannte er die Gefahr in Form eines Lastwagenfahrers, welcher den Blick auf sein

Mobiltelefon gerichtet hatte und einfach anfuhr. Jener ging davon aus, dass Yana längst verschwunden war. Aber das war sie nicht. Weinend fiel sie auf die Knie, vollkommen kraftlos und mit den Nerven am Ende. Er kannte die Emotionen, die sie aussandte. Er wusste, wie sehr sie litt. Und obwohl er nicht daran denken wollte, holte ihn die Erinnerung einfach ein…

Prasselnd benetzte der kühle Herbstregen die Großstadt. Es war bereits früher Abend und wie zu der späten Jahreszeit üblich, war die Sonne längst hinter dem Horizont untergegangen. Marius war zu spät gekommen. Er hatte ihre Schmerzen, ihre Angst, ihr Entsetzen gefühlt und hatte doch nichts dagegen machen können. Inmitten einer Lesung und im Angesicht eines Professors hatte er sich so schnell wie möglich aus dem Staub gemacht, aber Teleportation kam auf der Erde nicht in Frage. Er durfte seine Magie nicht unnütz anwenden. Es hätte das Leben der Prinzessin und der Königin in Gefahr bringen können.

Also rannte er. Seinem Instinkt folgend sprang er über Mauern und durchquerte Gärten, um den schnellsten Weg in den Park zu finden. Zweimal wäre er beinahe in ein Auto gelaufen – die Fahrer quittierten ihren Schock mit einer Huptirade – und dann hatte er einen kleinen Knirps fast von den Beinen gefegt, als er frontal mit ihm zusammenstieß.

Marius hatte keine Zeit gehabt. Nacktes Entsetzen mischte sich mit Erleichterung, als er ihr pulsierendes Leben fühlte. Ihr Herz schlug noch.

Die Parkanlage der Stadt war ein Herzstück. Kleine Weiher, riesige Liegeflächen – adrett gemäht – und alles gesäumt von Blumenrabatten und kleinen Labyrinthen. Yana liebte diese Oase inmitten der menschlichen Hektik. Schon als Kind war sie mit ihrer Mutter gerne

hierhergekommen, hatte die Energien des Lebens verfolgt und sich in ihrer Gedankenwelt vergnügt.
Aber heute nicht.
Marius wurde langsamer und hielt schließlich inne, als er die Stimme von zwei jungen Männern vernahm: „Alter, sie wird uns bei der Polizei melden!"
„Quatsch keinen Scheiß. Wird sie nicht. Die Kleine hat so viel Angst, die hält ihr hübsches Maul. Nicht wahr?"
Die Stimmen kamen aus einem kleinen, künstlichen Wäldchen. Durch die Büsche und Blumenrabatte war es nicht einsehbar und ein idealer Ort, um sich vor den neugierigen Blicken der Passanten zu verstecken.
„Ich sag's dir, wir sollten sie einfach loswerden!"
Marius stellten sich die Nackenhaare auf. Loswerden klang nach einer endgültigen Lösung!
Lautlos schlich er vorwärts, behutsam teilten seine Hände das Blattwerk eines Busches. Der Regen rann inzwischen über seine Stirn und den Nacken, seine Kleidung klebte wie eine zweite Hautschicht an seinem Körper. Aber die aufkommende Kälte, die sein Innerstes füllte, lag nicht an dem Wind, der zusätzlich heraufzog. Sie lag an dem Anblick, der sich ihm bot.

Jemand hupte und riss Marius zurück in die Realität. Es war, als wäre es erst gestern gewesen. Er fühlte nach wie vor den bodenlosen Hass auf die beiden jungen Männer, konnte ihre Angst noch immer riechen.
Yana. Er musste sie retten! Sie sah den Laster nicht und selbst wenn es bedeutete, dass ein paar Menschen gleich vollkommen sprachlos sein würden, er hatte sich geschworen, dass ihr nie mehr wieder etwas geschehen würde.

Nach dem ersten Hupen folgte ein zweites. Müde öffnete Yana die Augen, schleppend erhob sie sich. Es geschah so schnell, dass sie später nicht mehr sagen konnte, was zuerst da war: der Lastwagen oder Marius. Irgendwie waren sie beide gleichzeitig bei ihr. Während die Hupe des Lastwagens ihre Ohren klingeln ließen, rissen Marius' Arme sie zur Seite und zeitgleich an sich. Sie spürte, wie sich sein Körper anspannte, als er mit einem Sprung über die Motorhaube eines Wagens setzte und sie schließlich am Gehsteig landeten. Federnd, als wäre nie etwas gewesen. Aber die Menschen hatten es gesehen und ihnen stand der Mund offen.

„Wir sollten gehen."

Ohne auf ihre Antwort zu warten, zog Marius sie mit. Die Straße entlang hinein in die erstbeste Seitengasse. Er hielt sie an der Hand, als wäre sie ein kleines Kind. Aber das war sie nicht. Schon lange nicht mehr.

Und trotzdem ließ sie den Griff zu, folgte sie ihm mit tränennassen Wangen. Sie zeterte nicht, schimpfte nicht, riss sich nicht los. Wie in der Bar vertraute sie einfach blind darauf, dass er einen Ort finden würde, an welchem sie Frieden fand.

„Setz dich, Yana."

Das Gras kitzelte ihre nackten Waden, als sie die Beine seitlich anwinkelte.

„Du hast mich zu Tode erschreckt."

Marius nahm es mit der gefühlten Distanz nicht ganz so ernst. Denn ohne Scheu oder Scham setzte er sich direkt neben sie und starrte auf den See.

„Woher weißt du das alles?"

Er hatte sie zu ihrem Lieblingsplatz gebracht. Der Park war ein Magnet für viele Menschen, Besucher und Einwohner der Stadt, aber diese Ecke kannte kaum jemand, weil sie kaum einsehbar war. „Ich sagte ja, ich beschützte dich, seit du auf der Welt bist.“
Nickend brannten Yanas Augen, sie erinnerte sich an seine Worte. „Und was bist du?“
Am Ende war er ein Alien und würde sich gleich in ein schleimig grünes Ding verwandeln. War SIE auch ein schleimig grünes Ding? Seine Worte verhinderten zum Glück, dass sie diesen Gedankengang weiterverfolgen konnte: „Ich bin sowas wie Rahel, nicht ganz, aber doch ähnlich. Man nennt ihn Schwert der Königin. Wir sind beide geflügelte Krieger, er jedoch kämpft mit Langspeeren oder Schwertern, während ich als das Schild der Königin zu den Bodentruppen gehöre. Ich habe meist ein … na eben, Schild bei mir und diene einzig der Verteidigung der Königin und des Volkes.“
Sie konnte sich das alles nicht vorstellen.
„Wie alt bist du?“
Verblüfft sah er sie an, dann lächelte er: „Alter spielt dort, wo wir herkommen, keine Rolle. Wir haben ein Schicksal zu erfüllen, und wenn es erfüllt ist, wechseln wir in die nächste Ebene.“
Nächste Ebene … Das klang wie in einem schlechten Roman für Möchtegernspirituelle.
„Und wie alt wärst du in Menschenjahren?“
Marius zuckte mit den Schultern. „Keine Ahnung. Wahrscheinlich uralt.“
Freudlos lächelnd spürte Yana den Wind, der mit ihren Haaren spielte. Sie zögerte, verharrte.

„Yana, ich kann mir nicht im Entferntesten vorstellen, wie du dich derzeit fühlst. Aber ich möchte dir helfen. Was kann ich also für dich tun?"
Seine Frage war wahrlich löblich.
„Mich ertränken?" Ein schlechter Scherz, aber immerhin zuckten seine Mundwinkel kurz.
„Das wäre zu schade, der See würde an dir zugrunde gehen."
Ihre Lippen schürzten sich unwillig, dann raunzte sie: „Schön, dass du dir um den See und seine Lebensqualität sorgen machst."
Marius provozierten die Worte allerdings gar nicht. Stattdessen antwortete er ernst: „Das machen wir Requianer immer. Alles ist eins. Stirbst du, stirbst die Welt um dich herum ein Stückchen mit. Aber das wirst du noch früh genug lernen."
„Ich begreife es dennoch nicht."
„Oh, das glaube ich dir sogar."
Gemütlich kippte Marius nach hinten und starrte hoch in die Wolken. „Schau, die Wolke sieht wie eine Ente aus."
Unweigerlich hob Yana den Kopf. Die Wolke betrachtend, strich der Wind über ihre Wange, liebkoste die Sonne ihre Haut. Für einige Herzschläge schien die Welt still zu stehen. Sie lebte. Ihr Herz pochte in ihrer Brust, ihre Haare wehten im sanften Regen des Windes und alle Last flog dahin.
„Ich frage mich, wie dein wahres Äußeres sein wird."
Marius' Worte rissen sie aus der für Sekunden empfundenen Leichtigkeit.
„Was meinst du?"
„Wenn du nach Aurelis kommst, wird dein magisches Ich erscheinen. Dein wahres Ich für uns. Das Baby Iyanera, das sich hier auf der Erde verstecken musste."

Überrascht hoben sich ihre Augenbrauen, wurde sie also am Ende wirklich ein glitschiger grüner Fleck?
„Du meinst … ich bleibe nicht so, wie ich bin?“
„Nein. Sicherlich nicht. Dein Äußeres ist eine Tarnung, wie das Meine oder das der Königin und Ser Rahels.“
Yana schaffte es, knapp zu nicken, aber die schier erdrückende Last kehrte schmerzhaft zurück. Also verlor sie nicht nur ihre Freunde, sie verlor auch ihr Spiegelbild. Aber immerhin beruhigte sie ein Aspekt: Ihre Mutter verwandelte sich in Rahels Anwesenheit in eine andere Person, die aber deutlich menschliche Züge aufwies. Es war also unwahrscheinlich, dass sie am Ende kein menschliches Wesen mehr sein würde.
„Du nanntest dich einen Requianer. Sind wir das? Bin ich das auch?“
Marius nickte sachte.
„Ja. Requianer sind wir alle – die Völker von Aurelis, so wie die Völker der Erde Menschen sind. Aber deine Rasse sind die Ashai. Du entstammst der ältesten Blutlinie, die es auf Aurelis gibt.“
Die älteste Blutlinie – das klang nicht erfreulich. Yana wollte nicht aus dieser alten Linie sein. Sie wollte Münchnerin bleiben, ihr Studium beenden und am Ende irgendwo in einer Ausgrabungsstätte sterben.
„Wer werde ich dann für die Requianer sein?“
„Oh, das ist leicht und schwer zu beantworten. Welche Variante soll ich versuchen?“
Marius nervte sie. Seine Art, die Dinge locker zu nehmen, war mehr als ärgerlich. Es fühlte sich an, als würde er sie verspotten.
„Das tue ich nicht, verzeih. Ich versuche nur, normal mit dir zu reden. Königin Iseria schien überfordert mit der Situation zu sein. Was kein Wunder ist!“ Entschuldigend hob er die Hände. „Ich

zweifle nicht an der Königin, sie ist das Licht der Hoffnung für die Ashai. Aber ich befürchte, sie hat sich vor langer Zeit damit abgefunden, auf dieser Welt zu sterben und wollte dir keine unnötigen Hoffnungen auf eine Heimkehr machen."
Gekonnt lenkte Marius ihre Gedanken fort von ihm hin zu ihrer Mutter. Es stimmte. Ihrer Mama durfte Yana keinen Vorwurf machen, ganz im Gegenteil. Iris hatte Yana ihr Leben lang behütet und beschützt.
„Wenn ich nicht mitkommen würde, was bedeutet das dann für meine Mama?"
Es war das erste Mal, dass Marius nicht sofort antwortete. Und als er es tat, zögerte er hörbar, um die Worte mit Bedacht zu wählen: „Dass mit ihrem Tod die Erbfolge geändert werden müsste. Es wäre das erste Mal, seit es die Ashai gibt, dass keine Zu'ha am Thron sitzt. Immerhin war es eure Familie, die die Ashai bändigte."
Informationen über Informationen. Ihre Mutter die Königin, ihre Mutter die Zu'ha. Ihr Blut, das das älteste der Requianer sein sollte.
„Zu'ha. Wäre das in Zukunft mein Nachname?"
„Nein Yana. Das ist dein Familienbaum. Es gibt auf Aurelis keine Nachnamen. Du heißt Iyanera, Tochter von und so weiter. Und das Zeichen deiner Familie ist ein gekrönter Zu'ha, daher der Name."
„Was … ist das, ein Suha?"
Sie sprach das Wort völlig falsch aus, was ein Lächeln auf Marius' Lippen zauberte.
„Zu'ha. Sie sind … man könnte sie mit Vögel vergleichen, aber riesig … und man kann auf ihnen reiten und … nein, nicht man… DU wirst auf ihnen reiten können, weil du keine Flügel hast."
„Keine Flügel …"
„Nein. Deine Zu'ha wird der Ersatz deiner Flügel sein."

„Kann nur meine Familie mit ihnen fliegen?"
Er nickte, und dann erschien wieder dieses kleine Lächeln.
„Ich bin gespannt, ob DU es schaffst. Du wurdest dein Leben lang nicht auf diesen Moment vorbereitet. Ich frage mich, wie du reagieren wirst."
„Weil?"
„Weil Zu'has Requianer fressen. Egal welcher Stamm. Meistens sieht man sie nicht einmal kommen, bevor man tot ist."
Yanas Augen weiteten sich geschockt. DAS Ding sollte der Ersatz für ihre Flügel werden? Doch noch bevor sie die Frage formuliert hatte, begann Marius schallend zu lachen.
„Das war gemein, entschuldige."
Yana wollte ihn erwürgen. ER MACHTE SICH IN SEKUNDEN WIE DIESEN LUSTIG ÜBER SIE?
„Marius, ich frage mich wirklich, ob am Ende nicht ich normal bin und du der Verrückte bist."
Blinzelnd fixierte sie bei der Aussage seine Augen und sah überrascht sein leichtes, schelmisches Lächeln.
Wie schaffte er das? Wie konnte er sie noch immer anlachen?
„Ach, Yana. Wenn du wüsstest, wie wundervoll die Welt ist, auf die du reisen darfst. Ob du dort bleibst oder nicht, die Königin stellte es dir frei. Aber ich möchte dir so viele Orte zeigen, deren Magie deine Sinne sprengen werden. Nicht nur sprengen. Sie werden dir eine Schönheit und Reinheit vor Augen führen, wie es auf der Erde nicht vorstellbar wäre."
Er sagte die Wahrheit. Obwohl er im Gras lag und sein Blick am Ende wieder die Wolken strich, war es für Sekunden so, als würde sie die Energielinien bläulich um ihn herum schweben sehen. Gitternetze, die sich mit anderen Linien verbanden. Jenen der Blumen, jenen der Gräser.

Sie kannte diesen Anblick – sie wusste nur nicht mehr woher.
„Was hat es nun mit den Vögeln auf sich?"
Eine neutrale Themenwahl war am Ende vorteilhafter, als sich auf seine Lobeshymnen einzulassen.
„Zu'has lassen sich nicht von anderen Wesen als deinem Blut reiten. Das ist alles, der ganze Zauber. Und glaube mir, man hat es wirklich versucht. Aber sie lassen nicht einmal einen zweiten Reiter zu."
Also wäre dieses Tier wirklich vollständig an Yana gebunden. Wie ein Hund oder ein Hamster.
Aber immerhin vielleicht ein neuer Freund … Eine Art Seelenverwandter.
Die Aussicht war wie ein winziger Lichtblick. Es klang … beruhigend und auch ein wenig aufregend.

Es funktionierte. Marius spürte, wie ihre Energieströme ruhiger wurden, wie sie begann, die Umwelt wieder mit sich zu verbinden. Die Gräser knüpften an ihren Zehen an, die Winde an ihren Haaren. Sie wurde langsam wieder ein Teil der Natur. Nun durfte er den Moment nur nicht zerstören! Feingefühl war vonnöten – eine Gabe, die er jedoch nicht wirklich ausgeprägt besaß.
„Deine bisherigen Fähigkeiten werden dir im Übrigen helfen. Du wirst dich auf den fliegenden Inseln gut zurechtfinden. Immerhin ist unsere Welt ein wenig wie in Avatar."
Er sah wieder versonnen zum Himmel. „Nur – wir Requianer sind nicht alle groß und blau."
Vergnügt zwinkerte er und schaffte endlich das scheinbar Unmögliche: Yana begann zu lächeln. „Nicht?"
„Nein. Manche sind grün und andere gelb. Oh, ein paar der Sukai sind braun, sie schauen aus, als wären sie einem Schlammbad

entstiegen. Aber sprich sie nicht darauf an, sie sind eine sehr stolze Rasse."
Verschwörerisch rollte er mit den Augen.
„Was sind das? Sukai?"
Je mehr Yana hörte, desto verwirrender wurde es. Die Namen verschwammen miteinander, vermischten sich zu einem Ball, aus welchem Fetzen hervorlugten, die keinen Sinn mehr ergaben. Wie sollte sie sich in jener Welt jemals zurechtfinden?!
„Sie sind ein Reitervolk. Sie leben unten, wir leben oben. Sie grenzen an das Reich der Kokua und sind im Norden des Wasservolkes, den Quin."
Quin, Sukai, Kokua, Ashai. Was für sonderbare Namen. „Wen gibt es sonst noch?"
„Oh, einige. Da wären die Männer der schwarzen Hand. Es sind Piraten, die die Meere ihr Eigentum nennen und dann die Taresh, ein neutraler Händlerstamm. Wenn du Informationen brauchst, brauchst du einen Taresh. ER weiß es sicher." Ach, über Aurelis würde er Tage reden können. Immerhin war es das erste Mal seit 18 Menschenjahren, dass er die Möglichkeit dazu hatte!

Marius' Gesicht musternd, begriff sie es langsam.
„Du vermisst dein Zuhause, nicht wahr?"
Natürlich, für ihn war die Erde ein langer Zwischenstopp gewesen.
„Marius, hattest du nie Angst, dass du nicht mehr zurückkannst?"
Er zuckte mit den Schultern. „Ja und nein. Ich meine, du bist hier und du bist mein Schicksal. Somit."
Neuerlich zuckte er mit den Schultern.
„Klingt kitschig, aber es ist so. Wenn du sagst, wir bleiben hier, dann bleiben wir hier. Wenn du sagst, wir sollen gehen, dann

werden wir gehen. Ich habe nichts zu gewinnen, aber meine Bestimmung zu verlieren."
Seine hellblauen Augen wirkten so klar wie das frische Quellwasser der Berge, beruhigend und überraschenderweise warm statt kalt. Aber darüber würde sie sich ebenfalls ein anderes Mal Gedanken machen. Jetzt hatte sie für so etwas keine Zeit.
Nur um sich sicher zu sein, wiederholte Yana seine Worte noch einmal: „Also sehe ich das richtig: Wenn ich nicht mit meiner Mama mitgehe, verliert sie den Erben ihrer Blutlinie, du musst hierbleiben und meine mir zugewiesene Zu'ka wird mich nie kennen lernen?"
„Zu'ha." Marius korrigierte sanft und nickte zustimmend. „Aber ja, genau das heißt es."
„Toll ..."
So viel zum Thema freie Entscheidungswahl.
Stumm zum Himmel starrend, löste Yana sich endlich von seinem Anblick. Da saßen sie – beieinander, miteinander, nebeneinander. Sie sollte sich vor ihm fürchten, aber sie tat es nicht. Sie sollte ihre Zukunft fürchten, aber in seiner Gegenwart – tat sie es nicht.
„Ist das das Seelenband? Ist das der Grund, wieso in deiner Gegenwart alles etwas ..."
Sie fand nicht das richtige Wort dafür, doch er konnte ihr aushelfen: „... leichter zu ertragen ist?"
Yana schaffte nur ein schwaches Nicken.
„Ja. Vermutlich. Aber in dieser Hinsicht gestehe ich dir eines: Ich habe keine wirkliche Erfahrung damit. Das Band ist etwas Einmaliges, und ein Geschenk des Zweigesichtigen Gottes. Du und ich, wir sind gesegnet worden mit etwas, das älter ist als alles, was wir kennen. Und wir wissen nicht genau, woher es stammt oder wie es sich schließt ..."

Yana blieb still. Lange Zeit sah sie hinaus auf die Oberfläche des kleinen Teiches vor sich. Sie sortierte ihre Gedanken, überdachte ihre Kindheit.
„Du warst von jeher da?"
„Ja."
„Immer?"
Marius' Stimme brach beinahe, dennoch sagte er neuerlich: „Ja."
„Als ich mir mit zehn den Zahn ausgeschlagen habe?"
„Stand ich oben im Heuschober und litt körperlich wie seelisch mit dir mit."
„Und als …"
„Yana."
Er unterbrach sie.
„Ich konnte nicht eingreifen. Ich – ich hätte nie eingreifen dürfen."
Stille antwortete ihm, da Yana wieder konzentriert auf die Wasseroberfläche starrte. Nie – so sagte es Marius. Er hätte nie eingreifen dürfen. Aber er hatte es doch getan.
Und dann raunte sie fast zaghaft: „Marius, ich schulde dir noch einen Dank."
„Wegen heute? Quatsch, das war selbstverständlich."
Marius wollte es zur Seite wischen wie ein lästiges Insekt, aber Yana meinte nicht diesen Moment. „Das meine ich nicht."
Ihre Stimme brach ab, sie musste sich räuspern.
„Ich meine wegen damals."

Kapitel 21
Ash

Rusha, Reich der Ruu auf Moquar
Neues Zeitalter der Kokua

Stille lag auf seiner kleinen Kammer. Noch immer sprang die Feuerkugel von einem Finger zum nächsten, während Ash alle Varianten abwog. Ry'jin hatte recht, Kyriell hatte recht. Die Ideen waren gut durchdacht und sein Vater sagte immer: Nur dumme Ideen sollte man ablehnen. Kluge Köpfe findet man zuweilen an den seltsamsten Orten.

Er hatte recht.

„Kyriell, bereitet alles vor. Morgen Abend bei Sonnenuntergang soll die Zeremonie starten."

Der Greis verneigte sich bedacht. „Es ist mir eine Ehre."

„Und du …"

Damit wandte er sich an Ry'jin. „Welche Waffe zu meinem Schutz benötigst du? Und wie lange brauchen wir, um an die Oberfläche zu gelangen?"

Der trockene Wind trug den Geruch des Todes mit sich. Überrascht stellte Ash fest, dass Mo'quar seine schlimmsten Erwartungen noch überstieg. Hier oben an der Oberfläche gab es nichts als schwarze verbrannte Erde, hügelige Erhebungen und Ödnis. Dieser Krater war der perfekte Landeplatz für die Ankömmlinge gewesen. Riesig, offen, überdimensional.
Seine Schritte fühlten sich an, als würde er über hartgepressten Lehm, bestreut mit etwas Schotter, schreiten. Im Gegensatz zu Ry'jin konnte er hier nicht lautlos gehen. Schritt für Schritt knirschte der Sand unter seinen ledernen Sohlen. Aber diese Offenbarung war nicht die einzige, die Ash in den letzten Augenblicken Sorge bereitete. Eine andere ging direkt vor ihm.
„Versuch wenigstens etwas leiser zu gehen, Ash!"
Ry'jins Stimme klang gedämpft, während sie mit gebeugten Knien vorwärts schlich. In jeder ihrer Hände ruhte eine ihrer Klingen. Es waren die schwarzen Schwerter des versteckten Volkes. Ry'jin war somit keine normale Shiya. Nein, sie war eine Namenlose. Vielleicht war sie als Shiya geboren worden, aber erzogen wurde sie ganz sicher nicht in deren Glauben.
Ash wusste noch immer nicht so recht, wie er mit diesem neuen Wissen umgehen sollte. Ry'jin hatte sich ihm offenbart, ein Zeichen ihres Vertrauens ihm gegenüber. Auf der anderen Seite jedoch hatte er bisher nie eine Gefahr in ihr gesehen. Ein Fehler, der tödlich sein könnte!
Denn sie war eindeutig gefährlich!

Das namenlose Volk wurde ausgebildet, um zu töten. Geboren im Schatten verbrachten sie ihr ganzes Leben damit, dem Zweigesichtigen Gott zu dienen, indem sie Feinde der Völker vernichteten.

Jemand starb überraschend mitten in der Nacht? Namenlose.
Jemand wurde vergiftet und man wusste nicht, wie es dazu kam? Namenlose.
Jemand bekam einen Dolch in den Hals, aber man fand den Angreifer nicht? Namenlose.
Der Mythos, welcher dieses Volk umgab, war fast spektakulärer als ihre wahren Fähigkeiten. Zumindest hatte Ash das bisher immer angenommen. Nun war er sich darin nicht mehr sicher.
Alleine Ry'jins Gang, Ausstrahlung und Sprache hatten sich, seit sie die Höhlen verlassen hatten und alleine waren, vollkommen verändert. Sie wirkte wie eine Fremde auf ihn.
„Darf ich dich etwas fragen?"
Ash war von jeher ein neugieriger Mann gewesen. Ry'jin nickte, sah jedoch nicht zu ihm zurück.
„Wenn du in der Lage bist, mich zu verteidigen, wieso konntest du DICH nicht verteidigen?"
Seine Frage war vielleicht ungelenk gestellt, aber es interessierte ihn. Er hatte Ry'jin in der Höhle gesehen. Stunden hatte man sie gequält, gefoltert, missbraucht. Sie hatte geschrien, geweint und gelitten. Aber wofür?
„Was du weißt, Ash, weiß sonst niemand. Und so soll es auch bleiben. Ich bin für die anderen einfach nur vom Volk der Shiya."
Er schwieg. Ihre Logik wies in seinen Augen Schwächen auf. Aber gut, bisher war ihr wirklich niemand auf die Schliche gekommen. Die Klingen hatte sie außerhalb der Höhlen versteckt, Kyriell hatte das schwarze Metall nicht gesehen und das Symbol, das irgendwo an ihrem Körper angebracht war, offenbar bei der Pflege nicht entdeckt.
„Und wieso darf ich wissen, was sonst niemand weiß?"

Ash stellte einfach eine weitere Frage. Er musste reden und seine Gedanken im Zaum halten. Sonst würde er sich Sorgen machen und zulassen, dass ihm Zweifel kämen. Was, wenn sie ihn in eine Falle lockte? Immerhin, selbstbewusst schlich sie vor ihm, sicherte den Weg in der Abenddämmerung. Sie hätte sicherlich die Technik und das Wissen, um seinem Leben ein Ende zu setzen. Ash war nicht naiv. Er hatte mächtige Feinde innerhalb seines eigenen Volkes und sie war eine ausgebildete Mörderin!

Überraschend für ihn hielt Ry'jin hinter einem Hügel inne. Scheinbar empfand sie diese Nische als sicher genug, um sich ihm zuzuwenden.

„Ash, du hast mich gerettet. Dank dir konnte ich mein Gesicht wahren." Sie sprach ruhig und gefasst. Fast war es ihm unheimlich, wie kontrolliert sie war.

„Also hast du gewusst, dass ich da bin."

Eine sachliche Feststellung. Bisher hatte Ash das Thema tunlichst gemieden, nun jedoch stand es zwischen ihnen. Er konnte nicht mehr so tun, als wäre nie etwas geschehen.

„Ja."

Ry'jins grüne Augen fixierten seine schwarzen. Sie hatte keine Angst vor ihm, ihr Blick, offen und zugleich verschlossen hatte nichts Ergebenes. Sie war keine Dienerin von ihm. Sie war … Was war sie eigentlich?

„Und ich wusste, entweder wirst du mich töten, erlösen oder retten. Und dadurch musste ich nur eines tun."

Ash konnte ihren Satz vollenden, bevor sie es tat: „Erdulden."

Ry'jin schwieg. In ihren Augen sah er kein Leid, keinen Schmerz, keine Angst. Direkt sah sie ihn an.

„Du hättest sie töten können, nicht wahr?"

Eine Vermutung, und zumindest entlockte er ihr damit ein flüchtiges, aber vergnügtes Lächeln.
„Ash, Fahir der Ruu, ich gestehe es nur ungerne, aber: Auch mir sind Grenzen gesetzt."
Ihr Lächeln verblasste wieder.
„Außerdem … Gegen Ro'har konnte ich nichts ausmachen. Er ist nicht umsonst der Anführer dieser Bastarde."
Sie wandte sich wieder ab. Zum ersten Mal hatte ihre Stimme gezittert. Es war nur flüchtig gewesen und wäre einem anderen sicherlich nicht aufgefallen. Aber Ash war nicht wie jeder andere. Von Kind auf als Mischling beschimpft, hatte er früh lernen müssen, die Worte, Gesten und Mimik der anderen zu deuten. Nur so entging er einigen unangenehmen Erfahrungen.

„Es ist bald einen Mond her, dass wir hier ankamen, Ash. Die Kälte der Nacht und die Hitze des Tages macht diesen Planeten kaum bewohnbar. Die Ruu werden sich ein neues Heim suchen müssen. Es sollte teils in der Erde und teils im Sonnenlicht ruhen. Die Menschen brauchen Tageslicht. Sie werden in den dunklen Höhlen traurig, die Gedanken düster."
Aber Ash wollte noch nicht das Thema wechseln.
„Wie viele deiner Brüder und Schwestern sind inzwischen bei uns?"
Stille antwortete ihm. Reglos sah sie an den Hügeln vorbei auf das offene Feld, welches er noch nicht erblickte.
„Wenn es welche gäbe, würdest du es mir sagen?"
Wieder schwieg sie. Dann sagte sie leise: „Nein."
„Aber es gibt sie."
Eine Feststellung. Die Namenlosen waren in allen Völkern, hatten ihre Ohren überall.
„Wir sind überall, wo Schatten herrscht, Ash."

Ihre Stimme hatte gänzlich an Leichtigkeit verloren. Eine Leichtigkeit, die sie vor Kyriell spielend an den Tag gelegt hatte. Und endlich begriff Ash: Das war Ry'jin. Das war ihr wahres Ich. Nicht die kindische, herumspringende Shiya, die sie verkörperte, sondern die ruhige, beherrschte Namenlose mit diesem beunruhigend ernsten und intensiven Blick.
„Aber ich verstehe noch immer nicht, wieso ich es wissen durfte. Du hättest es ja auch vor mir geheim halten können, hast du ja bisher auch getan?“ Er brauchte eine klare Antwort. Eine wahre Antwort!

Ry'jins Augen suchten die Umgebung ab, für Sekunden wirkte sie abwesend, dann sah sie ihn wieder an.
„Als du mich gerettet hast, ich erinnere mich genau an den Moment, da hast du die Hand ausgestreckt.“
Sie ahmte seine Bewegung geschmeidig nach.
„Du hast Fehenje gesagt. Und dann das Wort wiederholt, fehenje dahandi. Über meinem Kopf begannen unzählige kleine Flammen zu tanzen. Ich dachte, du würdest mich überführen. Ich bereitete mich vor, dem Zweigesichtigen entgegenzutreten, aber stattdessen hast du dich vorgestellt.“
Sie lächelte schmal.
„Mein Name ist Ash. Du musst mir helfen, damit ich dir helfen kann.“
Ash schluckte. Ihre Worte riefen die Erinnerungen so lebhaft wach, dass er meinte, seine schmerzende Hüfte wieder zu fühlen.
„Daran erinnerst du dich? Ich dachte, du wärst bewusstlos.“
„Oh, ich wurde bewusstlos, aber erst, als ich begriff, dass du mein Wohl über deines stellst. Und ab diesem Moment stand ich in

deiner Schuld. Ich schulde dir ein Leben und das werde ich dir zurückgeben. Darum die Offenbarung."
Ehre. Ash begriff ihr Motiv und wusste, dass er keine Angst mehr vor ihr haben musste.
„Ry'jin, das will ich nicht. Im Falle eines Kampfes an meiner Seite wärst du ziemlich schnell tot. Feuermagie ist mächtig und sie verschlingt alles und jeden."
Kein spöttisches Lächeln erschien auf Ry'jins Lippen. Nein. Sie wusste um die Gefahr.
„Ein Feuermagier ist keine Armee, ein verborgener Angreifer kein Krieg."
Und sich abwendend, hauchte sie leiser: „Bist du nun bereit, Ash, Fahir der Ruu?"
Sie wechselte schon wieder das Thema, aber diesmal akzeptierte er es.
„Wofür, Ry'jin – vom Clan der Namenlosen?"
Ihre Antwort war ein gehauchtes, trauriges Flüstern und sollte sich in sein Gedächtnis brennen: „Für den Tod, Fahir. Für den Tod."

„Herr."
Rouven kniete sich bedächtig nieder, dann verneigte er sich, indem seine Stirn den Boden vor den Beinen des Ältesten berührte.
„Requia, Rouven. Ich hoffe, du bringst mir gute Kunde?"
„A quia re, Ältester Zin."
Rouven diente dem Mann nun schon etliche Winter. Er hörte an dessen Tonlage, dass heute ein guter Tag war. Sich wiederaufrichtend, glitten seine Augen über das Gesicht des Greises. Zin gehörte zum Rat der Ältesten. Sie unterstützten seit jeher den Fahir bei allen Entscheidungen, die zum Wohle des Volkes getroffen werden mussten.

Zin hatte den Fahir aller Fahire erlebt, dann dessen Sohn, dann dessen Sohn und nun stand erneut ein Thronanwärter vor den Augen des alten Mannes. Doch diesmal hatte Zin nicht geschwiegen. Seine faltigen Gesichtszüge, die längst ergrauten Haare und der gepflegte, dichte Bart ließen den Ältesten wie den ältesten Mann auf Moquar wirken. Vielleicht gehörte er auch zu diesen. Rouven wusste es nicht.
„Herr, der junge Fahir ist mit der Shiya an die Oberfläche gegangen. Nun wäre ein guter Zeitpunkt für einen Angriff, findet Ihr nicht?"
Zins Augenbrauen zogen sich finster zusammen.
„Närrischer Junge. Wann hast du gelernt, einen Fahir im Hinterhalt zu besiegen?"
Zin erhob sich bedächtig. Sein Zimmer befand sich an einem Ende der Höhlengänge. Er hatte sich die Wände und den Boden spiegelglatt gebrannt. Tisch, Stuhl, Bett, Kommode. Alles bestand aus geschmolzenem Stein. Aber er hatte sich unterschiedliche Farben bringen lassen. So hoben sich die Schüsseln für das Abendmahl, die Becher zum Trinken und die Tischplatte vom dunklen Grau ab, sie waren rötlich gefärbt.
Die fließende schwarze Robe, die Zins Körper umhüllte, besaß unzählige heilige Schriftzeichen. Manche waren in den Stoff gebrannt worden, andere gestickt und wieder welche geritzt. Die Sprache der Zeichen war so alt, dass Rouven sie nicht einmal lesen konnte! Aber wenn sein Meister zauberte, begannen die Schriftzeichen zu leuchten und zu glühen.
„Ich dachte nur …"
Betreten sah Rouven auf seine Hände.
„Nein, du dachtest nicht. Denn wenn du gedacht hättest, Rouven, hättest du den Mund zugelassen."

Eine glühende, kleine, gelbe Flamme flog auf Rouven zu. Der Funke glitt lautlos durch die Luft, strich Rouvens Wange und hinterließ einen brennenden roten Striemen. Aber die Wunde würde heilen. Im Gegensatz zu den Wunden auf seinem Rücken, die längst schwulstige, verwachsene Narben waren.
„Der Fahir hat veranlasst, dass die Toten der Ruu geholt werden sollen. Morgen Abend werden sie bestattet und er wird zum Volk sprechen. Im Anschluss an seine Ansprache wird es ein großes Fest geben – den Toten und Lebenden zu Ehren."
Zins Augen funkelten diabolisch.
„Er wird bereits bei seiner ersten Ansprache so viele Fehler machen, dass das Volk sich von ganz alleine abwendet. Niemand, Rouven, kann dieses Kind achten. Diesen Mischlingsbastard."

Konnte man auf so etwas gefasst sein? Der Abendwind bauschte Ashs neuen Mantel auf. Die letzten Sonnenstrahlen versuchten seine Wange zu wärmen, aber sein Herz schien zu zerbrechen. Wie erstarrt stand er da und starrte hinab in die Senke, deren ewige Weite wie ein Fluch wirkte. Das Erste, was ihm bewusst wurde, war der Geruch. Es roch nach Verwesung, Tod und Leid. Es roch nach einer Schlacht, nur, dass es keine Schlacht gewesen war. Kein fairer Kampf.
Hilflos öffnete sich sein Mund, schloss sich wieder und den fauligen Geschmack auf der Zunge ignorierend, zuckten seine Gesichtsmuskeln. Er war kontrolliert, er war beherrscht. Er war ein Fahir. Aber das vor ihm war …
„Massenmord." Die Worte raunend war seine Stimme belegt. „Das war Massenmord."
„An mindestens drei offiziellen Rassen. Das Gleichgewicht ist für immer zerschlagen."

Das Gleichgewicht des Seins, hell und dunkel, Licht und Schatten.
„Wie konnte sie das zulassen."
Die Frage in den Raum stellend, war seine Stimme voller Hass. Ry'jin verstand es. Auch sie hatte diesen Hass empfunden, aber die letzten Wochen hatten ihre Gefühle wieder geglättet und sie nachdenken lassen.
„Ich glaube, die Gerüchte sind wahr. Man hat sie der Sicherheit wegen weggebracht, fort von unserem Planeten. Sie war nicht hier, der Plan der Kokua ist vollends aufgegangen."
„Aber …" Ash schwieg. Seine Augen schlossen sich und schließlich setzten sich seine Füße schwerfällig in Gang.
„Als ich im Fieber lag, sagtest du, dein Vater wäre mit deiner kleinen Schwester hier oben gelegen. Wo hast du sie hingebracht?"
Zum ersten Mal sah er sie überrascht.
„Ich dachte, du bist bewusstlos gewesen."
„So ähnlich. Ich war zu schwach, um zu reden, aber ich … war wach genug, um zu hören."
Der Wind zerrte an ihren Federn, die Flügel zuckten kurz. Und dann kam Leben in ihren Körper. Sie ging einfach los. Mitten hinab in die Flut von toten Körpern.
„Wie … wie oft warst du hier oben?"
„Oft."
„Weil du sie gesucht hast?"
„Nein."
Sie wollte nicht darüber reden, hielt jedoch bei einem Toten kurz inne, um ihm die Augen zu schließen. Erst jetzt sah Ash, dass viele Augen derer geschlossen waren, die ihn umgaben. Nicht nur viele. Er begann aufmerksam zu suchen, blendete die zertretenen Köpfe, verquollenen Leiber aus.
„Ry'jin."

Es war das erste Mal, dass er ihren Namen nannte.

„Warst das … du?“

Unglaube lag in seinen Augen, Fassungslosigkeit.

„Ich konnte ihre Blicke nicht mehr ertragen. Sie taten mir leid.“

Irgendwann blieb sie stehen. Da lag sein roter Mantel, jenes Cape, das er bereits vermisst hatte.

„Es tut mir leid, ich hatte nichts anderes und du hast es nicht gebraucht…“

Darunter lagen sie also. Ihr Vater, ihre kleine Schwester.

„Ry'jin.“

Alle Worte, die sich in seinem Geiste formten, blieben in seiner Kehle stecken.

Kapitel 22
Quar

Hauptstadt Qeridis, Reich der Quin
Neues Zeitalter der Kokua

„Die Königin …“

Im erholsamen Schlaf waren Stunden vergangen. Aire war eingeschlafen und hatte von jener Frau geträumt, die sie einst in der Stadt der Wolken gesehen hatte.

„Was ist mit meiner Mutter?“

Quars Stimme war leise. Er schrieb eben einen Brief zu Ende, bevor er zu der halb sitzenden Wächterin sah. Ihre Gesichtszüge waren blass und schmal, aber ihre Augen glänzten von Tag zu Tag mehr. Und sie begann wieder dicker zu werden. Bald wäre sie wieder die Aire, die er kannte.

„Nein, nicht Eure Mutter. Ich meinte die jetzige Königin der Ashai.“

Gut, ihre Stimme klang noch immer matt und dünner als sonst.

„Königin Iseria?“

Aire nickte. Ihr Körper glitt zurück in die Kissen.
„Man nennt sie die Mutter der Mütter, wusstet Ihr das, Hoheit?"
Quars Augenbrauen glitten nach oben.
„Nein, aber dieses vermessene Denken passt zu dem Volk sehr gut. Immerhin bildeten sie sich ja auch ein, die Völker zusammenzuhalten."
„Der Bund der Sechs zerbrach mit ihrer Flucht."
Aires Worte beeindruckten Quar überhaupt nicht. Er hatte schon oft Gerüchte gehört. Geflüstert und getuschelt, geraunt oder betrunken gelallt. Alles war so schlimm, weil die zukünftige Königin der Ashai Aurelis einst verlassen hatte.
„Sie musste gehen, um sich zu schützen. Der Anschlag in Abi'Nea galt eindeutig ihr. Es war ein Wunder und Geschenk unseres Gottes, dass sie ihn überlebte."
Aire widersprach nur ungerne, doch es wurde Zeit, die Wahrheit aufzudecken: „Nein. Sie überlebte, weil ihr Seelenband und erster Wächter, Ser Rahel, sie rettete."
Sie hatte es im Traum wiedergesehen. Die Erinnerung kam so stark und hart, dass sie Aire fast den Atem raubte. Und es erinnerte sie an die einzige Lüge, die sie vor Quar je geheim gehalten hatte. Eine Lüge, deren Ausmaß so riesig war, dass es nicht nur ihr Leben zerstört hätte, sondern auch das seine und das dieses Hauses.
Aber nun war alles anders. Je länger sie in diesem Bett lag, je mehr sie über ihren Zustand nachdachte, desto klarer wurde das Konstrukt – eine Mischung aus Verschwörungstheorien und Erlebtem.

„Aire, wovon sprichst du überhaupt?"
Nun war Quar doch verwirrt. Er hatte die Geschichte von dem Anschlag auf die damalige Prinzessin der Ashai gehört, seine Boten

hatten ihm alles berichtet – Quras hatte die Berichte bestätigt! Die heutige Königin war angegriffen worden und hatte sich durch ihre Flucht in Sicherheit bringen können. Und überhaupt, wieso maß sich Aire an, über diese Geschichte zu sprechen, als ob sie dort gewesen wäre?

„Erinnert Ihr Euch, Hoheit, für einige Kheri verließ ich im letzten Sonnenjahr Eure Seite."

Er nickte, sichtbar irritiert.

„Ihr habt nicht gefragt, wohin ich gehe, und als ich wieder hier war, habt Ihr nicht gefragt, wo ich war. Ihr habt von dem Anschlag gesprochen und davon, wie froh Ihr seid, dass Euer Bruder wieder sicher in Qeridis ist."

Freudlos lächelnd rieb sich Quar den Nacken.

„Vielleicht war meine Freude verfrüht, aber ja, ich erinnere mich. Und jetzt, wo du mich auf diese Versäumnisse so offenkundig hingewiesen hast, Aire, stelle ich dir die Frage eben nachträglich."

Er erhob sich und setzte sich auf sein Bett. Wie er diese Matratze vermisste, die Laken und den Geruch des Meeres.

„Wo, Aire, warst du damals all die dunklen Kheri lang?"

Stille legte sich auf den Raum. Die nächtliche Kulisse wirkte betörend. Das Meer rauschte, der Wind sang leise seine Lieder und spielte mit den Vorhängen seines Bettes.

„Aire?"

Quar begriff, dass sie in Erinnerungen versunken war. Unsicher werdend, sah er in ihre Augen. Klare Augen. Vertraute Augen. Ängstliche Augen.

„Aire, wo warst du damals?"

Und obwohl er die Antwort hörte, konnte er sie doch nicht glauben.

Abi'Nea, die kleinste der fliegenden Inseln, das Reich der Priester und Magier der Ashai. Jener heilige Ort, der dem Zweigesichtigen Gott am nächsten war. Von Transportschiffen hinübergebracht, schwebten die filigranen Luftboote lautlos von dannen, während Quras an ihrer Seite glänzte. Er trug die Tracht der Quin, hellblaue bauschige Hosen, einen weißen Kaftan darüber, in der Taille gebunden durch einen ledernen Gürtel, an dem sein Säbel hing. Sein schwarzes, volles, glänzendes Haar trug er unter einem gebundenen Turban, und die kühlen Augen musterten unbeeindruckt das Umfeld.
„Hier also ist sie."
Klar formuliert, eine Feststellung. Seine Stimme war nicht vergleichbar mit der seines Bruder, aber durch die Distanz und lange Abwesenheit von Quar war sie sich nicht mehr sicher.
„Ran, Zuri, sichert die Seiten."
Den Befehl sprechend, machte sich Aire Sorgen. Sie standen alleine auf einer steinernen Plattform. Hier war der einzige Anlegeplatz für Luftschiffe. An dutzenden Pfählen konnten sie befestigt werden, mithilfe von schillernden Planken verließ man die Gefährte, um in die heiligen Hallen zu kommen.

Abi'Nea.
Nur sehr selten bekamen Fremde Zugang zur heiligen Insel der Ashai. Seltener als selten. Aire wusste von keinem einzigen Vorfall in ihrer Lebensspanne.
Automatisch drehte sich ihre Hand vor ihrer Brustfläche nach oben, erschien ein blassblauer Wasserschimmer darin. Was sie vor sich sah, irritierte und ängstigte sie auf eine unbestimmte Art und Weise.
Noch nie in ihrem Leben hatte Aire so viele Blumen auf einem Blick betrachtet. Und sie alle waren weiß, rein und strahlten eine seltsame Magie aus.

„Das wird nicht nötig sein, Kind."
Erschrocken fuhr der Trupp herum. Sie hatten sich von dem Anblick so bannen lassen, dass sie den schmalen, fast unscheinbaren Seitenpfad nicht bemerkt hatten. Und da stand sie. Die zukünftige Königin der Ashai. Furchtlos in ein weites weißes Kleid gehüllt. Ihre langen, ebenfalls fast weißen Haare waren zu einem wunderbaren Zopf geflochten, in welchem lilafarbene Blüten steckten. Um ihren Hals lag eine filigrane Kette, einzig ein silbriger Ring schmückte ihren Finger.
„Prinzessin Iseria."
Quras fing sich als Erster. Stilvoll und galant schlossen sich beide Fäuste vor seiner Brust, bevor er sich verneigte. „Requia!"
Aire konnte nicht wegsehen. Die Frau vor ihr strahlte eine so vollkommene Ruhe und Reinheit aus, dass es erdrückend wirkte.
„A quia re, Fürst Quras, Sohn aus dem fernen Reiche der Quin."
Ihre Hände lüfteten den Rock, und obwohl sie die Mutter der Mütter war, knickste sie so erhaben und stillvoll, dass sich Aire wie eine Tochter der Sukai fühlte – roh, wild, ungeschliffen, unrein.
Und dann, als wäre es ihr bewusst, sah Prinzessin Iseria in ihre Augen. Sie suchte forsch, ein Blick, der Aires Seele ergründete.
„So rein, so stark. Sei gegrüßt, Aire aus dem Haus des Thillian. Requia."
Aires Lippen öffneten sich, schlossen sich wieder. Woher wusste sie von ihrem Vater? Nur die wenigstens im Schloss wussten um diesen Teil der Familie und…
„A quia re, zukünftige Königin Iseria, Mutter der Mütter."
Sie hörte sich antworten, während sie sich, wie ihr Fürst soeben auch, ehrerbietend verneigte. Was war das für eine Frau? Was war das für ein intensiver Blick aus milchig-blauen Augen gewesen?
„Prinzessin Iseria, es ist eine Ehre, hier sein zu dürfen. Wir rechneten nicht mehr damit, Euch vor unserer Abreise anzutreffen."

In einer fließenden Handbewegung strich Iseria zärtlich über einen der riesigen Blütenköpfe jener weißen Blumen, deren Duft Aire in der Nase lag.
„Ich weiß. Mein Seelenband ist auch gegen ein persönliches Treffen gewesen, aber ich wollte Euch unbedingt kennen lernen. Immerhin verbindet das Schicksal uns alle, findet Ihr nicht auch?"
Aire hatte das Gefühl, als würde die Prinzessin die Frage an sie richten. Aber es war Fürst Quras, welcher freundlich distanziert sagte: „Natürlich, da habt Ihr vollkommen recht."
Ihr Kopf legte sich schräg, eine sanfte Geste. Als hätte der Wind darauf gewartet, glitt er durch die Haarsträhnen und ließ das strahlende Licht der Sonne anmutig darin tanzen.

„Aire?"
Behutsam umfasste Quar ihre Hand.
„Sprich mit mir. Du machst mir Angst."
„Sie könnte es schaffen, Hoheit."
Die Worte hauchend musste sich Aire mühsam aus der Erinnerung reißen. „Ihr müsstet sie kennen lernen. Sie hat eine unbeschreibliche Wirkung auf jedes Lebewesen. Fast scheint es, als würde sie alles wissen und alle Elemente in sich vereinen. Als wäre sie ein Teil von jedem und jeder wäre somit ein Teil von ihr."
Begriff er ihre verwirrenden Worte? Aire war sich nicht sicher.
„Hoheit, hat Euer Bruder … nie etwas gesagt?"
„Mein Bruder? Was sollte er mir denn sagen?" Quar war verwirrt. Quras hatte damals einen schriftlichen Bericht abgegeben, aber darin hatte nichts Bedenkliches gestanden.
„Euer Bruder, Hoheit, Euer Bruder war schuld an …"
Warnend funkelte Quar sie an. „Vorsichtig, Aire. Du denunzierst soeben den zukünftigen Fürsten der Quin."

„Hoheit, bitte."
Unbeeindruckt rieb sich Aire die Schläfen.
„Wollt Ihr es nun wissen oder nicht?" Und vollbrachte das Wunder. Um seine Ungeduld zu kaschieren, betrachtete Quar gespielt gelangweilt seine Finger.
„Bitte, fahr fort. Ich will ja nicht der Spielverderber des Tages sein."
Seine Spitze ignorierend, lehnte sich Aire wieder zurück in die Kissen.
„Habt ihr sie einmal gesehen, Hoheit?"
Er musste wohl oder übel die Wahrheit sagen, also schüttelte Quar den Kopf.
„Nur eine übertrieben schöne Zeichnung von ihr."
„Kann ich … die Zeichnung sehen?"
Aires Frage kam überraschend für ihn.
„Natürlich. Sofort?"
Und noch überraschender waren ihre geröteten Wangen. Sie würde ihn nicht drängen, aber es war offenbar ein Herzenswunsch.

„Hm …"
Er öffnete die Truhe am Fußende seines Bettes.
„Hm …"
Mit geschmeidigen Schritten durchmaß er den Raum, ging zu seinem Schrank. Jenen öffnend schillerten darin mehr Tuniken, als Aire in ihrem ganzen Leben besessen hatte. In Rot, in Blau, in Gold, in Lila, in Grün und Violett, in Türkis und Smaragdgrün, in Beige, Weiß, Braun und natürlich Schwarz.
„Hm."
Die Türen schlossen sich wieder. Unschlüssig kratzte sich Quar am Hinterkopf.
„Hoheit, war Euch das Bild wichtig?"

„Nein. Es entsprach ja in keiner Weise der Realität."
„Dann ist es vermutlich in der kleinen Truhe neben Eurer Eingangstüre. Die Truhe, die Ihr immer für mögliche Schatten füllt."
„Ha, eine gute Idee, Aire!" Lachend zeigte er mit dem Finger in ihre Richtung, während er den Raum neuerlich mit schnellen Schritten durchmaß. „Du bist wirklich die aufmerksamste erste Wächterin, die ich je hatte."
„Hoheit." Sie lächelte schmal. Was sollte sie auch dazu sagen? Dass er leicht zu durchschauen war und sie längst alles von ihm wusste? Dass er ein naiver, junger Mann war, der hoffte, im Rausch und im Schoß von fremden Frauen sein Glück zu finden? Der den wirklichen Herausforderungen im Leben aus dem Weg ging, weil er Angst vor dem Scheitern hatte?
„Ah ja."
Ein zerknülltes weißes Pergament kam zum Vorschein. Darauf hatte ein Ruu die Königin der Ashai mittels Magie verewigt.
„Ich meine, keine Frau sieht so aus."
Er reichte das Bild weiter und setzte sich zurück an ihre Seite. Aber im Gegensatz zu vorhin saß er nicht mehr frontal zu ihr, sondern glitt neben sie. Sein Rücken fand Halt an einem der beiden dicken Kissen, sein Arm glitt wie selbstverständlich um ihre Schultern und umfasste lässig ihren Oberarm. Mit der anderen Hand zog er die schweren Stiefel von seinen Beinen, welche polternd zu Boden fielen.
Er hatte Glück. Das Bild nahm Aire so gefangen, dass sie sich nicht beschwerte.

Die Zeichnung war beinahe perfekt. Die junge Prinzessin lächelte sanft, ihr Kopf, schräg gehalten, hatte ein erhabenes Profil. Ihre

Haare waren von einem Tuch bedeckt, auf welches weiße Blüten gestickt worden waren.
„Diese Blumen nennt man Dahuta-Blüten. Sie blühen nur zu besonderen Anlässen. Anlässe, die die Königin der Ashai nicht bestimmen kann. Sie sind magische Wesen, so erklärte es die Prinzessin einst, deren Verbindung miteinander ein Überleben sichert und absolute Kraft gewährleistet. Wenn es der Königin schlecht ging, bereicherten sie sie, wenn es ihr gut ging, zehrten sie von ihr. Sie dienen als Spiegel von Aurelis. Geht es unserer Welt schlecht, geht es den Blüten schlecht."
Mit dem Finger über die Blüte streichend, neigte Aire den Kopf.
„Sie riechen wie frisch gebackene Manjanis in der Morgensonne, süßlich und schwer, betörend. Ein pelziger Geschmack bleibt auf der Zunge zurück. Aber jener vergeht, sobald man den Hain durchschritten hat."
„Ich mag Manjanis. Da fällt mir ein, hast du schon zu Abend gegessen?"
Die Frage riss Aire aus den Gedanken. Wollte er ihr nicht zuhören oder KONNTE er ihr nicht konzentriert folgen?
„Hoheit, ich habe das Gefühl, Ihr seid etwas abgelenkt? Ich will Euch nicht langweilen."
Hochblickend erstarrte sie. Natürlich hatte sie gespürt, dass er sich neben sie gesetzt hatte, aber …

Quar schwieg. Er hatte das Gefühl, dass die Geschichte etwas verändern würde. Nicht etwas – alles. Und diesmal gestand er es sich schonungslos ein: Er war ein Feigling, was Veränderungen betraf.
„Aire."

Ihren Blick auf sich fühlend, widerstand er dem Drang, zu ihr zu schauen.
„Will ich diese Geschichte wirklich hören? Oder ist es am Ende nicht nur das – eine Geschichte? Ja, gut. Du sagst, du warst mit Quras auf den fliegenden Inseln. Und du sagst, es sei ein heiliger, magischer Ort gewesen. Gut, die Königin der Ashai hat dich verzaubert. Aber was soll das alles mit dem Anschlag auf sie zu tun haben?"

Und dann machte Quar den verfänglichsten all seiner je begangenen Fehler: Er drehte sich zu ihr und erstarrte. Ihr heißer Atem strich über seine Lippen, ihre Augen, geweitet vor Schreck, schimmerten im Kerzenlicht betörend.
„Aish!"
Leise fluchend gab es für ihn nur zwei Möglichkeiten: Angriff oder Flucht.

Kapitel 23
Madras

Dorf Juffa, Reich der Kokua

Es war spät in der Nacht. Starr sah Madras auf ihre blutigen Finger. Sie hatte versagt. Schluckend rieb sie sich über die Stirn, um ein Weinen zu vermeiden.

„Es tut mir sehr leid." Die Worte hauchend, konnte sie den Kopf nicht anheben. Es roch nach Erbrochenem und Blut. Die Krusten klebten unter ihren Fingernägeln, an ihrer Wange, an ihrem Gewand.

„Ich bin zu spät gerufen worden … ich …"

Das bittere Weinen der Frau zerriss Madras' Herz. Die Stille im Zimmer ließ alles noch schlimmer wirken. „Es war kein Leben in dem Knaben. Es tut mir leid."

„Ihr wiederholt Euch, Heilerin."

Die Worte des Mannes waren gebrochen, nicht unfreundlich, aber kalt. Er musste soeben den Verlust seines Sohnes verarbeiten. Madras war ihm nicht böse deswegen.

„Desmond, ich tat alles, was auch … was auch Rijela getan hätte. Verzeih, ich konnte es nicht retten."
„Ihn. Du konntest Stefan nicht retten."
Sie hatten dem Baby einen Namen gegeben. Es war eine Unsitte und viele glaubten, das würde Unglück bringen, aber Madras verstand ihn. Sie hätte ihr Baby auch nicht als Es bezeichnet.
Die blutigen Tücher zusammenbindend, würde sie sie in der Hütte verbrennen. Und dann, endlich, hörte sie die Schritte von Jahnsen. Er, der die Toten bereitete, würde nun übernehmen.
„Bitte, Siva, bleibt im Bett und schont Euch die kommenden Tage. Wenn die Blutungen nicht aufhören, lasst nach mir rufen! Und Ihr wisst, solange Ihr nicht genesen seid, ist der Akt nicht gestattet."
Jahnsen räusperte sich.
„Ich übernehme ab hier. Habt Dank für Eure Bemühungen, Heilerin. Man kann nicht jedes Leben retten."
Jahnsen wirkte so erfahren und stattlich in seiner schwarzen Robe.
„Leider."
Obwohl sie sich vor ihm als Ehemann fürchtete, zollte sie ihm für seine tägliche Arbeit Respekt.

Die Hütte verlassend, ging sie ein weiteres Mal alles durch, was von Bedeutung war. Hatte sie einen Fehler gemacht? Wo war sie falsch gelegen? Wo hatte sie sich verschätzt? Hatte sie den Herzschlag des Kindes wirklich noch vor der Geburt gehört?
Die Schritte führten sie über den Dorfplatz hinunter zum Bach. Das Rauschen des Wassers war ihr so vertraut wie der unebene Weg. Die Türe zur Hütte öffnend, sah sie längst nicht mehr klar. Verschwommen von den Tränen trat sie zur Feuerstelle und begann, die blutigen Handtücher zu verbrennen. Der Rauch roch beißend nach Tod, aber wahrscheinlich bildete sie es sich nur ein.

„Vergebung." Das Wort raunend, rannen die Tränen ungehalten über ihre blutige Wange. „Vergebung."
Aber sie erhielt keine Antwort. Ryu schlief, wie er es sollte, und sie fühlte sich schmutzig und verloren.
„Waschen. Ich muss mich waschen."
Das Blut eines Neugeborenen an den Händen war ein schlechtes Omen. Es brachte Unglück! Also verließ sie die Hütte durch den Seitengang und machte sich auf den Weg hinunter zum Bach. Es waren nur wenige Schritte, bis sie auf dem schmalen Wiesenstreifen stand, von welchem man in den Flusslauf treten konnte, ohne weggerissen zu werden. Eine kleine Seitenbucht, Rijela hatte sie selbst im Laufe der Sommer und Winter angelegt.
Die Jella von den Haaren lösend, strich sie sich das blutige Oberkleid ab, bevor sie die Schuhe öffnete und aus den Strümpfen stieg. Es war mitten in der Nacht, sie hatte keine Bedenken, nackt im Fluss zu baden. Bitterlich weinend stieg sie in das kalte Nass, ihre Hände immer fester aneinander reibend.

Vollkommen starr stand Ryu im Schatten der Hintertüre. Das Licht des Nachthimmels und des strahlenden Moquars erhellte Madras' glatte Haut. Sie wirkte wie reinster Alabaster, unberührt und wunderschön. Ihre Haare wurden geöffnet, fielen ihr in dichten Fluten über den Rücken. Sie hob ein Bein an den Stein und strich die Strümpfe nach unten, um am Ende auch ihr Unterkleid und die Bandagen abzulegen. Nackt, wie sie geboren worden war, strauchelte sie ins Wasser und weinte. Er hörte ihr bitteres Schluchzen, der Wind trieb es an seine Ohren.
Schon in der Hütte hätte er sie fragen können, aber wahrscheinlich war es klüger, den Schlafenden zu mimen, als Anteilnahme zu heucheln, wo er keine empfand.

Empfand er wirklich keine? Er war sich nicht so sicher. Gut, ihre Lüge hatte ihn im ersten Moment erzürnt. Als er zum ersten Mal aufgewacht war und begriff, dass sie ihn wirklich ausgetrickst hatte, wollte er ihr den Hals umdrehen. Aber dann hatte er seinen Körper betrachtet und begriffen, was sie alles getan hatte. Sein Schenkel war geschient, seine Schnitte sauber verarztet, seine Striemen am Rücken eingecremt, seine geprellte Rippe bandagiert. Es musste sie unsagbar viel Kraft gekostet haben, immerhin hatte sie keine Hilfe dabei gehabt. Und wenn er wach gewesen wäre, er hätte wahrscheinlich irgendwann vor Schmerzen das Bewusstsein verloren.

In den Schatten zurückweichend, hörte er leise Schritte. Jemand schlich um die Hütte herum. Er kannte die Person nicht und sie konnte ihn nicht sehen, dessen war er sich absolut sicher. Aber der Mann sah Madras. In seiner schwarzen Kutte mit grimmigen, gierigen Augen sah er ihr zu, wie sie sich reinigte. Auch er hörte ihr Weinen, aber statt Mitgefühl sah Ryu ihn zufrieden lächeln. Der Mann ergötzte sich an ihrem Leid, daran gab es keinen Zweifel mehr.

Als nach ewiger Zeit Leben in Madras kam, wich der Kapuzenträger selbst in den Halbschatten zurück. Ryu konnte ihn noch immer sehen, aber für Madras wäre er nur ein Schatten im Schatten. Was hatte er vor? Denn DASS er etwas vorhatte, stand außer Frage.

Sie ist Elementaristin, ich muss mir keine Sorgen machen. Sie fegt ihn einfach von den Beinen.

Er versuchte sich zu beruhigen. Sie hatte ihm die kleine Magiekugel als Warnung gezeigt. Sie würde sich verteidigen können, wenn es denn sein musste.

Doch Ryus Stirn legte sich, kaum war der Gedanke gesponnen, bereits zweifelnd in Falten. Madras weinte noch immer. Das ganze lange Baden hatte nicht ausgereicht, um ihre Tränen zu beenden. Wie konnte sie auf der einen Seite so stark erscheinen und auf der anderen Seite so schwach sein? Worüber weinte sie überhaupt? Jetzt wurde er zumindest neugierig. Aber auch wachsamer. Gut, wirklich eingreifen konnte er nicht, dazu war er zu angeschlagen und müsste sich enttarnen.
Unsicher sah er zurück in die Hütte, dann wieder zu Madras. Bis er fand, was er suchte, würde eine gewisse Zeit vergehen. Und in dieser Zeit wäre sie mit dem Beobachter ganz alleine.
Was machst du dir so einen Stress? Als ob es dich sonst interessiert, ob jemand vergewaltigt wird!
Aber er brauchte Madras noch. Sie war die einzige Heilerin des Dorfes. Sie musste ihn zusammenflicken.
Er kann sie haben, wenn ich gesund bin. So machen wir es.
Eine gute Idee. Sie löste so manchen Konflikt in seinem Inneren. Ächzend wandte er sich von dem Anblick ab und begann, zu seinem Lager zu humpeln. Irgendwo musste da sein Dolch liegen und jenen würde er eventuell als Warnung einsetzen.

„Wie schön du aussiehst."
Jahnsens Stimme riss Madras aus den Gedanken. Sie hatte sich eben ihr Unterkleid angezogen und die nassen Haare zu einem dicken Knoten im Nacken gedreht, als er aus dem Schatten trat. Oben am Hügel stand er, bescheiden und doch erhaben, als würde er über ihr stehen. Sein Gesicht lag im Halbschatten seiner Kapuze, dennoch wusste sie, dass er sie von oben nach unten musterte. Mehr als das. Er sah sie an, als wäre sie nackt.

„Ich wollte aus dir mein Weib machen, weißt du das, kleine Madras?“
Schritt für Schritt setzte er sich in Bewegung. Langsam, unaufhaltsam, wie eine Lawine, die sich dem Tal näherte und alles mit sich riss, was sie fand.
Ihre Handflächen wurden feucht, ihr Mund dagegen trocken. Ihr Herz begann zu rasen, aus Angst fielen ihr keine Formeln mehr ein. Ihr Vater war in den Bergen, sie hatte niemanden, der sie beschützen konnte und Jahnsens Worte verhießen nichts Gutes.
„Oh, schau nicht so verschreckt. Du bist doch sonst nicht so schüchtern. Gerade erst gestern hast du doch mit Inge gestritten. Worum ging es nochmal? Ach ja, ein Buch, das ihr gelesen habt.“
Er hatte sie fast erreicht. Intuitiv begann Madras vor seiner großen Gestalt zurückzuweichen, aber er lotste sie gekonnt zu dem knorrigen alten Baumstamm der toten Trauerweide.
„Warum läufst du immer vor mir weg? Was habe ich denn so Schreckliches getan?“
Madras öffnete den Mund, schloss ihn wieder. Ihre Finger verschlossen sich krampfhaft. Nachdenken! Sasane hatte ihr alles beigebracht, was sie bräuchte, um den Mann zu vernichten. Dummerweise fiel ihr in der Sekunde rein gar nichts mehr davon ein!
„Ihr dürft nicht hier sein!“
Den Satz stammelnd, zuckte sie erschrocken zusammen, als sich seine Hände anhoben. Tränen schossen ihr in die Augen, erneut benetzten sie ihre Wangen.
„Was fürchtest du dich denn so, mein Kind?“
Er schlug die Kapuze zurück und sah zufrieden lächelnd auf sie hinab.

„Weißt du, warum ich verwundete Menschen mag, die auf Krankenlagern bewusstlos liegen? Sie sind meistens keine guten Beschützer. Und dein Vater hat mich heute wirklich verärgert."
Seine Stimme bekam etwas Lauerndes. „Ich wollte dich wirklich haben, ich sah in dir etwas Besonderes. Geehrt hätte ich dich. Begehrt. Vielleicht sogar geliebt."
Madras' Tränen trafen sich an ihrem Kinn und tropften hinab auf den feuchten Untergrund. Geliebt. Er sprach von Liebe! Er wusste wahrscheinlich nicht einmal, was Liebe war!
„Aber dein Vater musste sich als Held aufspielen. Hast du das gewusst?"
Er forschte kühl in ihren Augen, immer näher kam sein Gesicht dem ihren.
„Nein. Das hast du nicht. Hättest du es gewusst, du wärst weggerannt, als du mich gesehen hast."
Ekel erfüllte Madras, als seine Hand ihre Wange berührte. Erschrocken schrie sie auf, ein Laut, der von seiner Handfläche unterdrückt wurde, als er sie auf ihre Lippen presste.
Mit dem Druck auf ihren Mund, drückte er ihren Kopf an den Baumstamm. Gnadenlos, brutal, schmerzhaft.
„Ich wäre freundlich zu dir gewesen. Aber jetzt …"
Ihre Augen weiteten sich vor Entsetzen, als er ihr Unterkleid mit einem heftigen Ruck an den Seitennähten zerriss. Mit den Händen begann sie panisch gegen seine Brust zu drücken, schnaufend drang ihr Atem durch die Nase hervor.
„Jetzt muss ich kein lieber Mann mehr sein."
Kalt funkelte er sie an. Seine Hand ignorierte ihre Gegenwehr, zielsicher glitt sie zwischen ihre Beine, welche sich automatisch fest zusammenpressten.
„Verteidigst du dich etwa, kleine Heilerin? Das ist ja lächerlich!"

Seine Finger gruben sich schmerzhaft in Madras Wangen, grob riss er ihren Kopf nach vorne und donnerte ihn zurück gegen den Baum. Er hörte Holz splittern und sah, wie sie vor Schmerzen fast die Besinnung verlor. Ihre Beine wurden weich, ihr Körper verlor an Anspannung. Einzig seine Hand hielt sie dank seiner Kraft noch aufrecht.
„Oh, du blutest."
Es klang nicht bedauernd, sondern wie eine Feststellung.
„Und jetzt halte still, damit ich …"

Es klirrte laut, als direkt neben ihm am Stein ein gläserner Krug zerschellte. Die Splitter segelten durch die Luft, verletzten dabei zum Glück niemanden. Dennoch zuckte Jahnsen erschrocken zusammen. Er hatte niemanden gesehen, und auch jetzt, wo er sich suchend umsah, konnte er nichts entdecken. Die Hütte lag in vollkommener Dunkelheit, die Büsche tanzten ungestört im Abendwind. Er sah niemanden, aber irgendjemand hatte ihn entdeckt. Und wenn er nicht am Ende aufgeknüpft an einem Baum landen wollte …
Schnaubend ließ Jahnsen endlich Madras' Gesicht los.
„Heute hast du Glück gehabt! Aber wer auch immer das war, er wird nicht immer da sein!"
Ein letztes Mal glitten Jahnsens Augen über die erhöhte Landschaft und Rijelas kleine Hütte, bevor er sich abwandte und losging. Nicht zu eilig, nicht zu langsam.
Dem Bachverlauf folgend, hatte er den Gedanken an Madras' nackten Körper nur verschoben. Immerhin musste er ein Baby verbrennen und durfte bei seiner Arbeit keine Fehler machen.
Denn auch wenn Jahnsen vor den Lebenden keinen Respekt hatte – den Toten zollte er ihn immer.

Kapitel 24
Yana

Erde, Deutschland

Die lauwarme Luft, vermischt mit den Gerüchen von Pizza und Blüten, ließ Yanas Herz für Sekunden ruhiger schlagen.
„Du weißt, dafür musst du mir nicht danken."
Marius' Stimme wurde sanft und ruhig. Zugleich aber auch bedauernd und leidend. Nicht nur sie erinnerte sich an damals, als wäre es gestern gewesen …

„Komm schon, Yana! Die Loveparade wird DER Wahnsinn!!"
„Ich weiß nicht, Johanna. Ich bin kein Fan von Massen."
„Ach, komm schon. Bitte!"
Johanna hatte sie angesehen. Große Augen, dunkel und flehend. Einem Bernhardiner gleich.
„Bitte."
Und Yana hatte nachgegeben. Sie waren zur Loveparade gefahren. Vier Freundinnen, aber nur eine war nach Hause gekommen.

„YANA! HILF MIR!" Das Echo von Johannas Stimme hallte in ihren Ohren nach, während sie weitergeschoben wurde. Massen drängten sie vorwärts und wenn sie sich in die falsche Richtung wandte, stießen Körperteile anderer Menschen schmerzhaft gegen sie. Sie hatte panische Angst, ihr Herz schlug ihr bis zum Hals, ihre Hände waren nass vom Schwitzen. Es war dunkel im Tunnel, durch den sie gepresst wurde, aber trotz des Schattens schwül.

„NICHT! BITTE!"

Es waren die letzten Worte, die sie von Johanna hörte. Sie war gestolpert und noch bevor Yana ihr auf die Beine helfen konnte, war sie bereits im wabernden Leib der Menschen verschwunden. Eine seltsame Leere erfasste ihr Inneres. Sie konnte nicht begreifen, was um sie herum geschah. Aus einer feiernden Masse von Menschen, lachenden Gesichtern und guter Laune war absolutes Entsetzen geworden. Alle hatten begriffen, dass etwas schiefging. Es war nicht so, wie es sein sollte, wie es immer gewesen war!

Strauchelnd stolperte sie über einen Schuh, der ohne Besitzer dagelegen hatte. Ein Mädchenschuh. Und dann sah sie aus den Augenwinkeln zwischen den Beinen der Massen einen Körper liegen. Es war die Trägerin des Schuhes, ihre leblosen Augen starrten ins Nichts, während Blut aus ihrer Nase und den Ohren rann. Man hatte sie zu Tode getrampelt. Johanna würde genauso aussehen …

Yanas Entsetzen wurde zu einer Panikattacke. Sie bekam keine Luft mehr, begann, mit den Armen um sich zu schlagen und keuchte auf.

„Ich muss hier raus … bitte, ich muss hier raus!"

„Beruhige dich!"

Die Stimme kam von hinten, zwei Arme schlossen sich schützend um ihre Oberarme, schoben sie weiter und hielten die Menschen etwas auf Abstand.

„Tief atmen, keine Angst. Ich bin groß genug, ich halte die Leute fern von dir. Ein und aus und ein und aus."
Seine Stimme war bestechend klar. Sie konnte sich nicht umdrehen, dafür war es zu eng, aber als sie den Kopf flüchtig in den Nacken legte, sah sie in fremde, aber helle blaue Augen.
„Ich bin Marius, schön, dich kennen zu lernen. Nicht, dass die Lage hier als toll zu bezeichnen ist. Aber wir schaffen das, hörst du?"
Sie nickte und ließ sich weiterschieben und stützen. Marius hielt sein Versprechen. Stunden stand er direkt bei ihr, hielt dem ärgsten Druck stand, um ihn ihr abzunehmen. Er beschützte sie mit seinen Armen, seinem Rücken, seiner Brust. Und als sie im Zelt der Sanitäter saßen, sah sie die Prellungen und blauen Flecken an ihm. Er hatte eine Menge abbekommen und sie hatte es nicht einmal gemerkt.
Jasmin und Sarah waren beim Versuch, die Hauptrampe hinaufzukommen, erdrückt worden. Ihre toten Körper hatte man erst bei den Evakuierungsmaßnahmen zum Ende hin bergen können. Sie waren identifizierbar gewesen, aber von Sarahs Mutter wusste Yana, dass der Anblick schlimm gewesen war.

„Das war …" Marius wusste selbst nicht so recht, was er sagen sollte oder konnte.
„Ich war froh, dass ich dich erreicht hatte, bevor du unter die Massen geraten bist. Ich weiß nicht, was ich getan hätte, wenn ich… ich meine…" Er brach ab. Stockend verdüsterte sich sein Gesicht, verdunkelten sich die hellen Augen.
„Du hast Stunden mit mir geredet, erinnerst du dich noch?"
Ihre Frage ließ ihn nicken. Natürlich erinnerte er sich.
„Und du hast kein Wort gesagt."
Schweigend starrte sie zum See, dann auf ihre Hände. „Ein paar Sekunden, bevor du mich gefunden hast, wurde meine Freundin

im Tunnel unter die Massen gedrückt. Sie ist gestolpert und ich hörte sie schreien, aber man konnte ihr nicht mehr helfen."
„Johanna."
Überrascht sah Yana auf. „Woher weißt du das?"
„Ich sah sie … und dich … und als sie stolperte, musste ich mich für einen von euch beiden entscheiden. Aber du hast Panik bekommen und ich wusste, dass du ebenfalls sterben würdest, wenn ich dich nicht erreiche."
Er war da gewesen. Damals schon. „Du hast mich beschützt."
„Natürlich. Und die Loveparade war ein Horror für mich. Allein die Vorstellung, dass du in all den Massen tanzen würdest. Aber niemand rechnete mit … dem Ausgang."
Er hatte recht.
„Woher hattest du die Wasserflasche?"
Erst jetzt fiel es ihr ein. Ihnen war nie das Wasser ausgegangen. „Ich dachte mir damals, dass du immer wieder welche abfangen würdest, die von den Sanitätern in die Massen gegeben wurden …"
Sein bedauernder Ausdruck blieb. „Nein. Es war meine Flasche. Ich sorgte mittels Magie dafür, dass das Wasser nie ausging. Ich … wünschte, ich hätte mehr tun können, aber es hätte deine Tarnung gefährdet und das durfte ich nicht riskieren."
Ihre Tarnung. Ja. Das alte Leben als Yana lag wohl eindeutig hinter ihr.
„Nein, tut es nicht."
Wütend ballten sich Yanas Hände zu Fäusten. „Lass das. Ich mag meine Gedanken nicht mit dir teilen!"
„Dann musst du mich ausschließen. Solange du es nicht tust, kann ich nichts tun."
Seufzend zuckte er mit den Schultern.
Ausschließen.

„Und wie soll ich das machen?“
Yanas Stimme wurde bitter. Für ihn war das alles so einfach. So logisch und nachvollziehbar. Er sprach von Magie, die das Wasser nie enden ließ. Von Gedanken, die man aussperren oder verbergen konnte.
„Ich kann mir schwer ein Schild vor den Kopf hängen, auf dem steht: Bitte draußen bleiben!“
Marius lächelte. Er nahm ihr ihren Sarkasmus und Zynismus nicht übel.
„Wie es genau geht, kann nur ein Meister erklären. Egon zum Beispiel, oder vielleicht Dax.“ Versonnen sah er wieder hoch zum Himmel. Er drängte sie nicht zum Aufbruch. Wie damals strahlte er eine unbesiegbare Ruhe und Stärke aus. Wie damals in den Massen, damals in dem Zelt.
„Hattest du noch lange Schmerzen?“
„Quatsch. Ich heilte mich noch am selben Abend. Es waren ja nur blaue Flecken.“
„Ich … hatte Albträume deswegen. Erst, als ich dich auf der Uni wiedersah und begriff, dass du noch am Leben bist, hat das aufgehört.“
Seufzend stimmte er ihr zu. „Ich weiß.“
Wie viele Stunden war er nachts auf der Gartenmauer gesessen, verborgen im Schatten, und hatte versucht, ihre Träume abzufangen? Und wie oft hatte er akzeptieren müssen, dass er nichts tun konnte? Nicht aus der Ferne.
Schließlich spürte er ihren aufmerksamen, aber zugleich auch ängstlichen Blick auf sich. Den Kopf etwas neigend, sah Marius sie fragend an.
„Was?“

Es war für Yana ungewöhnlich, dass sie die Fragen, die ihr auf der Seele lagen, nicht sofort in Worte fasste.
„Wenn wir auf dem Planeten sind … in Aurelis … wirst du dann auch dort sein?"
Direkter konnte sie es derzeit nicht formulieren, aber er verstand es auch so. Er spürte die Angst, die ihre Seele plagte. Angst vor dem Alleinsein, vor dem Neuen.
„Yana, da wo du bist, bin auch ich. Und wenn du mich brauchst, drehst du dich um und schaust mich an. Es wird keine Sekunde in deinem Dasein als Prinzessin geben, wo ich nicht mein Leben für deinen Schutz geben würde."
Das klang fast zu dick aufgetragen, aber seine Augen offenbarten die Wahrheit. Nein. Marius log nicht. Er war bereit, für sie zu sterben.
„Marius … ist dein Äußeres dann auch anders?"
Überraschend begann er zu lachen.
„Das will ich hoffen. SO kann ich mich zu Hause auf jeden Fall nicht blicken lassen!"
Im selben Atemzug, wie er sich wieder beruhigte, drückte er besänftigend ihre Schulter mit seiner Hand.

Die Welt vor Yanas Augen verblasste. Schmerzen durchfluteten ihre Schläfen, wie in gleißendes Licht getunkt blendete sie die Umgebung.
Stöhnend presste sie sich die Fäuste gegen ihren Kopf, aber die Realität, wie sie sie kannte, verblasste zunehmend. Das Gras vermischte sich mit Stein, der Himmel mit einer Decke. Sie war in einem Haus, wie konnte sie auf einmal in einem Haus sein?! Und wessen Stimmen vernahm sie?

„Es tut mir leid."
In seinen Augen standen Tränen. „Bitte glaube nicht, dass ich dir nicht folgen werde."
„Vaeis ..."
Dunkelblaue Fluten fielen über seinen Arm, als er ihren zierlichen Körper auffing. „Ein Leben ohne dich ist kein Leben. Wie konntest du nur so an mir zweifeln!"
Und mit ihr zu Boden brechend, lächelte sie. Es war voller Zuversicht und Liebe.
„Was uns verbindet, wird ewig leben."
Ihre Stimme war so klar wie die Luft nach einem Gewitter, wie das Wasser eines Quellbaches.
„Aber … du hast …"
Er weinte um sie. Und sie weinte mit ihm.
„Ich musste es tun. Versteh doch. In einer Welt wie dieser kann ich nicht leben. Unser Sohn ... Wo ist unser Sohn?"
Vaeis stützte ihren Körper, und da sah sie die Wiege. Gold umrahmt im funkelnden Mondlicht.
„Mischling werden sie sagen. Unreine Seele. Sie werden ihn verhöhnen."
Bitter wurde ihr Weinen. „Er soll mit uns gehen … Vaeis. Lass ihn nicht alleine zurück."
„Risanja!" Scharf zischte er ihren Namen. „Was ist nur in dich gefahren!" Und begriff. In ihren Augen lag der Schatten der Verdammten, ein grauer Schleier, der sich flüchtig über die blauen Augen legte.
„Wann hast du dich angesteckt?! Wieso hast du nichts gesagt?"
„Bist der Prinz … Wie könnte ich dich damit belasten?"
„Du Närrin! Es hätte vielleicht eine Heilung gegeben!" Unter den aufkommenden Tränen stieß Vaeis den Fluch hervor.

„Nein … und das wissen wir beide."
Da war sie wieder – die Frau, die er liebte. Die Tochter des Königs aus dem Reich des Wassers. Er hatte gesündigt. Die Linie durchbrochen. Keine Ashai war in seinem Bett gelegen, sondern eine Quin.
„Risanja …"
Und obwohl sie das Kind erhofft hatte, riss es nun den letzten Hauch von Leben aus ihrem Körper.
„Risanja …"
Bitter begann Vaeis zu weinen, bevor sein Weinen in einen grellen Aufschrei wechselte. Zorn, Schmerz, Hass, Wut – er brüllte es hinaus in den weiten, offenen Himmel.

Würgend rang Yana nach Luft. Was sie soeben erlebt hatte, war so intensiv gewesen, dass sie fast meinte, DA gewesen zu sein! Sie konnte Risanjas Trauer ebenso deutlich fühlen wie Vaeis Schmerz. Seine Leere, das Gefühl, versagt zu haben!
„Yana …"
Marius' Stimme drang an ihre Ohren. Er klang wie aus weiter Ferne. Eine Wasserflasche wurde an ihre Lippen gehalten, gierig trank sie davon.
„Was … was war …"
Yanas Stimme war ein kraftloses Krächzen. Und dann begriff sie, dass sie in der Wiese lag. Wann war sie umgefallen?
Marius fixierend sah sie, wie sich seine Lippen schürzten und seine Stirn in Falten legte. Er wirkte zum ersten Mal, seit sie ihn kannte, beunruhigt.
„Ein Blick." Kurz und bündig die Antwort von ihm.
„Blick?"
Marius nickte knapper als nötig. Und auf einmal begriff Yana, dass er sich Sorgen um sie machte.

„Das ist nichts Gutes, oder?“
Marius schwieg eisern. Er wollte ihr darauf keine Antwort geben.
„Rede mit mir!“
Je länger er schwieg, desto wütender wurde Yana. Wütend, weil sie wieder Angst bekam.
„Es … es offenbarte mir nur eben eine deiner Gaben und … nun… ich rechnete nicht damit, eine Seherin zu schützen.“
Eine Seherin?
„Du … wir sollten aufbrechen.“
Marius wirkte wie ausgewechselt. Statt auf eine Antwort zu warten, zog er Yana auf die Beine. Doch jener fiel bereits eine neue Frage ein: „Marius, warum hatte ich diese Vision erst jetzt? Du hast mich inzwischen doch oft genug berührt?“
Seine Hände lösten sich von ihren Armen. Ernst sah er in ihre Augen.
„Die Barrieren deiner Mutter zerfallen. Deine Gabe beginnt erst zu erwachen. Sie wird von Minute zu Minute stärker werden. Nimm dich in Acht, Yana, und berühre keinen Menschen, du weißt nicht, wann du wieder etwas sehen wirst!“
Seine eindringliche Stimme nagte an Yanas Selbstbewusstsein. Dennoch nickte sie.
„Ich versuche es.“
Und dann machten sie sich zu Fuß auf den Rückweg. Marius lebte schon so lange auf dieser Welt, dass er an den einfachsten Weg gar nicht mehr dachte – die Teleportation.

Kapitel 25

Ash

Ebene des Todes, Moquar

Neues Zeitalter der Kokua

Es gab Momente, in denen Ry'jin das Leid erfasste und wahrlich spürte. Momente, in denen sie sich an ihren Vater und ihre Mutter so klar erinnerte, als wären sie noch am Leben. In diesen Momenten hörte sie das glockenhelle Lachen ihrer fünf Jahre alten Schwester. Hörte sie ihr Summen: „Die Sterne lachen den ganzen Tag, der Mond lacht mit, weil er es mag. Ich bin so klein und gar nicht wichtig, aber mein Leben lebe ich richtig. Der Gott kennt Böse, der Gott kennt Gut, bin die, die das Eine und Andere tut. Bin nur eine kleine Stimme, hier unter diesem schönen Himmel."
Die Worte flüsternd war es ein Reim gewesen, den ihre Schwester immer gesungen hatte. Fünf. Sie war erst fünf gewesen. Klein und hilflos und verängstigt.
„Er ist gestolpert. Mein Vater war kein Shiya. Er hatte keine Flügel."

Also war der Vater ein Namenloser gewesen.

„Meine Mutter starb bei einem Anschlag, als Hizumi zwei war. Und jetzt ist sie ebenso starr und klamm, wie Vater es ist. Wie jeder auf dieser Ebene."

Bitter sah sie hoch. In der Ferne schwebte der wunderschöne blaue Planet – Aurelis. Und dann sah sie wieder hinab. Eine kleine, filigrane, aber vom Dreck und Ruß des Planeten beschmutzte Hand lugte unter Ashs Umhang hervor. In die Knie sinkend kostete es Ry'jin einiges an Überwindung, um am Ende den Mantel über die Hand zu schieben. Er hatte ihren Namen gehaucht. Seine Stimme war ein gebrochenes Flüstern gewesen und zum ersten Mal ließ sie zu, dass jemand sie berührte. Seine Hand legte sich auf ihre Schultern. Zärtlich war der Druck, mit dem er ihr filigranes Geflecht an Muskeln und Flügelsträngen unter der Haut ertastete.

„Ich mag keine Berührungen von Fremden."

Die Worte hauchend, kniete sie noch immer. Ihr fehlte die Kraft, um sich wieder zu erheben.

„Ich bin kein Fremder mehr für dich."

Seine Erwiderung ließ ihr Herz etwas ruhiger schlagen. Aber dann, mit einem tiefen Atemzug, war die Ruhe verblasst. Wie der Morgennebel in den Bergen von Ahrn Suhl, wenn er der Sonne weichen musste.

„Ich wuchs ganz in deiner Nähe auf."

Wispernd und starr war sie.

„In den Bergen von Ahrn Suhl."

„Wirklich?"

Er schien froh, dass sie ein Thema anschnitt, das er kannte.

„Dann hast du jeden Tag auf uns herabgesehen?"

Ihre Lippen schürzten sich, leicht nickend sah sie betreten zur Seite.

„Wir alle taten das. Eines unserer Dörfer liegt dort oben, und ich genoss jeden Morgen das Spiel der Flammen auf den Dächern eurer Feste."
„Feste?"
Gespielt spöttisch erklang seine Stimme.
„Ich finde, Aschengarten war mehr als nur eine riesige Feste. Es war eine Stadt, die pulsierte und Handel betrieb. Sie war voller Leidenschaft und..."
„Voller Leid, nicht Leidenschaft. Dein Vater ließ die Familien, die unnütz waren, verhungern."
Ohne zu zögern kritisierte sie den verstorbenen Fahir. „Er hatte sein eigenes Maß von richtig und falsch. Wertvoll waren Magier, Krieger, Mitglieder der oberen Schichten. Wertlos waren die, die nichts konnten. Vor drei Wintern ließ er eine Massensäuberung der unteren Ebenen anordnen. Wusstest du das?"
Ash schwieg. Damals war er noch kein Mann gewesen, er hatte keine Mitsprache in Regierungsangelegenheiten gehabt.
„Ihr seid aus eurer Hauptstadt von den Kokua vertrieben worden, sie drängten euch den Steppen der Sukai zu, aber dein Vater entschloss sich für die Becken von Ahrn Suhl. Wieso?"
Endlich erhob sie sich. Sie sprachen über politisch getroffene Entscheidungen und standen inmitten eines riesigen Feldes von Toten. Es war makaber. Es war real. Es war wichtig.
„Weil er in diesen Becken geboren wurde und Aschengarten der liebste Ort meiner Mutter war."
Das hatte Ry'jin bereits gewusst. Aber immerhin log Ash sie nicht an. Also stellte sie die nächste leise Frage: „Hast du die Ruinen von Sular je betreten?"
Sular – die Hauptstadt seines Volkes. Nein. Falsch. Die ehemalige Hauptstadt seines Volkes. Dann wurden sie von den Kokua

vertrieben, um im Becken von Ahrn Suhl noch ein paar Jahre Frieden zu finden.
„Natürlich. Es war eine meiner rituellen Prüfungen, als ich ein Mann wurde."
Ry'jins Blick legte sich auf ihn. Ernst und nachdenklich. Für einige Momente rechnete er nicht mit einem weiteren Wortwechsel, dann jedoch hauchte sie: „Hast du es bemerkt?"
„Was genau meinst du?"
Verwirrt neigte Ash den Kopf etwas, doch die Antwort, die er erhielt, war noch unbefriedigender: „Denk nach."
Sich abwendend, ließ Ry'jin Ash inmitten der Toten einfach stehen. Er war schutzlos und war es dank ihr doch nicht. Denn sie setzte sich auf den Hügel, auf welchem sie jede Nacht gesessen hatte, und hielt ihre stille Wache, während seine Silhouette nach Stunden nur noch als Schemen wahrgenommen werden konnte. Erst mit dem fahlen Schein des aufgehenden Mondes begann seine blasse Haut silbern zu schimmern. Es war nur eine Einbildung, sie wusste es, aber es sah aus, als würde er ein wenig glühen.

Denk nach.
Ash war überfordert, aber er ahnte, dass Ry'jin etwas Wichtiges aufzeigen wollte. Die Augen schließend verließ er nicht das Feld des Todes, sondern versuchte sich zu erinnern. Sular, einst die Hauptstadt der Ruu, lag im Süden des Reiches. Eingebettet in die schroffe Küstenlandschaft, konnten sie hinabsehen auf die tosende Brandung des Meeres. Von vorne konnte man sie nicht angreifen, von hinten nicht, von unten nur sehr erschwert. Sular war eine Stadt, die man in den Berg gebaut hatte. An den Berg, an die Felswand, in den Felsen. Die kleinen Vororte, welche oben entstanden waren, dienten als Verteidigungswälle und als

Handelsposten. In den Kern kam niemand, der nicht eingeladen worden war.
Er war damals nicht eingeladen worden und wäre bei dem Abstieg beinahe gestorben. Die Kokua hatten alles dem Erdboden gleichmachen wollen. Sie hatten die riesigen Statuen der Fahire zertrümmert und in die Fluten geworfen, den Palast inmitten des Berges vernichtet, alle Wertgegenstände gestohlen.
Sie waren wie Wahnsinnige vorgegangen und hatten keine Gnade walten lassen.
Denk nach.
Was meinte sie? Was hatte er dort gesehen und – meinte sie wirklich SEHEN? Grübelnd glitten seine Augen über die leblosen Körper der Tausenden vor ihm. Er nahm den Geruch des Todes kaum noch wahr, aber er spürte ihn. Den Hauch des Schreckens, den dieser Ort erfüllte. Die klamme Hand der Angst, die Menschen erfüllte, wenn sie begriffen, dass es keinen Ausweg mehr gab.
Innehaltend blinzelte er. Einmal. Ein zweites Mal.
Auf einmal wusste er, was sie gemeint hatte.
Ja, er hatte es gesehen. Aber nicht mit seinem Auge, sondern mit seinem Geiste. Er kannte dieses Gefühl, denn er hatte es in Sular auch gefühlt. Unerwartet fluteten ihn die Emotionen an einem Ort, der eigentlich Sicherheit für die Ruu bedeutete.

Als Bewegung in Ashs Körper kam, waren mehrere Stunden vergangen. Und als er Ry'jin erreichte und ansah, da wusste sie, dass er es begriffen hatte. Sie war stolz, sie hatte eine gute Wahl getroffen.
„Sag mir, ob ich richtig liege."

Aber Ash war sich ziemlich sicher. „Du meinst den Schatten, den Hauch der Trauer und die stummen Klagerufe der Toten. Ein Gefühl, das Sular mit dieser Ebene verbindet, denn sowohl dort als auch hier sind Unschuldige abgeschlachtet worden."
Ry'jin antwortete nicht, aber lächelte weich.
„Lass uns zurückgehen, Fahir. Du bist so weit."
Ihre Flügel legten sich an ihren Körper. Leise sirrten die Klingen und sangen ein bezauberndes Lied, als Ry'jin sie aus der Scheide zog und einmal locker im Handgelenk kreisen ließ. Der Weg zurück war genauso unproblematisch wie der Weg hin, aber sie nahm es dennoch ernst und sicherte ihn, bis sie seine Wachen in der Ferne an einem der Höhleneingänge ausmachen konnte.
„Dein Volk, Ash, braucht einen Anführer. Du kannst dieser Anführer sein, ich weiß es."
Die Klingen zurücksteckend verschlossen sich Ry'jins Hände am Rücken und als sie ihn ansah, war die Tiefsinnigkeit aus ihren Augen verblasst. Sie wirkte wieder wie die quirlige Shiya, die mehr Kind als Erwachsene schien.
„Es ist kalt und ich habe Hunger. Lass mich raten, heute gibt es … Fisch!"
Ihr Auflachen klang glockenhell und klar, und als sie sich abwandte und dem Höhleneingang entgegen eilte, hatte ihr Gang nichts Schleichendes mehr an sich. Sie verriet niemandem das wahre Geheimnis. Sie hatte sich nur ihm offenbart.
„Ry'jin?!"
Innehaltend sah sie über die Schulter zurück zu ihm. Es war ein Moment der Einigkeit, des Zusammenhaltes, den Ash nie vergessen würde. Ihr Kopf neigte sich etwas zur Seite, fragend und abwartend fixierte sie ihn.
„Danke."

Und dann lächelte sie. Dieses strahlende Lächeln, welches am Ende schelmisch wurde und ihre grünen Augen keck blitzen ließ.
„Wofür bedankst du dich? Ich tat nur, was jeder andere auch getan hätte."
Mit wippenden Haaren und einem kecken Hüftschwung verschwand sie in der Höhle.

Als er Ry'jin nachsah, fiel Ashs Blick auf die beiden Wachmänner, welche den Eingang kommentarlos sicherten. Sie sahen unglaublich müde aus, nahmen aber Haltung an, als er sich näherte.
„Wie lange seid ihr in dieser Schicht?"
„Seit Sonnenaufgang, Fahir."
Sie standen kerzengerade und sahen an ihm vorbei in die Nacht hinaus. Scheinbar waren sie überrascht, dass ihr Fahir sie angesprochen hatte. Aber Ash wollte sie nicht nur ansprechen. Er wollte sie motivieren, ihnen Kraft geben. Er wollte, wie sein Vater Fyn es gewesen war, ein guter Anführer werden. Und gute Anführer standen NIE über ihrem Volk.
„Ich danke euch, Soldaten. Eure Tapferkeit und euer Durchhaltevermögen beschützt den letzten Rest der Ruu. Nur wegen Männern wie euch können all die jungen und Wehrlosen in den Hallen ruhig schlafen."
Er konnte förmlich sehen, wie ihre innere Einstellung sich veränderte. Sie wurden stolz auf das, was sie taten.
„Wie lauten eure Namen?"
„Quin, Fahir."
„Salus, mein Fahir."
„Quin." Dem Mann die Hand auf die Schulter legend, tat er selbiges bei Salus.

„Salus! Ich werde eure Namen in meine Gebete einschließen."
Die Augen der Soldaten begannen zu leuchten. Ihr Fahir hatte sie nicht nur angesprochen, er hatte sich bei ihnen bedankt, er hatte sie gelobt, und er würde für sie beten.
„Habt Dank, Fahir."
„Nein. Ich habe zu danken."
Sie verneigten sich tief, als Ash sich wieder auf den Weg machte. Die Schächte waren mit kleinen schwebenden Feuerkugeln ausgeleuchtet und dank der späten Stunde herrschte fast vollkommene Ruhe. Aber eben nur fast. Aus den Augenwinkeln bemerkte er immer wieder einen huschenden Schatten. Abzweigung für Abzweigung folgte die kleine Person ihm und bestätigte am Ende seine Vermutung: Der Schatten lief ihm nach. Ein letztes Mal testete Ash die junge Person und wich absichtlich in einen Seitengang, der nach hinten in die verlassenen Höhlen führte. Wieder knirschte der Kies hinter ihm, sprang ein Steinchen zu laut über den Boden.
Seine Augen schlossen sich. Eben noch war er auf einem Berg von Toten gewesen, nun stand er seinen lebenden Feinden gegenüber. Verfolgt von Geistern und Lebenden – wie zynisch es das Leben derzeit mit ihm meinte.

Kapitel 26
Quar

Hauptstadt Qeridis, Reich der Quin

Neues Zeitalter der Kokua

Zärtlich trafen Quars Lippen auf die ihren. Er hatte es versucht. Er hatte es sich geschworen! Er hatte stark sein wollen. Aber wenn er eines aus den letzten Wochen gelernt hatte, dann: Das Leben war zu kurz. Sein Leben und ihr Leben. Und er hatte nichts zu verlieren, aber eine Menge zu gewinnen.

Ihr Körper verkrampfte sich. Obwohl er ihren Arm nur federnd berührte, war ihre Anspannung greifbar. Also rechnete er mit allem. Schlägen, Flüchen, Tritten, Wasserschlangen, die seinen Kopf von den Schultern rissen, aber … nichts geschah.

Starr sah sie ihn an, fixierten ihre hellen, glasigen Augen die seinen. Und dann begannen Tränen darin zu schimmern.

„Nicht."

Sich minimal von Aires Lippen lösend, raunte er die Worte heiser. „Bitte, Aire, weine nicht. Ich hasse es, wenn du weinst."

Silbern wie eine Mondperle glitt die Träne über ihren Augenwinkel hinab. Er fing sie mit seiner Hand auf, welche sich anschließend federnd auf ihre Wange legte.
„Bitte weine nicht."
Wieder hauchte er einen kleinen Kuss auf ihre Lippen, wieder sah er fast ängstlich dabei in ihre Augen. Würde sie ihn abweisen? Würde sie ihn verstoßen?
Verdient hätte er es, keine Frage.
„Hoheit …"
Sie raunte seinen Titel, ihr warmer Atem strich über seine vollen Lippen und ließ seine Armhärchen elektrisiert hochfahren.
„Quar. Nenn mich endlich wieder bei meinem Vornamen. Im Hinterhof hast du ihn gebrüllt und seit du die Augen wieder aufgemacht hast, sagst du nur noch Hoheit zu mir."
Ein keuscher Kuss, ein flatterndes Streichen.
„Quar …"
Er würde für sie sterben. In dieser Sekunde begriff er es. War er sich im Hinterhof nicht sicher gewesen, nun wusste er es. „Ich bin verloren."
Die Worte raunend missverstand sie den Sinn dahinter. Doch das war kein Wunder. Sie dachte an die Bürde, die sie darstellte.
„Wie dumm war ich all die Jahre, Aire. Es tut mir leid. Es tut mir so unsagbar leid."
Seine Finger strichen zärtlich eine ihrer Haarsträhnen nach hinten.
„Aire."
Sie schwieg. Starr sah sie in seine Augen, voll banger Angst und mit einem Funken an Hoffnung darin.
„Tu mir das nie wieder an."

Und dann mischte sich Unglaube und Verwirrtheit hinzu. Sie runzelte die Stirn, eine Geste, die Quar ein verzücktes Lächeln entlockte.
„Ich liebe es. Wenn du etwas nicht verstehst, dann runzelst du deine Stirn und deine Augenbrauen wandern zusammen, nur nicht die rechte, die wandert im selben Moment etwas nach oben."
Einen Kuss auf ihre Stirn hauchend, galt der zweite ihrer Augenbraue. Er überforderte sie. Seine Nähe erdrückte sie und er wusste, sobald ihr Verstand funktionierte, wäre er ein ziemlich angeschlagener Fürstensohn.
„Aire, bitte, versprich es mir."
Endlich gab sie sich einen Ruck. Heiser und atemlos klang ihre Stimme. Zutiefst erregend für ihn. „Was soll ich nie wieder tun?"
Seine Lippen eroberten ihren Mund. Für ewige Sekunden gab er sich der Versuchung hin, küsste sie, bis ihre Unterlippe weicher wurde, sie kurz davor stand, nachzugeben. Erst da ließ er ab von ihr, sah wieder in ihre betörenden Augen und gab ihr endlich die Antwort, die er ihr schuldete: „In meinen Armen sterben."
Er war ebenso atemlos wie sie.
„Verflucht soll dieses Piratenpack sein, verflucht alle, die daran beteiligt waren. Als ich sah, wie du bewusstlos wurdest, Blut rann aus deiner Nase … Da schwor ich mir, ich würde nie mehr zur Ruhe kommen, solange nur ein einziger dieser Schatten noch lebte."
Aire schwieg. Berührt, verwirrt, aber ihre Wangen hatten ein weiches Rot angenommen. Und sie warf ihn nicht aus dem Bett, was ziemlich gut war. Mehr als das sogar.
„Also versprich es mir."
Endlich kam Leben in ihren müden Körper. Kühle Finger legten sich auf seine heiße Wange, behutsam, bebend.

„Quar, das … kann ich nicht."
Ihr Lächeln zerriss sein Herz, denn es war voller Zuneigung, Liebe, Demut und der damit verbundenen Aufopferung.
„Ich würde jederzeit dasselbe tun, wenn ich Euch damit in Sicherheit weiß."
Unsagbar langsam strich ihr Finger über seine Stirn, schob die Strähnen zur Seite und offenbarte eine dünne weiße Narbe. „Ich schwor mir einst, was mein Vorgänger tat, als er versagte, würde mir nicht geschehen."
Ihre Hand umschließend, hauchte er einen Kuss auf die Handinnenfläche, dann auf den sensiblen Übergang beim Handgelenk.
„Aire, und wenn ich es dir befehlen würde?"
„Würde ich den Befehl ignorieren."
„Und wenn …"
Ihre Hand löste sich aus seinem Griff. Zärtlich legte sich ihr Finger auf seine Lippen. „Quar, Hoheit, nicht. Verlangt nichts, das ich nicht geben kann. Weder im einen …" Sie neigte sich vor, keusch berührte ihr Mund seine Schläfe, bevor sie weitersprach: „… noch im anderen."
Und er beugte sich. Ihr Lächeln erwidernd, küsste er ein letztes Mal ihre Hand, diesmal jedoch adrett auf den Handrücken, bevor er raunte: „Dann werde ich mich jetzt wieder etwas weiter zurücksetzen und … du kannst erzählen."
Auch wenn ihm der Sinn nach ganz anderen Dingen stand.

Er hielt sein Wort. Ein Teil des Bettes lag zwischen ihnen, er auf der einen Seite, sie auf der anderen. Er in voller Tagestracht, sie im Nachtkleid. Er auf seiner seidigen Bettwäsche, sie darunter. Seine Beine hatte er lasziv ausgestreckt, locker gekreuzt wackelte er gedankenverloren mit seinen Zehen und lenkte so ihren Blick auf die nackten und ziemlich schmutzigen Füße.

„Hoheit?"

„Hm?"

Fragend sah er hoch. Nachdenklich war er in das Bild der Königin der Ashai vertieft gewesen.

„Ihr solltet euch dringend waschen gehen."

Nun sah sie seine Verwirrung. Er wusste nicht, was sie meinte und roch instinktiv an seinen Achseln. „So schlimm?"

Seine Frage schaffte ein kleines Wunder. Aire musste lächeln. Ehrlich und weich. „Nein, aber seht." Sie deutete auf seine schmutzigen Zehen und vollbrachte das zweite Wunder: Quar errötete.

„Oh."

Er war ihr gegenüber noch nie peinlich berührt gewesen. Weder wegen seiner Optik, noch wegen seiner Männlichkeit, die er in diversen Momenten sehr offensichtlich präsentiert hatte. Aber heute schien alles anders zu sein.

„Ich …" Er wusste nicht so recht, was er sagen sollte, doch dann kam ihm eine Idee. Und noch bevor er sie fragte, kam ihre Antwort:

„Nein, das ist keine kluge Idee."

Aber er war Quar. Er hatte selten kluge Ideen und war meistens hoheitlich von ihnen überzeugt.

„Dann befehle ich es dir."

„Hoheit. DAS könnt Ihr mir nicht befehlen."

Funkelnd fixierten ihre Augen ihn.

„Gut, dann …" Er überlegte. Dabei biss er sich auf seine sinnlichen Lippen und trieb Aire einen ungewollten Schauer den Rücken hinab. „Aire, was sagst du, wenn ich dich einfach darum bitte?"

Unerwartet der Satz, die Ehrlichkeit, die Offenheit.
„Hoheit …“
„Ach komm, hör endlich damit auf!“
Aber das wollte sie nicht. Ihr Blick glitt schmerzerfüllt zur Seite. Er hatte recht, seit jener Nacht war sein Vorname eine Qual für sie.

„Es tut mir leid, Aire, hörst du?“
Seine Stimme klang heiser. Er richtete sich auf, seine Hand fuhr sich durch die Haare. „Beim Zweigesichtigen Gott, ich kenne keine Frau, die so stur ist wie du. Willst du es so dringend hören?“
Sie gab ihm keine Antwort. Sie sah ihn aber auch nicht an. Wie zuvor starrte sie zur Seite, schmiegte sich in seine Kissen, als wäre das ein Schutz gegen die Wahrheit.
„Verflucht, ich war scharf wie ein Messer! Ich wollte und brauchte eine Frau! Jeder Tag in deiner Nähe war … ist … Ich dachte, die Ablenkung, der Wein, das alles würde mir helfen, also ging ich hin. Ich ließ mir die Frauen vorführen und du hast sie gesehen, sie sah wirklich …“
Abbrechend begriff er, dass er sich soeben in den Abgrund redete. „Ich war dumm und berechenbar. Ich wählte sie aus und als wir alleine waren, begann sie mich zu küssen. Ich dachte mir nichts, wieso auch? Alle Huren in dem Haus starten auf diese Weise.“ Wieder brach er ab, verunsichert.
„Ich hörte dich schreien …“ Hochblickend glänzten seine Augen. Er würde nicht weinen, aber sie sollte sehen, wie sehr er litt.
„Du hast gebrüllt, immer und immer wieder und ich … konnte nichts mehr machen. Sie stand vor mir, ein Amulett in der Hand, den Dolch in der anderen und es war nicht die Tatsache, dass sie einen Zahnstocher bei sich hatte, der mich daran hinderte, einzugreifen. Es war die Tatsache, dass sie alleine vor mir stand.“

Begriff sie es?
„Aire, sie sah mir in die Augen, kalt und emotionslos und dann sagte sie, egal was ich nun tun würde, ich müsse mich schnell entscheiden. Denn du würdest in wenigen Sekunden sterben. Ich könnte dich retten, ich müsste mich nur beugen."
Seine Hände bebten.
„Ich bin kein Feigling, Aire! Aber ich hörte den Kampflärm und wusste, dass das nicht ein kleiner Trupp war. Du warst umzingelt von Piraten, du... du hast es ja nicht mehr wahrgenommen, aber Aire, der kleine Hof war fast gerammelt voll!"
Noch immer strafte sie ihn mit Stille, ihrer Form der Abweisung.
„Ich legte die Kette an und wir traten durch die Türe. Du hattest bis dahin mehr als zwölf Piraten getötet. Sie waren zerfetzt, zerbissen, manche aber einfach nur ertrunken. Du kanntest keine Gnade und als ich Anja am Boden liegen sah, da ... da begriff ich, dass mein Handeln wie ein Verrat wirken musste."
Stille.
„Du hast erst reagiert, als ich schrie, ich ... was sollte ich denn tun? Du warst für mich am Ende deiner Kräfte, niemand rechnete mit diesem Angriffszauber von dir. Bis zu diesem Abend, Aire, war nicht einmal klar, ob man diesen Zauber zu Ende weben KANN! Ist dir eigentlich bewusst, WAS du vollbracht hast?"
In seiner Stimme lag Selbsthass, aber auch Anerkennung, Respekt.
„Alle Novizen wollen so stark werden wie du, mein Bruder möchte Unterricht von dir erhalten, meine Mutter will uns beiden eine neue Verbindung ermöglichen und mein Vater kennt zum ersten Mal, seit du an meiner Seite stehst, deinen Namen! Ich weiß, ich verriet dich, ich weiß, du bist stärker als ich, du hättest nie im Leben so gehandelt, aber ich MUSSTE es tun!"

Die Worte hervorpressend starrte er auf seine schmutzigen Fingernägel. Er brauchte wirklich DRINGEND ein Bad!
„Aire, bitte … sag doch etwas …"
Sie mussten dieses Gefühl der Distanz endlich aus der Welt schaffen! Er brauchte sie. Und dieser vernichtende Kuss hatte es nur überdeutlich gezeigt.
Quar brauchte Aire. In seinem Leben, an seiner Seite, in seinen Armen. Das Versteckspiel musste ein Ende nehmen.
„Aire …"

Kapitel 27

Madras

Dorf Juffa, Reich der Kokua

Neues Zeitalter der Kokua

Keuchend rang sie nach Atem. Sie zitterte am ganzen Körper. Immerhin konnte sie ein panisches Aufweinen unterdrücken, als sie die Hütte betrat. Sie versuchte leise zu sein, aber es misslang ihr kläglich. Den Wasserkrug mit dem Ellbogen erwischend, krachte er zu Boden und zerbrach, wie ihr Stolz soeben zerbrochen war. Zu dem Mann am Lager blickend, sahen seine Augen sie vollkommen ruhig und gefasst an.

„Sagt nichts."

Ihre Worte waren ein klägliches Raunen. „Nichts will ich von Euch hören!"

Anklagend erhob sich die Stimme, bevor sie erstarb. Sie klammerte sich an ihre zerrissene Kleidung, presste sie an ihren Körper.

„Eure Mentorin hätte Euch sagen müssen, dass Angst die Bindung zum Element schwächt."

Seine Stimme war ruhig. Für ihren Geschmack zu gelassen, als wäre es ihm egal, was ihr geschehen war. „Sie hätte mit Euch unter anderen Umständen trainieren müssen. Heute Früh dachte ich ernsthaft, Ihr wärt eine Gefahr für mich. Nun weiß ich: Ich muss Euch nur Angst machen, und Ihr werdet versagen."
Sie hasste ihn. Seine Worte trafen schmerzhaft und zielgerichtet. „Ihr seid schwach, er weiß das jetzt auch. Und ich garantiere Euch, er wird wiederkommen."
„Seid leise."
Aber Ryu dachte gar nicht daran. Ächzend drückte er sich auf seiner Matte hoch. „Nicht, dass Ihr am Ende glaubt, ich wäre der heroische Held gewesen, der den Krug geworfen hatte. Es war so ein Knirps. Er trug die gleiche schwarze Kutte wie der Mann, der euch beinahe entehrt hätte."
Ihre Gedanken überschlugen sich. Er sprach von Jorin, aber das ergab keinen Sinn. Jorin war erst zwölf, er zählte nicht als Mann und sie hatten sich viele Male unterhalten, aber er war bei diesen Unterhaltungen immer sehr loyal seinem Herrn gegenüber gewesen.
„Das kann nicht sein. Jorin ist sein Schüler. Er würde, wenn das bekannt wird, seine Ausbildung ruinieren."
„Ich nehme an, er dachte, ich würde schlafen." Ryus Atmung wurde knapper, als er sich am Stuhl hochzog. Sein Bein so wenig wie möglich belastend, warf er im Vorbeigehen ein Holzscheit ins Feuer.
„Ihr solltet Euch umziehen und im Anschluss daran … lasst mich die Wunde sehen."
Sie wurde überfahren.

„Und macht die verdammten Fenster zu. Ich fühle mich wie in einer Auslage präsentiert. Jeder, der Euch Böses will, kann zusehen, wie Ihr leidet!"
Humpelnd trat er zur Feuerstelle. Sein nackter Oberkörper glänzte im unsteten Schein der Flammen. Mit dem Schürhaken die Glut etwas in Form bringend, legte er ein zweites Scheit hinein. Knackend wurde das Holz begrüßt, leckend umringten es die todbringenden Flammen.

Madras gehorchte. Es war der Umstand, dass man ihr ein Leben lang gesagt hatte, was sie tun oder lassen solle, der ihr den Umgang mit dieser absurden Situation erleichterte. Aus einer Kiste eine Kutte von Rijela ziehend, schlüpfte sie in das etwas zu große Kleidungsstück und verschloss es in der Taille mit einem schlichten, braunen, geflochtenen Gürtel. Ihre Finger zitterten noch immer, als sie sich Ryu zuwandte, aber ihr Herz schlug langsamer.
„Ihr habt nicht eingegriffen, wieso?"
Er hätte sie im Stich gelassen, das wurde ihr klar.
„Weil ich es nicht musste."
Die Tränen zurückhaltend, schlossen sich ihre Augen.
„Nicht musste?"
„Nein. Jorins schnelle Schritte kündigten ihn an. Ich schaffte es zum Lager und schloss rechtzeitig die Augen, bevor er in die Hütte eilte. Er sagte Euren Namen, zweimal, und ich begriff, dass er Euch warnen wollte. Aber er kam zu spät. Als er sah, was vor sich ging, fluchte er im Namen des Zweigesichtigen Gottes, nahm sich die erstbeste Karaffe, die er fand und schleuderte sie hinunter. Er blieb nicht, um sicherzugehen, dass es funktionierte. Er warf und rannte

los. Wahrscheinlich, um vor seinem Herrn wieder dort zu sein, wo er eben sein sollte."

Ryu stand, ein Bein belastend, im Lendenschurz am Feuer. Ein dicker Verband inklusive darunterliegende Holzschienen fixierte seinen gebrochenen rechten Oberschenkel, ein weiterer Verband lag um seinen Oberkörper, den rechten und linken Oberarm und nicht zu vergessen, ein dicker Streifen klebte dank einer Salbe an seiner Wange.

Sie sah ihn an und musste einfach unter Tränen lachen. Wenn sie nicht lachte, würde sie hysterisch weinen. Und verzweifeltes Lachen war besser.

„Was?"

Über die Schulter sah er zu ihr.

„Oh, lacht Ihr immer Eure Patienten aus? Ich kann nichts dafür, dass ich wie ein geflickter Teppich wirke."

Er sprach vollkommen ruhig und entspannt mit ihr, und wie durch ein Wunder übertrug sich seine Ruhe auch auf sie. Sie konnte tiefer atmen, ihre Finger hörten endlich auf, permanent zu zittern.

„Das Haus der Schatten, was ist das?"

Sie hatte seine Worte noch gut im Gedächtnis.

„Setzt Euch."

Er schien darüber allerdings nicht sprechen zu wollen. Bevor sie seiner Geste jedoch gehorchte, begann sie alle Fensterläden zuzuziehen. Sie fühlte sich eingesperrt, aber zum ersten Mal gab ihr diese Enge auch ein Gefühl der Sicherheit.

„Rijela lebte immer so. Ich glaube, ich weiß jetzt, warum."

Es war eine dunkle Entdeckung, die zu Rijelas leidvollen Blicken passte, wenn sich die alte Heilerin unbeobachtet fühlte.

„Setzt Euch endlich, Madras."

Seufzend gehorchte sie. Er hatte einen Topf mit Wasser erhitzt und begann sorgfältig und ziemlich sorglos die Wunde an ihrem Hinterkopf zu reinigen.
„Aua!“
Zusammenzuckend biss sich Madras auf die Lippen, dennoch entfuhr ihr sofort ein „Autsch!“, als er neuerlich dagegen drückte.
„Hört auf, so zu zucken!“
„Dann hört Ihr auf, so zu tun, als wäre ich ein totes Schwein!“
„Ihr wärt fast ein totes Schwein geworden, also finde ich, sind ein paar Schmerzen als Ermahnung ganz angebracht.“
Wieder tupfte er gegen den Rand der Wunde, grob und gekonnt unsensibel.
„AUA!“
Sie hatte es satt. Seine Hand zur Seite schlagend, drehte sie sich am Schemel um und erstarrte. Sein Gemächt lag direkt vor ihrem Gesicht, natürlich verborgen unter dem Lendenschurz, aber dennoch … Sie konnte seine Männlich-keit riechen, der herbe Duft von Schweiß, Erde und Leder.
Und während ihre Wangen zu glühen begannen, funkelten seine schwarzen Augen spöttisch. „Ihr solltet Euch wieder umdrehen, Madras.“
Kommentarlos gehorchte sie. Konnte dieser Tag noch schlimmer werden? Wohl kaum.
„Gebt zu, dass Euch das Spaß macht.“
Sie sah sein Gesicht nicht und wusste dennoch, dass er lächelte.
„Vielleicht ein wenig.“

„Was sollen wir tun?“
Rastlos ging er auf und ab.
„Wie wäre es zu Beginn mit Hinsetzen?“

Die Knollennase der Zwergenkönigin wirkte im Verhältnis fast größer als ihr schmaler Mund. Aber ihre Augen und Haare hatten etwas bestechlich Weibliches. Sie war vielleicht klein und etwas unförmig, aber dennoch erkannte man an ihr die Frau. Und wenn sie ihr Mieder so eng trug wie heute, erkannte man es deutlicher als an manch anderen Tagen.
Murrend ließ sich Asgar in den Sessel sinken.
„Du als Königin der Tygli warst es! Du hast es vom ersten Tag an gewusst!"
„Das ist richtig, alter Mann."
Sasanes Stimme war samtig, während ihre kleine Hand wie die eines Kindes wirkte. Und doch war ihr Griff fest und vertraut.
„Das Blut ist stark in ihr, und die Seherin sieht eine strahlende Zukunft, aber davor muss sie durch Leid und Tod schreiten."
Asgar schloss die Augen, verzweifelt raufte er sich die Haare.
„Kann ich denn irgendetwas machen, um ihr zu helfen?"
„Ja, das kannst du in der Tat."
Sie schob ihm einen Kelch aus Silber zu, gefüllt mit süßem Südwein.
„Du kannst sie ziehen lassen."
„Ziehen?!"
Sein Kopf ruckte hoch, seine dunklen Augen weiteten sich vor Schmerz. „Wie soll ich mein Kind ziehen lassen, Sasane! Sie ist mein Blut."
Er erntete kein Mitgefühl.
„Nein! Deine Aufgabe war es, sie zu schützen, bis sie groß genug ist, um sich selbst zu schützen. Nun musst du sie gehen lassen, damit sie ihr Schicksal erfüllen kann."
Ihr Schicksal.

„Asgar, Hufschmied und treuer Freund. Du hast es doch schon lange in deinem Inneren gespürt. Du bist alt geworden, deine Spanne neigt sich dem Ende zu.“
Er wollte es nicht hören. Sein Blick verriet die Panik. „Ich bin nicht bereit, um hinüber zu gehen!“
„Das wird den Zweigesichtigen Gott aber kaum davon abhalten.“
Lächelnd sah sie in seine Augen. „Jetzt beruhige dich erst einmal und dann … beraten wir. Es wird einen Weg geben, dessen bin ich mir absolut sicher.“
Sie sprang von ihrem steinernen Thron hinab auf die Stufe, auf welcher er saß. Bis eben noch ruhte er zu ihren Füßen, doch jetzt waren ihre Gesichter auf derselben Höhe.
„Asgar, du hast mir das Leben dieses Kindes anvertraut, vom Säuglingsalter an.“
Er nickte. Mit brennenden Augen sah er in ihre ebenso vertrauten wie strahlenden Bergfurchen.
„Nun musst du mir neuerlich vertrauen. Sie hat ihre Wahl getroffen, sie hat ihren Begleiter gefunden und mit etwas Glück wird sie ein Seelenband auf der Reise antreffen.“
„Ein … Seelenband?“
„Ja, ich spüre es, aber noch ist es schwach und weit entfernt. Es wird sie eines Tages finden. Aber nicht hier, nicht am Fuße des Aschat Kammes.“
„Der Begleiter, meinst du damit etwa den Fremden, der unser Dorf erreicht hat?“
Sie schwieg. Er wurde darauf keine Antwort erhalten.
„Ich will mit der Seherin sprechen.“
Obwohl sie vor ihm saß, sah und spürte er die zurückkehrende Distanz. Sie hatte es freundlich versucht, nun erlebte er den Wechsel zu einer Königin.

„Meine Seher und Seherinnen stehen nicht einem gewöhnlichen Menschen zur Verfügung. Sie dienen mir als Königin, um die Sicherheit meines Volkes zu gewährleisten.“
Hatte er den Bogen wirklich überspannt?
„Königin Sasane, ich bitte dich. Wir kennen uns nun so viele Winter und Sommer. Du standest an meiner Seite, als ihr Körper gegen die magischen Barrieren kämpfte, die man ihr auferlegt hatte, und du hast sie zum ersten Mal im Fluss schwimmen gesehen. Es gibt kein Wesen dieses Planeten, welches so viel mit mir teilte wie du.“
Sie wirkte etwas besänftigt, aber noch immer war ihr Blick mehr Königin als Frau.
„Sasane. Ich flehe dich an. Ich weiß, meine Zeit neigt sich dem Ende zu, aber ich wüsste nicht, wie ich deinem Wunsch entsprechen könnte! Ich KANN mein Kind nicht verstoßen.“
„Ich weiß.“
Der neuerliche Wechsel ihrer Emotionen kam so schnell, dass er zu spät realisierte, was er sah. „Darum muss ich dir wieder einmal helfen, dummer Menschenmann.“
Spöttisch und doch zärtlich waren die Worte, unter plötzlich aufkommenden Tränen gesprochen.
Tränen, die Sasanes Augen füllten, welche gequält in sein Gesicht sahen. Er hatte es entschieden. Er, ganz alleine. Und sie hatte es gewusst. Vom ersten Tag an, hatte sie dieses Ende kommen geahnt.

Kapitel 28

Yana

Erde, Deutschland

„Ich liebe dich!"
„Ich dich auch!"
Zärtlich umfasste ein Mann, Mitte dreißig, mit schwarzen kurzen Haaren die Hand der Frau am Beifahrersitz. Sie schenkte ihm ein warmes, strahlendes Lächeln, und den Kopf auf seine Seite drehend, küsste er sie behutsam. Es waren kaum mehr als drei Sekunden, aber diese Sekunden reichten aus, um zu sterben. Der Fahrer sah nicht, wie ein Kleinlaster von dessen Spur auf seine wechselte. Erst als die grellen Lichter ihn blendeten und seine Frau schrie, begriff er es …

Es war ein Alptraum. Yana unterdrückte ein Schreien und sackte kraftlos gegen die Hausmauer eines Altbaus aus dem frühen achtzehnten Jahrhundert. Ihr stand der Schweiß auf der Stirn und ihr Magen rebellierte spürbar.
Wie hatte Marius es genannt? Eine Fähigkeit? Den Blick?

Sie hatte diese Gabe bereits im Vorfeld satt! Oder diesen Fluch. Oder was auch immer es war.
Würgend löste sie sich von ihrer Stütze und sah den Kopf eines kleinen Mädchens zu spät. Er strich ihren Handrücken und gnadenlos durchzuckte sie die Vision, war es für einen Atemzug, als wäre sie in einer niemals endenden Ewigkeit gefangen …

Es piepste in vollkommen regelmäßigen Abständen. Yana hörte das Tropfen von Wasser, das langsam in einen Schlauch sickerte.
„Frau Martens, bitte, nehmen Sie Abschied. Es ist so weit."
Das herzzerreißende Weinen einer Mutter ließ die Szene für Yana endlich klarer werden. Sie befand sich in einem Krankenzimmer und vor ihr auf dem Bett lag eine junge Frau. Von der einstigen Schönheit war fast nichts mehr vorhanden. Sie hatte einen kahlen Schädel, magere Züge und mehrere Schläuche, die in ihren Hals liefen, hielten sie offenkundig am Leben.
„Mein kleines Baby … bitte nicht!"

Die Vision ging zum Glück so schnell, wie sie kam. Yana begriff das alles noch nicht, aber sie hatte das Gefühl, am Leid der Mutter zu ersticken. Röchelnd fiel sie beinahe in die Knie.
„Marius, mach, dass es aufhört …"
Bitter begann Yana zu weinen.
„Ich will das alles nicht sehen! Es soll weggehen!"
Marius zauderte nicht lange – stützend griff er ihr unter die Arme und zog sie an seine Seite.
Eine gut gemeinte Geste – ein fataler Fehler …

„MARIUS! DU NARR! GEH ENDLICH IN DECKUNG!"

Eine Kriegerin mit blauen langen Haaren schrie die Worte, bevor sie losrannte und gegen … ein gigantisches Monster antrat, welchem sich Marius alleine gestellt hatte. Yana hatte nicht die Worte, um den Koloss – eine Mischung aus Baum, Stein und Wurzelwerk – genauer zu mustern.
„DAS IST SIE NICHT WERT!“
Aber Marius sah es anders. Er empfand es anders. Yana war, als würde sie seinen Schmerz direkt übernehmen. Er hatte ein gebrochenes Bein und eine gebrochene Schulter, etliche Prellungen und Quetschungen im Oberkörperbereich sowie eine blutverschmierte rechte Gesichtshälfte. Und trotzdem kämpfte er sich stöhnend wieder auf die Beine.
„Doch, Aire. Ist sie.“
Beim Sprechen rann Blut über seinen Mundwinkel hinab, tropfte auf einen zerbeulten Brustpanzer in strahlendem Weiß. Nein. Einst war er strahlend weiß gewesen. Nun sah er wie ein zerkratztes altes Stück aus dem Mittelalter aus.
„Sie ist eine Seherin, Marius! Eine Todgeweihte! Du opferst dein Dasein für eine Verdammte! Nicht einmal der Zweigesichtige will diese Seelen haben!“
Die Blauhaarige meinte es nicht abwertend. Sie sprach aus tiefster Überzeugung. Yana wusste sofort, dass diese Frau weder Sympathie noch Antipathie empfand. Sie war Realistin.
„SEI STILL!“
Marius offenbar und überraschenderweise nicht. Ihm traten Tränen in die Augen, als er die Kriegerin kurz fixierte.
„Du würdest dasselbe tun! DU HAST DASSELBE GETAN!“
Yana wusste nur nicht, ob die Tränen aufgrund des körperlichen oder seelischen Schmerzes erschienen. Und dann raunte er Worte, die ihren

Herzschlag stoppen ließen: „Ich liebe sie. Begreifst du es denn nicht, Aire?"
Das Monster hielt inne, Aire hielt inne, und dann …

Marius hatte sie bis zu einer Seitengasse geschleppt. Nun ließ er ihren Arm los, in dem Wissen, welche Qualen er ihr zufügte.
„Yana!"
Ihren Namen raunend kniete er nah vor ihr, aber der Schock saß zu tief. Er würde auf dieser Ebene nicht zu ihr gelangen können.
„Yana …"
Die Hand ausstreckend, zögerte Marius. Sie zitterte am ganzen Körper, ihre Haare waren schweißgebadet und ihre Augen blickten starr in sein Gesicht. Wenn er richtig mitgezählt hatte, hatte sie vier Mal in die Zukunft oder die Vergangenheit geblickt. Für manche Seher war bereits ein Blick so anstrengend, dass sie sich Tage davon erholen mussten.
Für eine Sekunde noch zögerte Marius, dann schlossen sich seine Augen. Winzige Funken glitten in hellblauer Farbe über seinen Arm hinab, sprangen auf Yanas Hand und tauchten für Sekunden unter deren Haut, bevor sie zu Marius zurückkehrten. Jeder Funke linderte ihr körperliches Leid, übertrug es jedoch auf Marius. Und mit jedem neuen Ankömmling, welcher in seiner eigenen Hand verblasste, empfand er ihre Verstörtheit, Angst und Qual stärker.
„Ich bringe uns zu deiner Mutter. Sie wird dir helfen. Sie weiß, was zu tun ist. Hörst du mich, Yana?"
Sie reagierte nicht mehr. Starr sah sie in seine Augen und dann begannen die Tränen erneut zu fließen.

„Nicht!"

Gerade als Marius sie berühren wollte, hörte er die Stimme seiner Königin hinter sich.
„Herrin! Ich konnte nichts machen, ich kann sie nicht schützen und…“
„Es ist in Ordnung, Wächter. Geh zur Seite.“
Etwas zur Seite weichend, sah er die vollerwachte Gestalt seiner Königin. Ihre braunen Haare wurden von einem hellen Tuch bedeckt, ihr zierlicher, junger Körper wurde von fließenden, hellen Stoffen umschlossen. Wie immer trug sie als Überrock die blaue Schärpe der Ashai. Nur den Reinen stand dieser Überwurf zu. Den Reinen und manchen Auserwählten.
„Yana, ich bin hier.“
Iris’ Hände öffneten sich und ein zierlicher weißer Funke begann zu glühen – am Ende sah er wie eine kleine Blume aus.
„Wir bringen dich jetzt nach Hause, Kind. Nach Aurelis. Diese Welt wird dich sonst vernichten.“
Der Funke flog surrend auf Yanas Gesicht zu und zerplatzte an ihrer Stirn. Tausende kleine Kristalle kullerten über Yanas Haut, ließen jene silbern schillern, während die Augen müde zufielen.
„Nun Wächter, kommt.“
Iris erhob sich. Ihre Bewegungen waren fließend und geschmeidig, voller Erhabenheit.
„Herrin, Eure Tochter …“
„… ist eine Seherin, ich weiß.“
„Wusstet Ihr es immer schon?“
Iris hielt inne, zögernd, bevor sie nickte.
„Ja, Marius. Von der ersten Sekunde ihres Daseins in meinem Körper wusste ich es.“
„Herrin, das Gesetz der Ashai …“

Langsam drehte sie den Kopf in seine Richtung, fixierten ihre Augen ernst und erhaben die seinen. „Denkst du, kleiner Wächter, ich würde meine eigenen Gesetze nicht kennen?"
Marius sah ihr in die Augen und begriff. Iris hatte Angst. Sie hatte ihre Tochter auf der Erde fast zwanzig Jahre behütet und in Sicherheit gewähnt. Irgendwann hatte sie die Tatsache, dass Yana eine Seherin war, akzeptiert und verdrängt. Hier gab es keinen Zweigesichtigen Gott, keinen Rat, der über sie richten würde. Hier gab es keine Inselgruppen, auf die man Yana hinbringen würde. Hier gab es nur ein einfaches, glanzloses und unkompliziertes Dasein.
„Herrin."
Marius musste es klären, BEVOR sie wieder zurück in der Wohnung waren. Bevor sie sich dem ersten Wächter und Seelenband der Königin stellten.
„Was werdet Ihr tun, wenn Yana nach Aurelis kommt? Werdet ihr sie nach dem Gesetz der Ashai verurteilen lassen?"
Stille antwortete ihm.

Iris sah inzwischen überhaupt nicht mehr aus wie die Frau, die den Namen Iris angenommen hatte. Sie war wieder die Königin der Ashai, optisch wie seelisch. Und doch war sie nun auch Mutter. War sie nicht in erster Linie Mutter und in zweiter Linie Königin? Oder musste eine Königin immer in erster Linie Königin sein? Durfte sie für ihr Kind das Gesetz verändern, wo sie andere in so vielen Sommern und Wintern an den Pranger gestellt hatte?
Es machte sie krank. Die Antwort war einfach, aber sie veränderte alles. Sie bedeutete zu lügen. Und Iris hatte Rahel noch nie zuvor in ihrem Leben belogen. Sie hatte ihr Volk an der Seite ihrer eigenen Mutter noch nie belogen.

„Wirst du sie denn verraten, kleiner Wächter?“
Und sie hatte noch nie im Leben einen fremden Verbündeten.
Doch Marius begriff. Sie sah es an seinen Augen und Lippen. Erstere verdunkelten sich vor Schmerz, während der Mund zu einem schmalen Strich wurde.
„Herrin.“
Er hieß ihre Entscheidung nicht gut und tat es doch.
„Du empfindest doch in dieser Sekunde dasselbe Dilemma wie ich.“
Erwischt. Marius zuckte zusammen und konnte ihrem Blick nicht mehr standhalten.
„Siehst du. Wir beide mögen in vielen Dingen unterschiedlich sein, aber eines haben wir gemeinsam.“
Ernst fixierte Iris ihre schlafende Tochter.
„Wir würden, ohne zu zögern, für Yana töten und sterben. Also werde ich auch für sie lügen.“

Marius schluckte schwer. Was die Königin verlangte, war Verrat an allem, was Marius gelernt hatte. Verrat an seiner Mutter, die wegen des Blickes gestorben war. Verrat an allen Menschen, welche auf die Inseln der Vergessenen gebracht wurden. Aber auf schockierende Weise war dieser Verrat erträglicher als der Gedanke, dass YANA auf eines dieser Schiffe kam. Seine Augen glitten über den Körper, welcher halb an ihn lehnte und halb von der Wand im Rücken gestützt wurde.
„Ich weiß noch, wie sie mit fünf in den Teich fiel. Im Jahr zuvor war ihr Ziehvater am Versuch, ihr das Schwimmen beizubringen, kläglich gescheitert.“
Die Erinnerung brachten ihn und seine Königin zum Lächeln.

„An dem Tag war niemand von euch in sichtbarer Nähe und ohne zu überlegen, fischte ich sie aus dem Wasser.“ Er musste breiter lächeln.

„Statt mir ein paar Dankesworte entgegenzubringen, erklärte Yana mit todernster Miene: Ich werde meiner Mama von dir berichten und dann wird sie böse auf dich sein! Du hast meine Schwimmversuche zunichtegemacht!“

Er musste leise auflachen.

„Sie redete wie eine Prinzessin, erhaben, erwachsen, reif. Ihre Wortwahl erinnerte mich so sehr an die Ashai, dass es mir mein Herz vor Schmerzen zusammenzog.“

Behutsam strich er eine Haarsträhne aus Yanas Gesicht.

„Sie hat mir von einem Prinzen erzählt. Ich dachte, sie würde es erfinden.“

Nein. Es war wirklich geschehen.

„Natürlich werde ich für sie lügen, Herrin. Ich bin ihr Seelenband. Es ist meine Pflicht, für sie zu lügen. Aber für Euch als Königin der Ashai …“

Es war das Leben auf der Erde, dass Marius’ Denken und Handeln verändert hatte. Er empfand es nicht mehr als unmoralisch, ungefragt einen Rat zu geben. Und seine Königin empfand es nicht mehr als angreifend.

Beide hatten sie aus den letzten Jahren gelernt.

„Ich werde mit Yana die Ashai verlassen. Wenn sie nicht bei Euch ist, müsst Ihr nicht lügen.“

„Nein.“

Hochblickend war Marius vollkommen ernst. „Doch, Herrin. Ihr wisst, es gibt keine andere Lösung. Yana muss in ihre Rolle wachsen dürfen, und das geht nicht in wenigen Tagen oder Wochen. Sie wird Jahre brauchen, um ihre Kräfte zu beherrschen.“

Wieder herrschte Stille zwischen ihnen. Ein Hupen zerriss den Moment, auf der Hauptstraße hinter ihnen stieß ein Mann einen Fluch aus. Iris sah Marius an, dann ihre Tochter.

„Lass Yana entscheiden."

Seufzend nickte er und nahm Yana endlich auf seine Arme hoch. Kommentarlos folgte er der Königin durch das frisch erschaffene, hellblaue Lichtportal, das direkt in die Wohnung führte.

Kein Mensch auf Erden würde es sehen, denn für jene war in der Gasse nie etwas geschehen. Unsichtbare Wände lösten sich surrend auf, das Bild, das die Vorbeiziehenden gesehen hatten, wechselte wieder in die Realität. Und jene, die diesen Wechsel erlebten, fragten sich, was für einen Schatten sie eben aus den Augenwinkeln heraus gesehen hatten …

Nein. An Magie glaubte auf diesem Planeten niemand mehr. Wieder einmal wurde ihm bewusst, wie dumm die Menschen eigentlich waren.

Kapitel 29

Ash

Rusha, Reich der Ruu auf Moquar

Neues Zeitalter der Kokua

Ash spürte sein Herz in seiner Brust schlagen. Kräftig und ruhig pochte es, während seine Sinne zum Zerreißen gespannt waren.

„Wer bist du?"

In die Stille des unterirdischen Ganges die Frage stellend, herrschte weiterhin … Stille.

„Ich weiß, dass da jemand ist. Also, zeige dich."

Endlich scharrten Schritte über den steinigen Boden. Eine kleine Gestalt löste sich aus dem Schatten, und am Ende sah er sich einem jungen Kind von kaum zehn Sommern gegenüber. War es ein Mädchen? Ein Junge? Er war sich nicht sicher. Die Haare waren zerzaust und die Kleider zerschlissen. Die Züge etwas zu weich, die Augen von der klaren schwarzen Farbe, wie es den Ruu zu eigen war.

„Wer bist du?"

Das Kind schwieg.
„Kannst du sprechen?"
Es sah über seine Schulter zurück in die Dunkelheit, als würde es etwas befürchten, dann wieder hoch zu Ash. Erst jetzt fiel ihm auf, dass es schwitzte.
„Ist alles in Ordnung mit dir?"
Der Blick flatterte, es wirkte wie ein unsteter Geist, wie jemand der…
„FEHENJE!"
Der Befehl kam scharf über seine Lippen, und einen gleißenden Feuerball produzierend, wurde seine Hand von der brennenden Magie vollkommen eingehüllt. Sich halb drehend, rannte das Kind mit fliehenden Schritten den Gang hinab. Ash ließ es ziehen.
Dieses Kind war nicht sein wahrer Feind. Es hatte ihn nur ablenken sollen.
Mit zusammengekniffenen Augen sah er die Männer an, die ihn längst umzingelt hatten. Sein Rücken berührte die Steinmauer hinter sich, während die schwarzen Schemen vor ihm vollkommen erstarrt standen.
„Wer seid ihr?"
Die Frage raunend war er hellwach. Sein Herz begann ruhiger zu schlagen, seine Sinne weiteten sich. Er zog das Netz, das er allseits bei sich führte, in alle Richtungen und begann im stillen Zauber zu weben, um sich im Notfall zu verteidigen.
„Wollt ihr mich töten?"
Er würde durch Schreie nichts erreichen. Die Wachen kämen zu spät, denn diese zehn verhüllten Schatten (wobei er sich nicht sicher war, ob alle davon männlich waren), würden innerhalb weniger Minuten seine Verteidigung vernichten. Wie hatte es

Ry'jin gesagt? Es gab eine Obergrenze an Gegnern, und zehn war eindeutig SEINE Obergrenze.
Sie trugen Kapuzenumhänge, ihre Gesichter steckten in finsteren Löchern und ihre Beine in schwarzer Lederausstattung. Mit Schuppen zum Schutz, mit …
Ash begriff.
„Ihr seid die Garde der Zehn."
Irritiert fügte er an. „Aber ich verstehe nicht: Die Garde beschützt doch angeblich immer euer Oberhaupt. Euren ersten Schatten? Wieso solltet ihr mich angreifen? Ihr hättet keinen Vorteil davon?"
Es kam Bewegung in die Truppe. Fließend glitten sie auseinander, bildeten einen Gang hinein in die Finsternis.
„Das … verstehe ich nicht."
Denn was er aus dem Schatten kommen sah, machte keinen Sinn. Er dachte, er würde ein guter Menschenkenner sein. Er dachte, er würde andere gut durchschauen. Die Garde verneigte sich, ehrerbietend, bevor sie wieder in Richtung Ash sah. Er wusste, nur eine falsche Bewegung und er wäre ein toter Fahir.
„Wollt ihr meinen Tod?" Nein, denn dann hätten sie es längst vollzogen! Wollt ihr …
Der Schemen in der Mitte war zierlicher, die Rüstung ebenso schwarz, jedoch mit blutroten Ornamenten versehen, und am Rücken sah er ein paar strahlend weiße Flügel. Flügel, die er kannte…

Wie eine Flocke tanzte die Feder hin und her. Sie war nicht mehr strahlend weiß, sondern rötlich verfärbt. Es war das Blut der Besitzerin, das sie verfärbt hatte. Das Blut einer Unschuldigen. Die Feder anhebend, steckte er sie behutsam in seine Tasche. Sie war bis in sein Versteck geflogen, hatte ihn gefunden.

Und dann hielt die Gestalt inne. Am Rand seines Feuerscheins stand sie vollkommen reglos, bevor ein sanft gesprochener Befehl kam: „A ra!“

Zehn Schatten sanken absolut harmonisch zu Boden. Sie knieten nieder und in einer fließenden Bewegung hörte er das vertraute Geräusch von sirrenden Klingen, die gezogen wurden. Es war schwarzer Stahl, Klingen, die man in der Dunkelheit nicht sah. Der Tod wäre schnell, geräuschlos, finster.

Die Klingen wurden in seine Richtung gerichtet und in eben jener Bewegung auf die flache, behandschuhte Hand gelegt. Dargeboten. Die Namenlosen knieten vor ihm und boten ihm ihren Dienst an.

„Sprich mit mir.“

Er sah zu der einzigen Gestalt, die nicht kniete.

„Erkläre dich.“

Und als sie die Kapuze zurückschlug, war sie es, und war es nicht. Ihre langen Haare waren zu einer kunstvollen, aber schlichten Frisur gedreht, ihr schlanker Körper steckte in einer Rüstung, die inklusive hochgeschnittenem Hals offenbarte, wie wohlgeformt sie war, und zugleich jeden Funken an Haut verbarg. Ihr Gesicht lag hinter einer schwarzen Maske, aber ihre Augen strahlten ein warmes Grün aus. Ein vertrautes Grün.

„Du … bist der erste Schatten?“

Die behandschuhten Hände lösten die Maske, welche vor dem Gesicht ruhte.

„Ry’jin? Du …?“

„Es war mein Vater vor mir, aber mit seinem Tod trug er diese Aufgabe auf mich über. So wie du, junger Fahir, muss auch ich auf die wenigen, die noch da sind, achten.“

Heute war der Tag der Überraschungen. Zuerst nur das Wissen, dass sie zu diesem Volk gehörte, und nun die nächste Offenbarung – Ry'jins Vater war der erste Schatten gewesen.
„Und … ich bin dir dazu im Weg?“
Er brachte sie überraschenderweise zum Lachen. Klar hallte es von den Wänden wider, während sie ihn gutmütig ansah: „Nein, Ash. Du wurdest auserkoren. Der Zweigesichtige Gott hat uns zusammengeführt. Er erschuf vollkommene Dunkelheit und spendete strahlendes Licht.“
Misstrauisch ließ er die Hand etwas sinken.
„Wozu auserkoren?“
Und wieder lächelte sie. Ein sanftes Lächeln. „Dazu, mein Gemahl zu werden.“
Die Worte hätten nicht präziser gesetzt werden können. Sie war … sie wollte …
„Was?“
Er hörte den Unglauben in seiner Stimme. Es ließ ihn schwach wirken, und das wollte er nicht. Aber sie überrumpelte ihn dermaßen, dass all die Jahre an Ausbildung für Sekunden weggefegt waren.
„Sollte nicht ICH um DEINE Hand bitten, liebe Ry'jin? So ich an eine Gemahlin denken würde? Und noch wichtiger, du kennst die Regeln meines Volkes. Ein Fahir hat nicht nur eine Gemahlin! Ich meine – wie …“
Wenn seine Bedenken sie störten, bemerkte er es nicht. Stattdessen nickte Ry'jin vollkommen entspannt.
„Ich weiß, Ash. Aber du wirst nur eine einzige Gemahlin haben. Du wirst dir keine Horde an Frauen anlachen, die dir Kinder schenken, die sich am Ende gegenseitig vernichten. Du wirst als Fahir deinem Volk ein Vorbild sein und diesen Unsinn ablegen.

Und bei den Namenlosen … wählt die Frau, nicht der Mann. Wenn ich dich nicht will, Ash, kannst du mir gerne Anträge machen. Ich würde sie ablehnen."
Ihre Dreistigkeit verschlug ihm den Atem.
„Und wenn ich es nicht mache?"
Schulterzuckend wandte sie sich ab.
„Du wirst es tun."
Mit gemütlichen Schritten entfernte sie sich. „Wir sind hier. Wir beschützen dich und dein Volk so oder so. Also überlege es dir, Ash."
„WARTE!"
Sie hielt inne, wandte ihm jedoch nur ihr schwarzes, formloses Gesicht zu. Durch die Distanz konnte er keine Augen mehr sehen.
„Ich … verstehe das nicht."
„Nicht?"
Nur ihre Stimme offenbarte ihr Erstaunen. Und er war sich absolut sicher, dass sie es offenbaren WOLLTE.
„Nein."
„Ta'ne, Indira, Yumai. Kümmert euch um seine Sicherheit. Der Rest, zhura."
Drei der Schatten lösten sich. Ihre Klingen steckten wieder in der Scheide und abwartend sahen ihn die verhüllten Gesichter an.
„Verlange es nicht, Ash, du würdest es bereuen."
Er hatte den Gedanken nicht einmal zu Ende gedacht, da kam bereits Ry'jins Warnung.
„Jeder Krieger des versteckten Volkes offenbart sich, wenn die Zeit gekommen ist. Nicht vorher. Wenn du Hand an sie legst, werden sie sie dir brechen. Und jetzt kann ich sagen: Sage nie, ich hätte dich nicht gewarnt."

Er war überfahren worden, und als sie einfach wieder in der Dunkelheit verschwunden war, blieben nur die drei Schatten zurück.

„Aber ihr dürft mit mir reden, oder?“

Stille antwortete ihm. Seufzend rieb er sich die Schläfen und ließ endlich den Feuerball verglühen. Im dämmrigen Licht der winzigen Kugeln an den Wänden wirkten die Gestalten noch unheimlicher, als sie es im Schein der Flammen getan hatten.

„Das … Wer ist Ta'ne?“

Nichts regte sich.

„Bitte, hört auf damit. Ich muss euch zumindest unterscheiden können!“

Eine Hand bewegte sich. Die Gestalt rechts. „Und Yumai?“

Links. „Dann bist du Indira. Ich will euren Schutz nicht, aber ihr könntet mir einen Gefallen tun.“

Er deutete in Richtung des Ausgangs.

„Dort halten seit Sonnenaufgang zwei Wachposten ihre Wache. Ihr könntet sie ablösen.“

Regungslos verharrten die Körper.

„Ry'jin würde das sicher gutheißen.“

Stille.

Ash gab es auf. Was auch immer das hier wurde, es würde kompliziert werden. Mehr als das. Es würde…

„Beim Zweigesichtigen Gott, DAS glaubt mir niemand.“

Aber es blieb die Realität. Als er seine Kammer erreichte, hatte er sich an die drei Schatten in seinem Rücken gewöhnt, und an die fragenden Blicke ebenso. Er würde auch Fragen stellen und Antworten erhalten. Er wusste auch schon, bei wem er beginnen würde!

Aber davor brauchte er dringend Ruhe. Sein Körper spürte die Strapazen der Nacht überdeutlich, noch nicht vollkommen gesund war er ein Schatten seiner selbst. Ein Schatten …

„Geht ihr nicht schlafen?"

Die drei Gestalten standen an dem Eingang zu seiner Höhle. Stumm sahen sie hinaus.

„Das werte ich als nein."

Er wollte nicht unhöflich werden, nicht unhöflicher, als manchmal sonst. Also zwang er sich zu einem freundlichen Tonfall. „Ta'ne, Indira, Yumai. Ich danke euch für euren Schutz."

Sich in ihre Richtung knapp verneigend, wusste er nicht, ob sie überrascht waren, aber sie verneigten sich ebenfalls. Zumindest das konnte er nach wenigen gemeinsamen Minuten bereits bestätigen: Der Clan des verborgenen Volkes hatte ein unheimlich hohes Ehrgefühl.

Der frostige Wind strich Ry'jins Wange. Im Schneidersitz ruhte sie neben der Leiche ihres Vaters. Sie wusste, die Schatten waren hier, und doch hielten sie respektvoll Abstand. Sie konnte die Überführungszeremonie nicht machen, also mussten er und ihre Schwester warten.

„Osa."

Die Worte hauchend lag ihre Hand auf seiner Schulter. Sie spürte den weichen Stoff zwischen ihm und ihr, die Verbindung von Ash mit ihrer Familie und ihr selbst.

„Er war überrascht, Osa. Du hättest wahrscheinlich gelacht."

Schmal lächelnd fühlte sie unendliche Traurigkeit.

„Du hast gesagt, man muss wissen, wann es sich zu kämpfen und zu sterben lohnt. Aber Osa, war es das wirklich wert?"

Der erste Schatten war auf der Flucht gestorben. Er hatte seine kleine Tochter beschützt, wollte sie mit seinen letzten Kräften retten.

„Dein Bein war gebrochen, Osa."

Liebevoll nannte sie ihn beim Kosenamen. „Deine Schulter – ein zerschmetterter Rest. Der Kampf auf der Ebene kostete dich dein Leben, und dennoch …"

In ihren Augen funkelten Tränen. „Dennoch hast du Hizumi hochgenommen und bist mit ihr gerannt. Wieso hast du sie nicht mir überlassen? Wieso hast du zugelassen, dass der Zweigesichtige euch zu sich holt?"

Ihre Finger, die auf seiner Schulter ruhten, wurden klamm.

„Osa. Was soll ich nur machen? Unser Volk ist in alle Winde verstreut. Wie soll ich sie finden?"

Noch während sie die Frage laut stellte, erinnerte sie sich an seine warme Stimme. Wie er einst lachend sagte: Ry'jin, kleiner Vogel, ich bin der erste Schatten. Ich suche nicht, ich werde gefunden.

Natürlich. Darin lag zumindest die erste Lösung. Sie musste nur erscheinen. Dezent, zurückhaltend, aber präsent genug, damit ihr Volk von ihr erfahren würde. Sie würden kommen. Einer nach dem anderen. Überläufer aus anderen Lagern mit wertvollen Informationen für Ash.

„Du würdest ihn mögen, Vater. Ich schätze, dass wir gleich alt sind, aber das stört mich nicht. Er ist vom Geist reif und er hat die Gabe. Wie ich spürt er die verbliebenen Emotionen eines Ortes und kann sie verknüpfen. Er sieht, Osa … Er sieht …"

Trauriger wurde ihr Lächeln. „Er sieht gut aus, ein wenig wie du, und doch ist er schmaler und härter. Aber er wird ein guter Vater sein, ein guter Lehrmeister. Ich glaube, unsere Kinder werden eine passable Zukunft erleben. Sie wird uns zurückholen, nicht wahr,

Osa? Du hast ihr dein Leben anvertraut, hast für sie gekämpft, hast an sie geglaubt. Sie lässt uns nicht im Stich.“
Sie DURFTE nicht versagen.
„Das Portal wird sich wieder öffnen. Es muss sich wieder öffnen.“
Hochblickend wirkte Aurelis so fern und doch so nah. Die zwei Gesichter des Gottes, hell … und dunkel.
„Ich habe ihm in die Augen gesehen, Osa. Ro'har lebt noch, und seine Gabe als Puppenspieler wird von Tag zu Tag stärker. Er hat die Seelenlosen um sich geschart, als wäre er der Herrscher der Anassus selbst. Aber das ist er nicht. Das dunkle Volk fürchtet ihn, und ich verstehe jetzt wieso. Du hast es gesehen, weil deine Seele alles sieht. Du hast seine Macht gefühlt. Seine Garde erlebt. Willenlos, seelenlos. Kreaturen ohne Stolz, mehr einem Tier ähnelnd.“ Ihre Finger zitterten. Die Erinnerung war manchmal, vor allem im Schlaf, so überwältigend, dass ihr schlecht davon wurde.
„Ich habe sie überlebt und sie wissen nicht einmal, wen sie geschändet haben. Das Volk der Namenlosen, unser Volk, Osa, es wird fürchterliche Rache an ihnen üben.“
Innehaltend strich ein warmer Lufthauch ihre Wange. Überrascht sah sie zu Kita, welche sanft auf ihrer Schulter gelandet war. „Wenn das dein Seelenband wüsste.“
Zärtlich den Kopf des Phönix kraulend, sah sie wieder hinauf zu Aurelis.
„Was machen wir nur, Kita, was machen wir nur ...“
Und überrascht hörte sie zum ersten Mal Kitas hohe, zerbrechlich wirkende Stimme in ihren Gedanken, als sie hauchte: *Überleben, erster Schatten. Überleben.*

Kapitel 30

*Q*uar

Hauptstadt Qeridis, Reich der Quin
Neues Zeitalter der Kokua

Aire sollte etwas sagen. Irgendetwas. Aber sie wollte nicht über das Thema reden, das Quar besprechen wollte. Sie wollte ihm zuliebe aber auch nicht ganz gefühllos reagieren. Also hauchte sie am Ende einfach: „Ich will nicht mehr in diesem Bett schlafen."

Bedauerlicherweise waren die Worte ausgesprochen, bevor sie darüber nachgedacht hatte.

„In diesem Bett haben Anja und Ihr …"

Gequält schwieg sie für einige Atemzüge. Am Ende landeten sie doch bei dem Thema, das Aire eigentlich meiden wollte. Daran war dieser elendige Kuss schuld. WIESO KÜSSTE ER SIE AUF EINMAL?

„Ich habe sie geopfert, Hoheit. Ich habe sie ohne zu zögern geopfert und Euer Handeln hat … hat diese Opferung beinahe … vernichtet."

Endlich sah sie ihn an. Er wirkte kleiner als sonst, blasser, müder, zerbrechlicher. Sein sonniges Gemüt hatte er verloren, sein draufgängerischer Kern schien zerbrochen.
„Ich weiß."
Er war überhaupt nicht aufmüpfig. Wie er neben ihr im Bett saß, wirkte er fast verzweifelter als an jenem Abend im Hinterhof.
„Aber ihr habt diese Narren gut abgelenkt. Daran erkennt man, dass sie am Ende doch nur stumpfsinnige Idioten sind."
Kalt glitten ihre Augen zum Fenster. „Und ja, sie werden dafür büßen, Hoheit. Jeder Einzelne. Sie haben meine Schwester getötet, das werde ich nicht ungesühnt lassen."
Eine harte Ansage, die zum ersten Mal ihre Zukunft offenbarte.
„Aire, du weißt, das kannst du nur, wenn du …"
Er hatte Angst. Seine Stimme verriet ihn, die Tonlage, die er wählte. Unstet sah sie zurück in seine Augen und begann zu weinen. Vollkommen überraschend für ihn.
„Fünf Jahre hattest du Zeit …"
Die Worte trafen ihn wie ein Peitschenhieb.
„Fünf Jahre hast du mich mit all den Huren und Weibern, die dein Lager teilen durften, gequält. Erinnerst du dich an deine eigenen Worte, damals, als wir uns kennen lernten?"
Bitter hauchte sie die Frage, rechnete nicht mit einer Antwort.
„Natürlich, Aire." Quar zögerte jedoch kurz.
„Ich sagte, ich hatte noch nie einen Engel, der so schön war wie du. Du musst von Gott gesandt sein, meine Strafe, meine Versuchung, meine Qual. Dein Haar hat die Farbe des Ozeans, aber nicht dieses übliche Blau, sondern viel mehr den Wechsel wie bei unseren Riffen… Alle Nuancen scheinen sich zu treffen, von Blau bis Violett schillern sie."

Ihre Augen wurden groß, der Unglaube darin wich in fließende Tränen, die glänzend über ihre Wangen glitten. Und er konnte ihnen folgen, weil sich das Licht der Kerze darin brach. Wie eine Anklage, damit er sie auf keinen Fall übersah.
„Aire, erinnerst du dich auch an meine letzten Worte, bevor ich dich verließ?"
Ihre Lippen bebten, ihre Stimme brach. Dann jedoch räusperte sie sich und raunte: „Wie ich ihn hasse. Wieso jagt er mich nicht gleich aus dem Palast? Wieso macht er sich einen Spaß und aus mir so einen Narren?"
Endlich wagte Quar es, die Hand auszustrecken und ihr behutsam die Tränen von der Wange zu wischen. Die erste zumindest.
„Hast du … es denn nie hinterfragt?"
Die Frage war anmaßend und gemein, aber die aufkeimende Wut gab ihr Kraft, sich gegen die Situation zu wehren.
„Ich bin die erste Wächterin, Quar! Und du hast vom zweiten Tag an klar offenbart, dass ich immer NUR die kleine Wächterin sein werde, die dir bedauerlicherweise fast überall hin folgen muss."
Er nickte, gab ihr leise recht.
„Du hast mich zur Meerjungfrau mitgenommen und hast mich vor die Türe gestellt, damit ich euch HÖRE!"
Diesmal hatte er den Anstand zu erröten.
„Ich war jung und wütend."
„Du warst brutal und verletzend! Es war dir egal, dass ich durch die dunkelsten Tage meines Daseins ging! Als ich mir das Bein gebrochen hatte, hast du gelacht! Du hast mich WACHE STEHEN LASSEN!"
Wieder nickte er, diesmal ruhiger.
„Hat doch geklappt. Du hast begonnen, mich zu hassen, ich sah es in deinen Augen."

Fassungslos öffnete sich ihr Mund und schloss sich wieder.
„Sag das noch einmal."
Sie konnte es nicht glauben.
„Willst du mir ernsthaft erklären, all dieses Theater wäre nur entstanden, damit ich dich HASSE?"
Diesmal bekam sie keine Antwort. Still saß er an ihrem Bett, um sich am Ende zu erheben.
„Ich brauche ein Bad. Ruh dich aus, Aire. Wir reden morgen weiter."
Er floh. Sie kannte ihn inzwischen fast besser als sich selbst. Aber jetzt waren sie zu weit gekommen, um einfach so aufzugeben.
„Quar, wage es nicht, mich hier liegen zu lassen!"
Wütend drückte sie sich im Bett hoch, ächzend und schwankend. Die Spannung im Raum war greifbar, aufgeladen die Luft – fast schien es zu knistern.
„QUAR!"
Seinen Namen brüllend stand er längst bei der Türe.
„Wenn du jetzt gehst, gehst du für immer."
Schneidend waren ihre Worte, klar und kalt. Sie konnte nicht mehr.

Das hatte er nun davon. Er hätte es wie jeden Abend machen sollen. Wenn sie aus den Träumen hochschreckte, würde er lautlos im Schatten verschwinden. Nicht fragen, nicht zu nahe treten. Die Grenzen nicht durchbrechen. Er hätte ... Aber er hatte es nicht getan.
Er hatte sich verleiten lassen. Ihre Nähe, die Unschuld, die Unsicherheit, die geröteten Wangen. Zum ersten Mal seit Jahren war er ihr so nahe gewesen, hatte er gesehen, wie sie von der harten

Kriegerin zum weichen Mädchen wurde, von der tötenden Frau zur sinnlichen Perle. Er hätte sie wecken können.
„Wenn du jetzt gehst, gehst du für immer."
Vielleicht wäre es das Beste. Die Hand lag auf dem runden, eiskalten Goldgriff. Er kannte diesen Griff wie seinen Herzschlag. Unter dem Daumen befand sich eine kleine Einkerbung, die entstanden war, weil er die Türe einmal mit einem Dolch verbarrikadiert hatte. Man hatte den Griff nicht mehr drehen können und er hatte sich unbemerkt aus dem Zimmer geschlichen. Gut. Nicht ganz unbemerkt, wie die Kerbe offenbarte.
Unter dem Ringfinger spürte er eine leichte Erhebung. Als der Knauf frisch eingesetzt war, war diese Erhebung eine Spitze gewesen, scharf, aus reinem Gold. Er hatte daran sein erstes Blut vergossen und aus Trotz, dass ihm so etwas Lächerliches den Ringfinger angeschnitten hatte, den halben Tag nach dem Meister gesucht, der den Knauf produziert hatte. Der Meister hatte nun eine Narbe an seinem Ringfinger, jener ähnelnd, die auch Quar aufweisen konnte.
Quar spürte das Zittern seiner Hand. Ihre Wut, ihr Trotz sowie ihr Entsetzen waren verständlich. Was er ihr soeben offenbart hatte, war so unglaublich, dass es wie eine Scharade klang.
Und verdiente er am Ende nicht ihren Zorn, Trotz und Hass?
Seine Augen schlossen sich gequält. Hinter seiner Stirn meldeten sich die ersten Anzeichen von dem Feuer der Verdammten, jener quälend pochende Schmerz, der selbst das fahle Licht des Mondes grell erscheinen ließ.
„Lass es für heute gut sein, Aire. Bitte."
Er bat darum. Gebrochen die Stimme, kraftlos die Worte.
„Ich kann nicht mehr. Ich will nicht mehr. Dieses Theater geht schon viel zu lange und kostete nicht nur dich Kräfte und Nerven."

Er hörte ihr freudloses Schnaufen und wusste entsetzlich genau, wie sie eben ihre Stirn in Falten legte, ihre Augen zusammenkniff und ihren Mund zu dieser schmollenden Geste verzog, die unglaublich süß wirkte.

„Bitte, komm nicht näher."

Ihre Schritte verrieten sie. Quälend langsam, dann stöhnte sie matt auf, bevor es hinter ihm rumpelte.

Erschrocken fuhr Quar herum.

„AIRE!"

Reglos lag sie am Boden, nur wenige Schritte vom Bett entfernt. Ihre wundervollen Haare fielen über das Gesicht, bedeckten ihre zerbrechliche Schönheit.

„Du Närrin, ich sagte doch, du sollst im Bett liegen bleiben. Aber nein, du weißt ja prinzipiell immer alles besser!"

Maulend, weil es seine Sorge überspielte, eilte er an ihre Seite. Ein Arm glitt unter ihre Beine, der andere unter ihre Schultern. Vertraut war der Griff, inzwischen trug er sie auf diese Art öfter, als man es an einer Hand abzählen konnte.

„Das erste Mal war damals, als du im Training bewusstlos geworden bist. Ich beobachtete dich vom Balkon, der Schlag traf deine linke Schläfe und du trägst heute noch die Narbe an den Augenbrauen. Ich habe dem Hof verboten, darüber zu sprechen. Am Ende dachtest du, irgendeiner deiner Kameraden brachte dich zu Meister Ekkos. Nein, meine Liebe, das war ich. Ich Narr hechtete vom Balkon über das Vordach hinunter und verschluckte mich dabei beinahe an meinen Früchten. Du hast aber auch wirklich nicht gut ausgesehen, das Blut floss über dein Gesicht und auf einmal warst du … viel zerbrechlicher, als ich es sonst gewohnt war."

Behutsam legte er ihren schlaffen Körper auf das Bett. Zärtlich strich er ihr die Haare aus der Stirn. „Das zweite Mal, als du in meinen Armen gelegen bist, war es bei dieser Wache ... du weißt schon … das gebrochene Bein."
Er hatte sie stehen lassen und sie war gestanden. Als er nachts von der Meerjungfrau nach Hause gehen wollte, war sie bewusstlos vor seiner Türe gelegen. Wenigstens hatte sie den Höhepunkt der Hure dadurch verpasst, aber wahrscheinlich war das kein wirklicher Trost für sie. Sie war blass gewesen, fahl, und ihre Atmung nur noch schleppend.
„Das dritte Mal …" Innehaltend wusste er nicht, ob er an diesen Abend überhaupt DENKEN durfte! „Wir feierten das Fest der Chaija, du warst in deiner Freizeit in der Stadt unterwegs und ich… auch. Chaija ist so eine stolze Unterwasserherrin, aber sie könnte dir nicht das Wasser reichen, Aire. Niemand kann das."
Ihre Haare in seine Hand nehmend, zerrieb er zärtlich eine Strähne zwischen den Fingern.
„Du sahst so wunderschön aus in deiner Tracht. Man sah schon von weitem, dass das du sein musst. Ich kenne keine Frau, die ihre nackte Haut so elegant präsentiert wie du. Verrucht und doch zugleich so unschuldig. Ich wusste nicht, dass ein nackter Bauch so eine Ausstrahlung haben kann."
Verloren in der Erinnerung, sah er nicht den winzigen Spalt zwischen ihren Wimpern, sah er nicht, wie sie ihn verstohlen musterte.
„Es war ein gemeiner Hinterhalt und er zeigte mir, was für einen schweren Stand du zwischen all den anderen Wachen haben musstest. Fünf gegen eine, ich schämte mich in dem Moment für mein Geschlecht. Und wäre nicht mein Bruder an meiner Seite gewesen, ich wäre eingeschritten. Aber er sagte, du würdest mich

mein Leben lang hassen, wenn ich dich unter meinen Schutzmantel nähme. Und er hatte recht. Du hast gekämpft wie eine Wahnsinnige, aber sie waren dir damals noch voraus. Es war die mangelnde Kraft, die dir am Ende das Genick brach und dich in die Knie zwang. Nicht die Technik."

Sein Blick verlor sich in der Ferne. Aus dem weiten Fenster blickend, ruhte seine Hand auf ihrer Schulter, zwanglos, verloren und zugleich nach Halt suchend.

„Es begann zu regnen, und sie öffneten ihre Hosen, einer nach dem anderen lachte und es war offensichtlich, was sie dir eigentlich stehlen wollten. Da griff Quras ein. Er deutete mir, im Hintergrund zu bleiben, und fegte drei von ihnen mit einer einzigen Angriffswelle von den Beinen. Am Ende ließen zwei an diesem Abend ihr Leben, drei wurden aus den heiligen Hallen verbannt und der Anführer der Truppe entmannt und zum Krüppel gemacht, seinem Schicksal überlassen. Erst als die Luft rein war, trat ich aus dem Schatten. Niemand sollte glauben, dass du MEINEN Schutz nötig hattest. Aber, ich bin ehrlich, Ekkos hatte genug damit zu tun, dich wieder zusammenzuflicken."

Abbrechend fuhr er sich durch die Haare.

„Begreifst du denn nicht, was es bedeutet hätte? Wenn du in meiner Gunst gestanden hättest – ich hätte dein Leben zu deinem persönlichen Wahnsinn werden lassen. Deine Kameraden, sie hätten keinen Respekt vor dir gehabt! Am Ende wärst du von mir fortgegangen, weil du geglaubt hättest, was diese Idioten sagten. Und dann hätte ich gar nichts mehr von dir gehabt. Das durfte ich nicht zulassen..."

Es war der pure Egoismus gewesen. Mehr als das. Es war absoluter Wahnsinn.

„Ich bin der zweite Sohn des Herrschers von Quin. Ein ganzes Volk verachtet mich als Schwächling, Säufer und Taugenichts. Sie sehen in mir einen missratenen Balg und in meinem Bruder die aufgehende Sonne der Hoffnung. Ich wurde Zeit meines Lebens als Untergang angesehen, Aire. Immer schon war Quras der Bessere, der Schnellere, der Klügere."
Er rechnete nicht mit einer Antwort. All seine Zweifel, Ängste und Sorgen der vermeintlich Bewusstlosen erzählend, sah er nicht ihre verräterisch funkelnden Augen.
„Vater hätte einer Verbindung nie zugestimmt. Quras hätte sich einen Spaß daraus gemacht, dir deine Unschuld zu rauben und … Ich bin ein Egoist. Bei all meinen Sünden, und ich habe wahrlich viele, bin ich am Ende vor allem ein riesengroßer Egoist."
Was wäre ein Leben ohne sie noch wert gewesen?

Kapitel 31

Madras

Herz der Tygli, Reich der Kokua

Neues Zeitalter der Kokua

Was … hast du getan?

Unstet glitt Asgars Blick auf seine Hände, welche vom Blut seines eigenen Körpers rot gefärbt waren. Sein Mund öffnete sich, schloss sich wieder. Er konnte nicht mehr sprechen. Während sein Körper alle Kraft zu verlieren schien, fingen ihn geschickte Hände sorgsam auf.

„Sorge dich nicht, Asgar. Du hast deine Aufgabe zur Zufriedenheit erfüllt. Die Tore zum Reich der ewigen Stille stehen weit geöffnet für dich. Du musst nur hindurchschreiten."

Sasanes Stimme wurde immer leiser, oder hörte er sie nur nicht mehr so klar? Gurgelnd rang er nach Luft. Röchelnd begriff er, dass er keine mehr erhielt. Vollkommen lautlos waren die Krieger von hinten gekommen und als sie den Schnitt setzten, war er noch beschäftigt mit der Frage, warum die Königin der Tygli auf einmal so traurig wirkte.

„Sie haben deinen Tod gesehen. Vor vielen Sommern schon wusste ich, dass du eines Tages auf meinen Stufen sterben würdest. Aber ich hoffte, dass sie sich irren würden. Ich hoffte, du würdest Madras in die Welt ziehen lassen, ohne dazu gezwungen zu werden."

Ihre Augen schlossen sich schmerzlich. Als sie den Toten zu ihren Füßen erneut ansah, waren seine Augen starr, der Blick anklagend und hart gewesen.

„Ja, verachte mich. Fürchte mich. Hasse mich. All das ist besser als der Gedanke, dass du, dummer Mensch, mich geliebt hast und ich dich töten ließ."

Zärtlich hauchte sie einen Kuss auf seine Stirn.

„Bestattet ihn wie einen Krieger. Er starb voller Ehre und sein Tod soll nicht vergebens sein."

Er war gekommen, um Hilfe zu erflehen. Er würde diese Hilfe erhalten. Selbst über den Tod hinaus spürte Sasane das tiefe Band zwischen ihm und ihr, das sie all die vergangenen Sommer und Winter geschmiedet hatten.

„Torn, Jorge, Uhnga?"

Die drei Generäle zu sich winkend, standen die bärtigen Männer in voller Montur vor ihr. Äxte an den Hüften, Schilder am Rücken, warteten sie auf die nächsten Befehle. Sasane zögerte. Was sie vorhatte, kam einer Kriegserklärung gleich. Auf der anderen Seite: Wann hatte das Volk der Tygli Angst vor einem ehrlichen Kampf gehabt?

Aus den Augenwinkeln beobachtete sie, wie man Asgars toten Körper aus dem Thronsaal trug. Die Schritte der weinenden Weiber waren lautlos, der Klagegesang leise und dezent.

„Königin?"

Uhnga holte sie in die Realität zurück. Er hatte Haare in der Farbe der Glut des Feuers und einen Bart, der geflochten bis hinab zu seinem Bauchnabel reichte. Er war ein stattlicher Krieger, geschult im Zweikampf und selbst mit einem passenden Sattel hoch zu Rosse ein guter Kämpfer.
„Ist alles bereit?"
„Natürlich, meine Königin."
Ernst sah er sie an.
„Zweifelt Ihr an mir?"
Die Frage an die drei Generäle stellend, schwiegen die Männer betreten. Sie wussten, die Antwort könnte ihr Leben kosten.
„Meine Königin."
Torn sank auf ein Knie.
„Ich zweifle nicht an Eurer Tat, aber ich würde gerne wissen, warum wir das tun sollen? Die Menschen aus dem Dorf haben uns nie Leid zugefügt."
Seufzend wandte sich Sasane ab. Das war das Schwierigste für ihre Krieger. Sie sollten Menschen töten, denen sie nichts Schlechtes entgegenbrachten.
„Ich verstehe deine Frage, Torn. Ich trage es dir nicht nach."
Sinnierend schloss sie die Finger ineinander.
„Ich muss mich entscheiden, General Torn. Ich kann dem Schicksal einen Schubs in eine neue Richtung geben. Eine Änderung, die so gewaltig sein kann, dass man am Ende nicht mehr weiß, wie es vor dieser Veränderung in unserem Leben ausgesehen hat. Aber ich kann auch weiterhin im Schatten ruhen und warten. Vielleicht wird sich das Schicksal am Ende selbst in Gang setzen…"
Es war Jorge, der auf die Knie sank und raunte: „Es gäbe noch eine dritte Möglichkeit, Königin Sasane."

Fragend wandte sie sich dem blonden Hünen unter den Männern ihres Volkes zu. Er war fast einen Kopf größer als Uhnge oder Torn.
„Und welche Möglichkeit soll das sein, General Jorge?"
Seine wasserblauen Augen fixierten die ihren.
„Wir könnten Leben verschonen und nur die töten, die den Tod verdient haben. Vielleicht würde diese Geste ausreichen, damit sie das Dorf verlässt? Niemand sieht uns, niemand hört uns. Jahnsen stirbt und sie flieht mit ihrem Begleiter durch den Aschat."
„Flieht ins Niemandsland?"
Freudlos lachte Sasane auf. „Dann kann ich ihr gleich mit meiner Hand die Kehle öffnen, Jorge."
Er öffnete bereits den Mund, schloss ihn nach einer Sekunde aber wieder.
„Nein. Wenn das Dorf vernichtet ist und es keine Spuren von uns gibt, wird es auch in Zukunft keine offene Anschuldigung geben. Wir haben nichts gesehen, nichts gehört."
Sie sah auf die Blutlache hinab. Und doch war es wieder Jorge, welcher leise widersprach: „Herrin, ich würde noch eine Möglichkeit wissen."
Seufzend wandte sich Sasane dem Krieger voll zu. „Euch scheint an dem Leben der Dorfmenschen viel zu liegen, General!"
„Oh, Ihr irrt."
Ernst fixierte er sie.
„Mir liegt viel an Eurem Leben, Königin. An dem Leben meines Volkes."
Jorge log sie nicht an. Er wollte das Volk vor einem Krieg schützen, vor dem Tod, der Verzweiflung und Angst, die damit einherkam.
„Das ehrt Euch, General. So sprecht zu mir. Welche Idee habt Ihr, die ich nicht hatte?"

„Schickt mich ins Exil."
Sasane lachte auf. Im ersten Moment hielt sie es für einen Scherz. Aber es war keiner. Jorge meinte seine Worte bitterernst.
„Wieso sollte ich Euch verbannen?"
„Weil ich … unsere Armee der Menschenfrau ankündigen werde. Ich werde ihr sagen, dass ihre Flucht aus dem Dorf das Leben aller retten kann, und dass Ihr, hohe Königin, den Blutzoll für die Seher einlösen wollt."
Ihr Lächeln erstarb vollkommen.
„Das wäre Verrat an Eurem Volk."
Jorges Blick wurde etwas trauriger. „Ich weiß, meine Königin. Aber wenn ich damit mein Volk retten kann, nehme ich die Verbannung in Kauf."
„General Jorge. Auch wenn Ihr der Größte meines Volkes seid, so seid Ihr in der Welt der Menschen doch … nur ein Tygli. Ihr werdet einem großgewachsenen Mann kaum bis zum Bauche reichen? Und man wird euch mit Spott und Häme entgegentreten."
Er nickte. „Das ist mir bewusst, meine Königin."
Sie schwieg. Er schwieg. Beide sahen einander in die Augen und verharrten vollkommen starr.
„So sei es. Wenn du mit deinem Verrat bis zum Erscheinen des Mondes morgen Abend Erfolg hast, sei das Dorf verschont."
„Meine Königin, darf ich Euch noch eine Frage stellen?"
Sie nickte.
„Ihr wusstet es, nicht wahr?"
Sasane schenkte ihm ein weiches Lächeln. „Ich kannte Optionen. Aber am Ende, General Jorge, entscheiden wir uns selbst für den Weg, den wir gehen."

Hochschreckend schrie Madras im Halbschlaf auf. Sie hatte geträumt, und im Traum war sie ihrem Vater begegnet. Er hatte sich entschuldigt und war am Ende mit blutigem Hals auf die Knie gefallen. Madras unterdrückte ein Schluchzen, stöhnte jedoch gepresst, als Kopfschmerzen ihre Angst übertrumpften.

„Tut weh was?"

Die spöttische Stimme von Ryu war ihr noch deutlich in Erinnerung. Sie hatte sich auf Nacht noch einen Tee gemacht und irgendwann war sie am Tisch eingeschlafen. Eigentlich hatte sie lesen wollen, aber im Halbdunkel des Raumes hatte es nicht funktioniert.

„Ziemlich."

Murrend spülte sie den bitteren Geschmack in ihrem Mund hinunter.

„Hast du von dem Überfall geträumt?"

Sie war zu verschlafen, um zu lügen. „Nein. Von meinem Vater."

Ihre zittrigen Hände zupften ein paar Haarsträhnen nach hinten.

„Es muss ein schlechter Traum gewesen sein. Du hast geweint."

Blinzelnd fuhr sie sich über die Augen. Wieso war es in der Hütte so dunkel? War es noch Nacht?

Ihr Verstand arbeitete nur langsam. „Er ist gestorben."

Es klang wie eine Feststellung und das wiederum ließ sie frösteln.

„Ich meine in meinem Traum. Da ist er gestorben."

Sonnenlicht drang zwischen den Ritzen der Türe herein. Im Dämmerlicht erkannte sie endlich die Schemen des Tisches, der Bank und der Kleidertruhe.

„Es klang wie ein Ankündigungstraum."

„Was?"

Sich erhebend, hörte Madras Ryu nur mit einem halben Ohr zu.

„Dein Traum. Er klang wie eine Ankündigung. In meiner Heimat messen wir Träumen viel Bedeutung zu. Die Geister sprechen zu uns im Schlaf."

Mit dem Öffnen der Türe kam frische Luft in den Raum. Es war ein klarer, strahlend schöner Morgen.

„Nur, dass mein Vater nicht tot ist. Somit ist er auch kein Geist."

Ihre Augen schlossen sich, die Sonnenstrahlen erwärmten ihre Haut, aber das Frösteln im Inneren blieb.

Und als sie die Augen wieder aufmachte, schrie sie grell auf.

Ihr Schrei war anders, als der Ausruf einer Stolpernden. Es klang nicht, als wäre sie mit dem Zeh gegen die Türe gestoßen. Es klang entsetzt, panisch, fassungslos.

„VATER!"

Und nun wurde die Stimme hysterisch. „NEIN!"

Kreischend füllte ihr Entsetzen den Raum, alarmiert ruckte Ryus Kopf nach oben.

„NEIN!" Der Ruf wurde zu einem bitteren Schluchzen, das Schluchzen zu einem Wehklagen, wie es die Alten manchmal für die Toten taten. Er hörte ihren Körper zu Boden brechen, sah aber keinen Feind oder Schatten neben ihr.

Verdammt nochmal!

Er hatte sich in Ruhe auskurieren wollen. Er hatte gehofft, dass seine Verfolger die Spur verloren hätten, dass sie – bedingt durch die Zeit, die ihnen davonlief – ablassen würden. Aber irgendwie schien sein Glück bereits wieder verflogen zu sein.

Ächzend rollte er sich auf die Seite und stemmte sich mühsam in eine sitzende Position. Wenn jemand diesen Raum stürmen wollte – Ryu hatte keine Angst vor dem Sterben. Aber der Dolch in seiner Hand würde noch manchen Angreifer mit hinübernehmen, bevor er endgültig zu Boden ging.

Es stürmte jedoch niemand den Raum. Stattdessen wurde ihre Stimme leiser, ihr Weinen bitterer. Sie litt unsagbare Schmerzen. Und noch bevor er den Toten sah, wusste er, dass es ihr Vater sein würde. Ihre Trauer war so ehrlich, rein und tief, dass es nur dieser eine Mann sein konnte.
Endlich stand Ryu auf den Beinen. Humpelnd und sich an den Möbeln des Hauses stützend, trat er in ihre Richtung. Wie sie vor ihm saß, ein gebeugter Haufen reinen Elends, erinnerte sie ihn an seine Schwester. Und an den Tag, als ihre Mutter ermordet wurde…

„Himmel, bist du verrückt?"
Sein Dolch verharrte nur wenige Millimeter vor ihrem Hals. Er hatte mit einer Verteidigung gerechnet, aber sie war mitten im Kampf stehen geblieben. Einfach so!
„Ry'jin, sowas kannst du nicht machen! Jeder Anfänger hätte dir den Dolch in den Hals gerammt!"
Wütend über ihre Dummheit starrte Ryu in ihr Gesicht. Und wurde unsicher.
„Was ist geschehen?"
Ihr Blick hatte etwas so maßlos Entsetztes, dass die Kälte seine Sinne strich, seine Haut frösteln ließ.
„Mutter. Sie ist tot."
„Was meinst du mit tot?" Fragend und verwirrt runzelte Ryu die Stirn.
„Mutter ist …"
„… tot." Ry'jin beendete den Satz mit einer Sicherheit, dass ihm schlecht wurde. Wenn sie es sagte, traf es zu.
„Wir müssen uns verstecken. Sie kommen."
„Verstecken? Ich verstecke mich si…"

Es war die Art, wie sie ihn ansah. Die Art, wie ihre Augen funkelten, wie sie sich beherrschte, obwohl sie in Tränen ausbrechen wollte.
„Sofort, Ryu."
Und obwohl sie so beherrscht war, ihre Augen nur minimal glänzten, spürte er ihren fast ohnmächtigen Verlust im Inneren. Sie zerbrach in diesen Sekunden und das, was danach kam, war nie mehr derselbe Mensch wie zuvor.

Was er hier erlebte, war genau das: die Geburt eines neuen Menschen. Madras würde nie mehr wieder so sein, wie sie es vor der heutigen Nacht gewesen war.
Zuerst der Zwischenfall mit Jahnsen, nun der Tod ihres Vaters. Es würde sie prägen, verändern und zu etwas Neuem machen. Ob das Neue gut oder schlecht werden würde … Ryu konnte es nicht vorhersagen, dazu kannte er sie noch viel zu wenig.
Über ihren Rücken hinab auf die tote Gestalt ihres Vaters blickend, berührte er Madras nicht eine Sekunde lang. Man hatte dem Hufschmied die Kehle durchgeschnitten, aber an der Hautfarbe und der Tatsache, dass sein Körper wieder weich war, erkannte Ryu, dass er schon länger tot war.
„Es muss vor einigen Stunden passiert sein. Wo wollte dein Vater hin?"
Nüchtern begann er die ganze Szene zu analysieren. Emotionen waren in vielen Situationen des Lebens hinderlich. Halt am Türstock findend, berührte sein geschientes Bein ihren Arm, aber das spürte sie nicht. Oder sie bemerkte es nicht. Oder es war ihr egal.
„Zu den Bergen."
Ihre Stimme brach beinahe, während ihr zarter Körper wie die Blätter der Taurose im Herbstwind zitterte.

„Und was wollte er in den Bergen?“
„Erze.“
Schluchzend presste sie das Wort hervor.
„Er wollte die Tygli aufsuchen und neue Erze kaufen.“
Verstehend nickte Ryu.
„Nun, er kam entweder nie bei ihnen an, oder nicht heil von dort zurück. Die Frage, die sich mir stellt, ist somit: Wer hat ihn dir wiedergebracht?“
Den Toten genauer musternd, hatte Ryu schon viele Männer mit offenen Halswunden gesehen. Aber hier war etwas anders.
Auffällig anders: „Und wer hat ihn zuerst noch gereinigt, bevor er ihn dir brachte?“

Kapitel 32
Korand

Erudins Hort, Reich der Kokua

Neues Zeitalter der Kokua

„Es ist leicht zu sagen, ich hätte das nicht gewollt. Aber das wäre eine Lüge, und ich will nicht heuchlerisch werden."

Seine Stimme war ein trockenes Raspeln, schäbig und kratzend. Dabei hatte er an diesem Abend so viel getrunken, dass sein Alkoholpegel eigentlich als Schmiermittel dienen sollte.

„Du bist nur eine Dirne, ich weiß, aber dein Beruf ist wenigstens ehrlich. Ich meine, du verkaufst nichts, was du nicht auch bieten kannst."

Seine breite Hand umfasste ihre Taille, mit einem Ruck zog er sie auf seinen Schoß. Der Holzboden knarzte unter der Bewegung bedrohlich, so als würde er gleich nachgeben. Der Tisch bebte, der Becher darauf tanzte für einige Sekunden. Aber die Schäbigkeit dieses kleinen Zimmers, das nur für jenen einen Akt der Lust

möbliert worden war und nicht einmal ein Fenster besaß, interessierte ihn heute nicht mehr.
„Sie haben größtenteils nicht einmal geweint.“
Obwohl er ihren heißen Körper auf seinem Schoß fühlte, konnte er sich nicht darauf konzentrieren.
„Sie sind wie Lämmer hintereinander gelaufen. Du kannst dir dieses Bild nicht vorstellen. Schritt für Schritt bis zur Grube. Wer gezögert hat, bekam einen Stoß in den Rücken. Aber die meisten sind freiwillig gesprungen.“
Seine Stimme brach.
„Sie sind nicht sofort tot gewesen. Nicht alle. Manche haben den Sturz überlebt. Vor allem zum Ende hin. Die Grube war immer weiter gefüllt... Sie fielen auf weiche Körper statt auf spitze Steine. Und ...“
Er musste sich räuspern. Schockiert spürte er die Tränen in seinen Augen.
„Beim Zweigesichtigen Gott, was haben wir getan?!“
Wispernd raunte er die eine Frage. Den ganzen Tag hatte er sie verdrängt, sein Gewissen unterdrückt.
„Was habe ich getan?!“
Den Kopf anhebend, sah er in ihre Augen. Sie war wunderschön. Ihre roten Haare fielen in weichen Wellen über ihre Wangen, bedeckten ihre nackten Brüste und diese bestechend grünen Augen, beschattet von einem dichten Kranz an Wimpern.
„Ihr habt getan, was Ihr tun musstet, Hauptmann. Ihr habt Befehle erhalten und sie befolgt.“
Es begann zu regnen. Dumpf klopften die dicken Tropfen an die Holzfassade. Es wirkte einlullend, beruhigend. Für eine Sekunde hatte er das Verlangen, hinauszulaufen. Er wollte sich das Blut von den Händen waschen, seine Seele reinigen.

Aber das würde kein Sommerregen vollbringen. Das vollbrachte niemand mehr.
„Sie hat ihrem Kind noch einen Kuss gegeben."
Die Erinnerung hatte sich in sein Hirn gebrannt. Er sah das Bild vor sich, die Anassus Mutter mit ihrem vielleicht zwei Winter kleinen Kind – ein Junge. Sie weinte nicht eine Träne, wirkte sogar fast erleichtert, als sie an der Reihe war. Wieso waren diese Menschen so folgsam gewesen? Wieso hatten sie sich nicht einfach widersetzt? Sie hätten ihn und seine Wachen einfach angreifen können!
Aber sie hatten es nicht getan.
„Als ob sie keine Kraft mehr zum Kämpfen hatten! Als ob sie alles aufgaben, es keine Hoffnung mehr gäbe."
Die Dirne schwieg, dann stand sie auf.
„Hauptmann, ich weiß nicht, ob ich heute die Gesellschaft bin, die Ihr sucht. Diese Gespräche kann ich nicht führen. Es ist, wie Ihr sagtet: Ich weiß, was ich verkaufe und tiefsinnige Gespräche biete ich normalerweise nicht an."
Lächelnd, aber bedauernd, legte sie sich einen dünnen Mantel über den nackten Körper. Er bemerkte es nicht einmal. Starr ruhte sein Blick auf dem Bett, das er heute nicht benutzen würde.
„Geh nur, Kind. Lass mich alleine nachdenken und sorge dafür, dass man mich nicht stört."
Er drückte ihr ausreichend viele Münzen in die Hände, um seine Ruhe zu erkaufen und wartete, bis sie verschwunden war. Dann erst kam Leben in seine starre Haltung.
Den Hocker schob er unter den tragenden Balken, dann stellte er sich darauf. Seinen Gürtel über den Balken schwingend, war er jedoch für sein Vorhaben zu kurz. Kurzerhand wurde er mit dem Stoff eines zerrissenen Lakens verlängert. Oh, Kreativität war nie

seine Schwäche gewesen. Ganz im Gegenteil. Er hatte viele Schlachten gewonnen, weil ihm die guten Ideen schneller kamen als dem Feind.

Aber heute hatten sie versagt. Er hatte blind gehorcht und hatte unschuldige Frauen und Kinder ohne zu zögern ermordet. Ermordet!

„Herrin, wo seid Ihr hin! Wenn Ihr hier wärt, das alles wäre nicht geschehen."

Die Königin der Ashai. Erst mit ihrem Verschwinden hatte der König der Kokua die Macht erhalten, diesen Wahnsinn ins Rollen zu bringen.

Er war kein Narr. Anfangs hatte er den Plan des Königs für gut befunden. Eine Trennung der Völker hatte nicht nur Nachteile! Als er erfuhr, dass das verbannte Volk auf Moquar sein neues Heim finden würde, kamen jedoch die ersten leisen Zweifel. Wie sollte auf dem toten Planeten jemand leben können?

Aber auf der anderen Seite: Das Volk der Anassus war dem Tode von jeher sehr nahe gewesen. Wer, wenn nicht jene, würden dort oben leben können? Mit ihrer milchigen Haut, den Adern, die manchmal durchschienen!

Er hatte es sich schöngeredet. Tage, Kheris. Aber das heute war die Spitze gewesen.

Seine Hand war vollkommen ruhig, als er die Schlaufe um seinen Hals legte. Er hörte den Gesang, diesen Chor der Sterbenden, als würden sie hinter ihm stehen, als würden ihre Seelen ihn verfolgen.

„Es tut mir leid."

Schluchzend rannen Tränen über seine Wangen. Er, ein gestandener Soldat, war innerhalb weniger Stunden zu einem zerbrochenen, welken Requianer geworden.

„Wie hatte ich das nur zulassen können! Das war feiger Mord. Schlimmer als das … Bitte vergebt mir."
Um sich nicht die Gelegenheit des Zweifels zu geben, stieß er den Hocker unter sich fort. Der Strick legte sich straff um seinen Hals, schnürte ihm die Atemwege zu.
Vergebt mir.

Der Wind heulte gequält über die nackte Erde. Der Mond versteckte sich hinter dichten Wolken, die ersten Regentropfen benetzten die staubige Wüste vor ihm. Eine Wüste inmitten des Waldes. Eine künstliche Lichtung, ein riesiges Grab.
Schritt für Schritt ging er weiter. Die Erde war frisch aufgeschüttet worden, er selbst war einer der Magier gewesen, der diesen Wahnsinn verbrochen hatte. Aber er hatte dabei auch etwas Gutes getan. Zumindest hoffte er es.
Im Wald knackte das Unterholz. Vor lauter Anspannung presste er sich flach auf den Boden und war dankbar für das schlechte Wetter. Seine Sinne weiteten sich, während seine Handfläche die nackte Erde berührte. Und dann begann er zu suchen. Als Erdgewandter war es ihm ein Leichtes, die hunderten Toten zu fühlen, die unter ihm ruhten. Erstickt. Erdrückt. Erschlagen.
Aber jene suchte er nicht. Er suchte den Funken an Hoffnung. Er suchte…
Das Schlagen von Herzen war für ihn wie das befreiende Lachen eines Kindes. Sie lebten noch! Er war nicht zu spät gekommen!
Die Erde glitt auseinander, ein Spalt öffnete sich, wanderte über die Wiese und grub sich hinab. Tote Arme wurden sichtbar, nackte Füße, verschmutzte Gesichter, die in starrem Entsetzen in den Himmel blickten. Zumindest manche. Manch andere sahen gequält nach unten.

Eine schwarze Blase hob sich an, teilte die Erde weiter und weiter, bis sie die Oberfläche des Grabes erreicht hatte und sich knirschend öffnete. Es war so finster, dass er nichts Klares erkennen konnte. Aber er hörte sie. Das Kind begann zu weinen, die Mutter versuchte es zu trösten, zeitgleich presste sich ein zweiter Schatten an ihre rechte Seite.
„Habt keine Angst, schreit nicht!"
Die Worte raunend erhob sich Korand leise.
„Ich will Euch helfen. Bitte!"

„Alles wird gut, Orat, weine nicht."
Beruhigend glitten ihre Hände durch die kurzen Haare ihres Sohnes.
„Es gibt für alles einen Grund, Orat. Für jeden Toten, für jeden Leidenden. Nichts geschieht einfach so."
„Mama."
Schluchzend vergrub Orat sein Gesicht an ihrer Brust, ließ das kleine Baby wimmern.
„Wieso hat man uns hier unten eingesperrt?"
„Das weiß ich nicht. Aber es wird sich weisen."
In der vollkommenen Dunkelheit konnte man nichts sehen.
„Mama?"
„Ja?"
„Ich bin müde."
Sie verstand ihn.
„Schlaf ruhig ein wenig. Ich bin hier. Dir geschieht nichts."
Stille. Ihre Atmung, langsam und beherrscht, seine Atmung, hektisch und aufgeregt.
„Mama?"
Seine Stimme wurde leiser.
„Ja, Orat?"

„Warum sind wir nicht wie die anderen tot?“
Orat war neun. Er war ein schlauer Junge, das Baby an ihrer Brust seine Schwester.
„Das kann ich dir nicht mit Sicherheit sagen. Ich glaube, jemand schützte uns mit Magie.“
„Denkst du, die Person kommt wieder?“
Es wäre widersinnig, wenn dem nicht so wäre.
„Ja, ganz sicher.“

„Ich will Euch helfen. Bitte!“
Der junge Mann stand ganz still vor ihnen. Er war ein Magier, seine Tracht kennzeichnete ihn. Aber mehr als das war er auch ein Hauptmann der ersten Garde des Königs.
Obwohl es finster war, konnten ihre empfindlichen Augen seine Züge mustern. Er meinte es ernst. Und er hatte eindeutig Angst.
Die Sprache der Kokua perlte flüssig von ihren Lippen, als sie leise sagte: „Habt Dank für Eure Hilfe. Das ist mein Sohn Orat und seine Schwester Aila. Mein Name ist Layne.“
Erleichtert, dass sie nicht angriffen, nickte Hauptmann Korand.
„Ich habe nicht viel Zeit. Wir müssen hier weg. Es werden Wachen kommen und wenn sie uns hier sehen …“
Korand würde wegen Hochverrates gehängt werden. Ach was, dachte er: Wahrscheinlich würde man ihn am großen Platz vierteilen lassen! Das, was er hier tat, war der absolute Wahnsinn! Das war das Schlimmste, das er je getan hatte! Und zugleich das Beste.
„Orat.“
Die Stimme von Layne klang sanft und ruhig. „Hier, nimm Aila und geh mit dem Mann. Er wird auf euch achten und sich gut um euch kümmern.“

„Was?"
„Was?"
Sowohl der junge Hauptmann als auch Orat stellten dieselbe Frage.
Behutsam drückte sie das Baby in die Arme des jungen Knaben.
„Du bist, wer du bist, Orat. Und das darfst du nie vergessen!"
„Mama, ich verstehe nicht."
Doch als sie sich erhob und Wind aufkam, begriff Korand.
„Ihre Seelen, junger Kokua. Sie müssen doch heimkehren. Wie kann ich als Begleiterin all diese Seelen hier ruhelos zurücklassen?"
Selbstopferung. Layne wollte sich selbst opfern, um das Ritual zum Überführen der Seelen zu vollziehen. Aber wenn sie starb, würde er nie wissen, ob er mit seinem Gefühl richtig lag. Dann war alles umsonst gewesen!
Also musste er bluffen – musste es verhindern.
„Das kommt nicht in Frage."
Korand verlieh seiner Stimme einen kalten Unterton. Er konnte nur hoffen, dass sie ihm glauben würde.
„Wenn Ihr das jetzt macht, Layne, könnt Ihr eure Kinder gleich mit hinüberschicken. ICH kümmere mich nicht um ein Baby!"
Kommentarlos wandte sich Korand um und ging scheinbar entschlossen Richtung Wald. Er hörte Orats leises Flehen.
„Mama! Bitte! Ich kann das nicht alleine. Und der da ist ein Kokua. Überhaupt! Alle, die wir einst kannten, hassen uns jetzt!"
„Aber es ist unsere Pflicht, Orat."
„Nein, Mama. Unsere Pflicht ist es, dem Willen des Zweigesichtigen zu folgen."
„Aber was, Orat, wenn dies sein Wille ist?"
Layne wirkte nicht überzeugt, war verunsichert.
Und Orat war ganz ihr Sohn, als er ernst konterte: „Aber was, Mama, wenn der MANN dort sein Wille ist? Wen opferst du

lieber? Mich und Aila oder diese ruhelosen Seelen? Wir können ja wieder kommen … Wenn es ruhiger ist. Bitte Mama!“

Innehaltend sah Korand über seine Schulter zu der Anassus zurück.

„Ich mache Euch ein Angebot. Kommt jetzt, dann bringe ich Euch wieder hierher, wenn es sicher für eine Überführung ist.“

Layne zweifelte, doch am Ende nickte sie. Aila wurde wieder in das Tuch an ihrer Brust geschoben, Orats Hand umschloss eiskalt ihre filigranen Finger.

„Ich nehme Euch beim Wort, Hauptmann.“

In der mondlosen Nacht spürte sie seinen stechenden Blick auf sich.

„Das könnt Ihr.“

Iseria

Held

- Königin der Ashai
- Yanas Mutter
- Magische Affinität: Licht
- Fürchtet sich vor:
  dem Ende Aurelis
  Yanas Gabe

Als Mutter aller Mütter stehe ich nicht über dem Gesetz. Ich muss mich ebenso dem Willen unserer Welt beugen, wie es das kleinste Lebewesen täte. Aber nie werde ich mein Haupt vor einem anderen König senken!

Kapitel 33
Yana

Erde, Deutschland

Marius fürchtete sich nicht vor Rahel. Der Kommandant und erster wie oberster Wächter der Königin hatte auf ihn kaum Eindruck gemacht. Ganz im Gegenteil. Für Sekunden fragte sich Marius, ob die Königin aus Liebe zu dem Mann blind geworden war. Denn in seinen Augen hatte sich Rahel verändert. Sein Strahlen hatte abgenommen, seine körperliche Haltung wirkte nicht mehr erhaben und über den Dingen stehend. Fast schien er eine Brise kleiner als einst. Als hätte er in den letzten Jahrzehnten viele falsche Entscheidungen getroffen.

Marius wusste nicht, was die Königin als Erklärung gesagt hatte. Aber als er die Türe von Yanas Schlafzimmer leise hinter sich ins Schloss zog, spürte er bereits den brennenden Blick des Kommandanten auf sich. Und jener zeigte, dass Rahel nichts von dem glaubte, was ihm bisher aufgetischt worden war. Weder die Erklärung, Yana wäre durchgedreht, noch der Versuch von Iris, ihn zu beschwichtigen. Er war nicht dumm. Dummheit hätte ihm längst das Leben gekostet.

„Wer von euch sagt mir jetzt die Wahrheit?“
Rahels Augen glitten blitzend von Marius zu Iris und zurück. Marius schwieg. Starrte sogar unverschämt direkt in sein Gesicht. Hatte dieser junge Wicht seine Stellung vergessen? Und sein Seelenband, seine Geliebte, sie wirkte verschlossen und zurückhaltend.
„Ihr lügt alle beide. Ich weiß es. Also redet.“
In seinen Augen brach sich das kalte Neonlicht der Küchenbeleuchtung. Da standen sie wieder, und der kleine Raum wurde immer kleiner.
„Es geht Euch nichts an, Ser Rahel.“
Marius’ Stimme war vollkommen gefasst. Ohne auszuweichen nahm er den Schlag hin, der seine Lippe und Wange traf. Sein menschlicher Körper wurde von den Beinen gerissen und gegen die Wand geschleudert. Schmerzhaft ächzte er auf.
„Das ändert … auch nichts an der … Tatsache, dass Yana mein Seelenband ist und … es euch eben nichts angeht.“
Marius wischte sich das Blut von der aufgeplatzten Lippe. Er könnte die Wunde binnen eines Herzschlages heilen, aber er dachte gar nicht daran! Sollte Rahel nur sehen, dass er soeben die Kontrolle verloren hatte.
„Ich beschütze sie, seit sie auf der Welt ist. Das sind 18 Jahre. Gemessen an meinem Alter ein winziger Schritt, gemessen an Eurem Alter nicht einmal eine Regung der Muskeln. Aber es waren Jahre ohne den Einfluss von Aurelis. Es gab keine Mentoren, keine Orakel, keine Weissagungen, kein Training, keine Vorbereitung, keine Einheiten in Etikette oder Heilkunde.“

Sich aufrappelnd schmerzte sein Kiefer.
„Yana hatte Probleme, Sorgen und Ängste, die Ihr nicht verstehen könnt, Ser Rahel. Nicht, weil Ihr es nicht versuchen würdet, sondern weil Ihr diese Welt nicht so kennt, wie ich sie kenne. Ihr kennt das Leben nicht so, wie ich es kenne. Ihr kennt Yana nicht so, wie ich sie kenne. Euer Blut fließt in ihren Adern, es zu leugnen wäre reine Dummheit, aber Ihr habt sie nicht aufwachsen sehen."
Die Schultern kreisen lassend, knirschten Marius' Gelenke, als wären sie eingerostet.
„Und wenn Ihr mich noch einmal schlagt, Ser Rahel, werde ich zurückschlagen. Ich bin das Seelenband Ihrer Prinzessin Iyanera, Tochter unserer geliebten Königin Iseria. Vergreift Euch an mir, und ihr vergreift euch an ihr."

„Und jetzt reicht es! Ihr beide seid unmöglich!"
Iris' Stimme durchbrach die klirrende Kälte, welche den Raum durchzog.
„Ja, du bist ihr Erzeuger und ja, du weißt nicht alles von ihr. Ja, das ist unser Recht und nein, wir werden dich nicht einweihen. Yana wird es dir sagen, wenn sie es will und du..."
Dabei wandte sie sich Marius zu, voller königlicher Würde.
„Ja, du bist ihr Seelenband, ja, du kennst sie besser als jeder andere auf Aurelis, ja, du hast ihr Leben mehr als einmal gerettet, aber drohst du meinem Band noch einmal, werde ich dich dafür bestrafen lassen. Nicht mit dem Tod, aber mit deiner Zunge. Ein Band muss nicht zwingend sprechen können."
Sie sah den Zorn in Marius' Augen. Immerhin hatte er Yana schon wieder beschützt. Doch dann neigte er demütig den Kopf.
„Ich bitte um Verzeihung, Ser Rahel. Die Emotionen kochen wohl in uns allen etwas zu hoch."

Rahel nickte erhaben und Iris atmete innerlich aus.
„Genug der Worte. Ich muss nach Hause. Mein Volk braucht mich und du …" Neuerlich fixierte sie Marius: „Du bleibst hier, bis sich Yana gefangen hat. Bereite sie vor und sieh zu, dass sie sich von ihren Freunden verabschiedet."
Leise wurde die Türe geöffnet.
„Das will ich nicht."
Müde und schwach klang Yanas Stimme.
„Lass uns gehen, Mama. Ich … gehöre nicht in diese Welt."

Ihr brachen die Beine weg, aber als Marius sie stützen wollte, zuckte sie ängstlich vor seiner Hand zurück. Halt fand sie an der Mauer.
„Es ist alles in Ordnung, Yana, dir kann in meiner Gegenwart nichts geschehen."
Die Worte ihrer Mutter waren beschwörend gesprochen. Und der Blick! Yana kannte diesen Blick. Er sagte aus, dass sie am besten gar nichts sagen sollte, um nicht irgendetwas zu verraten, was geheim war.
„Mama?"
„Yana!"
Neuerlich schwankte die Welt. Ihr Kopf schmerzte wie die Hölle. Als Marius diesmal nach ihrer Hand griff, konnte sie zwar nichts gegen das Zusammenzucken ihres Körpers machen, aber es geschah nichts. Ihre Mutter hielt ihr Versprechen. Sie hatte keine Vision mehr. Vor Erleichterung wollte sie weinen, sank aber am Ende nur gegen Marius' Körper.
„Mama …"
„Wir reden später, Liebes. Ich möchte nicht, dass du etwas überstürzt!"
„Mama …"

Neuerlich setzte Yana an, und wieder unterbrach ihre Mutter sie. „Ich liebe dich, meine Prinzessin, aber dieser Schritt hat Folgen. Noch weiß außer uns vier niemand auf Aurelis von deiner Existenz. Wenn du mich begleitest, muss ich dich offiziell einführen. Ich weiß nicht, ob du dazu bereit bist."

„Und ich weiß nicht, ob es überhaupt noch dazu kommt."

Rahels Stimme klang düster. „Vieles hat sich in den letzten Monaten verändert. Das Volk muss entscheiden." Eine Aussage, die ihre Mutter offenbar irritierte, doch am Ende nickte Iris zustimmend.

„Es entschied immer das Volk, Rahel."

Sein Mund öffnete sich, schloss sich jedoch kommentarlos wieder. Was auch immer er sagen wollte, er befand sein Schweigen als den klügeren Weg.

„Mama."

Endlich fand Yana ihre Stimme zurück: „Wenn ich hier bleibe, werde ich sterben."

Hochblickend fixierte Yana ihre Mutter und deren helle Augen.

„Ich muss mit dir gehen." Sie sagte es voller Sicherheit. „Ich muss."

Und erreichte das scheinbar Unglaubliche: Ihre Mutter nickte ergeben.

„Gut. Zwei Rucksäcke, Yana, mehr können wir nicht mitnehmen. Alles, was in dieser Wohnung bleibt, wird am Ende verschwinden."

„Meine Freunde?"

„Werden … vergessen, dass es dich je gab."

Es verschlug Yana fast die Sprache. Beklommen nickte sie.

„Sie würden Fragen stellen." Eine traurige Feststellung.

„Richtig."

„Und … wenn wir gehen, dann …"

„Wird die Magie alles Nötige erledigen. Dein Name, mein Name, die Bilder von uns, Erinnerungen, Geschenke. Alles, was von uns auf dieser Welt ist, wird verschwinden. Als wären wir nie da gewesen.“

„Ich …“ Yana gingen die Worte aus. Ihre Mama hatte ihr zwei lächerliche Rucksäcke zugesprochen. Wie sollte man in zwei Rucksäcke die wichtigsten Dinge aus dem bisherigen Leben verpacken?

Schnaubend holte sie Luft. Sie hatte sich immer angewöhnt, keine Konfrontationen zu scheuen. Also wäre sie nicht sie selbst, wenn sie sich mit der Angabe ihrer Mutter einfach so abgefunden hätte.

Sie musste jetzt einfach funktionieren. Egal wie absurd, konfus oder unglaublich die Lage wirkte – es würde der Moment kommen, wo sie sich damit befassen könnte.

Ein anderer Moment als jetzt.

„Kannst du den alten Seesack von meinem Papa aus dem oberen Schrank ziehen?“

Ihr Zimmer war nüchtern eingerichtet, klein und ohne wirklichen Schnickschnack. Aber als Marius den Kasten öffnete, kippte ihm ein Stapel an Shirts entgegen.

„Oh.“

Das hatte sie vergessen. Sie hatte den Kleiderschrank nicht mehr aufgeräumt.

Da stand Marius und Yana musste leise auflachen. Ihre Bluse hing an seinem Kopf, ein BH an seiner Schulter, zu seinen Beinen vermischten sich Strümpfe mit Leggings und Shorts.

„Ein Stalker, was?“

Glucksend stellte sie die Frage und duckte sich schnell genug, als der BH in ihre Richtung geflogen kam.

„Lach mich ruhig aus." Trocken war Marius' Stimme. Die blonden Haare fielen ihm verwegen ins Gesicht und für wenige Sekunden erinnerte er sie an...

„Leonardo DiCaprio." Nickend stimmte sich Yana selbst zu. „Du siehst eben aus wie Leo in Titanic, du weißt schon, diese kitschige Szene, als er das Bild von ihr malte. Wie hieß sie nochmal?"

Wie meistens, wenn sie nachdachte, sah sie dabei zur Seite.

„Rose. Rose DeWitt Bukater." Marius streckte sich und angelte den vergilbten, einst dunkelblauen Seesack herunter.

„Schau mal einer an. Bist du am Ende ein Romantiker in guter Tarnung?"

„Oh, bitte. Du bist für den Film neunmal im Kino gewesen! Ich MUSSTE ihn NEUNMAL IM KINO ANSEHEN!"

Ächzend rieb er sich den Kiefer und heilte endlich die letzten Schrammen.

„Du ... du hast ihn dir wegen mir angesehen?"

Yana wirkte ehrlich überrascht, etwas, das Marius offenkundig amüsierte.

„So ernst?"

Seine Tonlage überraschte sie noch mehr. Er schien ihren Blick richtig zu deuten, denn erklärend fügte er an: „Himmel, ich könnte dir den ganzen Film nachspielen!"

Allerdings rechnete Marius nicht mit ihrer Gegenfrage: „Alle Szenen?"

Es sollte ein Necken sein, aber die überraschende Röte, die sich auf seine Wangen stahl, ließ Yana vergnügt lächeln.

„Du wirst doch nicht etwa rot?"

„Ich? Nein. Das ist die Abendsonne."

Ruppig wandte er sich von ihr ab. „Kann ich dir sonst noch helfen?"

Es war das Gefühl, nicht alleine zu sein, das Yana dazu ermutigte, nicht aufzugeben. Marius war immer an ihrer Seite gewesen – selbst im Kino war er ihr Schatten gewesen. Wenn sie diesem Menschen nicht vertraute, welchem Menschen dann? GAB es überhaupt noch jemanden, der vertrauenswürdiger sein könnte?
„Ja. Dreh dich noch einmal um."
Er seufzte, gehorchte und erstarrte. Er hatte nicht gehört, wie sie aufgestanden war, und nun stand sie direkt vor ihm.
„Alle Szenen?"
Die Frage hauchend berührte sie ihn nicht. Sie streckte nicht die Hand nach seiner Wange aus, strich nicht seine Haarsträhne zur Seite.
„Alle Szenen."
Endlich gab er ihr eine Antwort und sachte begann sie zu lächeln.
„Kannst du das auf Aurelis auch noch?" Marius rührte sich nicht. Und obwohl sie ihn nicht wirklich berührte, spürte sie seine Anspannung. Keine Frage, er stand unter Strom.
„Ganz sicher."
„Gut. Ich werde dich daran erinnern. Und jetzt …"
Yana machte bedacht einen Schritt zur Seite: „Raus mit dir. Ich will in Ruhe einpacken."

Die Türe schloss sich hinter ihm und ihr Herz schlug ihr bis zum Hals. WAS war DAS eben gewesen? Und schlimmer noch als das, sie hatte die Vision gesehen. Spielte sie mit einem Wissen, das ihre Gefühle täuschte? Oder spielte sie mit ihren Gefühlen, indem sie Wissen vorgaukelte? Es war verhext, aber auch dieses Thema würde warten müssen.

Und mit der Stille kam das Begreifen. Sie musste packen. Alles, was sie mitnehmen konnte, würde in den alten Seesack ihres Vaters und einen Rucksack vom Wandern passen. Mehr ging nicht.
Aber was sollte da hinein?
Ratlos glitten ihre Augen über die Fotowand an ihrem Schreibtisch zu ihrem Bücherregal und ihren Unterlagen für die Universität. Auf ihrem Bett saßen zwei alte Stofftiere, Mister und Misses Roth. Es waren selbstgenähte Stoffhasen, lang, dürr und in der rechten Hand hielten sie jeweils eine Karotte. „Roths, was machen wir nur?"
Die Stoffhasen an sich drückend, war sie ratlos. Was sollte sie mitnehmen in eine Welt, welche ihr vollkommen fremd war?
„Also ihr kommt sicher mit, keine Sorge."
Und aus dem Bücherregal vier Bücher ziehend wusste sie, dass sie nicht mehr mitnehmen konnte. Aber diese vier waren Pflicht für sie. Neuerlich erstarrte sie. Ihre Augen glitten hoch, hinunter und dann zum Kleiderschrank. Nein, sie würde keine Kleidung benötigen, aber … Lächelnd richtete sie sich zwei Pyjamas heraus. Es waren die kitschigsten Pyjamas, die man sich vorstellen konnte, aber sie waren selbstgenäht. Die Häschen auf der langen Pyjamahose streichelnd, legte sie die Stücke zu den Büchern. Es folgte ein handsigniertes T-Shirt von Lang Lang und dann wusste sie, was mitmusste. Zu dem kleinen schwarzen Koffer greifend, packte sie die Violine als Erstes in den Seesack. Ja, dieses Instrument musste sie begleiten.
Aber sie nahm viel Platz weg und in Kombination mit den Büchern, Familie Roth und den Pyjamas blieb für den großen Sack nicht mehr viel übrig.
„Was noch …"

Sinnierend glitten ihren Augen über ihre Plattensammlung. Toll. Einen Plattenspieler würde sie nicht mitnehmen können, aber die Liveaufnahme vom Phantom der Oper als Erinnerung. Und ihre Notensammlung für die Violine! Gut, dass sie daran dachte, BEVOR sich jene im Nichts des Vergessens auflösten.
Ihr Blick fiel auf die lila-schwarze Kuscheldecke, die auf ihrem Bett lag. Ihre Mutter hatte sie zu ihrer Geburt zu häkeln begonnen und als sie sieben war, hatte sie sie für ihr Bett als Überdecke erhalten. Jetzt rollte sie jene zusammen und befestigte sie an den Schnüren des Wanderrucksacks. Sie brauchte Erinnerungen an ihre Kindheit und an ihren Vater! Bilder. In den kleinen Rucksack unzählige einzelne Aufnahmen werfend, waren es Fotos von Freunden, ihrem Vater, ihrem Leben auf dieser Welt. Und dann bemerkte sie, wie das erste Foto zu verblassen begann.
Natürlich.
Wenn es sie nie auf dieser Welt gegeben hatte, gab es auch keine Fotos davon.
Unter Tränen zog Yana die Zettel wieder hervor und griff sich stattdessen einen Zeichenblock mit Kohlestiftset. Zeichnen würde sie wollen und wer wusste schon, worauf diese Wesen schrieben?
Sie brauchte kein Handy, kein Facebook, kein Twitter mehr. Kein Internet und keinen Computer. Aber sie brauchte … ihren Schmuck. Alles, was von Wert für sie war, wurde in ein kleines schwarzes Beutelchen gesteckt. Jenes schob sie in den Seesack und unschlüssig innehaltend sah sie wieder zu ihrem Wanderrucksack. Er war voll ausgestattet mit allem, was sie zum Wandern gebraucht hatte. Der inkludierte Wasserbeutel, ein Erste-Hilfe-Set, ein Kompass, eine Regendecke, die im Notfall auch als Tuch genutzt werden konnte, um ein Zelt daraus zu bauen.

Immer hatte man sie für ihre Karriere bei den Pfadfindern belächelt. Sie belächelte es ja selbst! Aber in dieser Sekunde war sie froh darum. Froh, weil es ihr Zuversicht gab.

„Was, ihr zwei Süßen, was brauche ich noch?“

Sie sah ratlos auf die Knopfaugen des männlichen Hasen. Er hatte sie einmal verloren, doch ihre Mutter hatte sie wieder angenäht.

„Ein Andenken an Jakob?“ Sie lachte trocken auf. „Nein, das glaube ich nicht. Aber jetzt, wo du es sagst …“

Nachdenklich fixierte sie den Hasen. „Das wird meine nächste Frage an ihn sein. Warum hat er es nicht verhindert?“

Eine gute Frage. Gemein zwar, aber berechtigt.

Sie drehte sich auf der Ferse einmal im Kreis herum. Alles im Zimmer war vergänglich, nichts davon von wahrem Wert.

„Ich glaube, mehr brauche ich nicht.“

Den Wanderrucksack schulternd sah sie an sich hinab.

„Okay, doch …“

Und den Rucksack wieder abstellend zog sie sich um. Ihre Jeans wechselte sie mit einer sportlichen, schwarzen weiten Baggy, ihr Oberteil mit einem engen, atmungsaktiven Kurzarmshirt und ihre braunen langen Haare schloss sie sorgfältig zu einem Pferdeschwanz.

„Ich weiß, Roths, ich weiß. Aber irgendwie fühle ich mich so wohler.“

Und das erinnerte sie an die Klinge, die unter ihrem Bett lag. Sie schob das Messer, das ein Geschenk ihres Vaters gewesen war, in den Wanderrucksack. Es war ein gutes Geschenk! Die festen Wanderschuhe überstreifend schulterte sie den Rucksack neuerlich, um am Ende den Seesack anzuheben.

Sie war so weit. Sie musste nur noch durch die Türe gehen.

Die Augen schlossen sich, ihre Welt schwankte.

Kopfschmerzen? Check.
Druck auf der Brust? Check.
Panische Angst? Check.
Feigling?
Die Augen wieder öffnend, sah Yana entschlossen auf den Knauf. Tief holte sie Luft, dann raunte sie: „Sicher nicht.“ und öffnete die Türe.

Kapitel 34
Ash

Rusha, Reich der Ruu auf Moquar
Neues Zeitalter der Kokua

„Wer seid ihr und was macht ihr hier?"
Kyriells zornige Stimme riss Ash aus dem Schlaf. Überrascht stellte er fest, dass er WIRKLICH geschlafen hatte. Vor seinem Eingang standen drei fremde Frauen und er hatte nichts Besseres getan, als ihnen seinen Rücken zuzukehren und zu schlafen? War er vollkommen wahnsinnig geworden?
„Sie sind zu meinem Schutz hier."
Verschlafen fuhr sich Ash durch die Haare.
„Ich verstehe das nicht, seid so gut und erklärt es mir."
Kyriell stand noch immer außerhalb im Gang. Die drei hatten nicht vor, ihn einfach so passieren zu lassen.
„Bitte, meine Damen. Lasst den Mann ein. Lasst ihn IMMER ein. Er ist meine rechte Hand und wenn es sein muss, auch meine linke. Also …"

Sich aufsetzend, war sein Oberkörper nackt. Er schlief meistens in weiten Hosen, hielt aber nichts von Hemden. Als er sich erhob, knirschten seine Schultern bei den kreisenden Bewegungen. Muskeln zeichneten sich auf seinen Oberarmen ab, der Ansatz der Bauchmuskeln war als Wölbung erkennbar. Er war nicht trainierter als andere Magier, aber er war schlanker als diese. Sein Gesicht mit dem Wasser vom Vorabend benetzend, sah er endlich zu Kyriell.

„Wenn ich dir erzähle, was ich gestern alles erlebt habe, du wirst glauben, ich lüge."

Kyriell lächelte nicht.

„Junger Fahir, vor Eurem Eingang stehen drei Namenlose und an allen Eingängen haben Namenlose die Tageswache übernommen. Wisst Ihr eigentlich, was das bedeutet?"

„Oh ja."

Er begriff. Sie erfüllte seinen Wunsch. Einen Wunsch, den er gestern gedankenlos geäußert hatte und den sie gehört haben musste. War sie ihm etwas noch bis zu seiner Höhle gefolgt? Aber diesen Gedanken sprach er nicht aus. Stattdessen sagte er: „Es bedeutet, das Volk der Schatten will mir helfen. Will den Ruu helfen."

„Das Volk der Schatten hilft niemandem. Deswegen nennt man es ja auch Volk der SCHATTEN! Niemand sieht sie, und wenn man sie sieht, ist man des Todes!"

Beruhigend hob Ash eine Hand.

„Kyriell, ich bitte dich. Beruhige dich und … vertraue mir."

Er sah in seine Augen. Gerade, ernst, ohne den kleinsten Funken an Zweifel. Oh, Ash hatte Zweifel, aber Ry'jin setzte deutliche Zeichen. SIE hatte die Worte ernst gemeint. Nun lag es also wirklich an ihm, diese Allianz zu überdenken.

„Sie hat mir einen Antrag gemacht."

Sich auf den steinernen Stuhl setzend, den er sein Eigen nannte, spürte er die vollkommen glatte Struktur unter den Fingern. Die enorme Hitze der Feuermagier machte es möglich, dass Stein zu schmelzen begann und am Ende eine spiegelglatte Oberfläche ergab.

„Sie will, dass ich das Gesetz ändere."

Als er sah, wie sich Kyriells Augen verengten, musste Ash lachen. „Nein, du liegst falsch, alter Mann. Keine unserer Gesetze, die dem Volke etwas Schlechteres täten. Vielmehr ein Gesetz, das mich … einschränkt."

„Inwiefern?"

„Sie will meine Gemahlin sein."

„Das sagtest du bereits."

„Meine einzige Gemahlin."

Kyriells Augenbrauen zogen sich überrascht nach oben. „Sie scheint eine Frau zu sein, die eifern würde, wenn du in den Armen einer anderen lägest."

„Oh, ich glaube, sie ist eher der Typ Frau, der diese andere lautlos umbringt und verschwinden lässt."

Ash sprach vollkommen offen.

„Kenne … ich sie?"

Ash begann zu lachen. Sich einen Becher mit Wasser einschenkend, trank er ihn in großen Zügen aus.

„Oh ja, du kennst sie. Aber ich glaube, nicht einmal DU würdest auf sie tippen."

„Ry'jin."

Es war eine Feststellung. Und aus Kyriells Mund wirkte sie so sicher wie Ry'jin gestern bei ihrem Antrag.

„Das ist jetzt nicht fair." Ashs Augenbrauen zogen sich missmutig zusammen. „Wieso bin ich scheinbar der Einzige, der das als unerwartet empfindet?"
Kyriell schwieg jedoch. Nachdenklich sah er zur Seite, um am Ende zu nicken.
„Du hast dich wohl als würdig erwiesen."
„So etwas in der Art sagte sie auch, aber ich weiß ehrlich gesagt nicht, was es bedeutet."
„Es bedeutet, dass du die Möglichkeit auf eine sehr starke und effektive Allianz hast. Wie wirst du dich entscheiden?"
Diese Frage machte Ash am meisten zu schaffen. „Ich weiß es nicht. Ich kenne sie noch nicht lange genug, um über Gefühle zu sprechen."
„Gefühle können sich entwickeln."
Rational betrachtet hatte sein Berater recht. „Aber sie sollten Potential haben, UM sich zu entwickeln. Und heute habe ich keinen wirklichen Kopf dafür."
„Natürlich, ich verstehe."
Kyriell wechselte automatisch das Thema. „Das Volk weiß von Eurer Ansprache heute Abend und die Toten der Ruu wurden in den frühen Morgenstunden geborgen. Wir werden noch einige Rituale abhalten müssen, aber heute Abend können wir ein gemeinsames Zeichen setzen. Eine Ebene nahe eines Einganges eignet sich hervorragend dafür."
Ash nickte verstehend.
„Und auch die Vorbereitungen für das im Anschluss geplante Fest werden getroffen. Ich entschloss mich dazu, die große Haupthöhle dafür vorzubereiten. Sie hat den Platz, um Euer Volk gesamt zu fassen und ist gut zu verteidigen, sollte jemand unsere Festlichkeit stören wollen."

Wieder nickte Ash.
„Wie geht es mit der Rede voran?“
Kyriell sah ihn fragend an.
„Nun, ein weiser Mann sagte zu mir: Höre auf dein Herz. Und das werde ich heute Abend wohl machen.“
Aber Ash hatte Zweifel, ob das funktionieren würde.
Er war nicht sein Vater. Er war nicht einmal halb so alt wie sein Vater. Er war …
„Und was wird mit den zwei Ältesten geschehen?“
Tief holte Ash Luft. „Der Abend wird es weisen, Kyriell. Der Abend wird es weisen.“
„Dann solltest du jetzt mit der rituellen Reinigung beginnen.“
Ja, das würde er wohl machen.
„Kyriell?“ Seine rechte Hand sah ihn im Aufstehen fragend an. „Hat es so eine Ehe schon einmal gegeben?“
„Nein, junger Fahir. Aber Euer Vater hielt sich auch nicht an Normen und Traditionen, als er sich verliebte.“
„Aber ich bin nicht …“
„Bitte.“
Kyriell verneigte sich ein wenig. „Belügt Euch, junger Fahir, aber belügt nicht mich.“
Damit verließ er den Raum und zurück blieb noch mehr Verwirrung als zuvor.

„Erster Schatten, Ihr habt Besuch.“
Ry’jins Höhle lag in vollkommener Finsternis. Sie hatte mit den Ahnen gesprochen, dann etwas geruht und nun war sie mitten im Training. „Es ist …“
„Meister Kyriell. Bitte ihn herein.“

Zwei Steine aufeinanderschlagend, entfachte der Funke eine Flamme in einer schwarzen Schale. Die Flamme erhellte ihr Gesicht, ihren nackten Oberkörper, welcher einzig die Brüste mit Bandagen bedeckt hatte und den Ansatz einer schwarzen Hose sowie einen Teil der Flügel.
Niemand hatte die Höhle bisher aufgesucht. Sie lag so abgeschieden, dass nur ein Mensch, der bewusst zu ihr wollte, den Weg auf sich nahm.
„Bitte, tretet ein und entschuldigt mein Erscheinungsbild. Ich trainierte eben."
Kyriell trug seine weite rote Robe. Seine Hände verschwanden in den ebenso weiten Ärmeln.
„Wie, Kind, soll ich Euch nun nennen? Shiya, Ry'jin oder erster Schatten?"
Sie lächelte – ein schmales, kleines Lächeln – und entzündete weitere Schalen, bis ihre kleine Höhle in ein gemütliches, warmes Feuer getaucht war.
„Ihr wisst, dieses Öl hinterlässt Substanzen in der Luft, die schlecht für Eure Atemwege sind?"
Im Schneidersitz ruhte sie auf einem der zwei Kissen und deutete ihm, sich ebenfalls zu setzen. Skeptisch sah er hinab auf das Kissen am Boden, bevor er die Lippen schürzte.
„Kind, ich bin ein alter Mann und …"
„Haltet mich nicht zum Narren!"
Ihr Lächeln war verschwunden. Und seines ebenso. Gelassen glitt er auf das Kissen, selbst im Schneidersitz ruhend.
Stille legte sich auf den Raum. Kyriells Augen sahen sie wachsam an, aber auch nachdenklich.
„Ihr erinnert mich an eine junge Frau aus lang vergangenen Tagen."

„Ist das so?“
Lächelnd sah Ry’jin zur Seite. Ihre langen Haare waren zu einem festen Knoten im Nacken verschlossen.
„Ja. Es nahm kein gutes Ende mit ihr.“
Gutmütig lächelnd sah sie Kyriell wieder an. Sie empfand seine Worte nicht als Drohung.
„Traf sie auf den Zweigesichtigen Gott?“
„Das tat sie.“
„Dann nahm ihr Leben ein sehr gutes Ende, findet Ihr nicht, Meister Kyriell?“
Gegen dieses Argument konnte er kaum etwas erwidern.
„Euer Antrag ehrt den jungen Fahir, Eure Einschränkung hingegen wird ihn dem Gespött der Masse preisgeben.“
„So?“
Ry’jin griff nach einer Schale. „Etwas gebratenen Fisch, Meister Kyriell?“
Dankbar lehnte er ab.
„Wieso sollte es ihm Gespött bringen, wenn er mich als einzige Frau an seiner Seite anerkennt?“
„Weil unser Volk in dem Fahir einen Mann sieht, der …“
„… jede Nacht eine andere Frau auf sein Lager führt? Junge, ältere, hübsche, nicht ganz so hübsche? Der seine Manneskraft darin beweist, dass er wie ein Rammler seiner Leidenschaft frönt?“ Sie biss entspannt in das gebratene Stück.
„Nicht mit mir. Wenn er mich heiratet, diese Allianz wünscht, Meister Kyriell, wird er mein Volk in einer einzigen Tatsache ehren: Indem er unser Gesetz der Ehe übernimmt. Meine Blutlinie ist rein. Mein Kind, Mädchen oder Junge, wird der nächste erste Schatten werden.“
„Nun, Kind, dann müsst Ihr ein Dilemma für mich lösen.“

Fragend sah Ry'jin den Meister an. „Wenn das erste gemeinsame Kind von Euch und Ash der erste Schatten wird, wie will es dann der Fahir der Ruu werden?"
Er sah dieses schmale Lächeln auf den Lippen. Sie hatte das alles längst durchdacht und beantwortet.
„Nun, Meister Kyriell, das ist sehr einfach: Der erste Schatten wird in Zukunft der Fahir der Ruu sein. Niemand wird in einer offiziellen Person wie den Fahir den ersten Schatten vermuten. Niemand von eurem Volk sieht in MIR einen Schatten. Es gibt nur zwei Personen und ein Seelenband, die die Wahrheit kennen."
Langsam dämmerte es dem alten Mann. Sie war klug, das musste er ihr lassen. Auf der anderen Seite: Was hatte er sich von der Tochter des Schattenanführers erwartet?
„Und wieso sollte sich Ash für Euch entscheiden?"
Sie ließ zu, dass er den Hauch an Zweifel sah. Er wusste, sie hätte es verbergen können, aber sie tat es nicht.
„Das, Meister Kyriell, ist für mich derzeit das einzig wahre Problem. Euer Fahir sah Dinge, die man mit mir machte. Dinge, die … meinen Körper eventuell als … unattraktiv erscheinen lassen... könnten."
Kyriell kannte nur den Ansatz der Wahrheit. Er hatte sie gepflegt und Ash hatte Anstand walten lassen und nur einen Übergriff erwähnt.
„Und trotzdem habt Ihr um seine Hand angehalten. Obwohl Ihr Angst vor der Zurückweisung habt?"
„Ich habe keine Angst." Die Korrektur kam schärfer als es Ry'jin wollte und machte sie unglaubwürdig.
„Kind, halte nun mich nicht zum Narren."
Neuerlich senkte sich Stille auf den Raum. „Ash … wurde mir gesandt. Und ich folgte dem Willen unseres Gottes, indem ich

einen Versuch wagte. Ich offenbarte mich, aber zuvor testete ich ihn. Er wäre geeignet. Mehr als das. Aber es liegt nicht an mir, diese Entscheidung für ihn zu treffen. Ich konnte ihm nur die Hand reichen, ob er sie nimmt oder nicht…"

Still sah Kyriell sie an. Seine Augen blickten direkt in ihre Seele.

„Danke, dass Ihr die Wachen abgelöst habt."

Ry'jin zuckte gelassen mit den Schultern. „Ich dachte mir, sie würden sich über etwas Ruhe freuen. Außerdem …" Abbrechend schwieg sie.

„Außerdem wusstet Ihr, dass es ihm helfen würde."

Noch immer schweigend sah sie ihn wieder an.

„Ihr wisst von den Verrätern."

Natürlich wusste sie es. Sie hatte sie selbst schon belauscht.

„Und Ihr wisst, dass das Erscheinen der Namenlosen in Form einer Allianz mit den Ruu Ashs Ansehen wachsen lässt."

Eine Feststellung, diesmal quittierte sie Ry'jin jedoch mit einem kleinen Lächeln. „Sagen wir, ich hoffte, es würde ein wenig Eindruck schinden."

„Das tat es." Kyriells Hände lösten sich aus den Ärmeln. „Ihr seid eine sehr beeindruckende junge Frau, Ry'jin aus dem Volk der Shiya, erster Schatten der Namenlosen." Seine runzeligen Hände umfassten ihre.

„Aber um Ashs Herz zu gewinnen, müsst Ihr mehr tun, als ihm heimlich eine Stütze zu sein."

Sie kannte ihn nicht so gut wie er.

„Ihr müsst ihn verzaubern, für Euch gewinnen, beeindrucken. Und wenn Ihr nicht als erster Schatten auftreten wollt, was Ihr ja nicht könnt, wie Ihr selbst sagtet, müsst Ihr ihn als Ry'jin aus dem Volk der Shiya erobern."

Sie nickte, überraschend zaghaft. „Ja, das werde ich wohl müssen. Auch wenn er mein wahres Ich kennt."
„Oh, keine Frage. Ich sage nicht, dass Ihr Euer wahres Ich verleugnen sollt, Ry'jin. Ich sage nur, wir müssen es etwas besser in Szene setzen als Ihr es bisher tatet."
Überrascht hoben sich ihre Augenbrauen. „Wir?"
Und erntete ein warmes Lächeln. „Ich sagte doch, Ihr erinnert mich an eine Frau aus längst vergessenen Tagen."
„Ihr sagtet aber auch, dass sie kein gutes Ende nahm."
Kyriells Lachen überraschte sie. „Ja, das sagte ich wohl, Kind. Aber zu ihr sagte ich einst dieselben Worte und ich erhielt beinahe dieselbe Antwort. Allerdings fügte sie eine Frage an, die Ihr mir noch nicht gestellt habt."
Eine Frage? Ry'jin sah zur Seite und dann begriff sie es. Lächelnd blickte sie wieder hoch: „Meint Ihr nicht, dass er der Mann wäre, für den es sich zu kämpfen lohnt?"
Kyriell akzeptierte sie. Ry'jin hatte das erste kleine Wunder vollbracht.
„Doch, junge Shiya, das meine ich. Und ich glaube, ich habe eine gute Idee."

Kapitel 35

Quar

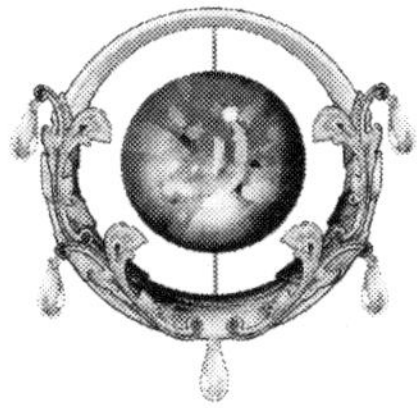

Hauptstadt Qeridis, Reich der Quin

Neues Zeitalter der Kokua

Aire konnte nicht mehr. Die Scharade hatte bestens gewirkt, Quar war sofort wieder an ihre Seite geeilt und hatte sie fürsorglich auf das Bett gelegt. Er hatte sie zugedeckt und liebevoll ihre Haare in Ordnung gebracht. Seine Worte ließen ihr Herz schmerzen, wie es schon lange nicht mehr geschmerzt hatte. Sie litt, weil er litt. Und weil er so offenkundig immer mit ihr gelitten hatte.

„Aber er ist nicht so charismatisch wie du, Quar. Und er hat nicht deine Kraft geerbt. Du bist technisch unsauber, aber deine Verbindung zum Wasser ist unglaublich stark. Ich kenne keinen Wassertänzer, der solche Bilder erzeugen kann wie du."

Ihre Worte waren nur gehaucht. Sie suggerierte Schwäche, als wäre sie irgendwann zwischen den letzten Atemzügen erst wach geworden.

„Dein Bruder ist kein Anführer. Er folgt deinem Vater, lebt in dessen Schatten und sonnt sich in dessen Ruhm. Das Volk liebt ihn als Erstgeborenen, aber ich kenne sein wahres Gesicht. Quar, ich sah, wozu er fähig ist!"

Sie hatte es damals erlebt. Sie war dabei gewesen!

„Quar, dein Bruder hat dem Kokua gedient! Ich schwöre es dir bei meinem Leben. Er hatte den Anschlag von Anfang an geplant gehabt und einzig der Kraft von Königin Iseria und ihrem Seelenband, dem ersten Wächter, ist es zu verdanken, dass sie floh, anstatt zu sterben."

Seine Augen offenbarten sein Misstrauen.

„Du spielst die Bewusstlose ziemlich gut, Aire."

Seine Hand löste sich von ihrer Schulter, doch schnell umschlossen ihre Finger die seinen.

„Quar, bei allem, was uns verbindet, WILLST du mir denn nicht glauben?"

Verzweifelt sah sie in seine Augen. Sie offenbarte ihm soeben das Schlimmste ihrer Geheimnisse und er wirkte, als würde er sie mehr denn je hassen?

„Was du sagst, kann nicht stimmen, denn wenn es wahr wäre, gäbe es für mich einen Haken, der nicht plausibel ist."

Ihre Augenbrauen wanderten verwirrt nach oben. „Was für einen Haken?"

Seine Stimme wurde dunkel, bedeutungsschwer. „Wenn du wirklich bei diesem Anschlag dabei warst, wenn du wirklich erlebt hättest, was du ihm vorwirfst, dann müsstest du inzwischen bei dem Zweigesichtigen ruhen. Du müsstest kalt wie der Winter sein."

Sie nickte, ganz langsam.

„Das stimmt. Es war auch … knapp."

Damit vollbrachte sie das kleine Wunder: Quar wirkte verwirrt.
„Was meinst du mit knapp?"
Sie deutete auf ihre Seite. „Du kennst den Schnitt hier unten?" Er nickte.
„Der stammt von einem Messer der Ashai. Ich wurde als Feind angesehen und hatte genug damit zu tun, meine Haut heil aus der Misere zu bringen. Euer Bruder und ich stürzten hinab in die Wolken, die geflügelten Wächter folgten uns dicht und griffen immer wieder an."
Innehaltend sah sie zur Seite, kürzte das ganze Drama ab, um die Verluste nicht ansprechen zu müssen.
„Am Ende versteckten wir uns im Meer. Jeder an einem anderen Ort. Ich ließ mich finden, ich wusste, er würde mich töten, wenn ich nach ihm suchte. Ich verband die Wunde nicht, blutete fast drei Tage lang und dann tauchte er auf. Ich tat so, als wäre ich bewusstlos und hatte Glück. Er wollte mich nicht einfach auf Verdacht töten, auch wenn seine Klinge bereits an meiner Kehle ruhte. Ich wachte drei Tage später auf und … erinnerte mich offiziell an nichts mehr. Und er erzählte seine Version, die ich übernahm … bis heute."
Misstrauisch musterte Quar ihre Augen.
„Wenn es so wäre, mein Bruder würde dich nicht am Leben lassen. Alleine die Möglichkeit, dass du doch etwas wüsstest…"
Sie schwieg. Zumindest dieses eine Detail würde sie preisgeben müssen.
„Er tötete eine Wächterin, um mich zu testen. Ich weinte, ich schrie, wurde hysterisch. Und dann drohte er mit deinem Leben. Ich blieb bei meiner Geschichte, auch als die zweite Wächterin deswegen starb."
Mehr wollte sie nicht sagen, sich nicht ins Detail verlieren.

„Ich war wohl überzeugend, aber … ich hatte ja auch in den letzten Jahren einen guten Mentor."

Wieder schwieg Quar. Seine Augen ruhten auf ihren, sein Blick, nicht zu deuten.
„Ich lüge nicht, du weißt es. Durchforste deine Erinnerung. Dein goldener Bruder hat sich schon früh mit den Kokua solidarisiert. Er warf der Königin vor, nicht an die Zukunft zu denken, dass Aurelis für so viele Völker zu klein wäre. Und sie sagte: Man müsse eben Zuversicht haben."
Nie würde sie die Stimme der Königin in diesen Momenten vergessen. Sie war ganz alleine und stand einem ausgebildeten Krieger gegenüber. „Man müsse Zuversicht haben. Willst du wissen, was dein Bruder darauf antwortete?"
Quar war sich nicht sicher. Dann jedoch nickte er. „Sprich."
„Er sagte: Ich habe Zuversicht, zukünftige Königin Iseria. Ich bin erfüllt von der Hoffnung, am Tag des Todes meines Vaters ein ganzes Reich zu übernehmen. Ein Reich voll strotzender Krieger, die hungrig nach verzweifelten Seelen sein werden. Und dann werden wir das Portal erneut öffnen, zukünftige Königin Iseria, und all die verzweifelten Anassus, Ruu und Shiya, die noch leben, werden uns als ihre Retter sehen. Sie werden als Diener in unsere Leben eintreten, eine Generation, die sich nicht mehr an das Leben auf Aurelis erinnert. Eine Generation, die nur dazu geschaffen wurde, unser Leben zu verbessern."
Quar konnte nicht anders. Das klang nach seinem Bruder, nach dessen Selbstgefälligkeit, die kaum jemand zu Gesicht bekam. Nur selten entglitten ihm solche kleinen Randbemerkungen, die sein wahres Wesen offenbarten.

„Und soll ich dir sagen, was ihn wirklich aus der Ruhe brachte?“
Aire schwieg eine Sekunde. „Das Lachen der Prinzessin. Sie lachte ihn aus, als wäre er ein kleines Kind, das soeben etwas absolut Närrisches gesagt hatte.“
Dieses Lachen konnte Aire, wenn sie wollte, heute noch hören. Denn es klang so sicher und zuversichtlich. „Ich frage mich, was die Königin sagt, wenn sie dieses Desaster erblickt.“
Quars Augen legten sich auf ihre. „Und ich frage mich, was sie sagt, wenn sie begreift, dass ihre rechte Hand, ihr Seelenband, eine der Schlüsselfiguren zu diesem Desaster darstellt.“
Seine Finger drückten ihre behutsam.
„Aire, wenn das, was du mir erzählst, wirklich wahr ist, dann…“
Quar konnte es nicht in Worte fassen. „Das Ausmaß des Gesagten würde den Rahmen sprengen. Es würde … alles ändern.“
Langsam nickte sie. „Ich weiß.“
„Es würde meinem Vater das Herz brechen.“
Traurig sah sie zur Seite. „Ich weiß.“
„Nein, glaub mir. Du hast nicht einmal den Hauch einer Ahnung, Aire.“
Sinnierend sah er auf das Bildnis der geflügelten Krieger. „Sie ist also wirklich so schön wie auf dem Bild?“
Aire nickte, langsam.
„Schöner, Quar. Um vieles schöner.“
Bedauernd schloss er die Augen. „Aire, um zu verstehen, wie tief der Verrat meines Bruders geht, musst du einen Teil meiner Familie kennen lernen, den es offiziell gar nicht mehr gibt.“
Sie verstand nicht, was er meinte, doch das war kein Wunder. Er selbst hatte als junger Knabe nur durch einen absoluten Zufall Zugang zu dieser Geschichte gefunden.
„Wir brauchen Meister Opurio.“

„Den Meister, der auf euren Stammbaum spezialisiert ist?"
Quar nickte knapp. „Genau den."
„Und warum?"
Verlegen kratzte sich Quar am Hinterkopf. „Sagen wir, die Geschichte der Ahnen interessierte mich nur am Rande ..."

Quars Haltung veränderte sich. Seine Gedanken rasten, seine Atmung wurde etwas schneller. Das, was Aire ihm offenbart hatte, würde zum Fall seines Bruders führen. Aber damit würde es ihn in die Liga des Thronerben versetzen.
Wollte er das werden? Anwärter aus den Wasserthron?
Und als ob Aire seine Gedanken gelesen hätte, drückte ihre Hand die seine auf behutsame, zaghafte Art und Weise.
„Du machst dir Sorgen, Quar. Sorgen über eine Zukunft, die fern ist und die du nicht vorhersehen kannst."
Natürlich – sie hatte recht. Aber es änderte nichts an der Frage, der er sich zu stellen hatte.
„Aire – wenn wir diese Geschichte verfolgen und ich meinen Bruder zur Rede stelle, dann ... hat das Konsequenzen."
Sie verstand.
„Die gibt es immer."
Quars Hand löste sich aus der Verbindung, stumm sah er auf seine schmutzigen Fingernägel. Baden – er hatte baden gehen wollen.
„Ich kann meine Rache nicht ausüben, obwohl sie mir zusteht."
Die Worte nur hauchend, wirkte er wirklich geknickt. Er hatte die schwarze Hand jagen wollen. Diese Vorstellung hatte ihn die letzten Wochen aufrecht gehalten.
„Quar ..."
Es wurde Zeit, dass sie sich beide der Wahrheit stellten.

„Unsere Wege werden sich einfach für ein paar Kheri trennen – und wenn ich zurückkomme, haben wir beide die Kriege beendet, die wir heute beginnen werden."
Sie war überzeugt davon.
Aber da kannte sie Quar schlecht. Wütend ruckte sein Kopf hoch, fixierten seine Augen drohend die ihren.
„Denk nicht einmal im Traum an so eine Option. Ich werde dich ganz sicher nicht alleine weggehen lassen! Denkst du, ich gestehe dir meine Gefühle, damit du dann im Anschluss daran ins offene Messer rennen kannst?!"
Gutmütig aber müde lächelte Aire.
„Du bist wie immer theatralisch."
„Und du wie immer eine Einzelkämpferin."
Nein. Er würde sie nicht ziehen lassen.
„Wenn du gehst, Aire, werde ich dir folgen. Hast du mich verstanden? Ich bin ein Nichts ohne dich und du – wer soll dich durch die Gegend tragen, wenn du mal wieder bewusstlos bist?"
Seine neckenden Worte entlockten ihr ein Schmunzeln.
„Und wie, Quar, soll es in deiner Vorstellung weitergehen?"
Sein Gesicht eroberte dieses jugendliche Grinsen, das Aire so an ihm liebte. In diesen Momenten sah er unbeschwert aus, lebensfroh und … er war attraktiver.
„Das ist ganz einfach, liebste Aire."
Seine Hand legte sich besitzergreifend auf ihren Schenkel, welcher sich unter der Bettdecke abzeichnete.
„Du heiratest mich und dann heißt es vermutlich – wir gegen alle anderen."

Ryu

Held

- Zwilling des ersten Schattens
- Magische Affinität: keine
- Fürchtet sich vor:
  - Ry'jins Tod
  - der Schwäche sich zu verlieben

Als Sohn des ersten Schattens lebte ich mein Leben lang in der Dunkelheit. Ich lernte unterschiedlichste Techniken, um Menschen das Leben zu nehmen - aber nie verstand ich, wie mein Vater in Zuneigung zu meiner Mutter dieses Risiko eingehen konnte. Ehe - Liebe ... Wahnsinn!

Kapitel 36

Madras

Dorf Juffa, Reich der Kokua

Neues Zeitalter der Kokua

„Madras, denk doch nach! Die Leiche deines Vaters kann nicht einfach aus dem Nichts erscheinen und hier vor deiner Türe abgelegt werden! Wer also war das!?“

Ryus Stimme war klar. Luftholend wollte er weitersprechen, als er unterbrochen wurde: „Das war ich.“

Die dunkle Stimme kam aus dem Halbschatten der Hütte, von rechts, wo das trockene Holz gestapelt war.

„Es tut mir leid, Madras, Kind der Amira.“

Ein wuchtiger Schatten schob sich vorwärts, doch am Ende war der kleine Mann eben doch nur ein kleiner, wuchtiger Mann. Nicht, dass Ryu ihn unterschätzte. Er trug eine Streitaxt bei sich, die einem Ross den Schädel spaltete und war in seine fast königlich wirkende Rüstung gehüllt.

„Ihr könnt ihn unmöglich alleine getragen haben."
Ryu versuchte es mit Logik, vor allem, da Madras offenkundig zu keiner wahren Antwort fähig war. Wippend saß sie zu seinen Beinen, jeglichen Halts des Lebens beraubt.
„Nein, habe ich auch nicht. Wer seid Ihr?"
Der Tygli stellte unverblümt die Frage, wie auch Madras vor zwei Tagen.
„Ich bin Ryu, und wer, wenn ich fragen darf, seid Ihr?"
Der Tygli besaß einen beeindruckenden Bart, geflochtene Schnurrbarthaare bis zum Bauchnabel, aber noch waren sie blond gefärbt. Er mochte alt sein, aber es gab sicherlich ältere als ihn.
„Ich bin General Jorge."
Er zauderte, sah auf den Toten, um am Ende zu raunen: „Ich glaube, ich bin nur noch Jorge. Der General ist wohl soeben gestorben."
Ryu war nicht dumm. Der Mann hatte genug zum Schleppen, und wenn er wirklich aus dem Bergvolk stammte, hatte er Hilfe gehabt.
„Wo sind Eure Helfer?"
Es war irritierend, aber Ryu machte sich Sorgen. In seinem derzeitigen Zustand konnte er sich nicht gut verteidigen und die kleine Heilerin … war ein Wrack. Und dann war da dieser Beisatz: Kind der Amira. Irgendwo klingelte etwas bei ihm. Dieses Gefühl, etwas zu verpassen, obwohl es direkt vor seinen Augen geschah.
„Sie sind gegangen. Ich wollte nicht, dass sie ebenfalls in Ungnade bei unserer Königin fallen. Es reicht, wenn ich in Schande mein Volk verlasse."
Ryus Augenbrauen wanderten nach oben.
„So klingt bei den Tygli also jemand, der in Schande sein Volk verlässt?"
Die Augen des kleinen Mannes funkelten wütend.

„Sei vorsichtig, Mann aus dem Schatten. Ich bin schnell und du… bist derzeit langsam."
Ryus Augen wurden ebenso kalt. Jorge hatte es erkannt. Einfach so! Die Frage war nur: Woran?
„Ihr verratet Euch, sobald Ihr den Mund aufmacht. Eure Arroganz, Eure Überheblichkeit, Euer Drang, Euch selbst zu schützen. Dies und noch viel mehr kann ein erfahrener Beobachter wie ich innerhalb weniger Atemzüge an Euch sehen. Oder irre ich mich?"

Ryu mochte ihn nicht mehr. Dieser Tygli hatte es in kürzester Zeit geschafft, absolut unsympathisch zu werden.
„Ihr solltet achtsamer mit Eurer Zunge sein, Tygli. Sonst habt Ihr morgen vielleicht keine mehr."
Die Drohung knurrend, lachte der bärtige Mann hart und rau.
„Wenn ich keine Zunge mehr habe, Schattenwandler, hast du keine Eier mehr."
Ryus Augen verengten sich zu Schlitzen. „Wer weiß, vielleicht ist es das Opfer wert."
Und er lief in Jorges Falle, da jener einen Schritt auf ihn zuging und kalt sagte: „Ich weiß genug über dein Volk, Schattenwandler. Genug, um ganze Bücher damit zu füllen. Sag, wie geht es deinem Anführer? Und dessen bezaubernden Kindern? Zwillinge, aber doch unterschiedlich, nicht wahr? Ein Mädchen und ein Junge."
Düster lächelnd wurde Ryu zuerst kalt und dann heiß. Er kannte seinen Vater?
„Und ich erhielt Kunde, dass ein weiteres Mädchen in den letzten Sommern die Welt erblicken durfte? Aber Moment…"
Nun stand Jorge direkt vor der Leiche von Madras' Vater. Ohne Angst war er immer nähergetreten.
„Hieß es nicht auch, dass das ganze Schattenvolk nun da oben ist?"

Sein Arm hob sich an, die Axt deutete anklagend auf den im Schatten liegenden Zwillingsplaneten Moquar. Dort oben war Nacht, sie würde wahrscheinlich gerade schlafen.

„GENUG!“
Beinahe tonlos war Madras’ Stimme, einem heiseren Flüstern gleich.
„Hört auf, alle beide.“
Und obwohl sie ihre Stimme nicht erhob, reichte es aus, um für Ruhe zwischen den Streitenden zu sorgen.
„Ihr habt mir meinen Vater zurückgebracht, Jorge.“
Hochblickend waren ihre Augen gerötet, die Wangen von Tränen benetzt.
„Warum hat Sasane ihn getötet?“
Ihre Hände vor den Mund schlagend, schluchzte sie wieder auf.
„Ich dachte, wir sind Freunde geworden. Ich dachte, sie würde mich mögen. Wie konnte sie zulassen, dass man meinen Vater tötet!“
Jorge schwieg, dann raunte er: „Die Königin erfuhr es erst, als es zu spät war. Euer Vater baute in den Mienenschächten von uns Erze ab. Wir wussten nicht, dass er kommen wird. Junge Soldaten dachten, er wäre ein Dieb und … Bitte vergebt dem Volk der Tygli. Es war ein schrecklicher Unfall.“
Die Lüge kam Jorge so glatt über die Lippen, dass er sie selbst beinahe glaubte.
„Die Königin hat den Leichnam aufbahren lassen und reinigen. Sie wollte ihn bestatten, um einen Zwist zwischen den Völkern zu vermeiden.“
Ryus Augenbraue wanderte spöttisch nach oben. Er glaubte kein Wort von dem, was der Tygli da sagte.

Aber Madras war zu abgelenkt. Ihre klammen Hände fuhren bebend die Krähenfüße an den Augenwinkeln ihres Vaters nach.
„Ein Unfall also …“
Fast wirkte es, als hätte sie nur diese Worte vernommen.
„Bitte. Ihr müsst ihn verbrennen. Wenn das Dorf erfährt, dass wir aus Versehen Euren Vater getötet haben …“
Madras Augen schwammen neuerlich in Tränen.
„Nein.“ Und bekamen einen unglaublich harten Ausdruck.

„Ihr werdet mir helfen.“
„Wobei?“
Der Zwerg wirkte irritiert.
„Legt Eure Waffen und Rüstungsteile ab, damit Ihr ihn tragen könnt. Der Tod meines Vaters soll nicht vollends umsonst gewesen sein.“
Wut. Von einer Sekunde zur anderen empfand sie nur noch Hass und Leere in ihrem Inneren. Sie hatte ihr Leben den Gesetzen der Kokua gewidmet. Sie war treu und ergeben gewesen, sie hatte nie einem fremden Mann hinterhergeschaut, nicht einmal unzüchtige Worte gesprochen. Und doch erhielt sie als Lohn nichts als Hiebe und Häme.
„Das wollt Ihr nicht tun, Madras.“
Ryu wusste, was sie vorhatte.
„Doch. Das will ich.“
„Dafür wird man ihn hängen.“
Ihre Augen waren wie zugefrorene Wälder.
„Gut. Ich werde dabei mit Freuden zuschauen.“
Der Tygli sah von einem zum andern. „Ich begreife nicht, was hier eben geschieht. Ich wollte Euch Euren Vater bringen, damit Ihr seine Leiche ehren könnt und…“

Madras' Augen fixierten ihn emotionslos.
„Das tue ich."
Sie sah zum Himmel hoch.
„Die Sonne steht noch nicht lange am Horizont. Wenn alles so abläuft, wie ich es denke, wird es heute Abend bei Sonnenuntergang ein Ende haben."
Ryus Hand legte sich behutsam auf ihre Schulter. Sie trug noch immer die zu große Robe der Heilerin, wirkte darin verlorener denn je.
„Madras, das wird Euch keine Befriedigung gewähren."
Was sie tat, war, perfide ausgesprochen, Mord.
„Doch! Ihr habt keine Ahnung. Was wisst Ihr schon von ihm, von mir? Von meinem Leben hier?"
Sie fegte seine Hand zur Seite.
„Wenn ihr dem Flusslauf folgt, Jorge, werdet ihr zu einer steinernen Hütte kommen. Dort arbeitet Jahnsen. Versteckt meinen Vater in den Büschen bei seiner Hütte. Man soll ihn nicht zu leicht entdecken."
„Madras, das ist …"
Ryu verstummte. Ihr Blick sprach Bände.
„Und wie soll es danach weitergehen? Willst du jeden Tag einfach so über den Dorfplatz schlendern, als wäre nie etwas geschehen?"
Sie hatte sich aufgerichtet. Die Sonnenstrahlen tanzten in ihren Haarsträhnen, funkelnd brachen sie sich in Braun- und Rottönen.
Und dann sah sie ihn an. Distanziert, emotionslos, zurückhaltend.
„Wenn er tot ist, werde ich das Dorf verlassen."

Aus den Augenwinkeln sah Ryu, wie Jorges Kopf nach oben ruckte. Scheinbar hatte er etwas gehört, das er hören wollte.

„Wenn es Euer Wunsch ist, Kind der Amira, werde ich es tun. Ich habe kaum noch etwas zu verlieren."
„Das ist es."
Madras' Stimme wirkte wie die eisigste Zeit des Winters.
„Madras, wenn Ihr das Dorf verlässt, wer soll die Menschen hier heilen?"
Ryu versuchte, ihre hilfsbereite Seele zu locken.
„Ich bin nicht die einzige Person, die heilen kann. Sie werden jemanden Neuen finden. Rijelas Hütte wird nicht lange unbesetzt bleiben."
„Aber der Winter zieht ins Land und Rijela war am Kräuter sammeln und trocknen. Wenn du jetzt davonziehst, dann…"

„… ist das ihre Entscheidung. Akzeptiere das, Schattenwandler!"
Jorge lehnte seine Axt gegen die Holzfassade des Hauses und begann, die imposanten Schulterteile der Rüstung abzunehmen.
„Also willst du tun, was sie sagte?"
Ryu trat zur Seite, da Madras zurück in die Hütte ging.
„Eine Bitte ist eine Bitte. Wieso sie nicht erfüllen?"
Er konnte hören, wie Madras im Inneren des Hauses etwas suchte.
Sich vorneigend, fixierte er mit schmerzverzerrtem Gesicht den Tygli. „Du kleines, überdimensional behaartes Rennschwein, um eines deutlich zu machen: Du kannst Madras zur Närrin halten, aber mich nicht. Du willst doch, dass sie das Dorf verlässt!"
Der Tygli hielt für eine Sekunde inne. An Ryu vorbeischauend, überlegte er scheinbar, ob Madras etwas hören konnte.
„Ja, das will ich. Denn wenn sie nicht geht, wird mein Volk noch heute Nacht dieses ganze Dorf abfackeln und jeden einzelnen Bewohner so aufschlitzen, wie man Aale öffnet."
Kalt sah er in Ryus Augen.

„Man beginnt oben am Hals und schneidet die Brust hinab bis zum Rumpf. Dann fallen die Gedärme auf den Boden und man kann die Innereien problemlos unter dem Brustkorb hervorziehen."
Die gegenseitigen Bedrohungen beeindruckten weder Jorge noch Ryu. Der eine, halbnackt, gertenschlank und trainiert, der andere in eine Rüstung gehüllt, klein und stämmig.
„Wenigstens sagst du diesmal die Wahrheit."
Ryu glaubte ihm, aber er verstand nicht wieso das Volk der Tygli Krieg mit den Kokua suchte.
„Dann schlepp ihren Vater mal dahin. Deine Beinchen werden dafür wohl einiges an Zeit brauchen."
Spöttisch schmunzelte er und erntete von Jorge ein kaltes Mustern.
„Tja, ich mag kurze Beine haben, aber deines ist dafür gebrochen und ohne einen Ashai wird die Heilung ziemlich lange dauern."
Jorges Gesichtsausdruck veränderte sich binnen Sekunden, als er zuckersüß lächelte. „Ich glaube, du solltest dich fragen, was aus dir wird, wenn ich mit der Heilerin heute Nacht das Dorf verlasse."
Das fand Ryu nicht amüsant.
„Glaubst du im Ernst, ich lasse mir meine Heilerin von einem Tygli rauben?"
„Glaubst du im Ernst, dass sie einen wie dich mitnehmen wird?"
DAS war zugegebenermaßen ein zurecht angesprochener Punkt. So einen wie ihn … Er war nicht gerade mit Freundlichkeit auf sie zugekommen, gestern Nacht hätte er sie Jahnsen vermutlich überlassen und heute Morgen war er auch nicht gerade einfühlsam gewesen.
„Na, siehst du. Ich wusste ja, du siehst nur dämlich aus."
Jorge grinste unverschämt und legte die restlichen Rüstungsteile ab. Er fühlte sich im Vorteil und schockierenderweise war er das vermutlich auch!

„Madras?“

Sich der Hütte zuwendend, klappte Ryu seinen Mund mit knirschenden Kiefern wieder zu. Madras war gegangen. Und wegen des reizenden Miniaturschweinchens hinter sich hatte er keine Ahnung, wohin.

„Verdammt, dieses Mädchen wird mich ins Grab bringen!“

Fluchend schlug er mit der flachen Hand auf das nächste Regal und hörte den Tygli hinter sich zufrieden lachen.

„Vielleicht, Schatten. Vielleicht auch nicht.“

Kapitel 36

Epilog

„Es wird der Tag kommen, an dem die, die schwach sind, stark werden.
An dem die, die stark sind, schwach werden.
An dem die Armen belohnt, und die Reichen bestraft.
An dem die Trauernden beruhigt, und die Glücklichen besorgt sind.
Ein Tag, an dem nichts mehr so scheint, wie es war.
Ein Tag, der die Zukunft verändert und neue Wege offenbart.

Fürchtet Euch vor dieser Stunde!
Fürchtet Euch vor diesem Moment.

Denn ist der Baum an der Macht,
wird die Welt, wie man sie kennt …

… sterben.“

Requia

Hintergrundinformationen

Band 1

Aurelis

Der Planet, welcher ursprünglich die Requianer beherbergt. Ein riesiger Kontinent, umschlossen von einem Ozean, über welchem die fliegenden Inseln anzutreffen sind. Vereinzelte Inselreiche dienen den Requianern dazu, die Verdammten aus der Gemeinschaft hinaus in die Weite des Ozeans zu verstoßen.

Moquar

Der etwas kleinere Zwillingsplanet von Aurelis. Seine Oberfläche ist karg und abgestorben, außerdem besitzt er einen starken Temperaturunterschied zwischen Tag- und Nachtzyklen.

Kheri

Kheri bezeichnet im Reich der Requianer einen Monat. Es ist nicht vergleichbar mit dem Erdenmonat. Der Tag-Nacht-Rhythmus auf Aurelis und Moquar ist gleichbedeutend, aber ein Umlauf um ihre Sonne ist erheblich länger, da sie sich langsamer bewegen.

Zweigesichtiger Gott

Der Zweigesichtige Gott steht für die Dualität der Requianer. Man kennt die Gottheit in männlicher wie weiblicher Form, lächelnd wie weinend. Er steht für das Leben und den Tod, das Licht und den Schatten, Feuer und Wasser, Luft und Erde. Er steht für das Gesetz von Aktion und Reaktion. Vergöttert wird er je nach Volk in unterschiedlicher Art, doch auf Aurelis und Moquar gibt es ohne Ausnahme nur ihn als einzig wahren Gott und Glauben.

Völker:

Amira

Das Volk der Amira war ein mächtiges, der Natur verschriebenes Volk, das in der Zeit der letzten Könige im Nordosten des Reiches lebte. Es diente dem mächtigen Baum der Weisheit – Eugrin – und stand im Einklang mit den Regeln und Gesetzen von Mutter Erde. Im Zuge der Besiedelung der ersten Kokua wurden die Amira zum größten Teil vernichtet, ihre magisch begabtesten Krieger mit den Frauen und Männern der Kokua verbunden.

Anassus

Das Volk der Dunkelheit, des Schattens und des Todes. Es dient als Gegenspieler der Ashai direkt dem Zweigesichtigen Gott, indem es die Seelen der Toten in das Reich der Ewigkeit hinüberleitet. Das Element der Anassus ist die Dunkelheit, ihre Gaben und Kräfte sind höchst unterschiedlich ausgeprägt. Sie haben sich vor langer Zeit in unterschiedliche Clans gespalten, wodurch es nicht mehr den einen Wahren als Anführer gibt. Die Blutlinie des letzten Königs existiert jedoch noch.
Das Volk wurde nach der verlorenen Schlacht nach Moquar verbannt.

Ashai

Das Volk der Ashai dient direkt dem Zweigesichtigen Gott in Form von Lebensspendern und Lichtbringern. Die Ashai leben auf den fliegenden Inseln, aber Meister aus der ganzen Welt lernen von ihnen, um ihre Heilkunst in die entfernten Winkel Aurelis' zu tragen. Geführt von dem Blut der einzig Wahren – immer in weiblicher Linie – verehrt das Volk die Königin als Kind des

Zweigesichtigen Gottes. Sie wird als Mutter aller Mütter bezeichnet und besitzt den Ruf, alle Streitigkeiten schlichten zu können. Den Ashai wird das Element Licht zugeschrieben.

Chaija

Das Volk von Chaija, das im Reich neben den Quin lebt, besteht aus Meerfrauen und -männern. Deren Behausungen befinden sich in den Korallenriffen, im tiefer liegenden Teil des Meeres befindet sich das Unterwasserschloss Dameon – die Residenz der amtierenden Königin Chaija. Das Volk der Chaija ist eines der ältesten Völker des Planeten. Es gab sie, bevor es die Trennung der Völker in den Völkerbund gab, und es wird sie wahrscheinlich noch geben, wenn alles zu Ende geht. Da sie weder Hell noch Dunkel sind, ist ihre Gesinnung vollkommen unterschiedlicher Natur. Das Unterwasserreich der Chajaner untersteht inzwischen dennoch dem Befehl des Königs der Quin. Ruft er zum Krieg, haben die Chajaner zu gehorchen.

Kokua

Das Volk der Kokua hat sich in den letzten tausend Sommern und Wintern im Nordosten des Kontinentes ausgebreitet. Es besiegte das vollkommen friedliche Volk der Amira auf grausame Art und Weise, unterdrückte deren Nachfahren und sorgte dafür, dass das stärkste Blut der Amira auf die Kokua überging. Dennoch werden sie der hellen Elementseite zugewiesen.
Das alte Königshaus – Königreich der Weiden – wurde vor mehr als 15 Sommern von einem Fremden, aber mächtigen Magier gestürzt. Der damalige König wurde mit einem Großteil seiner Familie getötet. Einzig seine Tochter entkam dem Gemetzel, da

ihre Mutter sie in weiser Vorrausicht als Neugeborenes vertauschen ließ. Sie ist inzwischen die einzige wahre Trägerin des alten Blutes.

Namenlose – das Volk der Schatten

Der Clan der Namenlosen war eine Verbindung von kaum 400 Menschen. Sie lebten im Schatten und hatten keinen direkten Kontakt zu den Requianern. Obwohl sie natürlich alle Namen haben, wird man nur innerhalb des Clans damit angesprochen. Sie besitzen in der Regel keine elementaren Begabungen, dienen aber dem ersten Schatten. Dieser Titel wird in direkter Blutlinie an den nächsten Erben übergeben. Man erkennt den ersten Schatten an der Garde der Zehn, die berühmten zehn Kriegerinnen und Krieger, die bereits Könige gemeuchelt haben.

Quin

Das Wasservolk, auch die „Wassertänzer" genannt. Sie leben im Südwesten des Kontinents und haben die Halbinsel besiedelt. Ihre Hauptstadt Qeridis ist gleichzeitig Anlaufstelle für alle Schiffe diverser Völker, da sie den sichersten Hafen auf Aurelis bietet. Das Volk der Quin verehrt seinen König, welcher als gewählter Führer des Volkes bis zu seinem Tode regiert. Nach dem Tode wird ein neuer Führer gewählt, zumeist jedoch aus der Blutslinie des ehemals regierenden Hauses. Die magische Linie der Quin wird den hellen Elementen zugeschrieben, wodurch sie nach dem Krieg das Recht erhielten, weiterhin auf Aurelis leben zu dürfen.

Ruu

Das Volk der Ruu verschreibt sich ganz dem Element des Feuers. Ihre hierarchischen Strukturen sind klar formuliert: Das Volk verehrt den Fahir. Die Blutslinie des Fahirs ist rein und nachvollziehbar bis zum ersten Fahir des Volkes. Als die letzte Schlacht verloren war, mussten die Ruu Aurelis verlassen und wurden auf Moquar verbannt. Ihr Volk wurde stark reduziert, doch der junge Fahir Ash tut alles, um ein Überleben zu sichern. Das Element der Ruu wird der Dunkelheit zugeschrieben, obwohl es ebenso Lichtbringer wie Vernichter sein kann.

Schwarze Hand

Beheimatet auf einem Inselreich im Meer, ist das Volk der Schwarzen Hand das jüngste Volk auf Aurelis. Die Piratenvereinigung bildete sich vor rund 130 Wintern und brachte eine unerwartete Unsicherheit auf die Meere und die gängigen Handelswege. Bis zum Erscheinen der ersten Piratenschiffe war der Handel ein nur dem Wetter unterworfenes Geschäft – die Piraten änderten dies.

Sie gehorchen ihrer Königin, welche sich selbst als Schwarze Hand bezeichnet und damit dem Volk seinen Namen gab. Woher die junge Königin kam, ist nicht bekannt, aber so manche düstere Geschichte wird in vielen Gassen geflüstert und überliefert.

Shiya

Das geflügelte Volk, wie es gerufen wird, beugt sein Knie dem Element der Luft und wird als dunkel eingestuft, nachdem es sich zum Schutz der Anassus und Ruu auf deren Seite gestellt hatte. Die Shiya gehorchen dem Hijo, ihrem Anführer, welcher als stärkster, schnellster und mächtigster Krieger so lange regiert, bis er gestürzt wird. Häufig stirbt der Hijo durch die Hand eines seiner Kinder – ehelich wie unehelich. Verbannt nach Moquar sind sie in alle Richtungen verstreut und müssen einen Weg zum Überleben finden.

Sukai

Das Reitervolk der Sukai lebt im Nordwesten des Kontinents – im weiten Grasland. Im Osten stoßt ihr Reich an die Gebirgskette des Orat, im Norden und Westen an das Meer und im Süden an das Sumpf- und Grasland, welches das Volk der Quin von ihnen fernhält. Die Sukai leben in kleinen Sippen, Dörfern, die voneinander unabhängig sind und sich teils kriegerisch gegenüberstehen. Im Reich der Sukai gibt es kaum magisch begabte Wesen. Sie sind überaus abergläubisch und den Zweigesichtigen Gott verehren sie mithilfe von Opfern und regelmäßigen Ritualen. Ihre Stärke ist der Kampf hoch zu Ross sowie das Überleben im Einklang mit der Natur. In die Kriege der sechs Völker haben sie sich nicht eingemischt und bisher wurden sie als nicht beachtenswert befunden.

Taresh

Die Taresh sind kein Volk, sondern eine Handelsvertretung. Sie vereinen alle Völker des Kontinents und haben die neutrale Sprache erfunden. Ihren kleinen Hafen haben sie auf der schwer zugänglichen Landzunge östlich der Quin, wodurch sie direkt am großen Handelshafen positioniert sind. Sie verkaufen jegliche Waren, die sich gewinnbringend handeln lassen – vom Diebesgut bis zum Menschen. Die Taresh sehen sich als Händler, nicht als Richter. Sie dienen der Münze, keinem Gott, wodurch sie einen negativen Ruf erhalten haben.

Vergessene

Menschen, die sehen können, werden vom Volk der Requianer ohne Gnade verfolgt und verbannt. Die Gabe des Blicks in die Zukunft oder Vergangenheit eines Menschen ist wider dem

Glauben an den Zweigesichtigen Gott und dadurch nicht natürlich. Wenn dieser Fluch entdeckt wird, werden die Sehenden, egal welchen Alters und welchen Blutes, auf die Inseln der Vergessenen gebracht. Jene Inseln liegen weit außerhalb der üblichen Handelsruten und gelten als absolut todbringend.

Personenregister

Prolog

- **Blut der Erde** [König der Kokua]
- **Träne des Mondes** [Königin der Kokua]
- **Theobald** [Sohn der Königsfamilie aus dem Hause Kokua]
- **Iris / Iseria** [nach dem Tod ihrer Mutter amtierende Königin der Ashai]
- **Yana / Iyanera** [Prinzessin Iyanera I, Tochter von Iseria und Thronerbin]
- **Toben** [Ehemann von Iris, „Papa“ von Yana, Rahel ist ihr Erzeuger]
- **Agga** und **Äure** [Krieger der Ashai – sie hoben einst die Insel aus dem Schattenlande hoch in die Lüfte]

Kapitel 1

- **Korand** [Hauptmann der Stadtwache]
- **Rorin** [junger Soldat, Anwärter für einen Posten bei der Stadtwache]
- **Dunja** [Tochter der Königsfamilie aus dem Hause Kokua]

Kapitel 2

- **Rahel** [Erster Wächter, Geliebter und Seelenband der Königin Iseria, Erzeuger Yanas]

Kapitel 3

- **Fyn** [verstorbener Vater von Ash, Fahir der Ruu]
- **Anyika** [Erste Asassa des Fahirs Fyn]
- **Ash** [Sohn der Königsfamilie aus dem Haus der Ruu, nach dem Tod seines Vaters amtierender Fahir]
- **Kyriell** [erster Ratgeber und Zeremonienmeister, untersteht direkt dem Befehl der Fahire]
- **Kita** [Seeleband von Ash, Phönixvogel]
- **Ry'jin** [Tochter des ersten Schattens, nach seinem Tod amtierender erster Schatten auf Moquar]

Kapitel 4

- **Theos** [König der Wassertänzer – den Quin]
- **Shiljana** [Ehefrau von König Theos]
- **Quar** [zweitgeborener Sohn des Königshauses der Quin]
- **Aire** [erste Wächterin des Prinzen Quar]
- **Anja** [Aires Schwester]

Kapitel 5

- **Madras** [Kind der Amira, lebt in einem kleinen Dorf am Rand des Reiches der Kokua]
- **Königin** Sasane [Königin des Volkes der Tygli]
- **Jahnsen** [Bestatter im Dorf Juffa]

Kapitel 6

- **Nana** und **Rokko** [Großeltern von Korand]

Kapitel 8

- **Ro'har** [Anführer der Garde der Seelenlosen]

Kapitel 9

- **Roshana** [Wirtin des Bordells Meerjungfrau]
- **Rok** [Pirat der schwarzen Hand]
- **ETAA** [Familienzeichen von Aire – Endara, Thillian, Aire, Anja]

Kapitel 10

- **Asgar** [Madras ‚Vater']
- **Ahrn** [Ältester im Dorf Juffa]
- **Rijela** [Heilerin im Dorf Juffa]

Kapitel 11

- **Marius** [zweiter Wächter zu Boden, Seelenband von Yana]

Kapitel 13

- **Pirei** [ehemaliger Wächter Quars, nun Pirat bei der schwarzen Hand]
- **Quras** [erstgeborener Prinz im Hause der Quin, Bruder von Quar]

Kapitel 14

- **Ryu** [Bruder von Ry'jin, vom namenlosen Volk]

Kapitel 15

- **Tharus** [Botschafter der Kokua, untersteht direkt dem Blut der Erde]

Kapitel 17

- **Ekkos** [Meister für Heilkunst und Schriftführung im Haus der Königsfamilie der Quin]
- **Skal** [rechte Hand der Anführerin der schwarzen Hände]

Kapitel 19

- **Jorin** [arbeitet bei Jahnsen um eines Tages Bestatter zu werden]

Kapitel 21

- **Zin** [Mitglied des Rats der Ältesten im Volk der Ruu]
- **Rouven** [Diener des Ältesten Zin]

Kapitel 22

- **Ran** und **Zuri** [Wachen der Ruu]

Kapitel 24

- **Egon** [Meister für die Kapfkunst und Seelenbandmagie – Ashai]
- **Dax** [Meister für die Schrift-, Dicht- und Gestaltungskunst, Hofastronom, Mathematiker]

Kapitel 29

- **Ta'ne**, **Indira**, **Yumai** [Mitglieder der Garde vom namenlosen Volk]

Kapitel 31

- **Jorge** [General bei den Tygli, Spezialisierung auf die Axt und den Einsatz von einfacher Magie]

Kapitel 32

- **Layne** [Prinzessin der Anassus]
- **Orat** und **Aila** [Kinder der Prinzessin der Anassus]

Kapitel 33

- **Jakob** [ehemaliger Schüler in Yanas Schule]

Kapitel 35

- **Opurio** [Meister der Schreibkünste und der Ahnenforschung sowie der Familiengeschichte des Königshauses der Quin]

Vielen Dank an alle, die an mich glaubten, mich förderten und mir hilfreich zur Seite standen.

Über mich

Geboren im wunderschönen Süden von Österreich wuchs ich umringt von Büchern und Geschichtenerzählern auf. Mein Großvater liebte Münchhausen, meine Mama die Geschichten von Tausendundeiner Nacht und mein Bruder die Knickerbockerbande ... Wohin ich auch sah, geschriebene Worte begleiteten mich somit von der Kinderstube an. Meine Oma hatte selbst eine lyrische Ader und dank der Investitionen meiner Eltern kam ich bald in den Genuss einer stetig wachsenden Bibliothek, die ich mein Eigen nennen durfte.
Meine erste Geschichte vollendete ich auf der Schreibmaschine meines Opas in unserer "Burg" an der Donau. Es war eine Ehre, dass er mich darauf tippen ließ. Mehr noch jedoch die Tatsache, dass er die Geschichten auch las. Er hat den Acheron längst überschritten, aber sein Erbe bleibt bestehen.

Inzwischen bin ich Mutter einer bezaubernden Tochter, Ehefrau und hauptberuflich Lehrerin. Ich lebe nicht mehr im Süden des Landes, sondern im Westen und bin umringt von den Grenzen der Natur. Umso wichtiger ist mir das Schreiben und die Fantasie, denn sie verschafft mir Flügel, und mit jenen kann ich an Orte reisen, die meine Leser irgendwann vielleicht entdecken werden...

Alles Liebe,
Olivia